POPPY WYATT
EST UN SACRÉ NUMÉRO

SOPHIE KINSELLA

POPPY WYATT EST UN SACRÉ NUMÉRO

Traduit de l'anglais
par Daphné Bernard

belfond

Titre original :
I'VE GOT YOUR NUMBER
publié par Bantam Press, une marque de
Transworld Publishers, Londres

Retrouvez-nous sur
www.belfond.fr
ou www.facebook.com/belfond

Éditions Belfond,
12, avenue d'Italie, 75013 Paris.
Pour le Canada,
Interforum Canada, Inc.,
1055, bd René-Lévesque-Est,
Bureau 1100,
Montréal, Québec, H2L 4S5.

ISBN 978-2-7144-5317-4

Belfond | un département **place des éditeurs**

place
des
éditeurs

Pour Rex

1

Du recul. Je dois prendre du recul. Ce n'est pas comme si c'était un tremblement de terre, ou un tireur fou ou même une catastrophe nucléaire, quand même ! Sur l'échelle des désastres, ce n'est pas énorme. PAS énorme. Un jour, quand je me rappellerai ce moment, je rirai sûrement : « Ah ! ah ! Ce que j'étais bête de m'inquiéter... »

Arrête, Poppy ! Ne fais pas semblant ! Je ne ris pas – en fait, je me sens hyper mal. Comme une furie, je fais le tour des salons de l'hôtel, scrutant la moquette bleue à motifs, derrière les chaises dorées, sous les serviettes en papier froissé. Mais où peut-elle bien être ?

Je l'ai perdue. La seule chose au monde que je ne suis pas censée perdre. Ma bague de fiançailles.

Dire que c'est une bague exceptionnelle serait en dessous de la vérité. Elle est dans la famille de Magnus depuis trois générations. C'est une fabuleuse émeraude avec deux diamants qu'il a sortie du coffre de la banque juste avant de demander ma main. Je la porte tous les jours depuis trois mois sans le moindre problème. La nuit, je la pose religieusement dans une petite soucoupe en porcelaine ; le reste du temps, je la touche toutes les trente secondes pour m'assurer qu'elle est bien là... Et juste le jour où ses parents rentrent des États-Unis, je la perds ! Il a fallu que ça arrive ce jour-là !

À ce moment précis, Antony Tavish et Wanda Brook-Tavish, deux éminents professeurs, sont dans l'avion, de retour de six mois de congé sabbatique à Chicago en train d'avaler des cacahouètes grillées au miel et de lire des documents universitaires sur leur tablette *Kindle* respective. Je ne sais pas lequel des deux est le plus intimidant.

Lui : il est tellement sarcastique.

Non, elle. Avec ses cheveux frisés et cette manière de me bombarder de questions sur le féminisme.

OK. Tous les deux sont flippants. Alors l'idée qu'ils atterrissent dans une heure avec la ferme intention de voir la bague… Vous pouvez imaginer !

Bon. Calme-toi, Poppy. Sois positive. Je dois aborder le problème sous un autre angle. Comme par exemple… Tenez, à ma place, que ferait Hercule Poirot ? Il ne paniquerait pas. Il garderait son calme et utiliserait ses petites cellules grises pour se souvenir du détail minuscule mais vital qui le mettrait sur la bonne piste.

Je me frotte les yeux. Petites cellules grises, s'il vous plaît, volez à mon secours.

Évidemment, Poirot n'avait sans doute pas descendu trois coupes de champagne rosé et un mojito avant de résoudre le mystère de l'Orient-Express.

— Mademoiselle ?

Une femme de ménage aux cheveux gris me contourne avec son aspirateur. Mon Dieu ! Elles commencent déjà à passer l'aspirateur ? Mais elles vont avaler ma bague !

J'attrape sa blouse en nylon bleu.

— Vous pouvez me laisser encore cinq minutes avant de nettoyer ?

— Vous cherchez toujours votre bague ? Arrêtez de vous faire du mauvais sang ! Je suis sûre qu'elle est chez vous. Elle y a toujours été !

— Peut-être.

Je me force à être polie, mais tout mon être crie : « Je ne suis pas idiote à ce point ! »

À l'autre bout du salon, une autre femme de ménage fourre les restes de cupcakes et des serviettes en papier roulées en boule dans un sac-poubelle noir. Elle a l'air de faire ça machinalement. Elle n'a donc rien écouté de ce que je lui ai dit ?

— S'il vous plaît ! je glapis en me précipitant vers elle. Vous faites bien attention à ma bague, hein ?

— Pour le moment, je l'ai pas vue, ma petite.

Cette bonne femme jette tout ce qui lui passe à portée de main sans même regarder.

— Attention !

Je récupère les serviettes, les tâte soigneusement à la recherche d'un truc dur, me tartinant de glaçage au passage.

— Ma petite, laissez-moi faire mon boulot. Regardez le bazar que vous faites !

Elle m'arrache les serviettes des mains.

— Je sais, je suis désolée, dis-je en ramassant les moules en papier que j'ai fait tomber, mais vous comprenez, si je ne trouve pas ma bague, je suis morte.

J'ai envie d'autopsier ce sac-poubelle avec des pincettes. J'ai envie d'entourer le salon d'un ruban jaune comme dans les séries policières. Ma bague est sûrement là. J'en mettrais ma main au feu !

À moins que quelqu'un l'ait gardée. Je me raccroche à cette autre possibilité. Une de mes copines l'a toujours au doigt et ne l'a pas encore remarqué. Elle l'a peut-être glissée dans un sac... À moins qu'elle soit tombée dans une poche... Elle est coincée dans les mailles d'un pull... Dans ma tête les hypothèses se bousculent, de plus en plus improbables, mais c'est plus fort que moi.

— Vous avez essayé les toilettes ? insiste la femme de ménage.

Bien sûr que j'ai inspecté les toilettes. J'ai vérifié chaque cuvette. Et tous les lavabos. Deux fois. Ensuite j'ai même essayé de persuader le concierge de les condamner et de vidanger les canalisations, mais il a refusé. Il a ajouté qu'il accepterait seulement si j'étais certaine de l'avoir perdue à l'hôtel. D'ailleurs la police serait de son avis et je serais bien aimable de m'écarter du comptoir pour laisser la place aux clients en attente.

La police, quelle bonne blague ! Je pensais voir débarquer la brigade toutes sirènes hurlantes dès mon appel. Et pas seulement pour me demander d'aller au commissariat et de porter plainte. Comme si j'avais le temps. J'ai une bague à retrouver, moi !

Je me précipite vers la table ronde où nous étions assises cet après-midi, je me glisse dessous et tapote la moquette autour de moi pour la énième fois. Comment est-ce arrivé ? Je ne suis pas *folle* à ce point-là, quand même !

C'est ma vieille copine d'école Natasha qui a eu l'idée de réserver une table pour la manifestation de bienfaisance « Champagne pour Marie Curie » parce qu'elle n'a pas pu venir à mon enterrement de vie de jeune fille. On était huit à boire du champagne gaiement et à se bourrer de cupcakes. J'étais assise entre Annalise – nous étions ensemble à la fac et maintenant nous travaillons ensemble dans le cabinet de kinésithérapie *First Fit* – et Ruby, notre collègue rencontrée pendant notre formation. Soudain, juste avant le début de la tombola, une des filles a dit :

— Allez, Poppy, on voudrait voir ta bague de près.

Impossible de me rappeler qui c'était. Annalise peut-être ? Ou Ruby, mais je ne suis pas certaine qu'elle ait essayé la bague. Peut-être que oui, au fond ?

Seigneur, quelle gourde je suis ! Comment jouer les Hercule Poirot si je ne peux même pas me souvenir de l'essentiel ? En vérité, *tout le monde* l'a essayée, ma bague : les filles avec qui j'étais en classe à Taunton, Natasha, Clare et Emily ; l'organisatrice de mon mariage, Lucinda, qui est devenue presque une amie, et son assistante Clemency ; et puis Ruby et Annalise (qui sont non seulement des amies de fac et des collègues mais aussi mes deux meilleures amies. Elles seront d'ailleurs mes demoiselles d'honneur).

Je l'avoue : tous leurs compliments m'ont grisée. J'ai moi-même du mal à croire qu'un bijou aussi somptueux m'appartienne. En fait, je ne reviens pas de tout ce qui m'arrive. Moi, Poppy Wyatt, je suis fiancée. À un grand et séduisant maître de conférences qui a écrit un bouquin et qui est même passé à la télé. Il y a six mois, ma vie amoureuse était un désert. Rien de notable depuis un an, à tel point que je me demandais si je n'allais pas relancer le type de Meetic à mauvaise haleine... et voici que mon mariage est dans dix jours ! Quand je me réveille le matin et regarde le dos lisse et couvert de taches de rousseur de Magnus, je me répète : « Mon fiancé, le Dr Magnus Tavish, membre du King's College de Londres [1] » et j'ai du mal à le croire. Et quand je regarde ma bague qui brille de mille feux sur ma table de nuit, j'ai tout autant de mal à y croire.

Qu'est-ce que Magnus va dire ?

J'ai le cœur serré et du mal à avaler. Non. N'y pense pas. Allez, mes petites cellules grises, c'est le moment de vous remuer.

Je me souviens que Clare a gardé la bague un long moment. Elle n'avait pas envie de l'enlever. Et puis Natasha a voulu la lui retirer en s'exclamant : « C'est mon tour ! » Et moi, je l'ai calmée en lui disant : « Tout doux ! »

---

1. Sa spécialité est le symbolisme culturel. J'ai survolé son bouquin, *La Philosophie du symbolisme*, après notre deuxième rendez-vous et j'ai prétendu l'avoir lu des années plus tôt – quelle coïncidence – par pur plaisir (ce qu'il n'a pas gobé une seconde). Peu importe, l'essentiel, c'est que je l'aie lu. Et vous savez ce qui m'a impressionnée le plus ? Les très nombreuses notes de bas de page. J'adore ! Elles sont tellement pratiques ! Il suffit de les citer pour avoir l'air intelligente. Magnus dit qu'elles apportent des précisions facultatives mais elles sont tout de même intéressantes. Or, ceci est ma note de bas de page à propos des notes de bas de page.

Tout ça pour dire que je faisais attention, que je ne perdais pas ma bague de vue.

Et puis j'ai été distraite par la tombola et ses prix fantastiques : une semaine dans une villa italienne, une coupe de cheveux dans un salon type, un bon d'achat chez Harvey Nichols... L'ambiance était électrique. À l'appel des numéros, les filles sautaient de joie :

— C'est moi ! C'est mon numéro !

À cet instant-là, j'ai commis une erreur. L'instant où tout a basculé, l'instant de tous mes regrets. Si je pouvais revenir en arrière, c'est à cette seconde que je me dirais : « Poppy, pense au plus important ! »

Mais on ne s'en rend compte qu'après, n'est-ce pas ? Le moment arrive et on commet l'erreur de sa vie. Ensuite, c'est trop tard, et impossible de rectifier le tir.

Alors voilà ce qui s'est passé : Clare a gagné des billets pour Wimbledon. J'adore Clare mais elle a toujours été longue à la détente. Au lieu de bondir en hurlant « Hou-hou, c'est moi ! », elle a levé sa main de quelques centimètres. À notre table, certaines filles n'ont même pas remarqué qu'elle avait un ticket gagnant.

Au moment où je m'en suis aperçue, l'animateur sur le podium a annoncé :

— Puisque personne ne s'est manifesté, nous allons faire un nouveau tirage...

— Crie fort !

J'ai donné un coup de coude à Clare et j'ai agité mon bras comme une furie.

— Ici ! La gagnante est ici !

— ... Et le nouveau numéro est : 4-4-0-3.

Incroyable mais vrai : une brune de l'autre côté de la salle s'est mise à brailler en brandissant son billet.

— Elle a pas gagné ! C'est toi ! me suis-je révoltée, furieuse.

— Ça ne fait rien, a marmonné Clare en se tassant sur sa chaise.

— Mais si, ça compte !

Et toute ma table s'est tordue de rire.

— Vas-y Poppy ! s'est écriée Natasha. Sors ton grand lasso ! Bats-toi !

— Vas-y, Zorro !

C'est une vieille plaisanterie. Une fois, une seule, parce que j'avais lancé une pétition à l'école pour sauver les hamsters, tout le monde a commencé à m'appeler Zorro. Et ma devise demeure : « Mais si, ça compte[1] ! »

En tout cas, dans les deux minutes qui ont suivi, j'étais sur l'estrade avec la brune et j'affirmais à l'animateur que le ticket de ma copine était le seul valable.

Sûr que je n'aurais jamais dû quitter la table. Je n'aurais jamais dû abandonner ma bague, même une seconde. Je me rends compte que c'était stupide. Mais pour ma défense, comment aurais-je pu savoir que l'alarme d'incendie allait se déclencher ?

C'était complètement surréaliste. On participait tranquillement à une tombola de charité quand soudain, coup de tonnerre, une sirène s'est mise en route et le foutoir a commencé, avec tout le monde debout se précipitant vers les sorties. Je vois encore Annalise, Ruby et les autres attraper leurs sacs et foncer vers l'issue de secours. Un type en costume est apparu sur l'estrade et nous a expulsés, l'animateur, la brune et moi, sans me laisser rejoindre mes amies. Il ne cessait de répéter :

— Votre sécurité est notre priorité[2] !

À ce moment-là, je n'étais pas inquiète. Je ne pensais pas que ma bague avait disparu. J'étais sûre qu'une des filles l'avait gardée et que j'allais la récupérer une fois dehors.

---

1. En fait, je ne l'ai jamais prononcée, tout comme Humphrey Bogart n'a jamais dit dans *Casablanca* : « Play it again, Sam ! » C'est une légende.

2. Naturellement, c'était un court-circuit, et pas un incendie. Je l'ai appris plus tard, mais cette révélation ne m'a été d'aucun réconfort.

Mais sur le trottoir, c'était le bazar ! Un important séminaire se tenait également dans l'hôtel, et tous ses participants jaillissaient des différentes portes. Le personnel faisait des annonces au mégaphone, les alarmes des voitures s'affolaient, bref, dans la mêlée, j'ai mis un temps fou à mettre la main sur Natasha et Clare.

— Vous avez ma bague ? j'ai demandé le plus gentiment possible. Qui l'a gardée ?

Elles ont eu l'air ahuries. Natasha a haussé les épaules :

— J'sais pas. C'est pas Annalise ?

Alors j'ai plongé dans la cohue pour la retrouver, mais elle ne l'avait pas. Elle croyait que c'était Clare. Mais Clare pensait que c'était Clemency. Et Clemency était persuadée que c'était Ruby, mais que celle-ci était sans doute déjà partie.

La panique, ça vous prend par surprise. Vous êtes encore assez calme en vous persuadant : « Sois pas ridicule. Évidemment, elle n'est pas perdue ta bague ! » Une minute plus tard, le personnel de l'hôtel annonce que la tombola est écourtée en raison de circonstances imprévues et distribue des cadeaux de consolation. Ensuite, on s'aperçoit que toutes les copines ont disparu dans le métro. Et toujours pas de bague au doigt. Et une petite voix intérieure vous nargue : « Je t'avais bien dit que ça arriverait ! On aurait jamais dû te confier cette bague ancienne, une erreur monumentale ! »

Et c'est comme ça qu'une heure plus tard je me retrouve sous la table à ausculter une moquette d'hôtel dégoûtante, espérant de tout mon cœur un miracle. (Même si le père de mon fiancé a écrit un best-seller affirmant que les miracles n'existent pas et que tout ça c'est de la superstition. Et que s'exclamer OMD – « Oh, mon Dieu », pour celles qui ne le sauraient pas – est un signe de faiblesse[1].)

---

1. Est-ce que Poirot disait « OMD » ? Je parie que oui. Ou « Sacrebleu ! », ce qui revient au même. Est-ce que ça ne va pas à l'encontre de

Tout à coup, mon téléphone clignote. Je le prends en tremblant. Trois SMS viennent d'arriver, que je consulte pleine d'espoir.

Tu l'as trouvée ? Bizz Annalise.

Désolée, ma belle. Je ne l'ai pas vue. T'inquiète, je dis rien à Magnus. Bisous N.

Salut, Pops ! C'est terrible de perdre sa bague ! En fait je crois que je l'ai vue… (*texte manquant*)

Survoltée, je fixe mon téléphone. Clare croit qu'elle l'a vue. Où ça ?

Je m'extirpe de sous la table et secoue mon portable, mais la suite du message refuse absolument d'apparaître. Ça capte mal ici. Et dire que c'est un hôtel cinq étoiles. Il faut que je sorte.

M'approchant de la femme de ménage aux cheveux gris, je parle plus fort à cause de l'aspirateur :

— Je vais dehors pour lire un SMS. Mais si vous trouvez ma bague, appelez-moi. Je vous donne mon numéro de portable, je serai sur le trottoir…

— D'accord !

Je traverse en courant la réception, slalomant entre les participants du séminaire. Je ralentis devant le bureau du concierge.

— Toujours rien ?

— Rien pour le moment, mademoiselle.

On est seulement mi-avril et pourtant l'air est doux, presque estival. J'espère que le temps n'aura pas changé dans dix jours parce que ma robe de mariée est dos-nu et que je compte sur du ciel bleu.

---

la théorie d'Antony, vu que les petites cellules grises de Poirot sont nettement plus efficaces que là moyenne ? Il faudra que je lui en fasse la remarque un jour. Quand j'aurai du courage. (Ce qui ne m'arrivera jamais si j'ai perdu la bague.)

Je monte et je descends les marches étroites du perron en agitant mon téléphone, mais toujours pas de réseau. À la fin, j'arrive sur la chaussée d'une rue tranquille de Knightsbridge, tout en remuant mon mobile plus furieusement, je le brandis au-dessus de ma tête en le tenant du bout des doigts.

« Vas-y, mon petit téléphone chéri, tu peux y arriver. Fais-le pour moi. Affiche le message. Il doit bien y avoir un réseau dans le coin... »

— Oooooooooooooh !

Je m'entends crier sous le choc avant même de comprendre ce qui est arrivé. Mon épaule me fait mal. Mes doigts me brûlent. Un type à vélo s'enfuit en pédalant vers l'extrémité de la rue. Avant qu'il tourne le coin, j'ai à peine le temps d'enregistrer un vieux sweat à capuche gris et un slim noir.

J'ai la main vide. Oh, merde...

Je regarde ma main sans y croire. Plus rien. Le salaud m'a piqué mon téléphone !

Mon téléphone, c'est ma *vie* ! Je n'existe pas sans lui. C'est un organe vital.

Le portier se précipite au bas des marches.

— Ça va, mademoiselle ? Il s'est passé quelque chose ? Il vous a fait mal ?

— J'ai... j'ai été agressée. On m'a piqué mon téléphone.

— Des filous. Il faut se méfier dans ce secteur...

Je ne l'écoute pas. Je tremble des pieds à la tête, complètement paniquée. Comment faire sans téléphone ? Comment fonctionner ? Ma main cherche automatiquement mon mobile à sa place habituelle, dans ma poche. Mon instinct me pousse à envoyer un SMS : *OMD, j'ai perdu mon téléphone !* Mais comment faire, justement ?

Mon téléphone, c'est ma planète, mes amis, ma famille. C'est mon boulot. C'est mon univers. C'est tout pour moi. J'ai l'impression qu'on a débranché mon aide respiratoire.

Le portier me dévisage anxieusement.

— Dois-je appeler la police, mademoiselle ?

Je suis trop préoccupée pour lui répondre. Une nouvelle catastrophe m'anéantit. La bague. J'ai donné mon numéro de portable à tout le monde : aux femmes de ménage, aux dames pipi, aux organisateurs de la tombola, à tout le monde. Et si quelqu'un la trouve ? Et si quelqu'un la trouve et essaie de m'appeler *juste maintenant* et qu'il n'y a pas de réponse, parce que le mec à capuche a déjà balancé ma carte SIM dans la Tamise ?

Oh, mon Dieu [1] !

Il faut que je parle au concierge, que je lui donne mon numéro à la maison.

Non, mauvaise idée. S'il laisse un message, Magnus risque de l'entendre [2].

OK, donc... je vais lui donner mon numéro au travail. Ouais ! Sauf qu'il n'y aura personne ce soir au cabinet. Je ne peux pas y aller et poireauter pendant des heures.

Là, je commence sérieux à paniquer. Tout part en sucette.

Comme si ça ne suffisait pas, quand j'arrive à la réception, le concierge est occupé. Une masse de participants au séminaire a pris son comptoir d'assaut. Il est question de réservations de restaurants. Je cherche à attirer son attention, priant pour qu'il me fasse passer en priorité, mais il fait exprès de m'ignorer. Je n'ai pas besoin de ça ! D'accord, je lui ai fait perdre pas mal de son temps cet après-midi – mais mesure-t-il dans quel pétrin je suis ?

Le portier m'a suivie à l'intérieur. Il a l'air très inquiet.

— Mademoiselle, pouvons-nous vous offrir un remontant ? Arnold ! Un cognac pour cette jeune dame ! Et, mademoiselle, vous devriez parler au concierge, il vous aidera avec la police. Vous désirez vous asseoir ?

---

1. Esprit faible.
2. J'ai le droit de me donner une chance de la retrouver en parfait état sans qu'il n'ait été au courant de rien, non ?

19

— Non, merci.

Une pensée me traverse tout à coup l'esprit : et si j'appelais mon portable ? Et si j'appelais mon agresseur ? Je pourrais lui demander de revenir et lui offrir une récompense...

— Qu'est-ce que vous en pensez ? Je peux emprunter votre téléphone ?

Mais quand je tends la main, le portier a un mouvement de recul et me dit d'une voix sévère :

— Je pense que ce serait une démarche très imprudente. Je suis sûr que la police serait d'accord avec moi. Vous êtes en état de choc. Je vous en prie, prenez un siège et essayez de vous détendre.

Hmm. Il a peut-être raison. Je ne suis pas très chaude pour un tête-à-tête avec un criminel à capuche. Mais pas question non plus de m'asseoir et de me relaxer. Pour me calmer, je tourne en rond et en rond : toujours le même circuit en faisant claquer mes talons sur le sol en marbre. Je passe devant l'énorme ficus en pot... devant une table couverte de journaux... devant une grande corbeille à papier en acier poli... et retour au ficus. Un petit tour rassurant qui me permet de surveiller le concierge en attendant qu'il soit libre.

Le hall est toujours bondé. À travers les portes en verre, je vois le portier occupé à héler des taxis et à empocher des pourboires. Un Japonais trapu en costume bleu avec un badge se tient près de moi en compagnie d'hommes d'affaires européens. Il jacasse furieusement en japonais avec force gesticulations. Il est si court sur pattes et les autres types sont si nerveux que j'ai envie de rigoler. Enfin presque.

Le cognac arrive sur un plateau et je m'arrête le temps de le descendre cul sec avant de recommencer ma ronde.

Ficus en pot... table à magazines... corbeille à papier... ficus en pot... table à magazines... corbeille à papier...

Maintenant que je suis un peu calmée, je broie du noir. Ce type à capuche, il se rend compte qu'il fiche ma vie en l'air ? Il n'a peut-être pas saisi qu'un téléphone est un objet capital ? Il n'y a pas pire vol. Le pire du *pire*. Et ce n'était même pas un beau téléphone. C'était un vieux modèle. S'il veut taper un *B* ou aller sur Internet, je lui souhaite bonne chance, à ce connard ! J'espère qu'il va essayer pendant des plombes sans y arriver. Et là, il va le regretter.

Ficus... magazines... corbeille... ficus... magazines... corbeille...

Et le salaud m'a fait mal à l'épaule. Je pourrais le poursuivre pour obtenir des millions de dommages et intérêts. Si on le pince, évidemment. Ce qui m'étonnerait.

Ficus... magazines... corbeille...

Corbeille.

Minute.

C'est quoi, ça ?

Je m'arrête pile et plonge mon regard dans la corbeille. Quelqu'un me joue un tour ou est-ce que j'hallucine ?

Il y a un téléphone.

Dans la corbeille à papier ! Un téléphone portable !

2

Je regarde à nouveau après avoir cligné plusieurs fois des yeux : le téléphone est toujours là, à moitié enfoui sous des programmes du séminaire et un gobelet de Starbucks. Qu'est-ce qu'un portable fabrique dans une corbeille à papier ?

Je jette un coup d'œil autour de moi pour être sûre que personne ne me surveille, puis je me penche avec précaution et l'attrape. À part quelques gouttes de café, il a l'air impec. En plus, c'est un bon modèle, et il est comme neuf.

Le hall est toujours aussi bondé. Apparemment, personne ne me prête la moindre attention. Personne ne se précipite sur moi en criant : « Mais c'est mon téléphone ! » et ça fait bien dix minutes que j'arpente le secteur. La personne qui a jeté ce mobile l'a fait il y a un bon moment.

Il y a un sticker au dos : *White Globe Consulting Group* et un numéro de téléphone en petits caractères. Si on l'a balancé, c'est qu'il est foutu. Je l'allume et l'écran s'éclaire. Il semble en parfait état de marche.

Une petite voix dans ma tête me souffle de le rendre, de le rapporter au concierge en disant : « Excusez-moi, je crois que quelqu'un a perdu son téléphone. » Oui, c'est ce que je devrais faire. Le lui remettre, comme n'importe quel citoyen responsable et respectueux des lois...

Mes pieds refusent de bouger d'un centimètre. Quant à mes mains, elles le tiennent bien au chaud. C'est simple, j'ai *besoin* d'un téléphone. Je parie que *White Globe Machin Truc* en a des millions. En plus, ce n'est pas comme si je l'avais trouvé par terre ou dans les toilettes. Il était dans une corbeille. Et qu'est-ce qu'on trouve en général dans les corbeilles ? Des trucs dont on se débarrasse. Ils ne sont plus à personne. On les a abandonnés. C'est la règle.

En inspectant une nouvelle fois le fond de la corbeille, j'aperçois un cordon rouge comme en portent autour du cou les participants au séminaire. Une fois certaine que le concierge ne me regarde pas, je plonge ma main et récupérer le badge. La photo d'une fille canon me dévisage. D'après ce qui est écrit, elle s'appelle Violet Russel et fait partie de *White Globe Consulting Group*.

J'émets une sacrée bonne hypothèse – Poirot ne ferait pas mieux. Je suis en présence du mobile de Violet Russel. Elle l'a largué. Pour… je ne sais quelle raison.

Après tout, c'est son problème, pas le mien.

Son téléphone sonne soudain et je sursaute. Merde ! Il a ressuscité. La musique braille à fond : *Single Ladies* de Beyonce. Je refuse l'appel en vitesse. Hélas, une minute plus tard, la musique retentit à nouveau, forte et reconnaissable entre mille.

Y a donc pas moyen de baisser le son sur ce bazar ? Deux femmes d'affaires m'observent. Je suis tellement nerveuse que je fais une fausse manœuvre et appuie sur « Répondre ». Alors qu'elles continuent à me toiser, je colle l'appareil à mon oreille et leur tourne le dos.

D'une voix de robot je lance :

— La personne que vous essayez d'appeler n'est pas joignable. Veuillez laisser un message.

Voilà qui devrait me débarrasser de la personne au bout du fil.

— Où es-tu, bordel ?

Une voix claire d'homme bien élevé s'adresse à moi. Je suis tellement étonnée que ma langue claque. Ça marche ! Il me prend pour la boîte vocale :

— Je viens de parler à Scottie. Il croit que son contact peut réussir. Ça sera comme de la chirurgie non invasive. Pas de trace. Il est bon.

Je n'ose pas respirer. Ni gratter mon nez qui me picote cruellement.

— OK, poursuit le type, quoi que tu fasses, fais vachement gaffe !

Il raccroche. Je suis éberluée. Jamais je n'aurais pensé qu'on laisserait un message.

Maintenant je me sens coupable. C'était un vrai message, et Violet va le rater. Je veux dire, ce n'est pas mon problème si elle a jeté son téléphone, mais quand même... Spontanément, je farfouille dans mon sac à la recherche d'un stylo et en guise de papier je ne déniche qu'un vieux programme de théâtre[1]. Je griffonne : *Scottie a un contact, chirurgie de précision, pas de trace, étais vachement prudent.*

Dieu sait ce que ça signifie. Une histoire de liposuccion ? Peu importe. Mais si un jour je rencontre cette nana je la mettrai au courant.

Avant que le téléphone se remette à sonner, je fonce voir le concierge qui, miraculeusement, est disponible.

— Bonsoir, dis-je hors d'haleine, c'est encore moi. Quelqu'un a trouvé ma bague ?

— Puis-je vous assurer, mademoiselle, répond-il avec un sourire glacial, que si nous l'avions trouvée nous vous l'aurions fait savoir. Votre numéro de téléphone est en notre possession...

---

1. *Le Roi Lion.* Natasha nous a obtenu des billets gratuits. J'ai cru que ce serait un truc débile pour les enfants mais ça été... *brillant.*

— Mais non ! je le coupe presque triomphante. C'est ça, l'ennui. Le numéro que je vous ai donné n'est plus valable... Enfin, il est hors d'usage.

Je ne veux surtout pas qu'il appelle le mec à capuche et mentionne une bague avec une émeraude inestimable.

— N'appelez pas ce numéro, s'il vous plaît. Pourriez-vous noter celui-ci à la place ?

Je recopie soigneusement le numéro qui figure au dos de mon nouvel appareil.

— Juste pour en être sûre, je peux le tester ?

Je m'empare du téléphone de l'hôtel et compose le numéro de *White Globe*. Deux minutes plus tard, Beyonce donne de la voix. OK. Je peux enfin me relaxer. J'ai un numéro.

— Puis-je autre chose pour vous, mademoiselle ?

Visiblement, le concierge en a ras le bol et derrière moi on s'impatiente. Je le remercie et, très excitée, je plonge dans un canapé. J'ai un téléphone et une tactique.

Il me faut seulement cinq minutes pour noter mon nouveau numéro sur vingt feuilles de papier à l'en-tête de l'hôtel. J'ajoute : *POPPY WYATT – BAGUE AVEC ÉMERAUDE – APPELEZ-MOI, S.V.P.* Je suis furieuse de voir que les portes des salons sont désormais closes (pourtant je suis *sûre* d'entendre les femmes de ménage à l'intérieur). Je suis donc obligée de me trimballer dans les couloirs, le salon de thé, les toilettes pour dames et même le spa afin de distribuer mon numéro à tout le personnel que je croise et lui expliquer mon drame.

J'appelle ensuite le commissariat et leur donne mon nouveau numéro. Finalement, j'envoie un SMS à Ruby dont je connais les coordonnées par cœur.

Salut. Téléphone volé. Voilà mon nouveau numéro. Fais passer à tout le monde. Des nouvelles de la bague ?

Finalement épuisée, je me vautre dans le canapé. J'ai l'impression d'avoir passé la journée dans ce foutu hôtel. Je devrais appeler Magnus et lui donner ce numéro, mais c'est au-dessus de mes forces. C'est absurde, mais j'ai la conviction qu'il va deviner au ton de ma voix que j'ai égaré ma bague. À la minute où je dirai « Salut ! » il va comprendre que ma main est nue.

Ma belle bague, reviens ! Ma jolie bague, reviens, s'il te plaît...

Je m'appuie contre le dossier en fermant les yeux pour envoyer un message par télépathie. Alors quand Beyonce recommence à beugler, je saute au plafond. Ça y est ! C'est ma bague ! Quelqu'un l'a trouvée ! Je décroche sans même regarder l'écran.

— Violet ?

Une voix d'homme. Pas celui qui a appelé un peu plus tôt. Celui-ci a une voix plus profonde. Si j'en juge par ce seul mot [1], il n'a pas l'air de bonne humeur. Il souffle bruyamment, ce qui veut dire qu'il est soit un obsédé sexuel, soit qu'il fait de la gym.

— Tu es en bas dans le hall ? Les Japonais sont toujours là ?

Machinalement, je jette un coup d'œil autour de moi. Il y a un groupe entier de Japonais près des portes.

— Oui, ils sont encore là, dis-je. Mais je ne suis pas Violet. Et ce n'est plus son téléphone. Désolée. Vous pourriez peut-être prévenir les gens que son numéro a changé.

Il faut que les amis de la dénommée Violet me lâchent les baskets et qu'ils ne me sonnent plus toutes les cinq secondes.

— Excusez-moi, mais qui êtes-vous ? Pourquoi répondez-vous à ce numéro, et où est Violet ?

— Je suis l'heureuse propriétaire de ce téléphone, je réponds, plus sûre de moi que je ne le suis. Comme vous

---

1. Ce qui doit être possible.

le savez certainement, « en fait de meuble, possession fait titre [1] ».

— La propriétaire ? Mais c'est dingue, ça, vous êtes qui ?

Il profère quelques jurons, et j'entends des pas à l'autre bout du fil. On dirait qu'il dégringole des marches [2].

— Dites-moi, ils s'en vont ?

— Les Japonais ? Peut-être. Difficile à dire.

— Il y a un petit gros avec eux ? Plein de cheveux ?

— Vous parlez d'un homme en costume bleu ? Oui, il est en face de moi. L'air furax. Il va mettre son imper.

Un de ses collègues vient de lui passer un trench Burberry. En l'enfilant, il a l'air renfrogné. Un torrent de paroles peu aimables jaillit de sa bouche, et tout son entourage opine du bonnet nerveusement.

— Non ! Il ne faut pas qu'il parte !

L'exclamation de mon interlocuteur me prend par surprise.

— Si, il est sur le départ. Navrée.

— Il faut que vous l'arrêtiez. Allez vers lui et empêchez-le de quitter l'hôtel. Tout de suite. Trouvez un moyen.

— Comment ? Écoutez, désolée mais je ne vous ai jamais vu...

— Moi non plus. D'ailleurs qui êtes-vous ? Une copine de Violet ? Pouvez-vous m'expliquer pourquoi elle a décidé de laisser tomber son job au milieu du plus grand séminaire de l'année ? Qu'est-ce qu'elle croit ? Que tout à coup je n'ai plus besoin d'une assistante personnelle ?

Ah ! Donc, Violet est son assistante personnelle. Logique. Et elle l'a laissé tomber ! Le mec est tellement autoritaire que je ne suis pas étonnée.

---

1. Je n'ai jamais bien su ce que cela signifiait.
2. Peut-être pas un pervers en fait.

— En tout cas, peu importe. Écoutez, je suis dans l'escalier, au 9e étage. L'ascenseur est en panne. Je serai en bas dans moins de trois minutes. Pendant ce temps-là, retenez Yuichi Yamasaki. On fera connaissance plus tard.

Quel culot !

— Sinon ? je réplique.

— Sinon une année de négociations délicates va s'effondrer en raison d'un malentendu ridicule. Le plus gros contrat de l'année partira en fumée. Vingt personnes perdront leur boulot : des directeurs, des secrétaires, toute la troupe. Uniquement parce que je ne peux pas descendre assez vite et que la seule personne qui pourrait m'aider refuse.

Oh, misère !

— Vous avez gagné ! dis-je furieuse. Je vais faire de mon mieux. Quel est le nom de ce type ?

— Yamasaki.

— Attendez, je crie à travers le hall. S'il vous plaît, monsieur Yamasaki ? Vous pouvez attendre une seconde ?

Il se retourne, l'air interrogateur, et deux de ses sbires s'avancent pour le protéger. Il a une face large, revêche, un cou de taureau, qu'il entoure d'une écharpe en soie. Pas évident qu'il soit prêt à papoter avec une inconnue.

Que lui dire ? Je ne parle pas un mot de japonais. Le business et la culture de l'empire du Soleil-Levant me sont totalement étrangers. Exception faite des sushis. Je ne peux quand même pas l'aborder et lui lancer sans crier gare : « Sushi, Sushi ! » Ce serait comme accoster un grand patron américain en lui disant : « Cheeseburger ! »

Alors j'improvise.

— Je suis... une grande admiratrice. De votre travail. Puis-je avoir votre autographe ?

Yamasaki est perplexe. Un de ses collègues lui murmure la traduction à l'oreille. Il se détend immédiatement, et j'ai droit à une petite courbette.

28

Prudemment, je lui rends la politesse. Il claque des doigts en aboyant un ordre. Un instant plus tard, un luxueux dossier en cuir s'ouvre devant lui, et il me rédige une page d'écriture tout en japonais.

— Il est toujours là ?

C'est la voix de mon inconnu.

— Oui, je murmure. Tout juste. Où êtes-vous ?

Je fais mon plus beau sourire à M. Yamasaki.

— Au 5ᵉ étage. Gardez-le-moi au chaud. Employez les grands moyens s'il le faut.

Mon Japonais me tend une feuille de papier, rebouche son stylo, me fait une nouvelle courbette et se prépare à partir.

Je suis au désespoir.

— Attendez ! J'aimerais... vous montrer quelque chose.

Un de ses collègues, lunettes à monture d'acier et chemise aussi blanche que le mont Fuji, me sermonne :

— M. Yamasaki est très occupé ! Soyez gentille de contacter notre bureau.

Ça y est, ils sont sur le départ. Que faire maintenant ? Je ne peux pas lui demander un second autographe. Ni le plaquer au sol. Il faut que je trouve autre chose pour le retenir...

— J'ai une communication spéciale à vous faire ! Je suis un télégramme chantant ! J'apporte un message de la part des nombreux fans de M. Yamasaki. Ce serait un grand manque de courtoisie à leur égard que de refuser de l'écouter.

L'expression « manque de courtoisie » les stoppe net. Ils froncent les sourcils, échangent des coups d'œil surpris.

— Un télégramme chantant ? demande l'homme aux lunettes à monture métallique d'un air méfiant.

— C'est comme un Gorilla Gram ! dis-je en guise d'explication. Mais sans le costume.

Je ne suis pas sûre d'avoir été bien comprise.

L'interprète murmure avec véhémence dans le tuyau de l'oreille de son boss et me dit :

— Vous pouvez commencer.

M. Yamasaki se retourne, tous ses collègues l'imitent, se placent sur un rang en croisant les bras. Quelques hommes d'affaires qui traînent dans le hall jettent des coups d'œil intéressés dans ma direction.

— Où êtes-vous ? je murmure d'un ton désespéré dans mon téléphone.

— Au 3ᵉ étage. Encore trente secondes. Accrochez-vous !

— Commencez ! insiste l'homme aux lunettes d'acier.

D'autres clients de l'hôtel s'arrêtent pour regarder la scène. Là, je suis vraiment dans le pétrin ! Comment me suis-je laissé embringuer dans une histoire pareille ? D'abord, je chante faux comme une casserole. Deuxio, qu'est-ce que je chante à un homme d'affaires nippon que je n'ai jamais vu de ma vie ? Tertio, quelle idée d'avoir parlé de télégramme chantant !

Mais si je ne réagis pas en vitesse, vingt personnes risquent de se retrouver au chômage.

Pour gagner du temps, je me plie en deux, et tous les Japonais m'imitent.

— *Commencez !* répète l'homme aux lunettes d'acier, une lueur menaçante dans les yeux.

Je respire à fond. Allez, courage ! Je peux faire n'importe quoi. Et seulement pendant trente secondes. Ensuite je file, et ils ne me reverront jamais.

Je m'aventure avec précaution, sur l'air de *Single Ladies*.

— Monsieur Yamasaki... Monsieur Yamasaki. Monsieur Yamasaki...

Je me déhanche, roule des épaules, tout comme Beyonce [1] :

— Monsieur Yamasaki, monsieur Yamasaki...

---

1. Pas tout à fait comme Beyonce. Presque comme elle.

Je découvre que c'est assez facile. Pas besoin d'inventer des paroles, il suffit que je répète son nom encore et encore. Au bout d'un moment, certains Japonais reprennent en chœur et tapent dans leurs mains.

— Monsieur Yamasaki, monsieur Yamasaki, monsieur Yamasaki, monsieur Yamasaki...

Je lève un doigt et l'agite sous son nez en lui adressant un clin d'œil. Tous les Japonais chantent maintenant avec moi, tous sauf M. Yamasaki qui ne bouge pas mais a l'air enchanté. Quelques membres du séminaire se joignent à eux en chantant et j'entends l'un de ces messieurs demander :

— C'est quoi, un flash mob ?

— Monsieur Yamasaki, monsieur Yamasaki, monsieur Yamasaki, où êtes-vous ? je murmure au téléphone avec un grand sourire.

— Je vous admire.

— *Quoi !*

Je sursaute et jette un regard circulaire.

Soudain, je repère un homme à trente mètres de moi. Il a un costume sombre, d'épais cheveux noirs ébouriffés et un téléphone collé à une oreille. Même à cette distance, je m'aperçois qu'il est en train de rire. Il exagère, non ?

— Depuis quand êtes-vous là ?

— J'arrive à l'instant mais je ne voulais pas vous interrompre. Vous faites un boulot génial. Vous avez amadoué M. Yamasaki.

— Vous êtes trop bon ! J'ai été ravie de vous venir en aide. Et maintenant il est à vous.

M. Yamasaki a droit à une magnifique révérence de ma part. Je fais demi-tour et part comme une fusée vers la sortie sans m'occuper des Japonais qui manifestent leur déception. J'ai d'autres chats à fouetter que de m'occuper de ces gens et de leurs contrats à la noix.

— Attendez ! crie mon inconnu dans mon oreille. Ce téléphone. Il appartient à mon assistante personnelle.

— Elle n'avait qu'à pas le jeter, je rétorque en poussant les portes de verre. Celui qui le trouve le garde !

Il y a douze arrêts entre Knightsbridge et la maison des parents de Magnus dans le nord de Londres et, dès que je ressors du métro, je vérifie mon téléphone. La lumière rouge des messages clignote – dix SMS et vingt mails – mais seulement cinq textos me concernent et rien au sujet de la bague. L'un émane du commissariat, et mon cœur bondit de joie – mais c'est seulement pour accuser réception de ma plainte et me proposer un soutien psychologique.

Tout le reste est pour Violet. En les notant, je remarque que « Sam » figure à la ligne « Objet » dans bien des cas. Me glissant dans les pas de Poirot, je vérifie les appels reçus. Tout juste ! Le dernier numéro appelé sur ce téléphone est celui du « Mobile de Sam ». C'est donc lui. Le patron de Violet. Le type aux cheveux noirs ébouriffés. Et pour le prouver l'adresse de Violet n'est autre que : samroxton@whiteglobeconsulting.com.

Par pure curiosité, j'ouvre un des mails. Il vient de jennasmith@grantlyassetmanagement.com et a pour objet *Re : Dîner ?*

Merci, Violet. Soyez gentille de ne rien en dire à Sam. Maintenant je me sens un peu gênée !

Oh, oh ! En quoi est-elle gênée ? Avant de pouvoir m'arrêter, je cherche le mail d'origine, qui a été envoyé hier :

En fait, Jenna, il faut que vous sachiez que Sam est fiancé.
Cordialement,
Violet.

Il est fiancé. Intéressant. En relisant le message, je ressens une drôle d'impression, que j'ai du mal à définir – de la surprise ?

Pourtant, en quoi est-ce surprenant ? Je ne connais même pas cet homme.

OK, il faut que j'aille au fond de l'histoire. Pourquoi Jenna est-elle gênée ? Que s'est-il passé ? Je fais défiler la boîte de réception et tombe sur le premier long message de Jenna, qui a dû rencontrer Sam Roxton à une réunion professionnelle. Coup de foudre. Du coup elle l'invite à dîner il y a deux semaines, mais il ne la rappelle jamais.

... Ai encore essayé hier... J'ai peut-être un faux numéro... On m'a dit qu'il était très pris et que la meilleure façon de le contacter était par son assistante personnelle... Désolée de vous déranger... Faites-moi savoir ce qu'il en est.

La pauvre. Je compatis. Pourquoi ne répond-il pas ? C'est si difficile d'envoyer un mail court disant « Non, merci » ? Et puis, comble du comble, monsieur est fiancé !

Bon, peu importe. Je m'aperçois soudain que je fouille dans une messagerie qui appartient à quelqu'un d'autre, alors que devrais penser à des tas de choses bien plus importantes. *Priorités*, Poppy ! Il faut que j'achète une bouteille de vin aux parents de Magnus. Avec une carte de bienvenue. Et, si je ne retrouve pas trace de la bague dans les vingt prochaines minutes... une paire de gants.

Désastre ! Désastre ! Plus personne ne vend de gants en avril. Les seuls que j'ai réussi à dénicher venaient du sous-sol d'*Accessorize*. Un vieux stock des fêtes, seulement disponible en taille S.

Je n'arrive pas à croire que je me suis mis dans la tête d'accueillir mes futurs beaux-parents avec des moufles en laine rouge décorées d'un père Noël et de deux tailles trop petites. Et ornées de pompons !

Mais je n'ai pas le choix. C'est ça ou arriver mains nues. En commençant la grimpette pour atteindre leur maison, je crains de me sentir mal. Pas seulement à cause de la bague. C'est l'ensemble de la soirée avec mes futurs beaux-parents qui me panique. Je tourne le coin : toutes les fenêtres sont éclairées. Ils sont là.

Aucune maison, à ma connaissance, ne convient aussi bien à une famille que celle des Tavish. Plus vieille et plus vaste que les autres, elle toise celles-ci du haut de la colline. Leur jardin est planté de cyprès et de conifères. Les briques sont couvertes de lierre, et les fenêtres ont encore leur cadre en bois de 1835. À l'intérieur, le papier peint William Morris date des années 1960, et les sols sont recouverts de tapis d'Orient.

Sauf qu'il est impossible de voir les tapis, car ils disparaissent sous de vieux documents et des manuscrits que personne n'a eu l'idée d'enlever. Chez les Tavish, on ne range pas souvent. Un soir, j'ai trouvé un œuf à la coque fossilisé au fond du lit d'une chambre d'amis, toujours dans son coquetier et flanqué d'une mouillette. Le tout devait avoir facilement un an d'âge.

Partout, de la cave au grenier, des livres. Trois épaisseurs de livres sur chaque étagère, en piles sur le sol, occupant le moindre espace. Antony écrit des livres, Wanda écrit des livres, Magnus écrit des livres ainsi que son frère aîné, Conrad. Même Margot, la femme de Conrad, écrit des livres [1].

Formidable ! Il n'y a pas à dire, c'est merveilleux de réunir autant de génies au sein d'une même famille. Mais ça ne contribue pas à vous donner confiance en vous.

Pourtant, comprenez-moi bien, je me trouve plutôt intelligente : une fille normale qui a été à la fac, qui a un

---

1. Pas des livres avec des intrigues. Mais des livres avec des notes de bas de page. Des livres avec des sujets de fond comme l'histoire, l'anthropologie ou le relativisme culturel au Turkménistan.

bon job et tout, et tout. Mais les Tavish ne font pas partie de la norme, ils ne jouent pas dans la même cour. Ils ont des supercerveaux, comme une version littéraire des *Indestructibles*. Je n'ai rencontré les parents de Magnus qu'à de rares occasions, par exemple, quand Antony est venu donner une conférence à Londres, mais ça m'a suffi pour me faire une idée. Au moment où il faisait un cours de théorie politique, Wanda présentait un mémoire sur le judaïsme féminin à un groupe de réflexion. Plus tard dans la soirée, ils sont passés ensemble à la télévision dans une émission culturelle pendant laquelle ils se sont *opposés* au sujet d'un documentaire sur l'influence de la Renaissance[1]. Ambiance ! Alors, au moment des présentations, vous imaginez mon état de nerfs.

Au cours des années, j'ai connu les parents de mes différents petits amis, mais les Tavish remportent la palme. On venait de se serrer la main, d'échanger quelques banalités et je racontais à Wanda que j'étais assez fière d'avoir été à la fac quand Antony a levé les yeux de derrière ses verres demi-lune et, avec son regard brillant et glacial, a dit : « Un diplôme en kinésithérapie, comme c'est amusant ! » C'est comme si on m'avait anéantie. Je n'ai pas su quoi répondre. À vrai dire, j'étais si démontée que j'ai foncé aux toilettes[2].

Bien sûr, après ça, je l'ai fermée. Ces trois jours ont été un calvaire. Plus la conversation devenait intellectuelle, plus je restais bouche cousue et mal à l'aise. Deuxième moment pénible : quand je n'ai pas prononcé « Proust » correctement et qu'ils ont tous levé les yeux au ciel[3].

---

1. Ne me demandez rien. J'ai écouté attentivement sans savoir pourquoi ils n'étaient pas d'accord. Le présentateur n'a pas compris non plus, je crois.

2. Plus tard, Magnus m'a dit qu'il blaguait. Mais ça ne m'a pas paru être une blague.

3. Je n'ai jamais lu une ligne de Proust. Quelle idée de mentionner son nom !

L'incident qui m'a blessée le plus : on était tous au salon à regarder « Questions pour un champion » quand une question sur le squelette est venue sur le tapis. Mon sujet ! Je l'ai étudié ! Je connais les noms latins de tous les os ! Mais alors que je prenais ma respiration pour réfléchir à la première question, Antony avait déjà donné la bonne réponse. Ensuite, j'ai été plus rapide – mais il m'a encore battue. Entre nous, c'était la course et c'est lui qui l'a gagnée. À la fin, il m'a dévisagée en me demandant : « On ne vous enseigne pas l'anatomie dans votre école de kinésithérapie, Poppy ? » J'ai été horriblement *humiliée*.

Magnus m'assure qu'il m'aime, *moi*, et non mon cerveau et que je n'ai qu'à ignorer ses parents. Natasha me conseille de me concentrer sur la pierre, sur la maison de Hampstead et la villa en Toscane. Du Natasha tout craché ! Et moi, je me force à ne pas penser à eux. Tout va bien. Ils habitent Chicago, à des milliers de kilomètres.

Mais ils sont revenus !

Malheur ! Je n'ai pas encore assimilé la prononciation de Proust (Prout ? Prousse ?). Je n'ai pas révisé mes noms latins. Et, en plein mois d'avril, je porte des moufles rouges décorées d'un père Noël. Avec des pompons.

En sonnant, je suis prise de tremblote. De la tête aux pieds. Comme si j'étais l'épouvantail du *Magicien d'Oz*. À tout moment je peux m'écrouler et Wanda va m'écorcher vive pour avoir perdu la bague.

Arrête, Poppy. Tout va bien. Personne n'aura le moindre soupçon. Je vais leur raconter que je me suis brûlé la main. Et je m'y tiendrai.

— Bonsoir, Poppy !

— Bonsoir, Felix !

Comme je bégaye presque, je suis soulagée de voir Felix m'ouvrir.

C'est le bébé de la famille – dix-sept ans et encore à l'école. Sachez que Magnus vit dans la maison familiale pendant que ses parents sont à Chicago et fait office de baby-sitter. J'y ai emménagé après nos fiançailles. Non pas que Felix ait besoin d'un baby-sitter. Il est indépendant, passe son temps à lire et on ne sait jamais s'il est là ou pas. Une fois, j'ai essayé de lui faire un petit sermon sur la drogue. Il a gentiment corrigé chacun de mes propos puis m'a dit qu'il avait remarqué que je dépassais la dose recommandée de Red Bull. « Tu ne serais pas un peu accro ? » m'a-t-il même demandé. Après ça, je n'ai plus jamais essayé de jouer les grandes sœurs.

De l'histoire ancienne, maintenant qu'Antony et Wanda reviennent des États-Unis. J'ai réintégré mon ancien appartement et nous cherchons un endroit à louer. Magnus préférerait rester ici. « On pourrait continuer à occuper la chambre d'amis et la salle de bains du dernier étage. Et c'est si pratique de pouvoir utiliser la bibliothèque de papa, tu ne trouves pas Poppy ? »

Il est zinzin ou quoi ? Il n'est pas question que je vive sous le même toit que les Tavish.

Je suis Felix dans la cuisine, où Magnus est vautré dans un fauteuil. Il corrige un manuscrit qui s'inscrit sur son écran tout en parlant à son ordinateur : « Votre raisonnement déraille, là. Second paragraphe. »

Quelle que soit la manière dont Magnus s'assied, il s'arrange pour paraître chic. Ses pieds chaussés de daim reposent sur une autre chaise, sa cigarette[1] est consumée à moitié et ses cheveux flamboyants, rejetés en arrière, dégagent son front.

Les Tavish ont tous la même couleur de cheveux, comme une famille de renards. Même Wanda se fait teindre au henné pour obtenir cette nuance. Mais Magnus est le plus beau du lot, et je ne dis pas ça parce que je vais l'épouser. Sa peau, parsemée de taches de rousseur, bronze facilement, et avec ses cheveux roux foncé il pourrait poser pour des pubs de shampooing. C'est pour ça

_____
1. Je sais. Je le lui ai dit des milliers de fois.

qu'il les laisse pousser[1]. J'avoue qu'il est un peu vaniteux à ce propos.

De plus, alors que c'est un universitaire, il n'est pas du genre qui reste enfermé à lire toute la journée. Il skie bien et il m'apprendra un jour. C'est d'ailleurs grâce au ski que nous nous sommes connus. Il s'était foulé la cheville et il est venu pour des massages à notre cabinet, que son médecin lui avait recommandé. Il aurait dû voir Annalise mais comme elle l'a échangé contre un de ses clients habituels, j'en ai hérité. La semaine suivante, il m'a invitée à dîner et, un mois plus tard, il a demandé ma main. Un mois[2] !

Magnus lève la tête et son visage s'illumine :

— Amour ! Comment va ma pin-up ? Viens ici.

Il m'envoie un baiser et me fait signe de m'approcher. Puis il prend ma tête entre ses deux mains, comme il fait toujours.

— Bonjour ! dis-je en m'efforçant de sourire. Tes parents sont arrivés ? Leur vol s'est bien passé ? Je *meurs* d'envie de les voir.

J'essaie de me montrer aussi enthousiaste que possible alors que mes jambes veulent s'enfuir, passer la porte et dévaler la colline.

— Tu n'as pas reçu mon SMS ? demande Magnus, surpris.

— Quel SMS ? *Oh !* Bien sûr. Mais j'ai perdu mon téléphone. J'ai un nouveau numéro. Je vais te le donner.

— Tu as perdu ton téléphone ? répète Magnus. Comment ça ?

---

1. Quand même pas une queue-de-cheval, ce qui serait ringard. Seulement un peu longs.
2. Je crois qu'Annalise ne m'a jamais pardonnée. Elle est persuadée que, si elle n'avait pas changé le rendez-vous, c'est elle que Magnus épouserait.

— Rien de grave ! je m'exclame gaiement. Juste...
Enfin, je l'ai perdu et j'en ai un nouveau. Pas de quoi
fouetter un chat. Rien de dramatique.

J'ai décidé d'une ligne de conduite générale : moins j'en
dis à Magnus pour le moment, mieux c'est. Je n'ai nulle
envie de discuter avec lui des raisons qui font que je
m'accroche à un téléphone que j'ai trouvé par hasard dans
une corbeille à papier.

— Alors que me disais-tu dans ton SMS ? je demande
aussitôt pour faire avancer la conversation.

— L'avion de mes parents a été dérouté. Ils ont atterri
à Manchester. Ils ne seront pas là avant demain.

Dérouté ?

Manchester ?

OMD ! Je suis sauvée ! J'ai un sursis ! Mes jambes
peuvent cesser de trembler. Je voudrais chanter
« Ma-an-chester ! Ma-an-chester ! » sur l'air de l'*Hymne à
la joie*.

— Mon Dieu, mais c'est affreux ! dis-je en m'efforçant
de montrer un visage déçu. Les pauvres ! Manchester, ça
fait une sacrée trotte. Moi qui me faisais une joie de les
revoir. Quel dommage !

J'ai *l'impression* d'avoir été convaincante. Felix me
regarde de travers, mais Magnus est déjà retourné à son
manuscrit. Aucun commentaire sur les moufles. Felix non
plus.

Je peux peut-être me détendre un peu.

— Alors... les... gars ? dis-je en examinant les lieux.
Vous avez oublié la cuisine ?

Magnus et Felix m'ont assuré qu'ils la rangeraient cet
après-midi, mais l'endroit ressemble à un champ de
bataille. Il y a des boîtes de pizza sur la table, des piles
de bouquins sur la cuisinière, et même un livre dans une
casserole.

— Vos parents rentrent demain. On ne devrait pas faire
quelque chose ?

— Ils s'en fichent.

Ça lui va bien de dire un truc pareil. Mais je suis leur belle-fille (enfin presque), celle qui a vécu dans la maison et sur qui tout retombera.

Magnus et Felix discutant maintenant d'une note de bas de page[1], je me dirige vers la cuisinière que je range. Je sais que le reste de la maison est en ordre. J'ai fait l'inspection générale hier, j'ai remplacé les vieux flacons immondes de bain moussant et accroché un store neuf à la fenêtre de la salle de bains. Mon plus bel exploit : j'ai trouvé des anémones pour le bureau de Wanda. Tout le monde sait qu'elle adore ces fleurs. Elle a même pondu un article intitulé « Anémones en littérature ». Typique de cette famille. On ne se contente pas d'aimer quelque chose, il faut devenir un des plus grands experts en la matière.

Quand j'ai fini, Magnus et Felix délibèrent toujours. La maison est bien rangée. Personne n'a mentionné la bague. Autant filer maintenant.

— Bon, je rentre chez moi, dis-je très calmement en déposant un baiser sur le front de Magnus. Reste là et tiens compagnie à Felix. Souhaite la bienvenue à tes parents de ma part.

— Dors ici ! propose Magnus en m'entourant la taille et en me retenant. Ils voudront te voir !

— Non, accueille-les, toi ! Demain, je rattraperai le temps perdu. Il n'y a pas le feu !

Je lui décoche un grand sourire pour masquer le fait que je me rapproche de la porte les mains derrière mon dos. Felix lève le nez du manuscrit et me fait un clin d'œil.

— Je te comprends !

— Pardon, dis-je surprise. Tu me comprends pour quelles raisons ?

— De ne pas rester ici.

---

1. Vous voyez ? Tout tourne autour des notes de bas de page.

Il hausse les épaules et poursuit :

— Je te trouve bien confiante, vu leur réaction. Des semaines que ça me démange de te le dire : Poppy, tu es formidable.

Qu'est-ce qu'il veut dire ?

— Je ne sais pas de... De quoi tu parles ?

Je me tourne vers Magnus en espérant qu'il va venir à la rescousse.

— Ce n'est rien ! lance mon fiancé précipitamment.

Mais Felix ne quitte pas son grand frère des yeux, l'œil brillant.

— Incroyable ! Tu ne lui as rien dit ?

— Felix, ta gueule !

— Tu n'as rien dit, n'est-ce pas ? Ce n'est pas très fairplay, ça, Mag !

— Me dire quoi ? Quoi ?

Je les dévisage l'un après l'autre.

— Laisse tomber. Écoute...

Il me regarde enfin dans les yeux.

— OK. Mes parents n'ont pas sauté au plafond en apprenant nos fiançailles. C'est tout.

D'abord, je ne sais pas comment réagir. Je le dévisage comme une idiote, tandis que je cherche à digérer ce qu'il vient de m'avouer.

— Mais tu m'as dit... tu m'as assuré qu'ils étaient fous de joie. Qu'ils étaient enchantés !

— Ils seront enchantés quand ils y verront plus clair.

Vraiment ?

J'ai le tournis. Déjà que je n'en menais pas large quand je trouvais que ses parents étaient des génies impressionnants. Quand je pense que pendant tout ce temps ils étaient *contre* notre mariage !

— Tu m'as juré qu'ils ne pouvaient pas imaginer une belle-fille plus douce et plus charmante. Tu m'as assuré qu'ils me transmettaient toute leur affection de Chicago ! C'étaient donc seulement des mensonges ?

41

— Je ne voulais pas te contrarier ! s'exclame Magnus en fixant Felix. Écoute, n'en fais pas une montagne. Ils changeront d'avis. Ils trouvent juste qu'on a un peu précipité les choses... Ils te connaissent mal... Ils sont ridicules.

Il termine en prenant un air renfrogné.

— Je le leur ai dit.

— Tu as eu une engueulade avec eux ? je demande, atterrée. Pourquoi m'as-tu caché tout ça ?

— Ce n'était pas une vraie engueulade, rectifie-t-il. Plutôt une brouille.

Une brouille. *Une brouille ?*

— Une brouille, c'est bien plus grave qu'une engueulade ! C'est mille fois pire. Mon Dieu, si seulement tu m'en avais parlé... Qu'est-ce que je vais faire maintenant ? Comment les regarder en face ?

Je m'en doutais. Les professeurs ne me trouvent pas assez bien. Je ressemble à cette fille dans cet opéra qui renonce à son amant parce qu'elle ne se trouve pas à la hauteur, qui attrape la tuberculose et meurt : c'est ce qui pouvait lui arriver de mieux étant donné qu'elle était inférieure et stupide. Elle non plus ne devait pas savoir prononcer « Proust ».

— Poppy, calme-toi !

Magnus bondit sur ses pieds et, l'air furibard, m'agrippe par les épaules.

— Tu comprends maintenant pourquoi je ne t'ai rien dit. Ce sont des malentendus familiaux qui n'ont rien à voir avec nous. Je t'aime. On va se marier. J'ai l'intention de t'épouser et j'irai jusqu'au bout, quoi qu'on dise, que ce soit mes parents, mes amis ou n'importe qui. Cela ne concerne que nous deux.

Sa voix, si ferme, m'invite à me détendre.

— D'ailleurs, reprend-il, dès qu'ils auront passé un peu plus de temps avec toi, mes parents changeront d'avis. J'en suis persuadé.

Je lui souris à moitié.

— C'est comme ça que je t'aime !

Magnus me serre fort dans ses bras et je l'enlace en retour. J'ai tellement envie de le croire !

En s'écartant de moi, il voit mes mains. Il fronce les sourcils :

— Ma chérie... pourquoi portes-tu des moufles ?

Je vais avoir une crise de nerfs. Impossible d'y échapper. La tragédie de l'émeraude a failli éclater. Sans Felix, j'étais obligée de vider mon sac. J'en étais au milieu de mes explications saugrenues, hésitant à chaque mot, m'attendant à ce que Magnus ne croie pas mon histoire de brûlure à la main, quand Felix a bâillé et demandé :

— Et si on allait au pub ?

Sur ce, Magnus s'est souvenu qu'il avait un mail à envoyer d'urgence, et l'histoire de mes moufles est passée aux oubliettes. J'ai sauté sur l'occasion pour partir. En vitesse.

Assise maintenant dans le bus, je scrute la nuit noire. J'ai froid. J'ai égaré la bague. Les Tavish ne veulent pas que j'épouse Magnus. Mon portable a disparu. J'ai l'impression d'avoir perdu toutes mes défenses d'un coup.

Dans ma poche, Beyonce s'égosille à nouveau. Je m'empare de mon téléphone sans beaucoup d'espoir.

En effet, ce n'est aucune de mes copines qui m'appelle pour me dire : « Je l'ai trouvée ! » Ni la police ou le concierge. C'est lui : Sam Roxton.

— Vous avez fui ! dit-il sans préliminaire. J'ai besoin de ce téléphone. Où êtes-vous ?

Charmant, ce type ! Pas un « Merci de m'avoir aidé à sauver mon contrat avec les Japonais ».

— Il n'y a pas de quoi, je réponds. À votre disposition.

— Oh !

Pendant une seconde je le sens désarçonné.

— Bon. Merci. J'ai une dette envers vous. Et maintenant comment allez-vous vous débrouiller pour me rapporter mon mobile ? Voulez-vous le déposer à mon bureau ou que je vous envoie un coursier ? Vous êtes où ?

Je me tais. Je ne vais pas le lui rendre. J'ai besoin de ce numéro.

— Allô ?

— Oui.

Je serre l'appareil de toutes mes forces et me concentre.

— Voilà, j'ai besoin de vous emprunter ce téléphone. Juste pour un petit moment.

— Oh, Seigneur ! Écoutez ! Je suis désolé, mais il n'est pas question de vous le prêter. Il appartient à ma société et j'en ai besoin. Mais par « emprunter » vous ne voudriez pas dire « voler » ? Car, croyez-moi, je peux vous retrouver et je ne vais pas débourser cent livres par plaisir.

C'est ce qu'il croit ? Que je fais ça pour de l'argent ? Que je vole les téléphones ?

— Mais je ne veux pas le voler ! je m'exclame, indignée. J'en ai juste besoin pour quelques jours. J'ai donné ce numéro à des tas de gens et c'est vraiment un cas d'urgence...

— C'est quoi cette histoire ?

— J'ai perdu ma bague de fiançailles.

J'ai un mal à fou à l'avouer à haute voix.

— Elle est ancienne et de grande valeur. Et puis on m'a piqué mon téléphone et j'étais désespérée. Ensuite je suis passée devant une corbeille à papier, et celui-ci était dedans. Dans la corbeille – je répète, pour bien me faire comprendre. Votre assistante venait de le jeter. Une fois qu'un objet se retrouve dans une corbeille, il tombe dans le domaine public, vous savez. N'importe qui peut se l'approprier.

— Quelles conneries ! Qui vous a raconté ces salades ?

— C'est... de notoriété publique, dis-je d'un ton assuré. D'ailleurs j'aimerais bien savoir pourquoi votre assistante a décampé en se débarrassant de son téléphone. À mon avis, elle ne valait pas un clou, comme assistante.

— C'est vrai. Plus qu'une assistante, c'est la fille d'un ami à qui je n'aurais jamais dû confier ce job. Elle n'était là que depuis trois semaines. Il paraît qu'elle a décroché une séance de photos à midi, aujourd'hui. Et à midi une, elle était partie. Sans même me dire qu'elle me quittait. Je l'ai appris par une autre assistante. Écoutez, mademoiselle... Vous vous appelez comment ?

— Wyatt. Poppy Wyatt.

— Bon, cessons de plaisanter, Poppy. Je suis désolé pour votre bague. J'espère qu'elle va réapparaître. Mais ce téléphone n'est pas un jouet que vous pouvez piquer parce que ça vous arrange. Il appartient à ma société et reçoit tout le temps des messages d'affaires. Des mails. Des choses importantes. Mon assistante dirige ma vie. J'ai *besoin* de ces messages.

— Je vous les ferai suivre, je lui propose immédiatement. Je vous ferai tout suivre. Ça vous convient ?

— Oh, sacré...

Il marmonne un truc dans sa barbe.

— D'accord. Vous gagnez. Je vais vous acheter un nouveau mobile. Donnez-moi votre adresse, je vous l'enverrai par coursier...

— Non ! C'est celui-ci dont j'ai besoin. Il me faut ce numéro.

— Mais bon Dieu...

— Ça peut marcher, dis-je dans la précipitation. Tout ce qui arrive, je vous le transmets immédiatement. Vous ne verrez pas la différence ! Vous seriez obligé de le faire de toute façon, n'est-ce pas ? Puisque vous avez perdu votre assistante, son téléphone ne vous sert plus à rien. Ma solution est plus *efficace*. Et puis vous avez une dette envers moi, vous savez, j'ai empêché M. Yamasaki de partir. C'est vous qui me l'avez dit.

45

— Ce n'est pas du tout ce que j'avais en tête et vous le savez...

— Vous ne perdrez rien, promis juré ! dis-je, furieuse, en l'interrompant. Je vous ferai suivre chaque message. Tenez, je vais vous montrer ! Attendez deux secondes...

Je coupe la communication, je parcours la liste des messages qui sont arrivés dans la matinée et me hâte de les transmettre un par un sur le mobile de Sam. Je travaille à la vitesse de la lumière.

SMS de Vicks Myers : envoyé. SMS de sir Nicholas Murray : envoyé. En quelques secondes, j'ai tout transmis. Et les mails prennent le chemin de : samroxton@whiteglobeconsulting.com.

Mail des RH : transmis. Mail de Tania Pheps : transmis. Mail de papa...

J'hésite un instant. Je dois faire attention. S'agit-il du père de Sam ou du père de Violet ? L'adresse de l'expéditeur est : peter452@hotmail.com, ce qui ne me dit rien.

Persuadée d'œuvrer pour une bonne cause, j'y jette un coup d'œil :

Cher Sam,

Ça fait longtemps. Je pense souvent à toi, me demandant ce que tu deviens et rêvant de bavarder un peu avec toi. As-tu reçu mes nombreux messages téléphoniques ? Ne t'en fais pas : je sais que tu n'as pas que ça à faire.

Si tu es près de chez moi, tu sais que tu peux toujours passer. Il y a une chose dont j'aimerais discuter avec toi – ça n'est pas banal – mais je te le répète, il n'y a pas d'urgence.

Je t'embrasse,

Papa

Quel sale gosse ! En lisant ce mail jusqu'au bout, je suis effarée. Je ne connais pas ce type, et ce ne sont pas mes oignons. Mais quand même. Il pourrait se décarcasser

46

pour répondre aux messages de son père. Ça lui ferait mal de consacrer une demi-heure à bavarder avec son père, son père qui a l'air d'être doux comme un agneau, en plus ? Je plains ce vieux monsieur ! Être obligé d'envoyer des mails à l'assistante de son fils. J'ai presque envie de lui répondre. De lui rendre visite dans sa petite maisonnette[1].

Bon. Tant pis. Après tout, ce n'est pas ma vie. J'appuie sur « Transférer » et le mail s'envole avec les autres. Quelques secondes plus tard, Beyonce revient à la charge. Sam m'appelle :

— À quelle heure précise sir Nicholas Murray a-t-il envoyé son SMS à Violet ? il me demande sèchement.

— Euh...

Je consulte la liste.

— Il y a quatre heures.

Les premiers mots du SMS étant affichés sur l'écran, je ne fais de mal à personne en lisant la suite, n'est-ce pas ? Non pas que ce soit passionnant.

Violet, demandez, s'il vous plaît, à Sam de m'appeler. Il a éteint son téléphone.
Cordialement,
Nicholas

— Merde et merde ! râle Sam.

Il se tait une seconde puis reprend :

— S'il envoie un nouveau message, prévenez-moi immédiatement, OK ? Téléphonez-moi.

J'ouvre la bouche pour lui dire : « Et votre père ? Pourquoi vous ne l'appelez jamais ? » quand je me reprends. Non, Poppy, très mauvaise idée.

— Oh ! Je viens de me souvenir. Il y a eu un SMS un peu plus tôt pour une liposuccion ou un truc de ce genre. Ce n'est pas pour vous ?

---

1. À supposer qu'il habite une maisonnette. Mais tout le laisse penser. Seul avec juste un chien fidèle pour lui tenir compagnie.

— Une *liposuccion* ? répète-t-il, étonné. Non, pas que je sache.

Inutile d'être aussi sarcastique. Je me suis contentée de lui poser la question. Ça doit être pour Violet. Pourtant, si elle est mannequin, elle ne doit pas en avoir besoin.

— Alors... ça marche ? Vous êtes d'accord ?

Il ne me répond pas et je l'imagine regardant son téléphone d'un air courroucé. Je n'ai pas l'impression qu'il saute de joie. Mais, finalement, il n'a pas tellement le choix !

D'un ton grincheux, comme s'il se parlait à lui-même, il m'annonce :

— Je vais faire transférer l'adresse mail de mon assistante sur la mienne. J'en parlerai demain aux types de l'informatique. Mais les SMS continueront à vous parvenir. S'il m'en manque...

— N'ayez aucune crainte ! Je sais que ce n'est pas l'idéal, j'ajoute pour l'amadouer. Et j'en suis désolée. Mais je suis désespérée. Tout le personnel de l'hôtel a ce numéro... toutes les femmes de ménage... c'est mon seul espoir. Parole de scoute !

— Scoute *quoi* ?

— Parole ! Les guides ! Vous levez la main, faites le signe et vous prêtez serment... Minute... Je vais vous montrer.

Je coupe la communication.

Dans le bus, il y a un vieux miroir en face de moi. Je prends la pose, tenant le téléphone d'une main, faisant le signe des guides de l'autre avec un sourire « dents blanches, haleine fraîche ». Je prends la photo et l'envoie vite fait sur le mobile de Sam.

Cinq secondes plus tard, j'ai sa réaction.

Je pourrais l'envoyer à la police et vous faire arrêter.

Je pousse un immense soupir de soulagement. Il *pourrait* ! Ce qui veut dire qu'il ne le fera pas. Je lui réponds :

Merci. Je vous suis très reconnaissante.

Silence.

3

Le lendemain matin à mon réveil, que vois-je ? Mon téléphone qui clignote avec un message de l'hôtel Berrow. Je suis tellement soulagée que j'en pleurerais presque. Ils l'ont trouvée !

Mes doigts s'emmêlent en ouvrant mon mobile, ma tête s'emballe. Une femme de ménage de l'équipe du matin l'a retirée du tuyau de l'aspirateur qu'elle bouchait... l'a découverte dans les toilettes... a aperçu un éclair brillant sur la moquette... Elle est maintenant en sécurité dans le coffre de l'hôtel.

Chers clients. Découvrez nos prix spéciaux pour les grands week-ends d'été sur www.berrow hotel.co.uk. Cordialement. L'équipe du Berrow.

Je me renverse sur le lit, clouée par la déception. Sans parler de la rage que je dédie à l'imbécile qui m'a mise sur leur liste de diffusion. De quel droit, je vous le demande. Quelqu'un essaye-t-il de jouer avec mes nerfs ?

En même temps, je prends conscience que huit heures supplémentaires se sont encore écoulées depuis la perte de ma bague. À cette idée, mon cœur palpite d'horreur. Car plus le temps passe...

Que va-t-il...

Je ne peux même pas aller au bout de ma supposition. Je jaillis de mon lit et navigue vers la cuisine. Je vais me préparer une tasse de thé et faire suivre quelques messages à Sam Roxton. Au moins, ça m'occupera l'esprit.

Le téléphone m'alerte : des mails et SMS viennent d'arriver. J'allume la bouilloire, me perche sur le rebord intérieur de la fenêtre et parcours la messagerie en m'empêchant d'éprouver tout espoir. Comme par hasard, les messages émanent de copines qui veulent savoir s'il y a du nouveau ou qui me suggèrent de vérifier les poches de mon sac.

Pas un mot de Magnus. Pourtant je lui ai envoyé deux messages hier soir. L'un pour savoir ce que ses parents avaient dit d'autre sur moi et quand il pensait cracher le morceau. Le second pour lui signaler que j'étais gênée à l'idée de les revoir et lui demander s'il m'évitait exprès [1].

Ensuite je m'intéresse aux messages destinés à Sam : une cinquantaine entre hier soir et ce matin. À l'évidence, le transfert de la boîte de réception n'est pas encore opérationnel. Il a raison. Sa vie entière est gouvernée par son assistante.

Il y a vraiment tout et n'importe quoi : son médecin, des organismes de charité, des invitations nombreuses et variées. C'est comme recevoir une perfusion de l'univers Roxton. Je sais où il achète ses chemises (Turnbull & Asser), quelle fac il a fréquentée (Durham), comment s'appelle son plombier (Dean).

Tout en lisant, je me sens mal à l'aise. Cette familiarité via un téléphone est nouvelle pour moi. Ça ne m'est jamais arrivé avec mes amies, ni avec Magnus. Il y a des informations qu'on ne communique pas. Exemple : Magnus connaît chaque centimètre de mon corps – et même les parties les plus reculées – mais pas question qu'il s'approche de mon téléphone.

---

1. Bon, ce n'étaient pas seulement deux SMS. Mais au moins sept. Enfin, je n'ai appuyé sur « Envoyer » que deux fois.

Les messages pour Sam sont mélangés aux miens et ça fait bizarre. Deux à moi, six à lui, encore un à moi : nos messages se suivent, se touchent, se frôlent. C'est la première fois que je fais messagerie commune. Drôlement intime, comme impression. C'est comme partager un tiroir de sous-vêtements.

Mais bon, pas de quoi en faire un fromage. La situation ne va pas s'éterniser.

Je prépare mon thé et remplis un bol de céréales. Puis, en mâchonnant, je commence à trier les messages en faisant suivre à Sam ceux qui le concernent.

Je ne vais pas l'espionner. Bien sûr que non. Mais comme je dois cliquer sur chaque message avant de l'envoyer, il m'arrive d'appuyer sur « Ouvrir » par inadvertance et de jeter un coup d'œil au texte. Seulement une ou deux fois. Ou trois.

Visiblement son père n'est pas le seul à avoir du mal à le joindre. Ce Sam ne manifeste aucune bonne volonté quand il s'agit de répondre. Les plaintes et les revendications auprès de Violet pullulent : *Comment faire pour contacter Sam ? Bonjour, excusez-moi de vous déranger, mais j'ai déjà laissé plusieurs messages à Sam... Salut Violet, peux-tu attirer l'attention de Sam sur mon message de la semaine dernière ?*

Ne croyez pas que j'épluche tout entièrement. Ou que je lise la correspondance qui a précédé. Ou que je critique ses réponses en les reformulant dans ma tête. Après tout, ce qu'il écrit ou pas ne me concerne pas du tout. Il peut faire ce qu'il veut. On est dans un pays libre. Je me fiche bien de...

Pitié ! Ses réactions sont si abruptes. J'en suis malade. Et elles sont tellement courtes. Tellement sèches et hostiles. En lisant une autre de ses brèves répliques, je ne peux m'empêcher de m'exclamer : « Vous êtes allergique au clavier ou quoi ? »

C'est ridicule. On dirait qu'il est déterminé à utiliser le moins de syllabes possible :

Oui, parfait. Sam
C'est fait. Sam
OK. Sam

Ça le tuerait d'ajouter un « Bien à vous » ? Ou un smiley. Ou un « Merci » ?

Et, tant qu'on y est, pourquoi ne se donne-t-il pas la peine de répondre aux gens ? Cette pauvre Rachel Elwood qui organise une course de charité au bureau lui a déjà proposé deux fois de prendre la tête d'une équipe. Pourquoi n'accepte-t-il pas ? C'est marrant, c'est sain, ça rapporte de l'argent pour une bonne cause – tout pour plaire, vraiment.

Il n'a pas répondu non plus au sujet d'un déplacement professionnel. C'est une conférence dans le Hampshire la semaine prochaine. Il a une suite réservée au Chiddingford, un hôtel canon, et il doit prévenir une certaine Lindy de son heure d'arrivée. Il ne l'a pas fait.

Le pire, c'est le mail de l'assistante de son dentiste qui attend la confirmation d'un rendez-vous pour un examen de routine. C'est la quatrième fois qu'elle l'envoie. Car, pour être honnête, j'ai un tout petit peu regardé les mails précédents. Apparemment Violet avait renoncé. Après chaque rendez-vous pris, Sam répliquait : « *Annule.* » Ou même : « *Tu plaisantes !* »

À croire qu'il souhaite avoir des dents pourries.

Avant mon départ pour le cabinet de kiné à 8 h 40, une nouvelle série de mails déboule. Ma parole, tous ces gens commencent à bosser à l'aube ! Le premier du lot vient de Jon Mailer. Objet : « *Qu'est ce qui se passe ?* » Je suis tellement intriguée que je l'ouvre en marchant.

Sam, je suis tombé sur Ed au Groucho Club hier soir : il l'avait en travers. Alors fais en sorte

qu'il ne rencontre pas sir Nicholas dans les jours qui viennent. D'accord ?
Cordialement,
Jon

Ah, ah ! Voilà qui pique ma curiosité. Qui est Ed ? Et pourquoi était-il furax au Groucho Club [1] ? Le second émane d'une certaine Willow. Quand il s'affiche, des mots en majuscules me sautent aux yeux.

Violet,
Inutile de faire semblant. Tu nous as ENTENDUS, Sam et moi, nous disputer. Donc je peux jouer franc jeu avec toi.
Puisque Sam REFUSE de répondre au mail que je lui ai expédié il y a une demi-heure, sois gentille d'imprimer cette pièce jointe et de LA METTRE SUR SON BUREAU AFIN QU'IL LA LISE.
Merci mille fois,
Willow.

Je suis sidérée. Willow est sûrement sa fiancée. Punaise ! Son adresse mail est willowharte@whiteglobeconsulting.com. Elle doit travailler chez *White Globe* et pourtant elle envoie des mails à Sam. Étrange, non ? À moins que leurs bureaux ne soient à des étages différents. Oui, c'est ça. Une fois, j'ai envoyé un mail à Magnus depuis l'étage pour qu'il me prépare du thé.
Je me pose des questions au sujet de la pièce jointe.
Arrêtée à un passage pour piétons, j'hésite. Ce serait déplacé de la lire. Terriblement déplacé. Personne n'est en copie sur ce mail. Il s'agit d'un document personnel, concernant deux personnes et les relations qu'ils ont ensemble. Je ne devrais pas le regarder. Avoir louché sur le mail de son père est déjà assez minable.

---

1. Hercule Poirot aurait déjà élucidé ce mystère.

D'un autre côté... Willow veut que je l'imprime, que je le pose sur le bureau de Sam où n'importe qui passant à proximité peut le lire. Et puis loin de moi l'impression d'être indiscrète. Primo, je resterai motus et bouche cousue. Deuxio : personne ne saura que je l'ai vu...

Mes doigts semblent animés par leur propre volonté et cliquent sur la pièce jointe. Il y a tant de majuscules qu'il me faut un moment pour me concentrer.

Sam,
Tu ne m'as toujours pas répondu.
Tu en as l'intention ? Ou tu trouves que ce n'est PAS IMPORTANT ?
Pitié !
C'est la chose la plus importante de NOTRE VIE. Comment peux-tu rester si calme ? Ça me donne envie de pleurer.
Il faut que nous parlions, absolument. Je sais que je suis un peu fautive mais tant qu'on n'aura pas éclairci la situation ENSEMBLE, comment savoir qui tire les ficelles ? Oui, comment ?
Et puis Sam, je ne sais même pas si je t'excite. C'est à ce point-là. JE NE SAIS MÊME PAS SI JE T'EXCITE !
Je te vois secouer la tête, monsieur le roi du déni. Mais c'est de pire en pire, n'est-ce pas ?
S'il y avait un soupçon de sentiment en toi, tu serais déjà en larmes. Moi, je le suis. Et autre chose : j'ai un rendez-vous à 10 heures avec Carter que tu as foutu en l'air vu que j'ai laissé mon putain de mascara à la maison.
Tu peux être fier de toi.
Willow.

Mes yeux sont comme des soucoupes. C'est bien la première fois que je lis un truc pareil.

Je relis et je me tords de rire. Un rire indépendant de ma volonté. Ce n'est pas drôle. Willow a l'air d'être dans tous ses états. Il m'arrive de lancer des remarques moches à Magnus quand je suis en colère, mais jamais je ne les écrirais sur un mail en demandant à son assistante de les imprimer.

Tout à coup la réalité des événements me frappe. Merde ! Il n'y a plus de Violet. Personne ne va imprimer la pièce jointe et encore moins la poser sur le bureau de Sam. Il ne risque pas de répondre et Willow va en être malade. À cette idée, mon fou rire repart.

Je me demande si elle est particulièrement de mauvais poil aujourd'hui ou si elle est toujours excessive. Impossible de résister : je tape *Willow*, et une série de mails me sautent au nez. Celui d'hier est intitulé : « *Tu veux quoi exactement Sam ? Me baiser ou te foutre de moi ?* » Quel programme ! Je recommence à me gondoler. Ils ont des drôles de rapports, ces deux-là. Peut-être qu'ils se lancent des objets à la tête, qu'ils hurlent et braillent et qu'ils ont ensuite une intense partie de jambes en l'air dans la cuisine…

Beyonce entonne *Single Ladies*. En voyant le nom de Sam sur l'écran je manque de lâcher le mobile. Et s'il était extra-lucide et venait de deviner que je surveillais sa vie amoureuse ?

Bon, Poppy, *fini de fouiner* ! Plus d'enquêtes sur Willow ! Je compte jusqu'à trois et j'appuie sur « Répondre ».

— Oh, salut, Sam !

Je tâche de paraître détendue et innocente. Comme si j'étais en train de réfléchir tranquillement à des choses. Et certainement pas comme si je venais de l'imaginer en train de faire des galipettes avec sa fiancée sur des débris de vaisselle.

— Je n'ai rien eu de Ned Murdoch ce matin ?

Ça lui ferait mal de dire bonjour ?

— Non, je vous ai transmis tout ce qui arrivé. Bonjour à vous, au fait ! Je vais bien et vous ?

Il passe complètement à côté de ma vanne.

— Vous êtes sûre de ne pas l'avoir raté, par hasard ? C'est très important.

— Écoutez, je suis extrêmement consciencieuse. Vous avez tout eu. Et, croyez-moi, il n'y avait rien de Ned Murdoch. Au fait, une dénommée Willow vient d'envoyer un mail avec une pièce jointe qui semble intéressante. Ce n'est pas que j'en aie pris connaissance ou quoi que ce soit, hein.

— Hum, fait-il, sans y attacher plus d'importance. Vous avez fini par retrouver votre bague ?

— Pas encore, j'avoue à contrecœur. Mais je suis pleine d'espoir.

— Vous devriez informer votre assureur, vous savez. Dans certains contrats, il existe une date limite pour déposer sa plainte. Un de mes associés s'est fait piéger, un jour.

Assureur ? Date limite ? Aïe !

Subitement la culpabilité me rend toute moite. Je n'ai pas vérifié mon assurance et encore moins celle des Tavish. À la place, je suis restée clouée devant un passage piétons pour lire des mails en pouffant. N'oublie pas les *priorités*, Poppy !

— Vous avez raison. Oui, je suis au courant. D'ailleurs, je m'en occupe.

Je coupe et demeure sans bouger pendant un moment tandis que les voitures passent devant moi. Sam vient de m'enlever mes illusions. Il faut que je déballe ce qui s'est passé. Après tout c'est une bague des Tavish. Je dois les mettre au courant.

Coucou, tout le monde ! C'est moi, la fille que vous ne voulez pas que votre fils épouse. À propos, devinez quoi ? J'ai perdu votre bague de famille d'une valeur inestimable.

Je décide sur-le-champ de m'accorder douze heures supplémentaires. Au cas où. Oui, au cas où.

J'ai toujours pensé que je serais dentiste. Plusieurs membres de ma famille le sont, et il m'a toujours semblé que c'était un métier fort honorable. Mais vers l'âge de seize ans, j'ai fait mon stage dans le département de rééducation de notre hôpital local. Les kinés étaient tellement emballés par leur travail que l'idée de me concentrer uniquement sur les dents m'a paru étriquée. Je n'ai jamais regretté mon choix. Être kiné me convient parfaitement.

Notre cabinet se trouve à dix-huit minutes à pied de mon appartement de Balham. Je longe le café *Costa*, je passe devant le boulanger *Greggs* et je suis arrivée. Ce n'est pas le plus somptueux cabinet du monde – je gagnerais sans doute plus en exerçant dans un centre spécialisé pour sportifs ou dans un grand hôpital. Mais c'est là que j'ai commencé après mon diplôme, et je n'imagine pas en partir. Et puis, cerise sur le gâteau, j'ai la chance de bosser avec des amies. Alors, j'y suis, j'y reste, pour mon plus grand bonheur.

J'arrive à 9 heures pour assister à notre réunion habituelle. Tous les jeudis nous nous réunissons pour parler de nos patients et de leurs bobos, des nouvelles techniques, d'un traitement dernier cri et d'autres trucs du métier[1]. J'ai une patiente qui retient particulièrement mon attention : une charmante Mme Randall de soixante-cinq ans affligée d'un problème de ligament qui est maintenant résolu. Mais la semaine dernière elle est venue deux fois au cabinet et elle a pris trois rendez-vous pour les jours qui viennent. Je lui ai dit qu'elle pouvait faire ses exercices chez elle avec ses bandes élastiques, mais elle insiste.

---

1. Nous ne sommes que trois et nous nous connaissons depuis toujours. *Parfois* il nous arrive d'aborder d'autres sujets comme nos petits amis ou les soldes chez Zara.

D'après moi, elle devient trop dépendante – excellent pour notre chiffre d'affaires mais sûrement pas pour elle.

Donc j'attends avec impatience le moment de discuter de son cas. Mais quand j'entre, j'ai la surprise de voir que la disposition des meubles dans notre salle de réunion a été changée : une chaise, plantée au milieu, fait face à la table derrière laquelle trônent les deux autres chaises. Un entretien d'embauche aurait-il lieu ?

La sonnette de l'entrée signale l'arrivée de quelqu'un : c'est Annalise portant un plateau de chez *Costa*. Ses longs cheveux blonds arrangés en tresses lui donnent l'air d'une déesse grecque.

— Salut, Annalise ! Quoi de neuf ?

Elle me dévisage longuement sans sourire et dit :

— Tu devrais demander à Ruby.

— Quoi ?

Elle avale une gorgée de cappuccino.

— Je ne suis pas censée en parler.

— Mais qu'est-ce qui se passe ?

Annalise est assez susceptible, un peu à la manière d'un enfant. Elle peut bouder et rester dans son coin toute une journée uniquement parce que la veille vous lui avez demandé le dossier d'un patient sur un ton trop brusque.

Ruby est tout le contraire. Elle a la plus belle peau du monde, satinée et couleur café au lait, une grosse poitrine accueillante et le bon sens dont elle fait preuve à tout instant est communicatif. En sa compagnie on se sent instantanément plus raisonnable, plus calme, plus gaie, plus énergique. Si *First Fit* a un tel succès, c'est grâce à elle. Annalise et moi nous sommes de bonnes kinés mais Ruby est la star du cabinet. Et comme elle a y investi de l'argent[1], elle est officiellement ma boss.

— Salut, bébé !

---

1. Ou plutôt son père, qui était déjà propriétaire d'une chaîne de magasins de photocopies.

Ruby sort de sa cabine avec son grand sourire rayonnant. Ses cheveux sont remontés en un chignon compliqué. Annalise et elle n'arrêtent pas d'inventer des nouvelles coiffures. C'est presque une compétition entre elles.

— C'est vraiment nul, mais je dois te donner un avertissement.

— Quoi ?

J'en ai le souffle coupé.

— Ce n'est pas ma faute. En lisant le règlement pour obtenir l'accréditation du PFFA, j'ai découvert que quand une employée baratinait un client elle devait passer en conseil de discipline. De toute façon on l'aurait fait. Mais avec le questionnaire de l'inspecteur, ça ira plus vite.

— Je ne l'ai pas baratiné ! C'est lui qui m'a draguée.

— Laisse au jury le soin d'en décider, si tu veux bien, s'écrie Annalise d'une voix menaçante.

Elle est tellement sérieuse que je frissonne d'inquiétude.

— Je t'ai prévenue que tu avais enfreint la déontologie, crache-t-elle. Tu dois être poursuivie.

— *Poursuivie ?* je demande à Ruby.

Je n'en crois pas mes oreilles. Quand Magnus m'a demandée en mariage, Ruby a déclaré que notre histoire était romantique à en pleurer de joie. Elle a ajouté que, même s'il y avait eu des coups de canif à l'éthique, l'amour était le plus fort, avant de demander tout émue : « Puis-je être ta demoiselle d'honneur, s'il te plaît, Poppy ? »

— Annalise, je suis sûre que le mot « poursuivre » dépasse ta pensée, corrige Ruby en levant les yeux au ciel. Allez, on convoque le jury !

— Qui sont les jurés ?

— Nous, répond joyeusement Ruby. Moi et Annalise. En principe, il devrait y avoir une personne extérieure au cabinet mais je ne savais pas qui prendre. J'ai dit à l'inspecteur que la personne pressentie était malade.

Elle jette un coup d'œil à sa montre et reprend avec allégresse :

— OK. On a vingt minutes. Bonjour, Angela ! Tu ne passes aucun appel, d'accord ?

Notre hôtesse d'accueil, qui vient d'arriver, hoche la tête, renifle et laisse tomber son sac à dos à terre. Elle n'est pas très communicative le matin. Sans doute parce que son petit copain fait partie d'un orchestre qui joue tard la nuit.

Ruby se dirige vers la salle de réunion.

— Oh ! Poppy, lance-t-elle. J'aurais dû t'envoyer un préavis de deux semaines pour te permettre de te préparer. Mais j'imagine que tu n'en as pas besoin. De toute façon, vu que ton mariage est dans un peu plus d'une semaine, ça nous obligerait à te faire revenir au milieu de ton voyage de noces. Ou alors il faudrait attendre ton retour. Et moi, je veux me débarrasser de cette paperasserie au plus vite.

Elle me fait asseoir sur la chaise installée au milieu de la pièce tandis qu'elle prend place derrière la table avec Annalise. Je ne serais pas étonnée si un projecteur était dirigé droit dans mes yeux. C'est abominable. Quel changement ! Aujourd'hui, c'est elles contre moi.

— Vous allez me virer ? je demande, terrifiée.

— Non, bien sûr que non, s'exclame Ruby en dévissant le capuchon de son stylo. Ne sois pas stupide !

— On pourrait, fait Annalise avec un regard mauvais.

Apparemment elle adore son rôle d'assesseur en chef. Et j'en connais la raison : c'est moi qui ai eu Magnus et pas elle.

Voici l'histoire. Annalise est la plus jolie de notre trio. Même moi qui suis une fille, je ne peux pas m'empêcher de l'admirer. À la demande : « Laquelle des trois filles du cabinet sera fiancée au printemps prochain ? » n'importe qui vous répondrait sans hésiter : « Annalise ».

Donc je peux la comprendre. Elle doit nous comparer, elle (aussi belle qu'Aphrodite) et moi (dégingandée, brune, avec des longs cils pour seul atout) et se dire : « Mais qu'est-ce qui cloche ? »

En plus, à l'origine, c'est elle qui devait recevoir Magnus. Mais ce n'est *pas ma faute* si à la dernière minute elle a décidé d'intervertir les rendez-vous.

— Donc, fait Ruby. Reprenons les faits, miss Wyatt. Le 15 décembre de l'année dernière, vous vous êtes occupée de M. Magnus Tavish ici au cabinet ?

— Oui.

— Il souffrait de quoi ?

— Une entorse au poignet consécutive à une chute à ski.

— Au cours des soins, a-t-il eu une attitude déplacée à votre égard ? Et vous-même, avez-vous fait preuve d'un comportement incorrect ?

J'essaie de me souvenir. Magnus entre dans ma salle. Il porte un manteau de tweed gris. La pluie fait briller ses cheveux fauve et l'air frais lui a donné bonne mine. Il a dix minutes de retard et s'excuse tout de suite de sa voix mélodieuse de garçon bien élevé.

— Pas du... tout. C'était un rendez-vous normal.

En affirmant ça, je sais que je raconte des craques. Dans un rendez-vous « normal », votre cœur ne commence pas à s'emballer au moment où vous touchez le bras du patient. Vous n'avez pas la chair de poule. Vous ne tenez pas sa main une ou deux secondes de trop.

Mais si je l'avoue je vais être fichue dehors. Alors j'explique d'une voix posée :

— J'ai soigné le patient au cours de plusieurs séances. Quand notre penchant mutuel est apparu, les soins étaient terminés. Par conséquent, il n'y a eu aucun manquement à l'éthique.

— Il m'a confié qu'entre vous deux le coup de foudre a été instantané, lâche Annalise. Comment expliquez-vous *ça* ? Il m'a dit que vous aviez été immédiatement attirés l'un vers l'autre. Que vous étiez si sexy dans votre blouse qu'il a eu envie de vous violer sur la table de massage.

Pourquoi Magnus avait-il besoin de tout raconter ? Je vais le *trucider*, l'ignoble individu !

— Objection ! je crie. Cette preuve a été produite sous l'effet de l'alcool et en dehors d'un contexte professionnel. Elle n'est donc pas recevable.

— Mais si ! Et n'oubliez pas que vous témoignez *sous serment*, aboie-t-elle, un doigt pointé vers moi.

— Objection acceptée, coupe Ruby.

Son regard est empreint d'une expression lointaine et mélancolique. Elle poursuit :

— Vous saviez qu'un coup de foudre venait de se produire ?

En fermant les yeux, j'essaie de revivre ce moment en détail. En fait, la seule chose dont je suis sûre, c'est que moi aussi, je mourais d'envie de le violer sur la table de massage.

— Oui. Certainement.

— Comme c'est romantique, soupire Ruby.

— Absurde, intervient Annalise. À la minute où il vous a manifesté de l'intérêt, vous auriez dû lui dire : « Monsieur, votre conduite est parfaitement incorrecte. Je vais interrompre cette séance et demander à une autre kinésithérapeute de vous prendre en charge. »

Je suis incapable de réprimer un ricanement :

— Une autre kinésithérapeute ? Tu ne veux pas dire *toi*, par hasard ?

— Et pourquoi pas ?

— Et s'il s'était montré intéressé par ta personne ?

Elle lève le menton d'un air martial.

— J'aurais affronté le problème sans perdre de vue mes principes moraux.

— Mais c'était moral ! Parfaitement moral !

— Ah oui ? fait-elle en plissant des yeux à la façon d'un cat de feuilleton télé. Et d'abord, quelle raison vous a poussée à échanger vos rendez-vous avec les miens, miss Wyatt ? Est-ce parce que, forte des informations que vous aviez dénichées sur Google, vous aviez décidé de le garder pour vous seule ?

Je croyais qu'on avait dépassé ce stade.

— Annalise, c'est *toi* qui as voulu changer ! Moi, je n'ai rien suggéré du tout. Je ne savais pas qui il était. Alors, si tu crois avoir raté quelque chose, tant pis pour toi. La prochaine fois, garde tes patients.

Ma répartie lui a coupé le sifflet. Son visage tourne à l'écarlate et tout à coup elle explose en se frappant le front.

— Je sais ! J'ai fait une énorme connerie ! Qu'est-ce qui m'a pris d'intervertir les rendez-vous !

— Annalise, remets-toi ! déclare Ruby avec détermination. Manifestement, Magnus n'était pas fait pour toi mais pour Poppy. Alors tout ça n'a aucune importance.

Vu sa tête, Annalise n'est pas convaincue.

— Quelle injustice ! marmonne-t-elle. Vous savez combien de banquiers j'ai massés au marathon de Londres ? Sans parler de la peine que je me suis donnée ?

Il y a quelques années, Annalise s'est toquée du marathon de Londres à la télé, en se rendant compte que l'épreuve réunissait plein de mecs dans les quarante ans, en pleine forme et probablement célibataires (sinon ils n'auraient été pas été aussi dingues de course à pied). Bon, d'accord, quarante ans c'est un âge avancé mais leurs salaires devaient être élevés.

Donc elle s'était proposée comme kiné bénévole. Elle choisissait les types séduisants et massait leurs mollets en les fixant de ses grands yeux bleus tout en leur avouant qu'elle aussi soutenait depuis toujours cette cause charitable[1].

Pour être honnête, elle est sortie avec pas mal de ces coureurs – l'un l'a même emmenée à Paris. Mais rien ne s'est vraiment concrétisé. Rien de sérieux, en tout cas. Elle est extrêmement difficile en matière de fiancés mais plutôt mourir que de l'admettre. Elle prétend rêver d'un garçon tout simple avec des valeurs saines mais, quand un mec de ce genre se pointe et tombe amoureux, elle le largue à la première occasion. Je pense en particulier à cet acteur au chômage. Ce qu'Annalise cherche vraiment, c'est quelqu'un qui ressemble au beau gosse de la pub Gillette, avec un gros salaire ou un titre de noblesse – et même les deux de préférence. C'est pourquoi elle est folle de rage d'avoir raté Magnus. Comme il a passé son doctorat, il a déjà droit au titre de docteur. Et quand je lui ai confié qu'il serait un jour professeur, elle est devenue verte.

Ruby griffonne quelques lignes, pose son stylo et annonce :

— Je crois qu'on a tout couvert. Bon boulot, tout le monde !

Annalise fait toujours la tête.

— Tu ne vas pas lui donner un avertissement ?

— Tout juste, fait Ruby. Bon Poppy, c'est la première et la dernière fois, d'accord ?

— OK !

— Je consigne tout ça par écrit pour l'inspecteur et on n'en parle plus. Pour changer de sujet, je vous annonce que j'ai trouvé le soutien-gorge sans bretelles *parfait* pour aller sous ma robe de demoiselle d'honneur. En satin couleur aigue-marine. Le luxe total.

Ruby est redevenue elle-même, adorable et rayonnante.

---

1. Elle a complètement ignoré les pauvres femmes qui se sont foulé la cheville. Un bon conseil si vous êtes une fille : évitez de courir le marathon quand Annalise est la kiné de garde.

— Fantastique, je dis en m'approchant du plateau à café. Il y en a un pour moi ?

— Le café au lait sans mousse avec de la noix de muscade, répond Annalise à contrecœur.

Au moment ou je prends le gobelet, Ruby laisse échapper un petit hoquet.

— Poppy, ta bague ! Tu ne l'as pas retrouvée ?

Les deux filles fixent ma main gauche.

— Pas encore, mais ça ne saurait tarder.

— Oh, merde, s'exclame Annalise.

— J'étais sûre que tu l'avais retrouvée, dit Ruby. Il me semble que quelqu'un me l'a dit.

— Non.

Leur réaction ne me plaît pas *du tout*. Au lieu de me rassurer par un « Ne t'inquiète pas » ou un « Ces choses-là arrivent », elles affichent une mine horrifiée.

— Tu vas faire quoi ? demande Ruby, les sourcils froncés au point de se rejoindre.

— Et Magnus, il dit quoi ? intervient Annalise.

J'avale une gorgée de café pour gagner du temps.

— Euh... Je ne lui ai encore rien avoué.

— Tu connais sa valeur ?

Vous pouvez compter sur Annalise pour aborder les sujets qui fâchent.

— Pas mal d'argent, j'imagine. Bah, il y a toujours l'assurance.

Ruby a son expression désapprobatrice des grands jours. Une expression qui me donne envie de rentrer sous terre. Comme lorsqu'elle m'a piquée en train de faire une séance d'ultrasons tout en envoyant un texto [1] :

— Et tu as l'intention de le mettre au courant quand ?

— Ce soir. Vous ne l'avez pas vue, les filles ?

---

1. Pour ma défense, c'était une urgence. Natasha venait de rompre avec son copain. Et le patient ne pouvait pas s'en apercevoir. Mais je l'admets, c'était stupide.

Comme si elles allaient me répondre : « Mais si, elle est dans mon sac ! » Je sais que ma question est ridicule mais je ne peux pas m'empêcher de la poser.

— Non, font-elles de la tête.

Même Annalise a l'air désolée.

C'est dire si la situation est catastrophique.

À 18 heures c'est encore pire. Annalise est allée sur Google à la rubrique bagues en émeraude.

Je ne lui ai rien demandé, elle l'a fait de son propre chef. Magnus ne m'a jamais précisé combien la bague valait. Quand il me l'a passée au doigt, il m'a juste dit : « Elle est inestimable. Comme toi. » Quel moment merveilleux ! On dînait chez *Bluebird* et je ne me doutais pas qu'il allait me demander ma main. Vraiment pas [1].

Quoi qu'il en soit, je n'avais aucune idée de la valeur de la bague et je ne voulais pas le savoir. Sur ce chapitre j'ai mis au point quelques répliques à sortir à Magnus si besoin est. Genre : « Écoute, je ne m'étais pas rendu compte que c'était une bague aussi chère. Tu aurais dû me le *dire*. »

Je n'aurai sans doute pas le culot de lui servir ça. Il faudrait quand même être débile pour ne pas réaliser qu'une émeraude sortie d'un coffre vaut un bras. Cela dit, c'est assez consolant de ne pas avoir une somme précise en tête.

Mais voilà qu'Annalise brandit une feuille de papier qu'elle vient d'imprimer [2].

---

1. C'est le discours typique de la fiancée, alors qu'en fait elle lui a donné un ultimatum, lui a fait croire ensuite que l'idée venait de lui et a attendu (bingo !) qu'il fasse sa déclaration six mois après. Mais moi, franchement, je ne savais pas. Comment aurais-je pu, après un seul et unique *mois* ?

2. Je parie qu'elle ne l'a pas fait pendant sa pause déjeuner. C'est elle qui devrait passer en conseil de discipline.

— Bague Art déco, avec une émeraude de qualité et deux baguettes en diamants. Estimation : 25 000 livres, clame-t-elle.

— Quoi ?

Incroyable ! J'ai l'estomac dans les chaussettes.

— Non, je bredouille, impossible qu'il m'ait offert une bague de cette valeur. Les universitaires sont *pauvres*.

— Magnus n'est pas pauvre ! Il n'y a qu'à voir la maison de ses parents. Et son père est célèbre. Tiens, regarde celle-ci. Elle coûte 30 000 livres et ressemble exactement à la tienne. Tu n'es pas d'accord Ruby ?

Je ne veux pas regarder.

— Moi, je ne l'aurais jamais enlevée de mon doigt, ajoute Annalise, sentencieuse.

J'ai envie de la frapper.

— C'est *toi* qui voulais l'essayer, j'aboie. Si tu ne me l'avais pas demandé, je l'aurais toujours.

Annalise semble au comble de l'indignation.

— Mais pas du tout ! Je l'ai essayée au même moment que les autres filles. Ta bague faisait le tour de la table.

— Ah bon ? Mais qui a eu cette idée idiote, alors ?

Je me creuse une fois encore les méninges pour essayer de me souvenir. Hélas ! ma mémoire, déjà chancelante hier, est aujourd'hui carrément infirme.

En tout cas, une chose est sûre : les histoires d'Hercule Poirot, c'est du bidon complet. Tous ces témoins qui affirment : « Oui, je me souviens qu'il était précisément 15 h 06 parce que j'ai regardé la pendule juste au moment où je me suis emparée de la pince à sucre. Et je peux vous assurer que lady Favisham était assise à droite de la cheminée. »

Mon œil. Ils n'ont aucune idée de l'endroit où lady Favisham était assise mais ne veulent pas l'admettre devant Poirot. Je suis étonnée de son succès.

— Je dois y aller.

Il faut que je parte avant qu'Annalise m'assène encore des prix exorbitants de bagues avec émeraude.

— Pour tout raconter à Magnus ?

— D'abord j'ai rendez-vous avec Lucinda au sujet du mariage. Ensuite je vois Magnus et sa famille.

— Tiens-nous au courant. Envoie-nous un SMS. À propos, comment se fait-il que tu aies changé de numéro ?

— Oh, ça ! Eh bien, je sortais de l'hôtel pour avoir du réseau et je tenais mon portable...

Je m'interromps. Pas le courage d'aborder le sujet du téléphone volé, ni la force de parler du mobile dans la corbeille à papier ou de Sam Roxton. De toute façon, c'est trop dingue.

À la place, je hausse les épaules.

— Oh, tu sais, j'ai perdu mon mobile. J'en ai pris un autre avec un nouveau numéro. Bon, à demain, les filles !

— Bonne chance, future madame, s'écrie Ruby en me serrant brièvement dans ses bras.

— N'oublie pas les SMS. On exige un rapport heure par heure, me rappelle Annalise alors que je passe la porte.

Aux exécutions publiques, je parie qu'Annalise aurait été une spectatrice de choix. Je l'imagine au premier rang, jouant des coudes pour se trouver une place avec vue directe sur la hache et notant les détails sordides pour les afficher ensuite sur la place du village.

Oui, aux exécutions publiques ou à n'importe quel événement gore de l'ère avant Facebook.

Je ne sais pas pourquoi je me presse : comme d'habitude, Lucinda est en retard.

À vrai dire, je ne sais pas non plus pourquoi j'ai fait appel à une organisatrice de mariage. Mais pas question de l'avouer à qui que ce soit. Lucinda est une vieille amie des Tavish et, chaque fois que je prononce son nom, Magnus me demande avec une note d'optimisme dans la

voix : « Alors vous vous entendez bien toutes les deux ? »
Comme si nous étions deux pandas menacés d'extinction
et obligés de faire un bébé.

En fait j'aime bien Lucinda. Mais elle me stresse un
maximum. Elle m'envoie sans arrêt des messages dans
lesquels elle énumère tous ses faits et gestes, en insistant
sur ses exploits. Par exemple, la recherche des serviettes
qui prend des allures de saga *interminable* et lui a
demandé pas moins de trois expéditions dans un entrepôt
de Walthamstow.

Et puis ses priorités semblent un peu bizarres.
Exemple : ce spécialiste Internet qu'elle a engagé à grands
frais pour installer une messagerie automatique afin
d'informer les invités des dernières mises à jour [1]. Ou pour
créer cette page sur le Web où les invités sont priés de
noter les vêtements qu'ils porteront de manière à éviter
des « situations déplaisantes [2] ». Mais pendant qu'elle
s'investit dans ce genre de broutilles, elle ne s'occupe pas
du principal. Le traiteur qu'on voulait a failli nous filer
entre les doigts parce qu'elle ne l'avait pas rappelé pour
confirmer.

Notre rendez-vous a lieu dans le hall de l'hôtel Claridge
– Lucinda adore les halls d'hôtel, ne me demandez pas
pourquoi. Je l'attends patiemment pendant vingt minutes
en buvant un thé léger et en me disant que j'aurais dû
l'annuler. La perspective de voir Magnus et ses parents
me rend complètement malade. D'ailleurs je suis sur le
point d'aller aux toilettes pour *être* malade quand Lucinda
apparaît cheveux au vent dans un nuage de Calvin Klein,
avec au moins six albums sous le bras. Les talons hauts de
ses escarpins en daim martèlent les dalles de marbre et les
pans de son manteau de cachemire rose flottent derrière
elle comme deux ailes.

---

1. Personne ne l'a jamais utilisée.
2. Personne n'a noté quoi que ce soit.

Dans son sillage avance Clemency, son « assistante » (si on peut appeler « assistante » une fille de dix-huit ans non payée. Moi, je dirais plutôt une « esclave »). Clemency est tout à fait comme il faut, absolument adorable et complètement terrifiée par Lucinda. Elle a répondu à une petite annonce parue dans *The Lady* qui proposait un boulot de stagiaire et me répète tout le temps combien elle est contente d'apprendre les ficelles du métier avec une professionnelle expérimentée[1].

Lucinda s'affale dans un fauteuil et étend ses jambes vêtues d'un pantalon Joseph en laissant tous ses albums se répandre sur le sol.

— J'ai parlé au vicaire. Certains de nos souhaits *ne se réaliseront pas*. Il est opposé à l'idée de déplacer cette horrible chaire. Pourquoi les gens ne peuvent-ils pas se montrer un peu plus *coopératifs* ? Quelle barbe ! Et le traiteur ne m'a toujours pas téléphoné...

Difficile de me concentrer sur ce qu'elle dit alors que je pense à Magnus : il faut que je le voie seul pour lui parler de la bague avant d'affronter ses parents. Trop tard ? Peut-être pas. Je peux lui envoyer un SMS ni vu ni connu.

— ... et je n'ai pas encore déniché le joueur de trompette, lance Lucinda dans un souffle, deux ongles laqués sur la tempe à la manière d'un célèbre penseur. Il y a tellement à faire. C'est fou ! Vraiment *fou* ! Évidemment, si Clemency avait tapé convenablement le programme de la cérémonie, on aurait gagné du temps, ajoute-t-elle avec une pointe de sadisme.

---

1. Personnellement j'ai des doutes sur la prétendue expérience de Lucinda. Chaque fois que je lui pose des questions sur les mariages qu'elle a organisés, elle se réfère toujours au même, celui d'une amie qui consistait en une soirée au restaurant pour trente personnes. Mais bien entendu je n'en ai jamais parlé aux Tavish ni à Clemency. Ni à qui que ce soit d'autre, d'ailleurs.

J'adresse un sourire compatissant à la pauvre assistante dont les joues ont pris la couleur d'une betterave cuite. Ce n'est pas sa faute si elle souffre d'une sérieuse dyslexie. Ainsi, ayant tapé *hymen* au lieu de *hymne*, elle a été obligée de tout recommencer.

— Pas de souci ! On va y arriver, dis-je.

— Je t'assure qu'après toute cette tension je vais avoir besoin d'une semaine de repos dans un spa. Tu as vu mes mains ? C'est à cause du stress.

Elle parle de quoi, là ? Ses mains me semblent parfaitement normales. Mais je les examine docilement.

— Tu vois ? Atroces ! À cause de ton mariage, Poppy ! Clemency, va me commander un gin-tonic !

— Tout de suite !

Clemency saute littéralement sur ses pieds. Quant à moi, j'essaye de combattre une irritation grandissante. Il faut toujours que Lucinda émaille sa conversation de réflexions comme : « Pour te faire plaisir, Poppy ! » ou : « Les mariées ont toujours raison ! »

Parfois elle est vraiment mordante, ce que je trouve déconcertant. Ce n'est quand même pas moi qui lui ai demandé d'être organisatrice de mariage. Et, soit dit en passant, ses honoraires sont sacrément élevés. Mais je la boucle parce qu'elle est une vieille amie de Magnus et tout ça.

Je tente une percée :

— Lucinda, au sujet des voitures, tout est prévu ?

Silence de mauvais augure. D'après la façon dont ses narines frémissent, je peux voir que Lucinda bout intérieurement. Finalement la vague de fureur éclate au moment où la pauvre Clemency revient.

— Oh, merde ! Oh, *fuck* ! Clemency, pourquoi tu as oublié de me parler des voitures ? Ils ont besoin de voitures. Nous devons en louer.

L'infortunée Clemency se met à bafouiller en me regardant :

— Je... Euh... Je ne savais pas...

— Il y a toujours un truc, marmonne Lucinda en se parlant presque à elle-même. Toujours un truc à se rappeler. C'est sans fin. Et peu importe l'énergie que j'y mets...

— Écoute, tu veux que je m'occupe des voitures ? je lance sans réfléchir. Je dois pouvoir m'en tirer.

— Tu pourrais ? Vraiment ? Tu comprends, je suis seule sur ce job. L'organisation des détails m'a pris une semaine entière. Tout ça pour ton mariage, Poppy.

À la voir aussi stressée, je me sens presque coupable.

— Pas de problème. Je vais consulter les Pages Jaunes.

— Et ta coiffure de mariée, Poppy ?

Lucinda se concentre maintenant sur ma tête. Si seulement mes cheveux pouvaient pousser plus vite !

— Ça va ! Je suis sûre et certaine de pouvoir faire un chignon.

Inutile de préciser que ma voix est plus optimiste que mon état d'esprit.

Lucinda m'a reproché au moins cent fois d'avoir fait la bêtise de me faire couper les cheveux au-dessus des épaules juste avant mes fiançailles[1]. Dans la boutique de robes de mariée, elle a aussi tenté de me convaincre qu'avec ma peau claire[2] une robe vert acide m'irait mieux que la traditionnelle robe blanche. Heureusement la propriétaire a réagi en affirmant que Lucinda disait n'importe quoi et que mes cheveux et mes yeux foncés seraient parfaitement mis en valeur par du blanc. C'est à elle que j'ai fait confiance.

Le gin-tonic arrive. Lucinda prend une longue goulée et, moi, j'avale une petite gorgée de thé tiède. La pauvre Clemency n'a rien à boire. Elle essaye de se fondre dans la

---

1. Comme si j'avais des dons de voyance !
2. « Blanche comme un linge », d'après ses propres termes.

tapisserie de son fauteuil pour ne pas attirer l'attention sur elle.

J'avance prudemment une autre question.

— Et pour les confettis, quoi de neuf ?

Mais je rétrograde à toute vitesse en voyant l'expression mauvaise de Lucinda :

— Bon, je peux aussi m'en occuper. Je vais téléphoner au vicaire.

— Parfait ! Je t'en remercie. Parce qu'il n'y a que *moi* et que je *ne peux* pas être partout à la fois...

Tout à coup, les yeux fixés sur ma main, elle s'écrie :

— Où es ta bague, Poppy ? Ne me dis pas que tu ne l'as toujours pas *retrouvée* !

Elle a l'air tellement choquée que je recommence à me sentir mal.

— Non, mais bientôt. Je suis confiante. Tout le personnel de l'hôtel est à sa recherche et...

— Magnus est au courant ?

— Pas encore. Mais il va l'être très vite.

— Si je me souviens bien, c'est une bague de famille, non ? J'imagine qu'ils vont être furieux.

Elle veut que je *craque*, c'est clair.

Heureusement la sonnerie de mon téléphone crée une diversion. C'est Magnus. Et moi qui espérais que ses parents annulaient en raison d'une gastro foudroyante ! C'est tout le contraire.

Dîner en famille à 20 heures. Suis impatient de te voir.

— C'est ton nouveau téléphone ? Tu as reçu ce que je t'ai fait suivre ?

— Oui, merci ! (Une bagatelle de trente-cinq SMS qui encombrent ma messagerie.)

Quand elle a su que j'avais perdu mon mobile, Lucinda a insisté pour me transférer ses envois les plus récents pour que je garde tous les préparatifs en tête. Ce qui en

74

soi n'était pas une mauvaise idée. J'ai demandé à Magnus de faire pareil. Même chose aux filles du cabinet.

Ouf ! Ned Murdoch a finalement contacté Sam. Cette histoire m'a turlupinée toute la journée. Et pourtant quand je jette un coup d'œil distrait à son mail, je n'y détecte rien de bien affolant : « *Re : enchères Ellerton. Salut, Sam. Quelques remarques. Tu les trouveras en pièce jointe. Bla-bla-bla...* »

Je le fais suivre immédiatement. Et je tape nerveusement une réponse à Magnus :

Génial, super. Ravie de dîner avec tes parents.
PS : Peux-tu m'attendre dehors avant que j'entre leur dire bonjour ? Il faut que te parle. Juste d'un petit truc minuscule. Bizzzzzzzzzzzz.

4

J'ai l'impression de me trouver à l'époque de la Révolution française. Ou, tout au moins, je *sais* maintenant ce que les condamnés à mort éprouvaient en montant les marches conduisant à l'échafaud. Une fois sortie du métro, j'escalade la colline tout en agrippant la bouteille de vin achetée la veille. Mes pas sont de plus en plus lourds, de plus en plus lents.

En fait, je me rends compte que je n'avance plus du tout. Je suis figée comme une statue. Les yeux fixés sur la façade des Tavish, je m'oblige à me calmer, à mettre un pied devant l'autre.

Allons, Poppy, ce n'est pas la mer à boire ! Seulement une bague !

Seulement tes futurs beaux-parents.

Seulement un malentendu ! D'après Magnus [1], ils ne lui ont jamais dit ouvertement qu'ils ne voulaient pas qu'il m'épouse. Ils l'ont simplement *sous-entendu*. Mais ils ont peut-être changé d'avis !

Et mieux encore ! J'ai découvert un petit point positif. Apparemment, l'assurance de mon appartement rembourse ce genre de pertes. C'est mieux que rien. Je me demande soudain si je ne pourrais pas *entamer* la conversation avec Wanda en parlant de l'assurance de la bague

---

1. J'ai réussi à le lui faire admettre au téléphone à l'heure du déjeuner.

et de son aspect pratique : « Wanda, je viens de lire une brochure de la banque, oui, la HSBC et... »

Misère ! Qui donc j'espère berner ? Il n'y a pas moyen de m'en sortir. C'est un cauchemar. Autant cracher le morceau.

Mon téléphone sonne. Je le sors de ma poche machinalement, comme dans le temps. Je ne crois plus aux miracles.

— Vous avez un nouveau message, m'annonce la voix familière et nonchalante de la boîte vocale.

Cette femme m'a parlé si souvent que j'ai l'impression de la *connaître*. Combien de personnes l'ont écoutée, priant pour qu'elle se dépêche, le cœur plein d'espoir ou la peur au ventre. Mais elle reste impassible, comme si elle se moquait bien du message qu'elle annonce. On devrait avoir le choix entre plusieurs annonces correspondant à différents genres de nouvelles : « Devinez ! Un truc sensationnel ! Ne manquez pas d'écouter votre boîte vocale ! » Ou bien : « Asseyez-vous ! Servez-vous un verre. Ce message ne va pas vous enchanter. »

Je passe mon téléphone sur mon autre oreille et j'avance de quelques pas. Le message a été laissé pendant que j'étais dans le métro. Sans doute Magnus qui me demande où je suis.

« Bonjour, ici l'hôtel Berrow. Ceci est un message pour Poppy Wyatt. Miss Wyatt, il semblerait que votre bague *ait* été retrouvée hier. Toutefois, en raison de la confusion consécutive à l'alerte... »

Quoi ? *Comment ?*

Ô joie ! Ô bonheur ! Sur le coup, j'entends mal. Sous le choc, je comprends mal. Ils l'ont retrouvée !

Je coupe et compose à toute vitesse le numéro du concierge. J'adore cet homme ! *Je l'adore !*

— Hôtel Berrow...

La voix du concierge.

— Bonjour, dis-je complètement essoufflée. Ici Poppy Wyatt. Vous avez trouvé ma bague ! Vous êtes extraordinaire ! Je fonce la récupérer.

— Miss Wyatt, avez-vous écouté l'intégralité du message ?

— Euh... une partie.

— Je suis désolé... À l'heure actuelle, je suis navré de vous informer que nous sommes incapables de localiser précisément votre bague.

Je stoppe net et regarde le téléphone. Vient-il de dire ce que j'ai cru entendre ou suis-je atteinte de berlue auditive ?

— Vous avez dit que vous l'aviez trouvée. Comment pouvez-vous ignorer où elle se trouve ?

— D'après un membre de notre personnel, une serveuse a bien trouvé une bague avec une émeraude sur la moquette d'un salon pendant l'alerte et l'a remise à Mme Fairfax, la directrice de la clientèle. Ensuite, nous ne savons pas très bien ce qui est advenu. Toujours est-il que la bague ne se trouve pas dans notre coffre-fort ni dans les lieux sécurisés que nous utilisons habituellement. Nous sommes vraiment désolés et nous ferons le maximum pour...

— Écoutez ! Vous n'avez qu'à interroger Mme Fairfax ! je m'exclame. Qu'elle vous dise ce qu'elle en a fait !

— Certainement. Malheureusement elle est partie en vacances et, malgré tous nos efforts, nous avons été dans l'impossibilité de la joindre.

— Elle l'aurait *piquée* ? je gémis, horrifiée.

Je vais la retrouver, cette toupie ! Quel qu'en soit le prix. Détectives, police, Interpol... Je m'imagine déjà aux assises, pointant mon doigt vers une pochette en plastique transparent contenant la bague, tandis qu'une femme mûre, bronzée après s'être cachée sur la Costa del Sol, me regarde l'œil torve.

Le concierge n'apprécie pas :

— Mme Fairfax est une de nos fidèles employées depuis trente ans. De nombreux objets de valeur lui sont passés entre les mains. J'ai beaucoup de mal à croire qu'elle aurait pu faire une chose pareille.

— Alors la bague doit toujours se trouver dans l'hôtel, je rectifie avec une lueur d'espoir.

— C'est précisément ce que nous cherchons à déterminer. Soyez assurée que dès que j'en saurai plus vous serez tenue au courant. Puis-je continuer à utiliser ce numéro ?

— Oui ! je m'exclame en serrant fort le téléphone. Vous avez le bon numéro. Je vous en prie, appelez-moi *dès que* vous apprenez quelque chose. Merci mille fois.

Je raccroche en reprenant ma respiration. Comment je dois avaler ça ? C'est plutôt une bonne nouvelle ? Oui. Non. Plus ou moins.

Sauf que ma bague ne brille toujours pas à mon doigt. Tout le monde va se faire du souci. Les parents de Magnus vont me trouver tête en l'air et irresponsable. Ils ne me pardonneront jamais de leur avoir donné des cheveux blancs. Bref, je suis toujours dans le pétrin !

À moins – à moins que…

Non. Je ne pourrais pas. Ou alors ?

Si mes jambes sont coulées dans le béton, mon esprit, lui, s'agite furieusement. OK. Réfléchissons clairement. Logiquement et posément. Si la bague n'est pas perdue *pour de bon…*

Je rebrousse chemin et passe devant la parapharmacie *Boots* de la grande rue, à quatre cents mètres de là. À moitié dans les vapes, j'entre sans tenir compte des vociférations d'une vendeuse qui me crie que le magasin ferme. La tête droite, j'avance direct vers le comptoir des produits de première urgence qui propose des gants de protection et des rouleaux de bande adhésive. Je vais acheter le matériel complet.

Deux minutes plus tard, je fais le chemin en sens inverse. Ma main disparaît sous les bandages, et nul ne peut deviner si je porte une émeraude ou pas. Sans avoir besoin de mentir, je peux affirmer : « J'aurais du mal à porter une bague avec une brûlure sur la main. » Ce qui est vrai.

Je suis presque arrivée chez les Tavish quand mon téléphone crépite : un SMS de Sam Roxton s'affiche sur l'écran.

Où est la pièce jointe ?

Typique de sa part. Pas de bonjour, pas d'explication. Il s'attend à ce que je devine ce qu'il a dans la tête.

Comment ça ?

Le mail de Ned Murdoch. Il n'y avait pas de pièce jointe.

Je n'y suis pour rien ! J'ai juste envoyé le mail. On a dû oublier de la joindre. Demandez-leur de vous en renvoyer une copie, AVEC la pièce jointe. Directement sur votre ordinateur, hein ?

Je sais que j'ai l'air exaspérée, et bien sûr il s'en rend compte.

L'idée de partager ce téléphone vient de vous, ne l'oubliez pas. Si ça vous fatigue, il vous suffit de me le rapporter à mon bureau.

Non, non, ça roule ! S'il m'arrive, je vous le transmets. Ne vous en faites pas. Je croyais que vos mails étaient transférés à votre adresse ???

Les techniciens prétendent qu'ils s'en occupent dès que possible. Mais ils mentent comme...

Une petite pause puis il ajoute :

Au fait, vous avez récupéré votre bague ?

Presque. L'hôtel l'a trouvée puis l'a reperdue.

Typique.

Absolument.

Je m'arrête de marcher et m'appuie contre un mur. Ce sont mes dernières minutes avant d'entrer, mais tant pis. Ça me remonte le moral d'avoir cette conversation virtuelle avec une personne qui ne connaît pas Magnus, ni aucun membre de mon entourage. Trois secondes plus tard, je lui envoie un texto sur le ton de la confession :

Je ne vais pas dire à mes beaux-parents que j'ai perdu la bague. Vous croyez que c'est très mal de ma part ?

Pourquoi vous leur diriez ?

En voilà une question ridicule ! Je lève les yeux au ciel et tape :

C'est LEUR bague !

Pas leur bague. Votre bague. Ce n'est pas leur affaire. Pas de quoi en faire un drame.

Incroyable qu'il écrive ça ! En lui répondant, j'écrase les touches comme une furie :

Cette satanée bague est un bijou de FAMILLE. Et je vais dîner avec eux ce soir. Ils s'attendent à voir la bague à mon doigt. Ça va faire un drame épouvantable. Merci beaucoup.

Rien sur mon écran pendant un moment et je pense qu'il a laissé tomber. Mais juste quand je suis sur le point de bouger, un message arrive :

Vous allez leur expliquer la perte de la bague comment ?

Moment de délibération intérieure. Pourquoi ne pas obtenir un second avis ? En m'appliquant, je prends une photo de ma main pansée et lui transmets. Cinq secondes après, j'ai sa réponse :

Vous voulez rire ?

Non mais, pour qui se prend-il ?

À ma place, VOUS feriez quoi ?

J'ai le vague espoir qu'il va me sortir une idée brillante à laquelle je n'ai pas pensé. Mais il me dit seulement :

Vous comprenez pourquoi les hommes ne portent pas de bague.

Génial ! Voilà qui m'aide vraiment. Je m'apprête à lui renvoyer une remarque cinglante quand un second texto déboule :

Ça paraît bidon. Enlevez une bande.

Je suis consternée. Mais il n'a sans doute pas tort.

D'acc. Merci.

Le temps de dérouler une bande et de la fourrer dans mon sac, j'entends la voix de Magnus :

— Poppy ! Qu'est-ce que tu fabriques ?

Il marche à ma rencontre. Énervée, je laisse tomber mon mobile dans mon sac. J'entends qu'un nouveau message arrive mais je le lirai plus tard.

— Salut, Magnus ! Qu'est-ce que tu fais ici ?

— Sorti acheter du lait. Nous sommes à sec.

Il s'arrête devant moi, pose ses deux mains sur mes épaules. Ses yeux bruns me scrutent avec une lueur de tendresse et de gaieté :

— Qu'est-ce qui t'arrive ? Tu repousses le moment fatidique au maximum ?

— Mais non ! Ne va pas croire ça ! Je montais à la maison.

— Je sais de quoi tu voulais me parler.

— Tu... crois ?

Sans le faire exprès, je regarde ma main puis je relève la tête.

— Écoute, amour, tu dois cesser de te faire du mauvais sang à propos de mes parents. Ils vont t'adorer dès qu'ils te connaîtront mieux. J'en fais mon affaire. On va bien s'amuser ce soir. D'accord ? Détends-toi et sois toi-même.

— OK.

Il me serre contre lui et aperçoit enfin mon pansement.

— Ta main te fait toujours souffrir ? Ma pauvre chérie.

Il ne mentionne même pas la bague. J'ai une lueur d'optimisme. Finalement, la soirée pourrait se dérouler normalement.

— Alors, tu as parlé à tes parents de la répétition ? Demain soir à l'église.

— Ne t'en fais pas. Tout baigne.

En avançant vers la maison, je savoure la scène à venir. La vieille église en pierre. Mon entrée, l'orgue. L'échange des consentements.

Bien sûr, des tas de futures mariées rêvent de musique, de fleurs, de leur robe. Mais moi, c'est l'engagement. *Voulez-vous prendre pour époux...* Toute ma vie j'ai entendu ces mots magiques : au cours des mariages familiaux, au cinéma, lors des noces royales. Les mêmes mots, répétés à l'infini, comme de la poésie transmise au fil des siècles. Et maintenant, c'est mon tour de les prononcer. J'en ai la chair de poule.

— L'échange des consentements, j'en ai tellement envie, lui dis-je pour la centième fois.

Peu de temps avant de nous fiancer, Magnus avait l'air de préférer un simple mariage civil. Il n'est pas pratiquant et ses parents non plus. Pourtant, après lui avoir expliqué comme je tenais depuis toujours à une cérémonie à l'église, il a changé d'avis et m'a affirmé que rien ne serait plus merveilleux.

— Je sais, dit-il en me serrant la taille. Moi aussi.

— Ce serment classique, il ne te dérange pas ? Tu es sûr ?

— Amour, il est magnifique.

— Je trouve aussi. Et tellement romantique.

En m'imaginant devant l'autel avec Magnus, mains jointes, nous disant ces mots d'une voix claire et forte, j'ai l'impression que rien d'autre ne compte.

Mais quand, vingt minutes plus tard, nous approchons de la maison, je ne me sens plus du tout aussi sûre de moi. Les Tavish sont bel et bien de retour. La maison brille de tous ses feux et un air d'opéra s'échappe par les fenêtres. Soudain, je me rappelle qu'un jour Antony m'a demandé ce que je pensais de *Tannhäuser* et j'ai répondu que je ne fumais pas.

Mon Dieu ! J'aurais dû suivre un cours intensif d'opéra !

Magnus ouvre la porte en grand puis claque la langue.

— Oh ! Quelle barbe ! J'ai oublié d'appeler le Pr Wheeler. Excuse-moi deux minutes.

Je n'en crois pas mes yeux. Il monte vers son bureau et me plante toute seule. Il ne peut tout de même pas m'abandonner !

— Magnus ! je l'appelle sans vouloir paraître paniquée.

— Entre donc ! Mes parents sont dans la cuisine. Ah ! Je t'ai acheté un truc pour notre voyage de noces. Ouvre-le !

Il m'envoie un baiser et disparaît au coin du couloir.

Une énorme boîte bien enrubannée trône sur le divan de l'entrée. Waouh ! Je connais cette boutique, elle est hors de prix. J'arrache le bolduc, soulève le couvercle, déchire le luxueux papier de soie vert pâle et découvre un kimono japonais gris et blanc. Il est à tomber ! Et il y a même un caraco assorti.

Sans réfléchir, je me glisse dans un petit salon où personne ne met les pieds. J'enlève mon top et mon pull, enfile le caraco et me rhabille. Il est un peu trop grand mais il est tout de même phénoménal. Soyeux et chic.

Quel cadeau ravissant ! Vraiment. Mais franchement, à l'instant précis, je préférerais avoir Magnus à mon côté, sa main serrant très fort la mienne et me donnant des tas d'encouragements. Je replie le kimono et le range dans sa boîte en prenant tout mon temps. Tant pis pour l'emballage tout déchiré.

Aucun signe de Magnus ! Je ne peux pas retarder le moment redouté plus longtemps.

— Magnus ? C'est toi ?

La voix haut perchée de Wanda émerge de la cuisine.

— Non, c'est moi, Poppy !

J'ai la gorge tellement nouée que ma voix me semble méconnaissable.

— Poppy ! Viens donc !

Relax. Sois toi-même. Allez, du cran !

Je saisis fermement la bouteille de vin et me dirige vers la cuisine qui sent la sauce bolognaise.

— Bonsoir, comment allez-vous ? je demande nerveusement. Je vous ai apporté du vin. J'espère que vous l'aimerez. C'est du rouge.

— *Poppy !*

Wanda vole vers moi. Ses cheveux en bataille viennent de recevoir leur dose de henné. Elle porte une de ses vieilles robes, aussi ample qu'informe, sans doute taillée dans de la toile de parachute, et des babies à semelles en caoutchouc. Sa peau est aussi pâle et aussi peu maquillée que d'habitude, mais elle s'est passé à la va-vite un trait de rouge sur les lèvres[1]. Sa joue effleure la mienne, me donnant l'occasion de respirer un relent de parfum éventé.

— La fi-an-cée !

Elle détache chaque syllabe avec un soin qui frise le ridicule.

— La promise ! ajoute-t-elle.

Antony se lève de sa chaise et y va de son grain de sel (plus pédant, tu meurs).

— La dulcinée !

Il a enfilé la même veste en tweed que sur la photo de la quatrième de couverture de son livre. Il m'observe de son œil perçant et intimidant en me souriant vaguement :

— L'oriole épouse sa compagne mouchetée, la promise du lys butiné par l'abeille. Encore une pour ta collection, dit-il à Wanda.

— Tu as raison. Vite un stylo. Où trouver un stylo ?

Elle fouille le comptoir qui croule déjà sous les papiers.

— Les *dégâts* causés au féminisme par ces anthropomorphismes *ridicules* et béotiens ! « Épouser sa compagne mouchetée. » Poppy, je te demande un peu !

Wanda veut connaître mon avis ! Je lui réponds par un rictus.

De quoi parlent-ils ? Je n'en ai aucune idée. Pourquoi sont-ils incapables de dire simplement : « Bonjour, comment vas-tu ? » comme des gens normaux ?

— À *ton* avis, quelle doit être la réfutation culturelle à l'anthropomorphisme ? De ton point de vue de jeune femme ?

Mes boyaux se tordent quand je me rends compte qu'Antony me surveille. Pauvre de moi !

Anthro- quoi ?

---

1. Magnus raconte que Wanda n'a jamais pris un bain de soleil de sa vie. Elle considère que les gens qui partent en vacances pour lézarder sont des débiles mentaux.

Si seulement il mettait ses questions par écrit et me donnait cinq minutes (et un dictionnaire) pour les étudier, j'aurais une vague chance de trouver une réponse intelligente. Après tout, je suis *allée* à la fac. J'ai *rédigé* des dissertations[1] et même un mémoire en utilisant de grands mots. Une fois mon prof d'anglais a dit que j'avais « un esprit curieux[2] ».

Mais je n'ai pas cinq minutes devant moi. Il attend ma réponse. Et quelque chose dans son regard brillant colle ma langue à mon palais.

— Eh bien. Euh... Je pense... C'est... un débat intéressant. D'une importance cruciale à notre époque. Alors, comment était votre vol ? j'ajoute très vite en espérant changer de sujet et parler de cinéma ou d'autre chose.

— Innommable ! répond Wanda en continuant à écrire. Pourquoi les gens prennent-ils l'avion ? *Pourquoi ?*

J'ignore si elle attend une réponse de ma part ou pas.

— Hum... pour les vacances et d'autres...

— J'ai déjà commencé à prendre des notes pour un futur article sur la « pulsion migratoire », me coupe Wanda. Pourquoi les êtres humains se croient-ils obligés de se propulser à travers le globe ? Suivons-nous les voies migratoires de nos ancêtres ?

— As-tu lu Burroughs ? demande Antony, follement intéressé. Non pas son livre mais sa thèse de doctorat ?

Personne ne m'a encore offert à boire. Silencieusement, en espérant me confondre avec le décor, je me glisse vers la table et me verse un verre de vin.

— Magnus t'a offert l'émeraude de sa grand-mère, n'est-ce pas ?

Paniquée, je saute au plafond. Il n'a pas fallu longtemps pour que la bague soit mise sur le tapis. Wanda a-t-elle

---

1. « Étude du mouvement continuel passif à la suite d'une arthroplastie du genou. »
2. Elle n'a pas précisé de quoi j'étais curieuse.

changé de ton ou est-ce mon imagination ? Elle est au *courant* ?

— Oui ! Elle est... magnifique.

J'ai tellement la tremblote que je manque de renverser du vin.

Wanda ne dit rien, se contentant de lever les sourcils de manière significative.

Ça veut dire quoi ? Pourquoi fait-elle cette mimique ? Ils pensent à quoi ? Merde et merde. Ils vont demander à voir la bague et tout va exploser...

— Pas facile de porter une bague avec une main brûlée, je marmonne.

Voilà. Ce n'est pas un mensonge. Pas tout à fait.

— *Brûlée ?* Ma chère petite ! Tu dois consulter Paul !

— Oui : Paul, confirme Antony. Absolument. Wanda, appelle-le.

— Notre voisin, m'explique-t-elle. Un dermatologue. Le meilleur qui soit.

Elle a déjà saisi le téléphone, enroulant le vieux cordon autour de son poignet.

— Il habite en face.

En face !

L'horreur me paralyse. Comment les choses m'ont-elles échappé aussi vite ? Je visualise un type efficace, muni d'une trousse médicale, entrant dans la cuisine et s'exclamant : « Voyons voir ! » Et tout le monde de se précipiter pour regarder sous mon pansement.

Et si je montais au premier pour dénicher des allumettes ? Ou de l'eau bouillante ? À vrai dire, je crois que je préfère souffrir mille morts plutôt que...

— Sapristi ! Il est absent.

Wanda raccroche.

— Quel dommage, j'arrive à murmurer.

À ce moment Magnus apparaît dans l'encadrement de la porte de la cuisine suivi de Felix qui me dit « Salut,

Poppy ! » avant de replonger son nez dans un livre de classe.

Magnus porte son regard sur moi puis sur ses parents, comme pour prendre la température de l'atmosphère.

— Comment allez-vous tous ? Vous ne trouvez pas que Poppy est plus resplendissante que jamais ? N'est-elle pas simplement superbe ?

Il soulève une poignée de mes cheveux puis les laisse retomber.

Quelle sale habitude ! Je sais qu'il veut m'amadouer mais ça me hérisse le poil. Wanda semble perdue, comme si elle ne savait pas quoi lui répondre.

— Charmante ! susurre Antony comme s'il admirait un jardin.

— Tu as pu joindre le Pr Wheeler ? demande Wanda.

— Oui, il m'a affirmé que le point principal était la genèse culturelle.

— Eh bien, j'ai dû mal lire, admet Wanda à contrecœur.

Elle se tourne vers moi.

— Nous aimerions faire publier des articles dans le même périodique. Tous les six, ce qui inclut Conrad et Margot. Une collaboration familiale, Felix étant chargé des index. Tout le monde sur le pont !

Tout le monde sauf moi.

Je me sens exclue. Ce qui est ridicule. Car ai-je vraiment envie d'écrire un article universitaire à paraître dans un canard obscur que personne ne lit ? Non. En suis-je capable ? Non. Est-ce que je sais seulement ce que veut dire « genèse culturelle » ? Non [1].

Comme si, lisant dans mes pensées, il volait à mon secours, Magnus intervient.

— Vous savez, Poppy a déjà été publiée dans son domaine. N'est-ce pas, amour ? Ne sois pas modeste.

---

1. Pourtant, j'aime bien rédiger les notes de bas de page. Ils pourraient m'en charger.

Il me sourit fièrement. Antony se réveille et me dévisage plus attentivement qu'il ne l'a jamais fait.

— Tu as été publiée ? Ah ! *Voilà* qui est intéressant. Et dans quelle revue ?

J'implore Magnus du regard. Il rêve ou quoi ?

— Tu te souviens ! Tu ne m'as pas dit que tu avais fait un truc dans un journal de kinésithérapie ?

Je vais le *trucider* ! Comment a-t-il pu dire ça ?

Antony et Wanda attendent ma réponse. Même Felix lève le nez. Ils pensent sûrement que j'ai fait part d'une découverte capitale relative à l'influence culturelle de la kinésithérapie sur les tribus nomades. Ou quelque chose du même genre.

— C'était dans *Précis hebdomadaire des kinésithérapeutes*, je murmure enfin en fixant mes pieds. Ce n'est pas une publication à proprement parler. Plutôt... un magazine. Une fois, ils ont publié une lettre de moi.

— C'était à propos d'une recherche ? m'interroge Wanda.

— Non, j'avoue avec difficulté. Je parlais des patients qui souffrent d'OC (odeurs corporelles). Je suggérais que nous portions des masques à gaz. Je voulais être... drôle !

Un lourd silence s'instaure. Je suis si humiliée que je préfère garder la tête basse.

— Tu as rédigé un mémoire pour ton diplôme, n'est-ce pas ? avance Felix. Tu m'en as parlé une fois.

Surprise, je me tourne vers lui : il me regarde d'un air sincère et encourageant. Mal à l'aise, je hausse les épaules.

— Oui... mais il n'a jamais été publié.

— J'aimerais quand même le lire un jour.

— OK.

Je souris mais, franchement, j'ai honte. Je sais qu'il n'a aucune envie de le lire, il veut juste être gentil. Ce qui est sympa de sa part mais m'enfonce encore plus dans mon trou : j'ai 29 ans et lui 17 ! De plus, s'il a voulu me redonner confiance aux yeux de ses parents, ça n'a pas marché, car ils n'ont même pas écouté.

— Bien sûr, l'humour est une forme d'expression que l'on doit inclure dans une narration culturelle, dit Wanda d'un air peu convaincu. Je crois que Jacob C. Goodson a produit un travail intéressant dans *Pourquoi les humains plaisantent*...

— Le titre exact est : *Est-ce que les humains plaisantent*, corrige Antony. Son propos était certainement de...

Les voilà repartis ! Je souffle, les joues toujours brûlantes. Je ne tiens pas le coup. Je veux qu'on me parle de vacances, de séries télévisées, de tout, sauf de ça.

Bien sûr, j'aime Magnus à la folie. Mais il n'y a pas cinq minutes que je suis arrivée que je suis déjà une loque humaine. Noël tous les ans ? Je n'y survivrai pas. Et imaginez que nos enfants soient superbrillants et que je ne comprenne pas ce qu'ils disent ou qu'ils me méprisent parce que je n'ai pas de doctorat ?

Une odeur âcre se répand dans la cuisine : la sauce bolognaise est en train d'attacher ! Wanda se tient près du fourneau, pérorant sur Aristote, et ne s'aperçoit de rien. Doucement, je lui prends la cuillère en bois de la main et commence à touiller.

Dieu merci, il est inutile d'être un prix Nobel pour tourner une sauce.

Enfin, je me suis rendue utile en sauvant le dîner. Mais une demi-heure plus tard, nous sommes tous assis autour de la table et je suis à nouveau muette et paniquée.

Je comprends pourquoi Antony et Wanda ne veulent pas que j'épouse Magnus. Ils sont persuadés que je suis limitée. On est à la moitié du repas et je n'ai pas encore dit un mot. La conversation est comme un raz de marée. Ou plutôt une symphonie. Oui, c'est ça. Moi, je serais la flûte. *J'ai* une partition que j'aimerais interpréter, mais il n'y pas de chef pour me donner le signal. Je me prépare et puis je me dégonfle.

— ... l'éditeur en chef n'était pas de cet avis malheureusement. Il n'y aura donc pas de nouvelle édition de mon livre.

Antony laisse poindre un peu de tristesse.

— Tant pis, dit-il en français.

Soudain, je suis sur le qui-vive. Enfin une chose que je comprends et qui me permet d'intervenir.

— C'est terrible, je déplore d'une voix encourageante. Pourquoi refusent-ils de sortir une nouvelle édition ?

— Ils n'ont pas le lectorat nécessaire. Ils ont besoin d'une forte demande.

Antony pousse un soupir de tragédien.

— Ma foi, ça n'a pas d'importance.

— Bien sûr que si ! je m'exclame, remontée. Pourquoi ne pas tous écrire à l'éditeur en prétendant être des lecteurs qui trouvent ce livre remarquable et qu'il mérite une nouvelle édition ?

Dans ma tête, la lettre s'inscrit déjà : « *Monsieur, je suis choquée de voir que ce merveilleux livre n'a pas été réédité.* » On pourrait l'imprimer dans différents caractères, la poster depuis diverses régions du pays...

— Et personnellement, tu en achèterais mille exemplaires ? me demande Antony avec un regard de lynx.

— Je... euh...

J'hésite, je bafouille.

— Peut-être...

— Car Poppy, si par malheur l'éditeur imprimait mille volumes qui ne se vendaient pas, ma position serait plus délicate qu'elle ne l'est aujourd'hui. Tu comprends ?

Je me sens vaincue et stupide.

— Bon, je marmonne. Oui... je vois. Désolée.

Afin de garder mon calme, je débarrasse les assiettes. Magnus, qui fait un plan pour Felix sur un bout de papier, n'a sans doute pas entendu. Il me fait un vague sourire et

me pince le derrière quand je passe à sa portée. Franchement, ça ne fait rien pour me remonter le moral. Quand
nous nous rasseyons pour le dessert, il fait tinter sa fourchette contre son verre et se lève.

— J'aimerais porter un toast en l'honneur de Poppy.
Et lui souhaiter la bienvenue dans notre famille. En plus
d'être belle, elle est chaleureuse, drôle et merveilleuse. J'ai
beaucoup de chance.

Toujours debout, il fait le tour de la table du regard,
comme pour mettre quiconque au défi de le contredire. Je
lui adresse un sourire reconnaissant.

— J'aimerais également accueillir affectueusement papa
et maman.

Il lève son verre et tous deux hochent la tête.

— Vous nous avez manqué pendant votre absence !

— Pas à moi ! corrige Felix.

Wanda éclate de rire.

— Ça ne m'étonne pas, espèce de sale gosse !

Magnus fait à nouveau tinter son verre.

— Et *finalement*... bien sûr... Joyeux anniversaire,
maman ! Nos meilleurs vœux de la part de nous tous.

Il lui envoie un baiser.

Comment ? Qu'est-ce qu'il vient de dire ? Mon sourire
se fige sur mes lèvres.

— Joyeux anniversaire, Wanda, mon amour ! déclare
Antony ne levant son verre.

C'est l'anniversaire de sa mère, et Magnus ne m'a rien
dit ? Je n'ai pas de carte pour elle. Ni de cadeau.
Comment a-t-il pu me faire ça ? Les hommes sont des
pourris.

Felix saisit un paquet sous sa chaise et l'offre à Wanda.

Lorsque Magnus se rassied, je lui murmure d'un ton
désespéré :

— Tu ne m'as pas dit que c'était l'anniversaire de ta
mère. Pas un mot ! Tu aurais dû me prévenir !

J'en bafouille de panique. C'est le pompon ! Déjà que ses parents ne m'aiment pas...

— Amour, qu'est-ce qui ne va pas ? demande Magnus avec les yeux ronds.

Ce qu'il peut être borné !

— Je lui aurais acheté un *cadeau* ! je lui glisse en profitant de ce que Wanda s'exclame en déballant un livre ancien.

— Felix, c'est merveilleux !

Magnus balaie mes jérémiades d'un geste de la main.

— Maman ne t'en voudra pas. Arrête de te stresser. Tu es un ange, et tout le monde t'adore. Au fait, tu as aimé la tasse ?

— La quoi ?

Je ne comprends rien à ce qu'il raconte.

— Tu sais, la tasse avec *Nouveaux mariés.* Je l'ai laissée sur la table de l'entrée. Pour notre voyage de noces ? Je te l'ai dit en arrivant. Plutôt marrant, non ?

— Je n'ai pas vu de tasse. J'ai cru que tu m'avais offert le grand carton enrubanné.

— Quel grand carton ? demande-t-il, perdu à son tour.

Voici qu'Antony s'adresse de son ton pompeux à Wanda :

— Et maintenant, ma chérie, je crois m'être *surpassé* cette année. Si tu me laisses une minute...

Il se lève et se dirige vers l'entrée. Mon Dieu ! Je crois que je vais mourir. Non. Par pitié. Non ! Je forme des mots dans ma tête mais ils ont du mal à sortir.

— Je crois... Il est possible... Par erreur...

— Enfer et damnation ! s'exclame Antony. Qu'est-ce qui s'est passé ?

L'instant d'après, il revient dans la salle à manger, le carton tout défait dans les bras. Le papier de soie est froissé. Le kimono est à moitié sorti. Ma tête va éclater.

— Je suis absolument navrée... J'ai cru... j'ai cru que ça m'était destiné. Aussi je... je l'ai ouvert.

Silence de mort. Ahurissement total sur tous les visages. Même sur celui de Magnus.

— Amour... commence-t-il d'une voix faible avant de se taire, incapable de trouver les mots justes.

— Peu importe ! s'empresse de dire Wanda. Donne-le-moi. Tant pis pour l'emballage.

— Mais il y avait autre chose ! s'inquiète Antony en fouillant dans le carton. Où est l'autre partie de l'ensemble ? Il était là, non ?

Soudain, je comprends ce dont il parle et j'en frémis d'horreur. Je pensais la situation à son comble, mais elle s'aggrave encore. Une nouvelle catastrophe me tombe dessus.

— Je crois... Vous voulez dire... Ça ?

Je tire un coin du caraco de sous mon top, et quatre paires d'yeux se braquent sur moi, sidérés !

Résumons : je suis en train de dîner, vêtue d'un dessous qui appartient à ma future belle-mère. J'ai l'impression d'être dans un de ces affreux cauchemars dont on se réveille en se disant : « Dieu merci, ce n'était qu'un rêve ! »

Personne ne bouge, tout le monde est bouche bée. On dirait trois reproductions du *Cri*, le tableau de Munch.

— Je vais l'amener au pressing, je murmure d'une voix rauque. Désolée.

OK. Ce dîner s'est déroulé aussi atrocement que possible. Il ne me reste qu'une solution : continuer à boire du vin jusqu'à ce que mes nerfs soient anesthésiés ou que je tombe dans les pommes. Que le meilleur gagne !

Le repas terminé, l'incident du caraco est oublié. Plus ou moins.

En fait, ils ont décidé d'en faire une plaisanterie familiale. Ce qui est gentil de leur part, sauf qu'Antony ne cesse de faire des remarques fines du genre : « Si on prenait un chocolat ? À moins que Poppy les *ait tous*

95

mangés ? » Je sais que je dois garder le sens de l'humour, mais chaque fois, je blêmis.

Nous sommes maintenant installés dans les vieux canapés défoncés du salon à jouer au Scrabble. Les Tavish sont fous de ce jeu. Ils ont un plateau tournant et de belles lettres en bois, et même un carnet à couverture en cuir où ils notent les scores depuis 1998. Wanda tient la tête, Magnus est second.

Antony joue le premier et place *DEVOISE*[1] (74 points). Wanda place *IRIDIUMS* (65 points). Felix trouve *CARIA-TIDE* (80 points). Magnus met *CONSACRE* (65 points). Et moi *STAR* (5 points).

Dans ma famille, *STAR* est un bon mot. Cinq points, c'est pas mal. Vos adversaires ne se racleraient pas la gorge, ne vous regarderaient pas avec dédain, ne vous feraient pas sentir que vous êtes un loser.

C'est rare que je regarde en arrière, que je me remémore certains événements : ce n'est pas mon genre. Mais là, les épaules rentrées, l'oreille basse, respirant l'odeur de renfermé de la maison Tavish, de leurs bouquins, de leurs vieux kilims, de leur feu de cheminée, je ne peux pas m'en empêcher. Juste un peu de souvenir. Juste une petite fenêtre sur le passé. Nous dans la cuisine. Moi et mes petits frères, Toby et Tom, mangeant des toasts à la Marmite autour du plateau du Scrabble. Je revois la scène si précisément que j'ai le goût de la Marmite dans la bouche. Toby et Tom étaient tellement déçus qu'ils ont fabriqué des lettres en papier et décidé qu'on pouvait en avoir autant qu'on voulait. La pièce était jonchée de carrés de papier sur lesquels ils avaient tracé des lettres au stylo à bille. Tom s'est attribué six *Z* et Toby dix *E*. Malgré ça, ils n'ont pas gagné plus de quatre points et ont fini par se bagarrer en hurlant : « C'est injuste ! C'est injuste ! »

---

1. J'ignore le sens de la plupart de ces mots.

En sentant les larmes prêtes à jaillir, je bats des paupières furieusement. Je suis une idiote. Ridicule. Primo, c'est ma nouvelle famille, et j'essaie de me faire intégrer. Deuxio, Toby et Tom sont maintenant à la fac. Ils ont des voix graves, et Tom s'est laissé pousser la barbe. On ne joue plus jamais au Scrabble. Je ne sais même pas où est la boîte. Tertio...

— Poppy ?

— Ah oui ! Je... réfléchis...

Nous en sommes à la deuxième manche. Ils ont proposé des mots dingues et raflé plein de points. Felix est allé préparer du café tandis que j'essaie toutes les combinaisons de lettres possibles depuis cinq minutes. Je suis si mortifiée que je n'ose pas bouger. Jamais je n'aurais dû accepter de jouer. Je regarde ces stupides lettres et pas moyen de trouver mieux.

— P-A-S, épelle Antony. *Pas.* Comme la négation, si je comprends bien ?

— Bravo ! me félicite Magnus, tu as marqué six points !

Je n'ose lever les yeux sur lui. Tristement, je puise deux lettres. *W* et *Y* ! Tu parles comme ça va m'aider.

— Ah ! Poppy ! crie Felix en revenant avec un plateau. Ton téléphone sonne dans la cuisine. Qu'est-ce que tu as mis ? Oh ! *PAS !*

Il fait la moue en voyant le plateau et Wanda fronce les sourcils pour lui conseiller de se taire.

Trop, c'est trop.

— Si ça ne vous ennuie pas, je vais voir qui m'a appelée. C'est peut-être important.

Je m'enfuis dans la cuisine, sors mon téléphone de mon sac et m'appuie contre le fourneau délicieusement tiède. Il y a trois SMS de Sam qui débutent par « *Bonne chance* », envoyés deux heures plus tôt. Puis, voilà vingt minutes encore un message « *Un service à vous demander* » suivi d'un message téléphonique : « *Où êtes-vous ?* »

Qu'est-ce qui se passe ? Mieux vaut que je l'appelle. Je compose son numéro en grignotant un peu du gâteau d'anniversaire laissé sur le comptoir, mais le cœur n'y est pas.

— Parfait, Poppy. Pouvez-vous me rendre un service ? me demande-t-il en décrochant. Je ne suis pas à mon bureau, et mon téléphone fait des siennes. Impossible d'envoyer quoi que ce soit et je dois faire parvenir un mail à Viv Amberley. Ça ne vous dérangerait pas ?

— Ah oui, Vivien Amberley, je précise savamment – avant de stopper net.

Inutile de montrer que j'ai lu toute la correspondance concernant cette Vivien Amberley. Elle bosse au service Stratégie et a postulé pour un job dans un autre cabinet-conseil. Sam cherche à tout prix à la garder, mais rien n'a marché et elle vient de lui déclarer qu'elle démissionnait.

OK. Je sais que j'ai été indiscrète. Mais une fois qu'on commence à lire les mails des gens, impossible de s'arrêter : on veut connaître la suite. On devient accro. C'est une dépendance de plonger dans la suite ininterrompue de mails et de résoudre les intrigues. Toujours du plus récent au plus ancien. Comme rembobiner des petites bobines de vie.

Sam poursuit :

— Si vous pouviez lui envoyer un mail, poursuit Sam, je vous en serais terriblement reconnaissant. En utilisant une de mes adresses mail. À : vivienamberley@skyhinet.com, vous avez tout ça ?

Incroyable ! Il me prend pour qui ? Son assistante ?

— Bon… d'accord, dis-je mécontente et en tapant son adresse. Qu'est-ce que je dois lui dire ?

— « Bonjour, Viv. J'aimerais vraiment que nous reparlions de tout ça. Je vous en prie, appelez pour prendre rendez-vous demain à votre convenance. Sam. »

Je m'applique à tout taper en utilisant ma main qui n'est pas bandée – puis j'hésite.

— Vous l'avez envoyé ? s'inquiète Sam.

J'ai le doigt sur la touche « Envoyer », prête à appuyer. Mais je ne peux pas.

— Allô ?

— Ne l'appelez pas Viv ! je laisse échapper. Elle déteste ça. Elle préfère de beaucoup Vivien.

— Comment ? s'écrie Sam, qui n'en croit pas ses oreilles. Bon sang, comment...

— C'est un vieux mail qui a été transféré. Elle demandait à Peter Snell de ne pas l'appeler « Viv », mais il n'en a pas tenu compte. Jeremy Atheling non plus. Et maintenant c'est votre tour !

Suit un court silence. J'imagine qu'il fronce ses sombres sourcils.

— Poppy, est-ce que vous lisez mes mails ?

— Non, dis-je sur la défensive. J'en ai *parcouru* un ou deux...

— Vous êtes certaine au sujet de Viv ?

— Oui ! Évidemment !

— Je relis ce mail en ce moment...

En attendant, je fourre un peu de glaçage dans ma bouche – puis Sam reprend :

— Vous avez raison.

— Bien sûr que j'ai raison !

— Bon ! Pouvez-vous modifier son nom et écrire Vivien ?

— Une minute...

Je corrige son nom et envoie le mail.

— C'est parti !

— Merci. Bien joué. C'était astucieux de votre part. Vous êtes toujours aussi maligne ?

Tu parles ! Je suis tellement une lumière que je n'ai rien trouvé de mieux que *PAS* au Scrabble.

— Oui, jour et nuit, dis-je d'un ton sarcastique.

Mais je crains qu'il n'ait pas remarqué l'ironie.

— Bon, je vous dois un service. Et désolé de vous avoir dérangée en pleine soirée. Mais il y avait urgence.

— Ne vous en faites pas. Je comprends. Mais vous savez, je suis persuadée que Vivien *veut* rester chez *White Globe Consulting*.

Oh, là, là ! Ça vient de m'échapper.

— Tiens ! Tiens ! Je croyais que vous ne lisiez pas mes mails.

— C'est vrai ! je me hâte de préciser. Enfin... juste un ou deux. Assez pour me faire une idée.

— Une idée ! répète-t-il en ricanant. Très bien, Poppy Wyatt, qu'en pensez-vous ? J'ai demandé à tout le monde son opinion, alors quelle est votre théorie ? Pour quelle raison notre meilleure conseillère en stratégie veut-elle rejoindre une société qui ne nous arrive pas à la cheville alors que je lui ai tout offert, une promotion, une augmentation, des avantages...

— Mais c'est tout le problème.

Comment ne s'en rend-il pas compte ?

— Elle ne veut rien de tout ça. La pression la stresse, surtout celle des médias. Comme la fois où elle a été obligée de parler sur Radio 4 sans préavis.

Encore un long silence au bout du fil.

— OK... C'est quoi, ce foutoir ? Comment êtes-vous au courant de ça ?

Impossible de m'en sortir en biaisant. Autant y aller franco.

— C'était dans son évaluation. Tout à l'heure, je m'ennuyais dans le métro et il y avait cette pièce jointe...

— Ce n'était pas dans son évaluation ! Croyez-moi, j'ai lu ce rapport de la première à la dernière page et il n'est pas question de ses contacts avec les médias...

— Pas la dernière évaluation ! Celle d'il y a trois ans !

Je n'en reviens pas : je suis en train de lui avouer que j'ai lu celle-là aussi.

— Dans le premier mail, elle vous confie aussi : « Je vous ai parlé de mes problèmes sans que quiconque n'en tienne compte. » À mon avis, elle parlait de ça.

Je dois avouer que je me sens beaucoup d'affinités avec Vivien. Moi aussi, j'aurais la trouille de passer sur Radio 4. Les présentateurs parlent comme Antony et Wanda. Le silence se prolongeant, je me demande si Sam est toujours là.

— Vous avez peut-être mis le doigt sur quelque chose, finit-il par admettre. Ce n'est pas impossible.

— Ce n'est qu'une suggestion, dis-je en faisant machine arrière. Je me trompe sans doute.

— Mais pourquoi ne m'en a-t-elle pas parlé ?

— Elle est peut-être gênée. Elle pense sans doute qu'elle l'a mentionné et que ça n'a rien changé. Que c'est plus facile pour elle de trouver un autre job.

— OK. Merci. Je vais voir ce que je peux faire. Très content de vous avoir téléphoné et je suis désolé de vous avoir dérangée.

— Avec plaisir.

Je courbe l'échine tristement et ramasse quelques miettes du gâteau.

— Franchement, je suis heureuse de m'être éclipsée.

— Vraiment ? demande-t-il gaiement. Comment ont-ils avalé l'histoire du bandage ?

— Croyez-moi, le bandage est le moindre de mes soucis.

— Qu'est-ce qui ne va pas ?

Je baisse ma voix et surveille la porte :

— Nous jouons au Scrabble. Une horreur.

— Au Scrabble ? fait-il surpris. C'est un jeu formidable.

— Non, pas quand on joue avec une famille de génies. Sûrement pas. Ils trouvent des mots comme *IRIDIUMS* et moi je place *PAS*.

Sam éclate de rire.

— Ravie que ça vous amuse, dis-je d'un air morose.

— Bon, ne désespérez pas. Je vous dois un service. Dictez-moi vos lettres, et je vous donnerai un bon mot.

— Je ne m'en souviens pas ! dis-je les yeux au ciel. Je suis dans la cuisine.

— Vous devez au moins vous en rappeler quelques-unes. Essayez.

— Voilà. J'ai un *A* et un *M*.

Notre conversation est si bizarre que je glousse.

— Allez regarder les autres et textez-les-moi. Je vous trouverai un mot.

— Je croyais que vous assistiez à une conférence !

— Je peux assister à une conférence et jouer au Scrabble en même temps !

Il se fiche de moi ? Je n'ai jamais entendu un truc aussi dingue. Et en plus ce serait de la triche. Et puis qui me dit qu'il sait jouer ? J'hésite un moment et puis je me lance.

— OK ! On y va !

Je raccroche et retourne au salon, où je découvre un nombre phénoménal de mots mystérieux. Quelqu'un a même posé *UNGU*[1] ! C'est quoi ? De l'esquimau ?

— Ça va, Poppy ? demande Wanda d'une voix vive et si artificielle que je devine qu'ils ont parlé de moi.

Ils ont dû menacer Magnus de lui couper les vivres s'il m'épousait.

— Très bien ! je réponds aussi gaiement que possible. Mais j'avais un patient au bout du fil. Parfois je donne des consultations par téléphone. Vous m'excuserez si je dois envoyer un ou deux SMS.

Personne ne me répond. Ils sont accaparés par leurs lettres. Je positionne mon mobile pour que l'objectif englobe le plateau et mon chevalet.

— Je prends juste une photo de famille !

Le flash surprend les joueurs qui lèvent la tête.

---

1. Ce serait bien un mot. Suis-je bête !

— Poppy, c'est ton tour ! me rappelle Magnus. Tu veux un coup de main, amour ? ajoute-t-il à voix basse.

Il dit ça pour être gentil. Mais je n'aime pas du tout le ton de sa voix.

— Je vais me débrouiller, merci.

Je déplace mes lettres une à une d'une main aussi assurée que possible. Au bout d'une ou deux minutes, je jette un coup d'œil à mon petit écran, au cas où un SMS serait arrivé sans se manifester – mais rien.

Tout le monde se concentre. L'ambiance est feutrée et studieuse, comme dans une salle d'examen. Je bouge mes lettres à toute vitesse, comme pour faire jaillir un mot sensationnel. Mais je ne vois que *MAL*. Et aucun avenir pour mon *W*.

Mon téléphone reste muet. Sam s'est moqué de moi quand il m'a proposé son aide. Bien sûr qu'il plaisantait ! J'ai honte ! Que va-t-il penser quand il recevra ma photo ?

— Poppy, l'inspiration te vient ? s'enquiert Wanda d'un ton encourageant, comme si j'étais une enfant anormale.

Soudain je me demande si Magnus a demandé à ses parents d'être gentils avec moi pendant que j'étais dans la cuisine.

— J'ai juste du mal à choisir entre plusieurs options.

Bon. Il faut que je me lance ! Voilà. Allons-y pour *MAL*. Ce n'est pas le Pérou !

Le cœur en berne, je place mon *M* et mon *A* quand mon téléphone m'annonce un SMS.

WOLFRAMS, Utilisez un S pour vous raccrocher. Un mot triple + 50 points de bonus.

Oh, mon Dieu !

Je ne peux pas m'empêcher d'éclater de rire. Antony me lance un regard bizarre.

— Désolée, je m'empresse de dire. Mon patient vient de faire une plaisanterie.

Mon mobile sonne encore :

Un minerai de tungstène.

— Poppy, c'est ça, ton mot ? *MAL ?*

Antony prend un air mortifié en voyant ma pauvre contribution, mais il ajoute :

— Bravo ! Bien joué !

Sa jovialité m'émeut douloureusement.

— Attendez ! dis-je très vite. Je me suis trompée. Je crois que je peux faire mieux.

Sans me presser, je place *WOLFRAM* sur le plateau et me cale dans mon fauteuil. Le silence est assourdissant !

— Poppy, amour, dit enfin Magnus, il faut que le mot *existe*. Tu ne peux pas l'inventer...

— Comment, tu ne connais pas ce mot ? Désolé, mais je croyais qu'il était dans le langage courant.

— Wolfram ? répète Wanda sur un ton dubitatif. De quelle manière le prononces-tu ?

Mon Dieu ! Je n'en ai aucune idée.

— Euh... tout dépend de la région d'extraction. Vous savez, là où il y a du tungstène[1]. Je regardais l'autre soir un documentaire qui m'a beaucoup intéressée.

— J'ignorais que tu étais passionnée par la géologie, déclare Magnus ahuri.

— Si, depuis la fac.

— Et où trouve-t-on ton précieux wolfram ?

— Un peu partout mais surtout en Chine.

Antony, qui s'est plongé dans le dictionnaire dès que j'ai étalé mes lettres, relève la tête.

— Poppy a raison. Wolfram existe bel et bien.

— Bravo, Poppy ! m'encourage Wanda. Tu as marqué un mot triple plus cinquante points de bonus... ce qui fait... 131 points. Le meilleur score jusqu'à maintenant !

— 131 ? répète Antony en lui prenant la marque. Tu es sûre ?

---

1. Je brode, je brode !

— T'es forte, Poppy ! clame Felix en se penchant au-dessus de la table pour me serrer la main.

— Pas de quoi en faire un plat ! je dis modestement. Vous voulez continuer à jouer ?

5

J'ai gagné ! J'ai gagné au Scrabble !

Ils n'en reviennent pas. Ils font semblant de ne pas être étonnés – mais ils le sont. Au fur et à mesure que la partie avançait, leur étonnement et leurs échanges de regards perplexes se sont multipliés. Quand j'ai fait un mot triple avec *SAXATILE*, Felix a applaudi en criant : « Bravo. » Et, plus tard, pendant qu'on rangeait la cuisine, Wanda m'a demandé si j'avais déjà envisagé de me lancer dans des études de linguistique.

Mon nom est désormais dans le livre du Scrabble de la famille Tavish. Antony m'a offert le « verre de porto du gagnant », et ils ont tous applaudi. Quel moment délicieux !

OK. J'ai triché. Je sais que c'est mal. Et, pour être franche, j'ai cru que je me ferais prendre. Mais comme ma sonnerie était sur silencieux, personne ne s'est rendu compte que je correspondais avec Sam[1].

Et oui, *bien entendu*, je culpabilise. J'avoue même que la honte m'a submergée, à mi-partie, au moment où j'ai exprimé mon admiration à Sam.

D'où sortez-vous ce vocabulaire ?

---

1. C'est pas pour dire, mais la surveillance des étudiants pendant les examens ne fait-elle pas partie du boulot de mes futurs beaux-parents ?

Et il a répondu :

Directement d'Internet.

Internet ? Sous le choc, impossible de réagir. Je croyais qu'il avait ces mots en tête et certainement pas qu'il les trouvait sur scrabblewords.com ou autre site.

C'est de la triche !

Vous avez déjà franchi le pas. Alors quelle différence ?

Et une seconde après, il a ajouté :

Flatté que vous me preniez pour un génie.

C'est là que je me suis sentie bête.

En plus, il a marqué un point. Car, une fois qu'on commence à tricher, peu importe les méthodes employées, pas vrai ?

Évidemment, c'est reculer pour mieux sauter. Sam Roxton ne sera pas toujours au bout du fil pour me refiler des mots savants. Il va m'être difficile de renouveler l'exploit. C'est pourquoi j'envisage fermement de me sortir de la famille Scrabble dès demain. Ma carrière a été courte et brillante. Elle est terminée.

La seule personne qui ne se soit pas montrée complètement enthousiaste à l'égard de ma réussite, c'est Magnus. C'est un peu surprenant. Il a dit : « Bien joué » avec les autres mais il ne m'a pas serrée dans ses bras. Il ne m'a même pas demandé comment je connaissais tous ces mots. Et quand Wanda a fait remarquer : « Magnus, tu ne nous as jamais dit que Poppy avait autant de talent », il lui a adressé un petit sourire en répondant : « Poppy est brillante en tout. » Un commentaire gentil mais un peu facile.

En fait, il est arrivé deuxième. Mais loin de moi l'idée qu'il soit jaloux !

Il est environ 23 heures et nous sommes de retour dans mon appartement. J'ai assez envie de cracher la vérité à Magnus, mais il a disparu pour préparer la conférence sur le thème « Symboles et symbolique chez Dante[1] » qu'il donne demain. Donc je m'installe confortablement sur le canapé et transfère les quelques mails qui sont arrivés à l'intention de Sam.

Au bout d'un moment je fais claquer ma langue de dépit. La moitié des mails sont des relances ou des rappels. Il n'a toujours pas répondu à l'hôtel Chidding-ford, ni à son dentiste, ni à l'organisatrice de la course de charité. Et le message de son tailleur James & James lui annonçant que son nouveau costume l'attendait est resté lettre morte. Traiter par le mépris une nouvelle fringue ? Voilà qui me dépasse !

À vrai dire, il ne répond qu'à quelques expéditeurs. Parmi eux, Vicks, qui dirige le département Relations Publiques de la boîte. Une fille comme lui : accro au boulot et pète-sec. Elle lui demande son avis sur une conférence de presse qu'ils organisent. La plupart de ses mails m'arrivent en copie et, généralement, le temps que je les fasse suivre à Sam, il y a déjà répondu. Un autre de ses correspondants est un dénommé Malcolm qui sollicite l'opinion de Sam à peu près toutes les heures. Et il y a bien sûr sir Nicholas Murray qui est nettement plus haut placé et travaille actuellement pour le gouvernement[2]. Ils s'entendent comme larrons en foire à en juger par leurs échanges. Leur conversation va et vient comme celle de vieux compères. La moitié de ce qu'ils se racontent me passe au-dessus de la tête – en particulier, leurs

---

1. La première fois que Magnus m'a parlé des symboles comme étant sa spécialité, j'ai compris cymbales – celles qu'on frappe dans un orchestre. Mais je n'ai jamais osé lui avouer.

2. Ne croyez pas que je furète partout. Mais, en faisant suivre, on jette forcément un coup d'œil par-ci, par-là, et on remarque des références au PM (Premier ministre) et au n° 10 (Downing Street).

plaisanteries personnelles –, mais leur ton est amical et Sam a plus de mails de sir Nicholas que de n'importe qui d'autre. Et il n'y a qu'à lui qu'il répond aussi souvent.

La boîte de Sam s'occupe de conseils. Ils disent aux autres boîtes comment gérer leur business et offrent toutes sortes d'« aménagements » – si vous comprenez ce que ça veut dire. À mon avis, ils agissent comme médiateurs ou négociateurs. En tout cas, l'entreprise doit bien marcher car Sam est très demandé. Au cours de cette seule semaine, il a reçu trois invitations à des cocktails et, le week-end prochain, il est convié à une partie de chasse par une banque privée. Et j'oubliais : une fille du nom de Blue vient de lui écrire pour la troisième fois pour lui annoncer qu'elle comptait sur lui à la réception donnée en l'honneur de la fusion de Johnson Ellison et de Greene Retail. C'est au Savoy avec au programme orchestre de jazz, buffet et cadeaux. Inutile de préciser qu'il n'a pas encore répondu.

C'est incompréhensible ! Si j'étais invitée à une soirée type, je répondrais instantanément : « Oui, j'accepte ! Merci mille fois. Je brûle d'impatience » en ajoutant trois smileys. Mais lui n'a même pas accusé réception.

Énervée, je lui adresse ses mails avant de taper :

Merci encore pour le Scrabble. Ci-joint quelques nouveaux mails. Poppy.

Un instant plus tard, mon mobile sonne. C'est Sam.

— Oh, bonjour...

— Vous êtes géniale ! J'avais le pressentiment que Vivien travaillerait tard. Je lui ai téléphoné, et on a passé les problèmes en revue. Elle a vidé son sac. Vous aviez raison. On doit se revoir, mais je pense qu'elle va rester dans la société.

— Cool !

— Non, pas cool. Super ! Incroyable ! Vous savez combien d'argent, de temps et d'énergie vous me faites économiser ? Je vous suis infiniment redevable. Et c'est vrai qu'elle déteste qu'on l'appelle « Viv ». Alors je me roule par terre de reconnaissance !

— Pas de problème ! À votre disposition.

— Bon, c'est tout ce que j'avais à vous dire. Je ne veux pas prendre plus de votre temps.

— Bonne nuit. Je suis ravie que tout ait fonctionné.

En raccrochant, je me rappelle une chose. Alors je lui envoie un SMS rapide.

Urgent : Prendre RV dentiste ! Sinon dents crades garanties !!!

Cinq secondes plus tard, un bip et je lis :

Je prends le risque !

Il prend le risque ? Mais il est fou. Je sais de quoi je parle : ma tante travaille chez un dentiste.

Sur Internet je cherche les photos de dentition les plus pourries que je peux trouver. Des chicots noirâtres, des molaires cariées, des incisives déchaussées. Je clique sur « Envoyer ».

Le téléphone se manifeste presque immédiatement :

À cause de vous j'ai renversé mon verre !

Je réponds aussi sec en rigolant :

Tremblez !!!

J'ai failli ajouter : Willow sera ravie quand vos dents tomberont. Mais ce serait pousser le bouchon un peu loin. Après tout, malgré ce va-et-vient de messages, je connais à peine ce garçon. Et sa fiancée encore moins. Pourtant j'ai l'impression de la connaître. Et pas sous son meilleur jour. C'est la première fois que je tombe sur un numéro pareil. Elle est incroyable. Depuis que je suis en possession de ce mobile, elle a envoyé vingt mails à Sam, tous plus dingues les uns que les autres. Elle a cessé d'envoyer directement des messages à Violet. Mais elle la met toujours en copie pour augmenter ses chances d'être lue. Et peu importe qui prend connaissance de leur contenu.

Pourquoi a-t-elle besoin d'étaler ses pensées les plus intimes de cette façon ? Pourquoi ne garde-t-elle pas ce genre de conversation pour quand elle est au lit, comme les gens normaux ?

Ce soir elle racontait qu'elle avait rêvé de lui et qu'elle se sentait à la fois ignorée et étouffée. *Te rends-tu compte*, demandait-elle, *combien tu es toxique, à quel point tu AGRESSES MON ESPRIT ?*

Désormais, je lui mijote des réponses bien senties. C'est plus fort que moi. Cette fois j'écris :

Toxique TOI-MÊME, Willow la Sorcière !

Et bien entendu je l'efface.

Le plus frustrant, c'est que je ne vois jamais ce que Sam renvoie. Il n'y a pas de véritable échange, Willow recommence toujours avec un nouveau mail. Parfois son ton est amical – hier : « Tu es vraiment, vraiment quelqu'un de spécial, tu le sais, Sam ? » – mais le plus souvent c'est geignard. Franchement je le plains.

Mais après tout, c'est sa vie. Sa fiancée. Tout ce que vous voudrez.

— Amour !

Magnus entre dans la pièce, interrompant le cours de mes pensées.

— Coucou ! Tu as fini de travailler ?

— Je ne veux pas te déranger dans tes papotages avec tes copines.

Je lui adresse un sourire distrait tout en fourrant mon téléphone dans ma poche.

Je sais. C'est moche vis-à-vis de Magnus d'avoir un secret. De lui cacher la disparition de la bague et le vol du téléphone. Question n° 1 : N'est-il pas trop tard pour tout lui avouer ? Question n° 2 : Par où commencer ? D'ailleurs, je pourrais même le regretter. Imaginez que je passe aux aveux, que ça dégénère en engueulade monstre et qu'une demi-heure après la bague réapparaisse ? J'aurais parlé pour rien.

— Je me demandais ce que tu avais dit à tes parents ce soir.

J'aborde le sujet qui me tient *vraiment* à cœur. À savoir ce que ses parents pensent de moi et s'ils ont changé d'avis.

— Oh, mes parents ! s'exclame-t-il avec un geste d'impuissance en se laissant tomber sur le canapé.

Les yeux dans le vague, il pianote sur l'accoudoir.

— Tout va bien ?

— Ça va.

Il lève la tête et son regard s'éclaircit.

— Tu te souviens de notre première rencontre ?

— Bien sûr.

Il commence à me caresser la jambe.

— Je m'attendais à tomber entre les mains du gendarme. Mais tu étais là.

J'aimerais qu'il arrête d'appeler Ruby le « gendarme ». Elle est tout le contraire : charmante, chaleureuse et sexy. Bon, c'est vrai que ses bras sont un *tantinet* charnus. Je camoufle mon irritation en gardant le sourire.

— Tu ressemblais à un ange dans ton uniforme blanc. Tellement sexy que j'ai été subjugué. Je te voulais sur-le-champ.

La main de Magnus se fait plus insistante vers le haut de ma cuisse. Il adore raconter cette histoire et j'adore l'entendre. Je me love contre lui et lui mordille l'oreille.

— Et moi aussi, je te voulais. À la minute où je t'ai vu.

— Je m'en suis aperçu, grogne-t-il en fourrant son nez au creux de mon épaule nue. Poppy, ce serait bien de retourner tous les deux dans ta cabine. Quel pied c'était !

112

Toi, dans ton uniforme blanc, sur la table de massage, avec l'huile essentielle... Oh, Seigneur[1]...

Il tire sur ma jupe et nous dégringolons sur le tapis. Le bip de mon portable annonce un SMS mais je n'y fais pas attention.

Plus tard, alors qu'on se prépare à aller au lit et que je m'enduis le corps de lait hydratant[2], Magnus lance sa bombe.

— Maman a appelé tout à l'heure. À propos du dermato.

Comme il se brosse les dents, ce qu'il dit n'est pas très clair.

— Quoi ?

Il se rince, crache et essuie sa bouche.

— Paul, notre voisin. Il vient à la répétition du mariage pour jeter un coup d'œil à ta main.

— *Quoi ?*

---

1. OK. Autant avouer. Je n'ai pas dit toute la vérité lors du conseil de discipline.

Mais voilà : je savais que ma conduite avait été antiprofessionnelle. Et que j'aurais été radiée. Le manuel de l'éthique dans les métiers de la kinési-thérapie *commence* pratiquement par : « Ne pas entamer de relations sexuelles sur la table, quel que soit le traitement en cours. »

J'ai un argument. Si on se livre à un acte répréhensible sans toutefois nuire à quiconque et sans que personne ne soit au courant, doit-on pour autant être punie et perdre son boulot ? N'est-ce pas un châtiment trop lourd ? En outre, nous ne l'avons fait qu'une fois. Et c'était vraiment rapide (je ne critique pas, je constate). Et j'ajoute que, lorsque Ruby a donné une fête au cabinet un soir, les sorties de secours étaient bloquées, ce qui est totalement contraire à toutes les règles de sécurité. Donc... personne n'est parfait !

2. C'est une partie de ma discipline prénuptiale qui consiste en une séance d'exfoliation quotidienne suivie d'un massage au lait hydratant, en une application hebdomadaire d'un masque sur le visage, d'un masque sur les cheveux, d'un masque sur les paupières et qui prévoit également une centaine d'exercices, debout-assise, chaque jour, et un moment de médita-tion pour rester zen. Jusqu'à maintenant je me suis concentrée uniquement sur le lait hydratant.

Ma main se crispe involontairement sur le flacon et le lait gicle un peu partout.

— Maman dit qu'il ne faut pas traiter les brûlures à la légère. Elle a raison.

— Mais ce n'est pas la peine ! je m'exclame en faisant mon possible pour cacher ma panique.

Magnus me fait un petit baiser sur la tête.

— Ne t'en fais pas, amour, tout est arrangé.

Il sort de la salle de bains. Je fixe mon reflet dans le miroir. Mon teint radieux d'après l'amour a disparu. Retour dans un trou noir d'épouvante. Que faire ? Je ne peux pas me dérober éternellement.

Résumons : je n'ai pas de brûlure à la main. Je n'ai pas de bague de fiançailles. Je n'ai pas de connaissance encyclopédique des mots du Scrabble. Je suis un mensonge ambulant dans une loose totale.

— Tu viens, Poppy ?

Magnus apparaît. Il veut dormir de bonne heure car il part pour Brighton très tôt demain.

— J'arrive.

Je le suis dans le lit, me blottis dans ses bras et j'offre une assez bonne interprétation d'une fille en train de s'endormir paisiblement. Mais à l'intérieur, ça bouillonne à pleine vapeur. Chaque fois que j'essaie de débrancher, un million d'idées noires m'assaillent. Si j'appelle le dermato, Wanda risque d'avoir des soupçons. On ne traite pas une brûlure par le mépris. Et si je disais tout à Magnus, là, maintenant ?

Oui, c'est le bon scénario. Le plus raisonnable. Celui que les responsables du courrier du cœur des magazines me recommanderaient. *Levez-vous et dites-lui.*

Mais impossible. Tout simplement *impossible*. En partie parce que Magnus est de mauvais poil quand on le réveille dans son premier sommeil. Et que ce serait un choc terrible pour lui. Ses parents me verront toujours comme la fiancée qui a perdu sa bague. Et pire encore : ça enve-nimera tout le reste.

Je me dis aussi qu'ils n'ont pas besoin de savoir. Cette histoire n'a *pas* à sortir au grand jour. Mme Fairfax peut appeler d'un moment à l'autre. Si je pouvais seulement attendre jusqu'à...

Mon vœu le plus cher est de récupérer ma bague et de la passer à mon doigt sans que personne ne s'en soit rendu compte. Voilà ce que je souhaite.

Un coup d'œil sur la pendule – 2 h 45 – puis sur Magnus : il respire tranquillement. Évidemment, pour lui, c'est facile, je me dis avec une pointe d'exaspération.

Finalement je sors du lit, j'enfile une robe de chambre et je vais dans la cuisine me préparer une tisane. C'est le remède préconisé dans les articles sur l'insomnie – et aussi, mettre ses problèmes noir sur blanc [1].

Mon téléphone se recharge dans la cuisine. Pendant que l'eau chauffe, je passe distraitement en revue les messages transférés automatiquement vers la boîte de Sam. Il y a un SMS d'un de mes patients qui vient de subir une opéra-tion sur un ligament croisé du genou et se plaint de la douleur. Pour le rassurer, je lui réponds que je vais trouver un créneau pour le recevoir demain au cabinet [2]. Au moment où je verse de l'eau sur le sachet de camomille aromatisée à la vanille, un nouveau SMS arrive.

Que faites-vous debout si tard ?

C'est forcément Sam. Je m'installe avec mon infusion et bois une gorgée avant de répondre.

---

1. C'est ça ! Pour que votre copain tombe dessus ?
2. Je ne donne pas mon numéro à tous mes patients. Seulement à ceux qui sont en soins pour un moment, à ceux qui sont susceptibles d'être vus en urgence et à ceux qui sont fragiles. Ce type fait partie des gens qui, blêmes de douleur, prétendent que tout va bien. J'ai dû insister pour qu'il ose m'appeler, je l'ai même dit à sa femme, autrement il souffrirait en silence.

Impossible de dormir. Que faites-VOUS debout si tard ?

J'attends l'appel d'un type de Los Angeles. Et vous, pourquoi vous ne dormez pas ?

Ma vie va se terminer demain.

D'accord, c'est légèrement exagéré mais c'est ce que je ressens à ce moment précis.

S'il veut vraiment savoir, il va avoir droit à tout le feuilleton. En sirotant ma tisane, je lui expédie cinq messages avec les épisodes de mon drame. La bague perdue, retrouvée, et perdue à nouveau. Le dermato qui veut regarder ma main. Les Tavish, *déjà* assez pénibles au sujet de leur bague sans même savoir qu'elle a disparu. L'accumulation de mes misères. Et le fait que je me sente comme un joueur qui a besoin d'un dernier tour de roulette pour se refaire mais qui n'a plus de jeton.

J'ai tapé si fort que mes épaules me font mal. Je fais quelques mouvements de rotation, bois ma tisane et vais pour ouvrir un paquet de biscuits quand j'entends un bip.

Je vous suis redevable.

Je hausse les épaules. Il m'est redevable. Bon ! Et alors ?

Je peux vous procurer un jeton.

Je fixe l'écran, perplexe. Il n'a pas compris que c'était une métaphore. Il ne parle quand même pas d'un vrai jeton de poker ?

En l'absence de circulation au-dehors, la pièce est anormalement silencieuse, à part les tressaillements occasionnels du frigo. Je frotte mes yeux fatigués en me demandant si je ne vais pas éteindre le téléphone et retourner au lit.

Explication svp.

J'ai un copain bijoutier. Fait des copies pour la télé. Ressemblent aux vraies. Ça gagnerait du temps, non ?

Je dois vraiment être au fond du gouffre. Car cette idée de fausse bague ne m'a jamais traversé l'esprit.

6

OK. Une fausse bague est une *mauvaise* idée. Pour des millions de raisons. Par exemple :
1. C'est malhonnête ;
2. Elle risque de ne tromper personne ;
3. C'est immoral [1].

Et pourtant, le lendemain à 10 heures, je fais les cent pas sur Hatton Garden, dans un état de choc absolu. Une *rue* entière de bijouteries ! Je ne savais pas que ça pouvait exister. Forcément, vu que je mets les pieds ici pour la première fois.

De toute mon existence, je n'ai jamais vu autant de diamants. Partout des publicités pour des prix cassés, les plus beaux carats, les meilleures affaires, le sur-mesure. Pas de doute, c'est la capitale des bagues de fiançailles. Des couples font du lèche-vitrines, les filles désignent les modèles qui leur plaisent, les garçons sourient mais, dès que leurs chéries regardent ailleurs, je remarque leur anxiété.

Je ne suis jamais entrée dans une bijouterie. En tout cas, pas dans une grande comme celles-ci. Les seuls bijoux que je possède, je les ai achetés sur des marchés ou chez

---

1. Est-ce que « immoral » et « malhonnête » veulent dire la même chose ? C'est le genre de question intello que je pourrais poser à Antony. En d'autres circonstances, évidemment.

Topshop. Pour mes 13 ans, mes parents m'ont offert une paire de boucles d'oreilles en perle, mais je ne suis pas allée les choisir avec eux. Je suis toujours passée devant les bijouteries sans entrer, persuadée que ce n'était pas un endroit pour moi. Inutile de dire qu'aujourd'hui je ne me prive pas de tout admirer.

Mais qui peut s'offrir une broche en diamants jaunes en forme d'araignée à 12 500 livres ? Mystère. Comme les acheteurs de ces monstrueux canapés aux bras pivotants qu'on voit à la télé.

La boutique du copain de Sam s'appelle *Créations Mark Spencer* et, heureusement, pas l'ombre d'araignées jaunes en vitrine. À la place, des tas de diamants sertis dans des cercles en platine et un écriteau annonçant : « Champagne à volonté pour les jeunes fiancés. Choisir votre bague sera un moment inoubliable. » En revanche, rien sur des faux ou des copies. Je commence à être nerveuse. Et si Sam avait mal compris ? Et si j'étais obligée d'acheter une vraie bague en émeraude et de passer le reste de ma vie à la payer ? Tout ça pour garder la tête haute.

D'ailleurs, où est Sam ? Il m'a promis de faire un saut pour me présenter à son ami. Bien qu'il ne m'ait pas précisé l'adresse exacte de son bureau, j'ai l'impression qu'il travaille tout à côté. Je surveille la rue. C'est bizarre, mais on ne s'est jamais vus de près.

Un homme brun marche rapidement sur le trottoir opposé et pendant un instant je crois le reconnaître quand j'entends une voix grave :

— Poppy ?

Je pivote et bien sûr c'est lui : ce type avec des cheveux bruns ébouriffés qui s'avance vers moi. Plus grand que lorsque je l'ai aperçu dans le hall de l'hôtel, mais avec les mêmes sourcils fournis et les yeux enfoncés que j'avais remarqués. Il porte un costume sombre, une chemise blanche immaculée, et une cravate anthracite. Quand il me sourit, je découvre des dents blanches parfaitement alignées.

À mon avis, s'il saute ses visites chez le dentiste, elles ne vont pas rester longtemps dans cet état.

— Bonjour, Poppy.

Il s'approche de moi, hésite puis me tend la main.

— Ravi de faire officiellement votre connaissance.

— Bonjour.

Je lui rends un sourire timide, et nous nous serrons la main. Sa main est agréable : chaude et assurée.

— Vivien reste parmi nous, dit-il en penchant la tête. Merci encore d'avoir été aussi perspicace.

— Pas de quoi. Ce n'était rien.

— Non, sérieusement, je vous en suis reconnaissant.

C'est curieux de se parler les yeux dans les yeux. Je suis distraite par les contours de ses sourcils et par ses cheveux flottant au vent. Les SMS, c'était plus facile. Est-ce qu'il ressent la même chose ?

— Alors ? On y va ?

Il n'y a pas à dire, le magasin a l'air cool et luxueux. Je me demande s'il est venu avec Willow choisir sa bague. Sûrement. J'ai envie de lui poser la question – mais je n'arrive pas à parler d'elle. C'est terriblement gênant. J'en sais bien trop à leur sujet.

La plupart des couples, on les voit au pub ou chez eux. On parle de choses anodines. Vacances, passe-temps, recettes de Jamie Oliver... Peu à peu, on s'aventure à discuter de sujets plus personnels. Mais avec ces deux-là, j'ai l'impression de visualiser un documentaire filmé à leur insu. Hier soir, je suis tombée sur un vieux mail de Willow qui disait seulement : *Tu sais à quel point je SOUFFRE à cause de toi, Sam ? Sans parler de ces connards de BRÉSI-LIENS !*

Je regrette de l'avoir lu. Si jamais je la rencontre, je ne pourrai penser qu'à ça. Les Brésiliens.

Sam appuie sur la sonnette et me fait entrer dans cette élégante boutique à la lumière tamisée. Immédiatement, une vendeuse en tailleur gris tourterelle s'avance.

— Bonjour, puis-je vous être utile ?

Sa voix douce et sirupeuse convient parfaitement à la décoration sobre du lieu.

— Nous venons voir Mark, dit Sam. Je suis Sam Roxton.

— Ah oui, acquiesce une autre vendeuse habillée du même gris tourterelle. Il vous attend. Martha, conduisez-les.

— Puis-je vous apporter une coupe de champagne ? demande Martha en me faisait un sourire entendu. Et vous, monsieur ? Un peu de champagne ?

— Non, merci, refuse Sam.

— Moi non plus, je dis.

— Vous êtes sûre ? insiste-t-elle, l'œil pétillant. C'est un grand moment pour vous deux. Une petite coupe pour vous détendre ?

OMD ! Elle croit que nous sommes fiancés. Je me tourne vers Sam en espérant qu'il va me sortir de là, mais il est concentré sur le clavier de son téléphone. Pas question que je raconte la perte de ma bague inestimable devant un lot d'inconnues qui pousseront des cris d'horreur.

— Franchement, je me sens parfaitement bien, dis-je en souriant à moitié. Ce n'est pas... Enfin nous ne sommes pas...

— Monsieur, quelle montre merveilleuse ! s'exclame la dénommée Martha tout à coup. C'est une Cartier vintage ? Je n'ai jamais vu ce modèle.

— Merci. Je l'ai achetée lors d'une vente aux enchères à Paris.

En effet, elle est étonnante. Son bracelet est en cuir et le cadran en or mat a une patine d'un autre âge. Et il l'a trouvée à Paris. La classe !

Martha me prend le bras en avançant et baisse la voix, style conversation entre filles.

— Il a un goût *exquis*. Vous en avez de la chance !
On ne peut pas en dire autant de tous les hommes qui
viennent ici. Parfois on a des spécimens atroces. Mais
quelqu'un qui s'offre une Cartier vintage ne peut être
qu'un gentleman.

Oh misère ! Que lui répondre ?

— Euh... vous avez raison, je marmonne, les yeux
baissés.

— Je suis désolée. Je ne voulais pas vous mettre mal
à l'aise, fait-elle d'un ton charmant. Dites-moi si vous
changez d'avis pour le champagne. Et bon rendez-vous
avec Mark.

Elle nous fait entrer dans une grande réserve au sol en
ciment, bordée d'armoires métalliques. Un type en jean
et portant des lunettes sans monture se lève d'une table à
tréteaux pour accueillir Sam chaleureusement.

— Sam ! Ça fait trop longtemps !

— Mark, comment va ? La forme ?

Sam lui donne une tape dans le dos et s'écarte.

— Je te présente Poppy.

— Ravi de vous connaître, Poppy. Si je comprends
bien, vous avez besoin de la copie d'une bague.

Est-il obligé de parler de ça à haute et intelligible voix ?
La parano me rend supersensible. Ou la culpabilité, allez
savoir.

— Ça ne sera que temporaire, je murmure le plus bas
possible. Le temps de retrouver la vraie. Ce qui ne tardera
sûrement pas.

— Compris. De toute façon, il est toujours utile de
posséder une copie. Nous en confectionnons souvent, pour
les personnes qui voyagent, par exemple. Normalement,
nous nous bornons à faire des copies des bijoux que nous
avons créés, mais il y a des exceptions à toutes les règles,
surtout pour les amis.

Mark fait un clin d'œil à Sam.

— Bien sûr, nous tâchons de ne pas l'*ébruiter* pour éviter de concurrencer notre principale activité.

— Ne vous inquiétez pas ! je réplique. Je serai parfaitement discrète. Je vous l'assure.

— Vous avez un dessin ? Une photo ?

— Tenez !

Je lui tends un cliché que j'ai imprimé ce matin avec mon ordinateur. Sur la photo, je suis au restaurant avec Magnus, le soir où il m'a demandée en mariage. Le couple assis à la table à côté a eu la gentillesse d'immortaliser ce moment. Toute fière, je brandis la photo : la bague est bien visible. J'ai aussi l'air ébahie, ce qui était le cas.

Ils étudient le cliché en silence.

— C'est donc ce type que vous allez épouser, le diable du Scrabble ? demande enfin Sam.

— Oui.

Quelque chose dans sa voix me met sur la défensive, sans que je sache pourquoi.

— Il s'appelle Magnus.

Sam regarde la photo plus attentivement.

— C'est un universitaire, n'est-ce pas ? Il a produit une série télévisée ?

— Absolument, dis-je, toute fière.

— À première vue, c'est une émeraude de quatre carats, estime Mark Spencer en relevant la tête.

— Peut-être, j'avoue, impuissante. À vrai dire, je n'en sais rien.

— Vous ne *connaissez* pas le nombre de carats de votre bague de fiançailles ?

Les deux copains me regardent bizarrement.

— Comment ? dis-je en piquant un fard. Désolée, mais j'ignorais que j'allais la perdre.

— C'est plutôt charmant de votre part, constate Mark avec un petit sourire narquois. La plupart des filles le savent au centième de carat près. Et elles l'annoncent haut et fort.

Je hausse les épaules pour cacher ma gêne.

— Vous savez, c'est un bijou de famille. Nous n'en avons pas discuté.

— Nous avons beaucoup de montures en stock. Laissez-moi regarder...

Mark éloigne son fauteuil et commence à chercher dans les tiroirs métalliques.

— Alors, il n'est toujours pas au courant ? demande Sam en montrant Magnus sur la photo.

— Non. J'espère qu'on va me la signaler et que...

Sam finit ma phrase.

— Il n'aura pas à savoir que vous l'avez perdue. Vous garderez le secret jusque sur votre lit de mort.

Je détourne les yeux, malade de honte. Je n'aime pas cette situation. Je n'aime pas avoir des secrets pour Magnus. Je n'aime pas avoir des rendez-vous à l'insu de mon fiancé. Mais je n'ai pas le choix.

— Au fait, je continue à recevoir des mails destinés à Violet sur ce téléphone, dis-je pour couper court. Je croyais que vos techniciens devaient s'en occuper.

— Moi aussi.

— Eh bien, vous en avez plusieurs nouveaux. Quatre concernent la course Fun.

Il ne réagit pas.

— Vous n'allez pas répondre ? Et votre suite à l'hôtel pour la conférence dans le Hampshire ? Vous la voulez pour une ou deux nuits ?

— Je verrai. Je ne suis pas encore sûr.

— Vous ne *répondez* jamais à vos mails ?

— Selon mes priorités.

Il se met à taper calmement sur son mobile.

— Tiens c'est l'anniversaire de Lindsay Cooper ! dis-je en lisant à haute voix. Lindsay travaille au marketing. Vous désirez lui souhaiter un heureux anniversaire ?

— Non ! Absolument pas !

Il est si catégorique que je prends ça pour un affront.

— Ce n'est quand même pas un crime que de souhaiter son anniversaire à une collègue.

— Je ne la connais pas.

— Mais si ! Vous travaillez avec elle.

— Je travaille avec deux cent quarante-trois personnes.

Tout à coup, je me souviens d'un échange de mails.

— Mais n'est-ce pas elle qui a pondu ce document sur la stratégie du site Internet l'autre jour ? Vous aviez l'air très content d'elle !

— Oui, mais quel est le rapport ?

Pitié ! Ce que ce type est buté, alors ! Laissant tomber l'anniversaire de Lindsay, j'en viens au mail suivant :

— Peter a conclu avec Air France. Il aimerait vous en parler en détail lundi, après la réunion de groupe. Ça vous convient ?

— Très bien. Faites suivre. Merci.

Il n'a même pas relevé la tête.

Si je n'agis pas, il va laisser ce mail moisir toute la journée sans y toucher.

— Et si je lui répondais ? Étant donné que vous êtes là et que j'ai le mail sous les yeux ? Ça ne me prendra qu'une minute.

— Vraiment ! s'exclame-t-il surpris. Merci. Dites seulement oui.

Je tape « *Oui* » soigneusement.

— Et ensuite ?

— Signez « *Sam* ».

Je fixe l'écran. Ce « *Oui, Sam* » ne me plaît pas. Trop nu. Trop court.

— Et si j'ajoutais quelque chose comme « *Bien joué* » ou « *Vous vous en êtes bien tiré, waouh !* » ? Ou juste « *Félicitations et merci pour tout* » ?

Sam n'a pas l'air impressionné.

— « *Oui, Sam* » est bien suffisant.

— Comme d'hab ! je murmure dans ma barbe.

Mais pas assez profondément dans ma barbe car Sam relève la tête.

— Pardon ?

Je devrais tourner sept fois ma langue dans ma bouche avant de parler. Mais je suis si frustrée que je ne peux me contrôler.

— Vous êtes trop brusque ! Vos mails sont si courts ! Ils sont horribles !

Suit une longue pause. Si la chaise lui avait adressé la parole, Sam ne semblerait pas plus ahuri.

— Désolée, je grogne en haussant vaguement les épaules, mais c'est vrai.

— Bon, fait finalement Sam, mettons les choses au point. En premier lieu, m'avoir emprunté ce téléphone ne vous donne pas le droit de lire ou de critiquer mes mails. En second lieu, plus c'est court, mieux c'est.

Je regrette de lui avoir dit ce que j'avais sur le cœur. À ce stade, je ne peux pourtant plus reculer.

— Mais pas court à ce point. Et vous ne tenez aucun compte des gens. C'est grossier !

Voilà. C'est dit.

Les yeux de Sam sont de vrais lance-flammes.

— Comme je vous l'ai dit, je fais le tri selon mes priorités. Et maintenant que votre problème de bague est résolu, vous aimeriez sans doute me rendre mon téléphone. Ainsi mes mails ne vous dérangeront plus.

Il tend la main.

Mon Dieu. C'est donc pour ça qu'il m'aide ? Pour récupérer son téléphone ?

— Non ! je m'exclame en serrant l'appareil. Je veux dire... je vous en prie. J'en ai encore besoin. L'hôtel peut m'appeler d'une minute à l'autre, Mme Fairfax a ce numéro et...

OK, ce n'est pas logique. Pourtant, je suis persuadée qu'à l'instant où je me séparerai de ce mobile, je n'aurai plus aucune chance de retrouver ma bague.

Pour bien me faire comprendre, je le cache derrière mon dos et je regarde Sam d'un air implorant.

— Bon sang ! soupire Sam. Ça devient ridicule. Cet après-midi, je vais interviewer des candidates pour engager une assistante personnelle. Vous ne pouvez pas le garder !

— Bien entendu. Mais seulement pour quelques jours ? Je ne vous critiquerai plus. Promis, juré !

Mark nous interrompt.

— Bonne nouvelle, les amis. J'ai trouvé une monture qui correspond. Maintenant je vais sélectionner des pierres que je vous demanderai d'examiner. Je vous quitte un moment...

Tandis qu'il sort, mon téléphone affiche un nouveau SMS :

— Il est envoyé par Willow. Regardez : je vous le transmets. Sans commentaire. Rien de rien[1].

— Hum.

Sam émet le même grognement évasif chaque fois que je mentionne Willow.

Un silence un peu lourd s'installe. Selon le code des bonnes manières, c'est à moi de poser une question polie du genre : « Alors, comment avez-vous fait connaissance ? » ou : « Quand allez-vous vous marier ? » Ensuite, on pourrait deviser tranquillement, parler listes de mariage et prix des traiteurs. Mais pour une raison inconnue, je n'ai pas envie de me lancer sur ce terrain. Leur relation est bien trop bizarre.

Sam peut être grognon et cassant mais honnêtement je ne l'imagine pas avec une garce aussi nombriliste et gémissante que cette Willow. Surtout maintenant que je sais à quoi il ressemble. Elle doit être vraiment, mais vraiment

---

1. Ce qui est dommage, car je brûle d'envie de demander : pourquoi Willow continue à me faire parvenir ses mails ? Depuis le temps, elle doit bien savoir que je ne suis pas Violet. D'ailleurs, ça signifie quoi, cette correspondance qui passe par l'assistante ?

canon. Style top model. Sa beauté éblouissante a dû l'aveugler, et il ne voit plus ses défauts. C'est la seule explication.

— Des tas de gens réagissent au mail pour l'anniversaire de Lindsay, j'observe pour meubler le silence. À l'évidence, *ils* ne se prennent pas la tête.

— Les mails collectifs sont l'œuvre du diable, assène Sam d'un trait. Plutôt me tirer une balle dans la tête que d'y répondre.

Eh bien, voilà qui est mignon tout plein !

Cette Lindsay a sûrement beaucoup d'amis. Toutes les vingt secondes un nouveau message arrive sur mon écran : « *Joyeux anniversaire, Lindsay ! Amuse-toi bien !* » Le téléphone n'arrête pas de biper et de s'allumer. On dirait qu'il est à la fête. Seul Sam refuse de participer.

Oh ! Je n'y tiens plus. Ce n'est pas sorcier de taper « *Joyeux anniversaire !* » Pourquoi ne le fais-tu pas, Poppy ? Ce ne sont que deux mots.

Je prends un ton implorant.

— Et si je lui écrivais « *Joyeux anniversaire* » à votre place ? Allez... Vous n'avez rien à faire. C'est moi qui tape.

— Et puis, merde ! s'exclame Sam en quittant son écran des yeux. OK. Comme vous voulez. Mais seulement « *Joyeux anniversaire* ». Pas de smileys ni de bisous. Juste « *Joyeux anniversaire, Sam.* »

Bon, je brode un tantinet.

« *Joyeux anniversaire, Lindsay. J'espère que vous allez fêter ça dignement. Bravo encore pour votre dossier sur la stratégie, c'était formidable. Meilleurs vœux, Sam.* »

Je l'envoie en vitesse avant qu'il ne se demande pourquoi ça prend aussi longtemps. Et tant que j'y suis, je décide de profiter de l'occasion.

— Et votre dentiste ?

— Quoi, mon dentiste ? répète-t-il d'un ton exaspéré.

Fait-il semblant de ne pas savoir ce dont je parle ou a-t-il vraiment oublié ?

— Ça y est !

La porte s'ouvre et Mark réapparaît, tenant un plateau en velours bleu marine.

— Voici vos fausses émeraudes.

— Génial !

Je délaisse le téléphone. Devant moi s'étalent dix rangs d'émeraudes étincelantes. Je sais qu'elles sont fausses, mais franchement je ne vois pas la différence[1].

— Y a-t-il une pierre qui ressemble plus particulièrement à celle que vous avez perdue ?

— Celle-ci.

Je lui montre une émeraude ovale au milieu du plateau.

— C'est presque la même. Vraiment incroyable !

— Parfait.

Il s'en saisit avec des pincettes et la place dans une coupelle en plastique.

— Les diamants étant plus petits et moins visibles, je suis certain de trouver leurs jumeaux. Vous désirez que je les patine un peu ? Pour enlever l'excès de brillant ?

— Vous pouvez faire ça ? je demande, stupéfaite.

— On peut tout faire, dit-il très sûr de lui. Une fois, nous avons fabriqué une copie des bijoux de la Couronne pour un film à Hollywood. Ils avaient l'air parfaitement authentique, mais finalement ils n'ont pas été utilisés.

— Oui... s'il vous plaît.

— Pas de problème. Ça sera prêt dans...

Il consulte sa montre.

— ... trois heures.

— Merveilleux !

---

1. Constatation qui m'amène à me poser deux questions. Premièrement : puisque les fausses émeraudes sont aussi parfaites, pourquoi dépenser des tonnes d'argent pour des vraies ? Deuxièmement : et si je me commandais des boucles d'oreilles assorties ?

Je me lève, ahurie. Tout a été si facile ! Je suis tellement soulagée que j'ai l'impression d'être ivre. Cette copie va me servir pendant deux jours et ensuite je récupérerai la vraie et tout rentrera dans l'ordre.

En traversant la boutique, je sens que nous sommes au centre de l'attention. Martha lève le nez de son livre de comptes, deux filles en tailleur gris tourterelle postées près de la porte se parlent à voix basse en hochant la tête dans ma direction. Mark nous conduit auprès de Martha, qui se fend d'un immense sourire.

— Martha, dit-il en lui remettant un papier plié en deux, voici les renseignements. Occupez-vous de mes deux sympathiques amis. Au revoir.

Sam et lui se serrent la main chaleureusement puis Mark disparaît au fond de la boutique.

— Vous avez l'air ravie ! constate Martha en me faisant un clin d'œil.

— C'est vrai, je suis aux anges ! Mark est fantastique. *Incroyable* ce qu'il arrive à faire !

— Oui, il est exceptionnel. Je suis si contente pour vous. Un jour *merveilleux* à marquer d'une pierre blanche !

Oh... merde ! Soudain, je comprends ce qu'elle veut dire. J'implore Sam du regard mais il s'est éloigné pour lire un message sans s'occuper de moi.

— Alors ? On meurt toutes de curiosité, susurre Martha l'œil brillant, qu'est-ce qu'il vous offre ?

— Euh...

Cette conversation part dans la mauvaise direction. Mais comment reprendre le contrôle ?

— Martha nous a parlé de la Cartier vintage ! intervient une autre vendeuse qui vient de nous rejoindre. Deux autres filles s'approchent lentement.

— On a essayé de deviner entre nous, poursuit Martha. Je crois que Mark vous a proposé quelque chose de vraiment exceptionnel, une bague créée spécialement pour vous sur mesure. Avec une touche romantique. Sans doute un diamant blanc-bleu...

— Les tailles princesse sont exquises, intervient une des vendeuses.

— Ou les tailles à l'ancienne, suggère une autre fille. Mark a des diamants anciens spectaculaires, chargés d'histoire. Entre autres, une pierre rose pâle absolument sublime. Il vous l'a montrée ?

— Non ! Euh... Vous ne comprenez pas. Je ne suis pas... je veux dire...

Mon Dieu. Que leur dire ? Je ne vais pas déballer toute mon histoire !

— Rien de tel qu'une belle bague pour nous combler, soupire Martha, béate. Qu'importe la pierre, du moment qu'elle *vous* semble magique. Allons. Il faut que je sache.

Elle déplie le papier d'un geste majestueux.

— Et le vainqueur est...

En découvrant ce qui est écrit, la voix de Martha se transforme en un croassement. Puis elle est muette.

— Une fausse émeraude ! marmonne-t-elle enfin. Charmant ! Et des faux diamants. Trop ravissant !

Je n'ai rien à dire. Quatre visages défaits me scrutent. Martha est la plus catastrophée.

— C'est une jolie bague, j'avance sans conviction.

— Bien sûr ! Bien sûr !

Martha se force à hocher la tête.

— Eh bien... mes félicitations ! Comme c'est intelligent de choisir une fausse pierre.

Elle fait un signe aux autres vendeuses qui s'empressent d'ajouter leur grain de sel.

— Absolument !

— Très judicieux !

— Une charmante option !

Leurs voix enjouées ne correspondent pas à leur physionomie. Une des filles est sur le point de fondre en larmes.

Martha est légèrement obsédée par la montre Cartier de Sam. Je peux lire dans ses pensées : *Il a les moyens de s'offrir une Cartier vintage pour lui, mais il achète une FAUSSE bague à sa petite amie !*

— Puis-je voir le prix ? demande Sam qui a fini de pianoter.

Il fronce les sourcils.

— 450 livres, c'est une sacrée somme ! Mark devait me faire une remise.

Il se tourne vers moi.

— Vous ne trouvez pas que c'est trop ?

— Sans doute, j'acquiesce, mortifiée[1].

— Pourquoi est-ce si cher ?

Il se tourne vers Martha qui bloque une fois encore sur la Cartier vintage avant de lui adresser un sourire très professionnel.

— C'est le platine, monsieur. Un métal précieux et éternel. La majorité de nos clients apprécient une monture qui durera une vie entière.

— Je vois. Mais pourrions-nous avoir quelque chose de meilleur marché ? Du métal argenté, par exemple ?

— Poppy, vous êtes d'accord ? Aussi bon marché que possible ?

J'entends quelques petits cris étouffés dans la boutique. La mine de cette pauvre Martha est tellement déconfite que j'en rougis pour elle.

— Oui, bien sûr, je murmure. Ce qu'il y a de meilleur marché.

Martha marque une longue pause avant de laisser tomber.

— Je vais vérifier avec Mark.

―――――――――

1. Moi aussi j'ai trouvé que c'était exorbitant. Mais je pensais que c'était le prix à payer pour me tirer d'affaire. En tout cas, ce n'est pas moi qui marchanderais avec une vendeuse dans une bijouterie chic.

Elle s'éloigne pour passer un bref coup de fil. Quand elle revient à la caisse, elle n'ose pas me regarder dans les yeux.

— J'ai parlé à Mark. On peut faire la bague en nickel argenté, et le coût ne sera plus que de...

Elle tape sur sa calculatrice.

— 112 livres. Vous préférez cette option ?

— Bien sûr que oui, répond Sam en me regardant. Il n'y a pas à hésiter.

— Très bien.

Le sourire de Martha s'est figé.

— Nous allons faire ça. Ce sera donc du nickel argenté. Pour la présentation, monsieur, nous pouvons vous proposer un écrin en cuir de luxe à 30 livres ou une boîte plus simple en bois à 10 livres. De toute façon, l'intérieur sera garni de pétales de rose et peut être personnalisé. Des initiales ou un court message.

— Un message ? répète Sam en riant. Non merci. Pas d'emballage. Nous la prendrons telle quelle. Vous avez un sac, Poppy ?

Martha a du mal à respirer. Pendant un instant, je crois qu'elle va suffoquer.

— Récapitulons. Pas d'écrin, pas de pétales de rose, pas de message...

Elle tape sur son clavier :

— Et comment allez-vous payer la bague, monsieur ?

Il est évident qu'elle fait un effort surhumain pour demeurer souriante.

— Poppy ? fait Sam en relevant le menton.

Quand je sors mon porte-cartes, Martha est tellement stupéfaite que je crois mourir de gêne.

— C'est vous, mademoiselle, qui réglez la bague ! Merveilleux ! Absolument... merveilleux. Pas de problème.

Je tape mon code et prends le reçu. D'autres employées se sont agglutinées dans la boutique. Elles murmurent entre elles en me dévisageant. Je suis morte de honte.

Bien sûr, Sam ne se rend compte de rien.

— Est-ce que nous vous reverrons tous les deux, quand la bague sera prête ? demande Martha en nous escortant jusqu'à la porte. Nous aurons du champagne au frais et nous prendrons une photo pour votre album.

Une lueur d'espoir apparaît dans ses yeux.

— C'est un moment tellement *exceptionnel*, la première fois que votre bague est glissée à votre doigt...

— Non, refuse Sam en jetant un coup d'œil à sa montre, j'ai passé trop de temps ici. Pourriez-vous la faire livrer chez Mlle Wyatt par coursier ?

Pour Martha, c'est la goutte d'eau qui fait déborder le vase. Quand je lui donne mon adresse et que nous partons, elle s'exclame soudain :

— Mlle Wyatt, puis-je vous dire un mot sur l'entretien et la conservation de la bague ? Ça ne prendra que quelques secondes.

Elle me saisit le bras et me fait rentrer énergiquement dans la boutique.

— Depuis sept ans que je vends des bagues de fiançailles, je n'ai jamais rien vu de pareil, me glisse-t-elle à l'oreille. Je sais qu'il est un ami de Mark. Et je sais qu'il est très beau. Mais... vous êtes vraiment *sûre* de vous ?

Sam m'attend sur le trottoir quand je ressors. Il a l'air impatient.

— Qu'est-ce qu'elle voulait ? Tout va bien ?

— Oui ! Oui !

Je suis écarlate et n'ai qu'un souhait : m'éloigner aussi vite que possible de cet endroit. Tournant la tête vers la boutique, je vois Martha en grande discussion avec le personnel. L'air outragée, elle gesticule en désignant Sam.

— Qu'est-ce qui se passe ? s'inquiète-t-il. Elle n'a pas essayé de vous vendre la bague chère ? Sinon, j'en parlerai à Mark...

— Non, pas du tout !

J'hésite à tout lui raconter. Mais Sam ne me lâche pas :

— Alors ?

— Elle a cru que vous étiez mon fiancé et que vous m'obligiez à payer pour ma propre bague. Elle m'a conseillé de ne pas vous épouser. Elle se faisait du mauvais sang pour moi.

Je passe sous silence la théorie de Martha selon laquelle la générosité dans une bijouterie et la générosité au lit sont liées[1]. Le visage de Sam s'épanouit. Puis il éclate de rire.

— Que c'est drôle ! C'est vraiment hilarant. Au fait, vous ne *vouliez* pas que je la paye, n'est-ce pas ?

— Bien sûr que non ! je m'exclame, choquée. Ne soyez pas ridicule ! Je suis navrée que toute la boutique croie que vous êtes radin, alors que vous me rendez un immense service. Je suis désolée.

— Quelle importance ? Je me fiche royalement de ce qu'on pense de moi.

— Ça vous est vraiment égal ?

— Complètement.

Je l'observe attentivement. Son visage est détendu. Il doit penser ce qu'il dit. Il n'a rien à faire de l'opinion des gens. Comment est-ce possible ? Magnus, c'est tout le contraire. Il flirte avec toutes les vendeuses et cherche à savoir si elles le reconnaissent, à cause de la télévision. Un jour, quand sa carte bancaire a été refusée dans un supermarché, il s'est fait un point d'honneur d'y retourner le lendemain pour leur dire que c'était une *erreur* totale de sa banque.

C'est bon. Je me sens un peu mieux.

---

1. « Croyez-moi, je pourrais vous établir un graphique, Poppy. Un graphique ! »

135

— Je vais passer au Starbucks, annonce Sam en marchant. Vous voulez un café ?

— Je vais les chercher, dis-je en lui courant après. J'ai une dette envers vous. Une grande dette.

Je ne dois retourner au cabinet qu'après le déjeuner, car j'ai échangé ma matinée avec Annalise. Moyennant une belle somme...

— Vous vous rappelez ? demande Sam. Je vous ai mentionné sir Nicholas Murray. Il doit m'envoyer un dossier. Je lui ai dit d'utiliser ma nouvelle adresse mail, mais si jamais vous le receviez par erreur, soyez gentille de m'en avertir *immédiatement*.

— OK. Il est célèbre, non ? N'était-il pas le n° 18 sur la liste des personnalités les plus importantes de 1985 ?

Comme je suis allée sur Google hier soir, la société de Sam n'a désormais plus de secrets pour moi. Je sais tout. Je pourrais me présenter à « Questions pour un champion ». Je pourrais faire une présentation PowerPoint. En fait, j'aimerais qu'on me le propose ! Voici en vrac ce que j'ai appris sur la *White Globe Consulting* – en ordre dispersé :

1. Elle a été créée en 1982 par Nicholas Murray, mais a été rachetée récemment par une grosse multinationale ;

2. Sir Nicholas en est toujours le P-DG. Apparemment, c'est le genre d'homme capable de détendre l'atmosphère d'une réunion par sa seule présence. Et de rompre une négociation d'un simple hochement de tête. Il porte toujours des chemises à fleurs. C'est son truc ;

3. Le directeur financier était un protégé de sir Nicholas, mais il a quitté la société récemment. Il s'appelle Ed Exton[1] ;

---

1. Ah ! le même Ed qui était furax au Groucho Club. Brillante déduction ! Appelez-moi Hercule Poirot, je vous prie.

4. Son amitié avec sir Nicholas s'est détériorée au fil des ans, et Ed n'a même pas assisté à la réception donnée en l'honneur de sir Nicholas quand il a été anobli[1] ;

5. Dernièrement, il y a eu un scandale : au cours d'un déjeuner, un type du nom de John Gregson a fait une plaisanterie qui n'était pas politiquement correcte et il a été obligé de démissionner[2]. Certaines personnes ont trouvé ça injuste, mais le nouveau président du conseil d'administration a insisté « pour une tolérance zéro en cas de conduite déplacée[3] » ;

6. À l'heure actuelle, sir Nicholas est le conseiller du Premier ministre pour une nouvelle commission spéciale « Bonheur et bien-être » dont toute la presse se moque. Un quotidien a même écrit que sir Nicholas était sur le déclin et l'a dessiné sous les traits d'une fleur qui perd ses pétales (je n'en parlerai pas à Sam) ;

7. L'année dernière, la boîte a remporté un prix pour son programme de recyclage du papier.

— Bravo pour votre implication dans le recyclage, dis-je, impatiente d'afficher mes nouvelles connaissances. J'ai vu votre déclaration : « La responsabilité environnementale est une des bases fondamentales pour toute société qui aspire à la perfection. » C'est *si* vrai. Nous aussi nous recyclons.

— Quoi ? fait Sam intrigué et même méfiant. Où avez-vous vu ça ?

— Sur Google ! Ce n'est pas illégal, j'ajoute en voyant son expression. J'étais juste *intéressée*. Vu que je n'arrête pas de vous faire suivre des mails, j'ai voulu en savoir un peu plus sur votre société.

— Ah, vraiment ! s'exclame-t-il toujours méfiant. Un double cappuccino, je vous prie.

---

1. Extrait de la rubrique Potins du *Daily Mail*.
2. Je me rappelle vaguement avoir lu cette histoire dans le journal.
3. Heureusement qu'il n'est pas mon boss ! (Sans commentaire.)

— Ainsi, sir Nicholas est un conseiller du Premier ministre. C'est hyper cool !

Cette fois-ci, Sam ne prend pas la peine de me répondre. Franchement ! Quel mauvais ambassadeur !

— Vous avez déjà été au 10 Downing Street ? C'est comment ?

Sam me montre la serveuse derrière le comptoir.

— Ils attendent votre commande.

C'est motus et bouche cousue. Il ne va rien me dévoiler. Typique de sa part. On pourrait pourtant croire qu'il serait flatté que je m'intéresse à ce qu'il fait.

— Un cappuccino pour moi. Très peu de lait, dis-je en sortant mon porte-monnaie. Et un muffin au chocolat. Vous désirez un muffin ?

— Non, merci.

— Sage décision, je commente pompeusement. Puisque vous refusez d'aller chez le dentiste.

Il me regarde sans me voir. Ce qui peut vouloir dire : « Occupez vous de vos oignons », « Je ne vous écoute pas » ou encore « Quel dentiste ? ».

Je commence à comprendre son mode de fonctionnement. C'est comme s'il avait un bouton « Marche » et un bouton « Arrêt ». Et il se met sur « Marche » seulement quand il se sent concerné.

Je vais sur Google rechercher une autre photo de dents pourries et je la lui envoie discrètement.

— Au fait, vous devez envoyer votre réponse pour la réception au Savoy.

— Oh ! Je n'irai pas, dit-il comme une évidence.

— Et pourquoi donc ? fais-je, sidérée.

— Pour rien de précis. J'ai une semaine trop chargée pour sortir.

Je n'en crois pas mes oreilles. Comment peut-il refuser une invitation au Savoy ? Quels enfants gâtés, ces grands patrons ! Champagne gratuit ? Quel ennui ! Des cadeaux ?

Quel ennui ! Encore une soirée ? Quel ennui ! Quelle routine barbante !

— Alors, vous devez le leur faire savoir, dis-je proche de le réprimander. En fait, je m'en occupe tout de suite : « *Chère Blue, merci pour l'invitation* », dis-je en lisant à voix haute ce que je tape. « *Malheureusement Sam ne sera pas en mesure d'y assister. Sincèrement, Poppy Wyatt.* »

— Vous n'avez pas à vous en occuper. Une des assistantes du bureau m'aide. Elle s'appelle Jane Ellis. Elle peut le faire.

« Oui, mais le fera-t-elle ? » j'ai envie de répliquer. Je connais l'existence de cette Jane Ellis dont le nom apparaît dans la boîte de Sam. Mais son vrai job est de travailler pour Malcolm, un collègue. Je suis certaine qu'elle n'a pas envie de s'occuper de l'agenda de Sam en plus de son boulot quotidien.

— Pas de problème. Il y a longtemps que ça me tracasse.

Nos cafés arrivent sur le comptoir et je tends le sien à Sam.

— Encore... mille mercis.

— Pas de quoi.

Il me tient la porte ouverte.

— J'espère que vous retrouverez votre bague. Dès que vous n'aurez plus besoin du téléphone...

— Je sais. Un coursier vous le rapportera. Sans perdre une nanoseconde.

— OK.

Il se permet un petit sourire.

— Eh bien, je vous souhaite des tas de bonnes choses.

Il me tend une main que je serre poliment.

— Je vous en souhaite autant.

Je ne lui ai même pas demandé quand son mariage aurait lieu. Peut-être samedi en huit, comme le nôtre. Et dans la même église ? En arrivant, je le verrai sur les marches au bras de Willow la Mauvaise et je lui dirai qu'elle est toxique.

Il s'éloigne et je cours vers l'arrêt du bus. Un 45 dégorge ses passagers et je monte dedans. Il va m'emmener à Streatham Hill et, de là, je marcherai.

En m'asseyant, j'aperçois Sam sur le trottoir : il marche d'un pas vif, le visage impassible, presque de marbre. Je ne sais pas si c'est l'effet du vent ou s'il a été bousculé, mais sa cravate est de travers et il ne l'a pas remarqué. Mais moi, *ça* me dérange. Du coup je lui envoie un SMS :

Cravate de traviole.

Je le vois sursauter et regarder les piétons autour de lui. Je tape :

Dans le bus.

Le bus démarre, mais comme le trafic est intense je reste à la hauteur de Sam. Il lève la tête, arrange sa cravate et me sourit. Je l'avoue, il a un sourire ravageur, surtout qu'il est inattendu, foudroyant, imprévisible. De quoi vous faire fondre. Ne vous méprenez pas ! Je veux dire... seulement si vous êtes prête à fondre. Passons ! Un mail arrive, de Lindsay Cooper, et je m'empresse de l'ouvrir :

Cher Sam,
Merci mille fois ! Votre mot me touche beaucoup – c'est si agréable d'être appréciée. J'en ai fait part à toute l'équipe qui m'a aidée et cela l'a encouragée !
Avec mes meilleurs sentiments,
Lindsay

Il est en copie à son autre adresse, donc il va le recevoir sur son mobile. L'instant suivant, je reçois :

Qu'avez-vous écrit à Lindsay ?

Je ne peux pas m'empêcher de glousser en lui répondant :

Joyeux anniversaire. Comme vous me l'avez dit.

Quoi d'autre ?

Je ne vois pas la nécessité de lui répondre. Il n'y a pas plus sourd que celui qui ne veut pas entendre. On peut être deux à s'amuser à ce jeu. Je réplique :

Avez-vous enfin pris contact avec votre dentiste ?

J'attends un peu – mais c'est à nouveau le silence radio. Un autre mail arrive, émanant d'un collègue de Lindsay. En le parcourant, je me sens dans mon bon droit.

Cher Sam,
Lindsay nous a lu votre aimable message à propos de la stratégie du site Internet. Nous sommes flattés et ravis que vous ayez pris le temps de faire ce commentaire. Merci ! Nous espérons pouvoir vous exposer quelques initiatives supplémentaires, peut-être lors de la prochaine réunion mensuelle.
Adrian Foster

Ah ! Vous voyez ! *Vous voyez !*
C'est bien beau d'envoyer des mails de deux mots. C'est sans doute efficace, ça peut être suffisant. Mais personne ne *vous aime*. Maintenant que toute l'équipe du site Internet est heureuse et se sent utile, elle va faire des étincelles. Tout ça grâce à moi ! Sam devrait me laisser rédiger tous ses mails.

Impulsivement, je cherche le millième mail de Rachel et appuie sur « Répondre » :

Bonjour Rachel,

Comptez sur moi pour la course Fun. C'est une belle cause et je me fais un plaisir de la soutenir. Bravo !

Sam

Il a l'air en pleine forme. Il peut participer à une course Fun, non d'un petit jogger !

Sur ma lancée, j'adresse un mail au type de l'informatique qui demande poliment à Sam la permission de lui envoyer son CV et des idées pour la société. Après tout, Sam devrait *encourager* les gens qui veulent progresser ?

Cher James,

Je serais heureux de lire votre CV et de vous entendre m'exposer vos idées. Veuillez prendre rendez-vous avec Jane Ellis et bravo pour votre dynamisme.

Sam

Maintenant que j'ai commencé, je ne peux plus m'arrêter. Tandis que le bus poursuit sa route, j'écris un mail au type qui veut évaluer le bureau de Sam en matière de santé et de sécurité. Je lui fixe un rendez-vous et demande à Jane de l'inscrire dans l'agenda[1]. J'écris à Sarah qui souffre d'un zona et lui demande si elle va mieux.

Et toutes ces demandes auxquelles il n'a pas répondu et qui me turlupinent ! Tous ces pauvres gens qui essaient de contacter Sam, toujours en vain ! Et si je leur répondais ? Je lui rendrais service ! Une façon de rembourser ma dette pour la fausse bague. Au moins, quand je rendrai ce téléphone, sa boîte électronique sera nettoyée.

Et si j'envoyais un mail collectif à tous ses collaborateurs pour leur dire combien ils sont extras ? Pourquoi pas ? Un

---

1. Je sais qu'il est libre mercredi à l'heure du déjeuner car quelqu'un vient d'annuler.

compliment par-ci, un encouragement par-là, ça ne peut pas faire de mal.

Cher tous,
Juste un mot pour vous dire que vous avez fait du bon boulot depuis le début de l'année.

Tout en tapant une autre idée me vient à l'esprit :

Comme vous le savez, je fais grand cas des points de vue et des idées de chacun. Nous avons la chance d'avoir beaucoup de gens talentueux à *White Globe Consulting* et je veux en profiter au mieux. Si vous avez des idées pour la société et si vous désirez me les faire partager, je vous en prie, envoyez-les-moi. Faites preuve de franchise ! Je vous souhaite une excellente et fructueuse fin d'année.
Sam

Contente de moi, j'appuie sur « Envoyer ». Voilà de l'incitation à la motivation ! De l'appel à l'esprit d'équipe. J'avale un peu de café et je fourre un gros morceau de muffin dans ma bouche quand mon téléphone sonne.

Merde. Ce n'est *pas* le moment !

Quand j'essaie de dire « Un instant, s'il vous plaît », il n'en sort qu'un borborygme atroce. Ma bouche est pleine de muffin hyper collant. Qu'est-ce qu'ils *fourrent* dedans ?

— C'est toi ? demande une voix de jeune homme. Scottie à l'appareil.

Scottie ? *Scottie ?*

Soudain, la lumière se fait. Scottie. N'est-ce pas le nom que l'ami de Violet a mentionné ? Celui qui a parlé de liposuccion ?

— C'est fait. Comme je l'avais dit. Chirurgical. Pas de trace. Résultat génial, même si ça vient de moi. Adieu, père Noël.

Je mâche aussi vite que possible, mais je suis toujours incapable de parler.

— Tu es toujours en ligne ? C'est le bon numéro ? Oh, bordel !

Quand j'arrive enfin à articuler, la voix a disparu.

— Allô ? Je peux prendre un message ?

Plus personne. Je recherche le nom de mon correspondant, mais c'est un appel masqué.

On pourrait croire que les amis de Violet ont ses nouvelles coordonnées, non ? Claquant ma langue, je cherche dans mon sac le programme du *Roi Lion*.

« *Scottie a téléphoné*, je griffonne à côté du premier message. *C'est fait. Chirurgical. Pas de trace. Résultat génial, même si ça vient de moi. Adieu, père Noël.* »

Si jamais je rencontre cette Violet, j'espère qu'elle me remerciera de tout le mal que je me donne. En vérité, j'aimerais *beaucoup* faire sa connaissance. Qu'au moins je ne prenne pas tous ses messages pour rien.

Je m'apprête à ranger mon téléphone quand une foule de nouveaux mails déboulent à la queue leu leu. Déjà des réponses à mon mail collectif ? Déception ! Ce ne sont que des messages entre différents services ou des pubs. Mais l'avant-dernier me donne un coup au cœur. Il vient du père de Sam.

Je songeais justement à lui.

Cher Sam,

Je me demande si tu as reçu mon dernier mail. Tu sais que je ne suis pas un as de la technologie et je l'ai peut-être envoyé au mauvais endroit. Enfin, en voici les grandes lignes. J'espère que tu vas bien et que tu réussis à Londres comme toujours. Tu sais comme nous sommes fiers de tes exploits. Je vois ton nom dans les pages Affaires. C'est formidable. J'ai toujours su que tu

étais destiné à faire de grandes choses, tu le sais bien.

Comme je te l'ai dit, il y a une chose dont je voudrais te parler. Penses-tu venir dans le Hampshire un jour ? Ça fait longtemps, et le bon vieux temps me manque.

Bien à toi,
Ton vieux papa

En arrivant vers la fin du message, j'ai les joues en feu. Je n'arrive pas à le croire. Sam n'a donc pas répondu la dernière fois. Que se passe-t-il ? Il se fiche de son père ? Ou ils ont eu une grosse dispute ?

Aucune idée. J'ignore ce qui s'est passé entre eux. Mais j'imagine clairement un père assis devant son ordinateur envoyant des bouteilles à la mer. C'est insupportable. Quoi qu'il se soit passé, la vie est trop courte pour ne pas rectifier le tir. Trop courte pour ne pas pardonner.

Sans trop réfléchir, j'appuie sur « Répondre ». Je n'ose pas écrire au nom de Sam à son père, ce serait exagérer. Mais je peux prendre contact avec lui. Dire à un vieil homme esseulé qu'il a été entendu.

Bonjour,
Je suis l'assistante de Sam. Je veux juste vous faire savoir que Sam assistera à la réunion de sa société à l'hôtel Chiddingford dans le Hampshire le 24 avril. Je suis sûre qu'il sera ravi de vous voir.
Meilleures pensées,
Poppy Wyatt

Avant de me dégonfler, je l'envoie, puis me cale dans mon fauteuil pendant quelques minutes, le temps de reprendre ma respiration. J'ai osé me faire passer pour l'assistante de Sam ! J'ai pris contact avec son père. J'ai envahi sa vie privée. Il sera fou de rage quand il l'apprendra – en fait, rien que d'y penser, je tremble de peur.

Mais parfois il faut être courageuse. Montrer aux gens ce qui est important dans la vie. Et j'ai la certitude d'avoir bien agi. Je n'ai peut-être pas fait ce qui était le plus facile, mais j'ai pris la bonne décision.

J'ai une vision du père de Sam assis à son bureau, sa tête grise courbée sur son ordinateur. L'écran s'éclaire annonçant un nouveau mail, une lueur d'espoir traverse ses yeux quand il l'ouvre... Avec un grand sourire, il gratifie son chien d'une caresse et lui dit : « On va voir Sam, gamin[1] ! »

Oui, j'ai bien agi.

La conscience tranquille, j'ouvre le dernier mail. Il émane de Blue.

> **Bonjour,**
> **Nous sommes désolés d'apprendre que Sam ne pourra assister à la réception au Savoy. Aimerait-il désigner une autre personne à sa place ? Veuillez m'indiquer son nom et nous ne manquerons pas de l'ajouter à la liste des invités.**
> **Cordialement,**
> **Blue**

Le bus s'arrête à un feu rouge. Je prends une bouchée de muffin tout en fixant l'écran. *Une autre personne.* Autrement dit : n'importe qui.

Lundi prochain, je suis libre. Magnus doit assister à un séminaire à Warwick en fin de journée.

OK. Voici ce qui me trotte dans la tête. Dans ma situation, j'ai peu de chances d'être invitée à une réception aussi glamour. Les kinés ne sont jamais conviés à ce genre de soirée. Quant aux sorties avec Magnus, c'est pour des dédicaces de livres universitaires ou des dîners barbants

---

1. D'accord, il n'a peut-être pas de chien. Pourtant, je sens qu'il en a un.

dans des facs. Jamais, au grand jamais, pour une fiesta au Savoy. Il n'y a jamais de cadeaux, de cocktails ou d'orchestres de jazz. C'est une chance unique.

C'est peut-être mon karma qui se manifeste. Je suis entrée dans la vie de Sam, j'y fais le bien et voici ma récompense.

Avant même d'avoir pris la décision, mes doigts pianotent :

Merci pour votre mail. Sam aimerait désigner Poppy Wyatt.

7

La fausse bague est parfaite !

OK, pas tout à fait *parfaite*. Elle est un petit peu plus petite que l'originale. Et l'anneau est un peu plus serré. Mais qui va la comparer avec l'autre ? Je l'ai portée une bonne partie de l'après-midi et je m'y suis habituée. En fait, elle est plus légère que la vraie, ce qui est un avantage.

Je viens de finir mon dernier rendez-vous et je suis dans l'entrée avec mes mains posées en évidence sur le comptoir de la réception. Tous nos patients sont partis, y compris la gentille Mme Randall avec laquelle je me suis montrée très ferme. Je lui ai dit qu'elle était tout à fait capable de faire ses exercices chez elle et de ne pas revenir avant deux semaines. Et je lui ai affirmé qu'elle pouvait rejouer au tennis sans problème.

Alors elle m'a tout raconté. En fait, comme elle ne veut pas laisser tomber sa partenaire de double, elle vient souvent au cabinet pour se redonner confiance. Je lui ai confirmé qu'elle était prête à retourner sur les courts. « Envoyez-moi par SMS votre score avant de revenir me voir, lui ai-je dit. Au pire, j'irai jouer avec vous. » Elle a éclaté de rire en s'excusant de son comportement déraisonnable.

Quand elle est partie, Angela m'a confié que ma patiente était une joueuse canon qui avait participé au championnat junior de Wimbledon. Punaise ! Heureusement que nous n'avons *pas* joué : je ne suis même pas fichue de faire un revers.

Angela est rentrée chez elle. Il n'y a plus qu'Annalise, Ruby et moi au cabinet. Une giboulée de printemps tambourine sur les vitres pendant que nous examinons ma bague en silence.

— C'est top comme reproduction, approuve Ruby. Personne ne peut voir la différence.

Sa queue-de-cheval remue énergiquement.

— Moi, si, réplique Annalise. Ce n'est pas le même vert.

— Tu crois ? dis-je, consternée.

— L'important est se savoir si Magnus est très observateur, corrige Ruby en levant les sourcils. Il la regarde souvent ta bague ?

— Je ne crois pas, non.

— Le mieux à faire est de garder tes mains loin de lui pendant un moment.

— Garder mes mains loin de lui ? Mais comment ?

— Tu n'as qu'à te maîtriser, rétorque Annalise. Ce n'est pas si *dur*.

— Et ses parents ? interroge Ruby.

— Ils vont sûrement vouloir la voir. Nous avons rendez-vous à l'église où l'éclairage est plutôt faible mais quand même...

— Elle a l'air authentique ?

— Oui ! s'écrie Ruby.

— Non, fait Annalise avec la même assurance. Pas si on la regarde avec attention.

— Eh bien, crée une diversion ! lance Ruby. Pour les empêcher de l'inspecter de trop près.

— Quoi, par exemple ?

— Tombe dans les pommes. Fais semblant de te trouver mal. Dis-leur que tu es enceinte.

— *Enceinte*, dis-je au bord du fou rire. Tu es dingue, Ruby ?

— J'essaye de t'aider. Ils seront peut-être ravis que tu attendes un bébé. Wanda meurt sans doute d'envie d'être grand-mère.

— Non, pas question ! Elle sera horrifiée.

— Excellent ! Si elle est furieuse, elle ne regardera pas la bague.

Satisfaite, Ruby opine comme si elle venait de résoudre tous mes problèmes.

— Merci beaucoup mais je ne veux pas d'une belle-mère hystérique.

— De toute façon, elle le sera, fait remarquer Annalise. À toi de choisir. Une belle-fille en cloque ou une belle-fille cinglée qui a perdu la bague de famille inestimable ? Je te conseille le polichinelle dans le tiroir.

— On arrête ! *Pas question* de raconter que je suis enceinte !

Je tripote ma fausse émeraude et j'ajoute, surtout pour me convaincre :

— Tout ira bien, oui, j'en mets ma main au feu.

— Ce n'est pas Magnus, là, en face ? questionne Ruby.

C'est lui, sous un parapluie, attendant de pouvoir traverser.

— Merde !

Je saute sur mes pieds et prends une pose décontractée : ma main droite sur la gauche. Non ! Pas naturel pour deux sous. J'enfonce ma main gauche dans la poche de ma blouse de kiné. Mais mon coude fait un angle bizarre.

— Ça ne va pas, commente Ruby.

— Je fais quoi, alooooors ?

— De la crème pour les mains, dit-elle en attrapant un tube. Viens, je te fais une manucure. Tu auras un peu de crème sur la bague. Laissée sur la pierre comme par hasard.

— Génial ! Tu fais quoi, Annalise ?

J'ai l'impression que, depuis qu'elle a repéré Magnus, elle s'est lancée dans une opération fiévreuse de remise en beauté : couche de gloss, nuage de parfum et voilà que maintenant elle donne un côté sexy à son chignon de danseuse en tirant quelques mèches autour du visage.

— Mais rien du tout, proteste-t-elle.

J'ai juste le temps de lui jeter un regard méfiant avant l'entrée de Magnus qui secoue l'eau de son parapluie.

— Salut, les filles !

Il rayonne. Comme s'il était accueilli par une bande de groupies admiratives – ce qui n'est pas faux, en un sens.

Annalise se précipite.

— Je te débarrasse de ta veste. C'est bon, Poppy, je m'en occupe ! Continue ta manucure ! Je te fais un thé, Magnus ?

La garce ! Je l'observe pendant qu'elle l'aide à retirer sa veste en lin. Elle prend son temps, il me semble. Et lui, quel besoin il a d'enlever sa veste ? Nous allons repartir tout de suite.

— On a fini, non ? je demande à Ruby.

— Ne te presse pas ! On a tout notre temps, dit Magnus.

Il jette un coup d'œil appréciateur autour de lui.

— Hum ! je me souviens de ma première visite comme si c'était hier. Tu te rappelles, Pops ? Étonnant !

Il croise mon regard avec une expression coquine alors que j'essaye de lui transmettre un message de prudence muet : « La ferme, espèce d'idiot ! Tu vas me fourrer dans le pétrin. »

— Comment va ton poignet ? interroge Annalise qui revient de la cuisine avec une tasse de thé. Poppy t'a donné un rendez-vous de contrôle ?

— Non. Elle aurait dû ?

— Ton poignet va très bien, j'affirme.

— Je peux regarder ? Poppy ne peut plus t'avoir comme patient, tu sais. Ce ne serait pas déontologique. Où se situait la douleur exactement ? À cet endroit ?

Elle déboutonne la manche de sa chemise et remue doucement son articulation.

— Ici ? fait-elle en passant sa main sur le poignet de Magnus. Là ?

Sa voix se fait insistante, rauque, elle bat des cils.

Bon, ça suffit ! Avec un grand sourire, j'interviens d'un ton suave.

— Merci, Annalise, mais nous devons partir pour l'église. C'est notre rendez-vous prénuptial, la répétition, tu vois ?

— À propos, Poppy, fait Magnus, il faut que je te dise un mot. On peut aller dans ta cabine, une seconde ?

— Oh !

J'ai comme un drôle de pressentiment. Même Annalise semble surprise. Quant à Ruby, elle hausse ses sourcils d'étonnement.

— Une tasse de thé, Annalise ? demande Ruby. On reste ici, rien ne presse.

En précédant Magnus vers ma cabine, je suis prise d'angoisse. Il sait, pour la bague. Pour la partie de Scrabble. Pour tout. Il est moins partant pour le mariage. Je suis sûre qu'il veut une femme qui peut parler de Proust.

— Elle ferme à clé cette porte ? Impec !

Après avoir tiré le verrou, il me regarde avec une lueur libidineuse dans l'œil.

— Poppy, ma belle enfant, tu sais que tu es drôlement sexy.

Il me faut cinq secondes pour piger.

— Quoi ? Non, Magnus, tu plaisantes !

Il s'approche de moi avec un air que je connais bien. Non, non, *pas question* !

— Stop ! Je suis au boulot !

Il se met à déboutonner ma blouse mais je le repousse fermement. Magnus ferme les yeux comme au paroxysme de l'excitation.

— Je sais bien que tu es au boulot. Justement, il y a un truc qui m'inspire dans cet endroit. Peut-être ton uniforme. Tout ce blanc !

— Dommage pour toi !

— Allez, Poppy, toi aussi, tu en as envie !

Il commence à mordiller le lobe de mon oreille. Mon lobe ! Je déteste qu'il connaisse aussi bien mes endroits réceptifs. Pendant un instant – un court instant –, je perds pied. Ensuite, alors qu'il fait une autre tentative sur les boutons de ma blouse, je reprends mes esprits. Ruby et Annalise sont à un mètre de nous [1]. Impossible de *faire ça* !

— Non, Magnus ! Moi qui croyais que tu voulais me parler d'un truc sérieux au sujet du mariage.

— Et pourquoi donc ? demande-t-il en pressant sur la pédale de la table de massage pour la mettre à la bonne hauteur. Hum ! Ce lit me rappelle des tas de choses.

— Ce n'est pas un lit, c'est une table de massage.

— Il y a de l'huile essentielle quelque part ?

— Chut ! Ruby est derrière la porte. J'ai déjà eu droit au conseil de discipline...

— C'est quoi, cet engin ?

Magnus a déniché une tête de traitement à ultrason. Et le voilà tout excité par sa trouvaille.

— Je parie qu'on peut s'amuser avec. C'est chauffant ? Ça *vibre* ?

— Oublie ça, Magnus ! Désolée mais c'est *non* ! On ne peut pas, point final.

Tout en protestant, je me suis éloignée de manière à mettre la table entre nous. J'arrange ma blouse. Pendant un moment Magnus fait une telle tête que j'ai peur qu'il me crie dessus.

---

1. Plus probablement, elles ont l'oreille collée à la cloison.

— Écoute, Magnus, c'est comme si tu sautais une de tes étudiantes. Tu serais viré de la fac. Et ta carrière serait foutue.

Magnus est sur le point de me contredire puis change d'avis et grogne :

— Bon, j'ai compris. Alors on fait quoi à la place ?

— Des tas de choses. On peut bavarder. S'occuper de notre mariage qui a lieu dans huit jours.

Mais Magnus ne répond rien. D'ailleurs, il n'a pas besoin de proférer un mot. Son manque d'enthousiasme, plus fort que lui, saute aux yeux.

— Allons prendre un verre, je suggère. On a le temps de faire un saut dans un pub avant la répétition.

— Très bien ! Allons-y.

— On peut revenir ici un autre jour. Pourquoi pas pendant un week-end ?

Qu'est-ce qui me prend de lui faire cette promesse ? On verra bien. Chaque chose en son temps.

Quand nous sortons de ma cabine de soin, Ruby et Annalise lèvent le nez des magazines qu'elles n'ont manifestement *pas lus*.

— Tout va bien ? demande Ruby.

— Super ! On a discuté de mon voile, des dragées et d'autres détails du mariage. Maintenant, il faut y aller.

Je viens de me voir dans le miroir : mes joues sont rouge vif et je parle pour ne rien dire. Si ce n'est pas un indice, ça y ressemble.

— J'espère que tout s'est bien passé, insiste Ruby avec un coup d'œil appuyé sur la bague puis sur moi.

— Oui, merci !

— De toute façon, tiens-nous au courant, déclare Annalise. On *meurt* d'envie de savoir.

Vous savez quoi ? Pour la bague, Magnus n'y a vu que du feu. Je présume donc que ses parents réagiront de même. En arrivant à l'église de St-Edmund, je me sens gonflée à bloc comme jamais. St-Edmund est une grande église de Marylebone que nous avons choisie pour sa beauté. Quand nous entrons, l'organiste est en train de répéter un morceau magistral. Des fleurs roses et blanches d'un autre mariage ornent les travées. Il règne une atmosphère d'espoir.

Soudain, je me sens exaltée. Dans huit jours nous serons mariés. Dans une semaine et un jour, la nef sera décorée de soie blanche et de bouquets. Ma famille et mes amis attendront mon entrée avec impatience. Le joueur de trompette se tiendra près de l'orgue. Je porterai ma belle robe, et Marcus patientera à côté de l'autel vêtu de son gilet d'apparat[1]. Ça y est ! Je me marie vraiment !

J'imagine déjà Wanda examinant quelque vieille statue. Et je me vois lui adresser un petit signe comme si nous étions les meilleures amies du monde et qu'elle ne m'intimidait pas du tout.

Magnus a raison, je me dis. J'ai tout dramatisé. Je les ai jugés de manière excessive alors qu'ils sont certainement ravis de m'accueillir dans leur famille.

Car, n'oubliez pas, je les ai battus au Scrabble ! J'attrape le bras de Magnus :

— Tu te rends compte ? C'est bientôt notre tour.

À ce moment précis son téléphone vibre.

— Allô ? C'est toi, Neil ?

Neil est son étudiant le plus assidu. Il rédige un mémoire sur le thème « Symboles dans l'œuvre du groupe de rock Coldplay[2] ». Sûr que leur coup de fil va durer des heures. Marmonnant une excuse, Magnus sort de l'église.

Il aurait quand même pu éteindre son mobile, non ? J'ai bien éteint le mien.

Peu importe !

---

1. Le gilet coûte presque aussi cher que ma robe.
2. À mon humble avis, « Cymbales dans l'œuvre du groupe de rock Coldplay » serait plus approprié.

155

— Coucou, Wanda, vous allez bien ? je m'écrie, alors que ma future belle-mère arrive vers moi. Moi, je suis littéralement aux anges !

Je ne mets pas vraiment ma main en évidence mais je ne la cache pas non plus. Ma position est neutre. Ma main est la Suisse. Comme d'habitude Wanda plonge en piqué sur ma joue.

— Poppy ! Ma chère petite. Je veux que tu rencontres Paul, notre ami dermatologue. Au fait, comment va ta brûlure ?

Paralysée. Je suis paralysée. L'expert de la *peau*. Pas de *pot* ! Je l'avais jeté aux oubliettes, celui-là. Ce que je suis *nulle*, alors ! J'étais tellement soulagée d'avoir une bague de remplacement que j'ai complètement oublié ma prétendue brûlure au troisième degré.

— Tu as retiré ton pansement, observe finement Wanda.

— Oui, parce que... ma main va mieux, en fait. *Beaucoup* mieux.

— On n'est jamais assez prudent, même avec ce genre de petit bobo.

Wanda me pousse vers l'entrée de l'église et je ne peux rien faire d'autre qu'avancer docilement.

— Un de nos collègues à Chicago s'est cogné un doigt de pied. À force de traiter sa blessure à la légère, il s'est retrouvé à l'hôpital avec un début de gangrène. J'ai dit à Antony...

Elle s'interrompt et lance :

— Voilà la fiancée. La promise. La patiente.

Antony et un type âgé en pull en *V* violet nous tournent le dos, plongés dans la contemplation d'un tableau accroché à un pilier. Quand ils se retournent, Antony fait les présentations.

— Poppy, voici le Dr Paul McAndrew, un des plus éminents professeurs de dermatologie du pays et, qui plus est, grand spécialiste des brûlures. On peut dire que tu as de la chance.

— Formidable !

Ma gorge ne laisse passer qu'un couinement nerveux. Quant à mes mains, elles se sont prudemment réfugiées derrière mon dos.

— Voyons voir cette brûlure, dit le médecin gentiment.

Pas moyen de m'en sortir ! Très mal à l'aise, je tends lentement ma main et dévoile ma peau sans défaut dans un silence sépulcral.

— Où était cette brûlure ? demande finalement le docteur McAndrew, en prenant ma main en douceur.

— Euh, ici, je dis en désignant vaguement mon pouce.

— Vous vous êtes ébouillantée ? Brûlée avec une cigarette ?

— Non, c'était... euh... sur un radiateur. Très douloureux.

— Sa main était enveloppée d'un énorme pansement, ajoute Wanda. On aurait dit une victime de guerre. Et pas plus tard qu'hier !

— Je vois, fait le médecin en lâchant ma main. Tout semble aller bien. Aucun élancement ? Aucune sensation désagréable ?

Sans un mot, je fais non de la tête.

— Je vais vous prescrire un onguent à l'eau. Au cas où les symptômes reviendraient. D'accord ?

Wanda et Antony échangent des regards. Super. Maintenant ils croient que je suis une malade imaginaire.

En définitive, je ne m'en tire pas trop mal. Je serai l'hypocondriaque de la famille Tavish. Un de mes petits défauts. La situation aurait pu être pire. Au moins ils n'ont pas hurlé : « Mais qu'est ce que c'est que cette émeraude de pacotille que tu portes à la place de ta bague de fiançailles ? »

Comme si elle lisait dans mon esprit, Wanda regarde ma main et dit à son mari :

— Tu vois, Antony, c'est la bague de ma mère. Magnus l'a donnée à Poppy quand il l'a demandée en mariage.

OK. Cette fois je n'invente rien : sa voix grimpe dans les aigus et elle lance à son mari un regard significatif. Que se passe-t-il ? Et si elle voulait garder la bague pour elle ? Et si Magnus n'était *pas* censé me l'offrir ? J'ai l'impression d'être prise dans des histoires de famille compliquées que je ne comprends pas. Et comme ils sont trop bien élevés pour aborder le sujet, je ne saurai jamais ce qu'il en est.

D'accord, mais si cette bague est si spéciale à ses yeux, comment se fait-il qu'elle n'ait pas remarqué que c'était une copie ? Je suis presque déçue que les Tavish soient passés à côté de la supercherie. Ah ! Ah ! Ils se croient malins et pourtant ils ne repèrent pas une fausse émeraude. J'éprouve un petit sentiment de joie narquoise.

— Magnifique bague de fiançailles, s'exclame le médecin. Une pièce d'exception, sans nul doute.

— Oui, je confirme. Elle est ancienne et unique en son genre.

Antony s'arrache à l'observation d'une statue pour s'adresser à moi.

— Ah, Poppy. J'ai une question à te poser.

À moi ?

— Très bien.

— J'aurais bien demandé à Magnus, mais je pense que c'est davantage de ton domaine.

— Allez-y, dis-je en souriant poliment.

Je vois le genre de question. Sûrement une précision en rapport avec la cérémonie. Combien de demoiselles d'honneur sont prévues ? Ou encore : quelles fleurs as-tu choisies pour ton bouquet ? Ou même : as-tu été surprise quand Magnus a fait sa déclaration ?

Au lieu de quoi, il dit :

— Que penses-tu du nouvel ouvrage de McDowell sur les stoïciens ? Comment le trouves-tu par rapport à celui de Whittaker ?

Pendant une fraction de seconde, je suis trop abasourdie pour réagir. Quoi ? Qui ? Je trouve qui de quoi ?

— Ah oui, j'ai oublié de te dire, Paul, ajoute Wanda. Poppy est une spécialiste de la philosophie grecque. Au Scrabble, l'autre soir, elle nous a mystifiés avec le mot « aporie ».

Comment j'arrive à me fendre d'un sourire ? Mystère.

Aporie.

C'est un des mots que Sam m'a envoyés. À ce stade, j'avais déjà avalé quelques verres de vin et me sentais en pleine confiance. J'ai le vague souvenir d'avoir affirmé, en étalant mes lettres, que j'avais une vraie passion pour la philosophie grecque.

Qu'est-ce qui m'a pris ? J'aurais dû me censurer mentalement. M'ordonner de cesser cette comédie.

— Ah oui ! Aporie ! Au fait, je me demande si le vicaire est...

Mais mon futur beau-père, tout à son sujet, ne prête aucune attention à ma tentative de diversion :

— Dans le supplément littéraire du *Time* de ce matin, il y a une critique du nouveau livre de McDowell. Wanda et moi avons pensé que tu serais à même de nous éclairer. Alors Poppy, tu trouves l'auteur pertinent à propos des vertus du IVᵉ siècle avant Jésus-Christ ?

Me voilà bien ! Annoncer que j'étais un as de la philo grecque ? J'ai dû tomber sur la tête. Après m'être éclairci la voix, je proclame que non, je n'ai pas encore lu cette étude mais que, oui, elle figure sur ma liste des livres à lire.

— Le stoïcisme en tant que philosophie morale a souvent été mal perçu, n'est-ce pas ?

— Absolument, je rétorque avec aplomb. Très mal perçu. Extrêmement mal, même.

Antony fait des moulinets avec ses bras comme s'il s'adressait à un auditoire de trois cents personnes.

— D'après ce que je comprends les stoïciens prônaient un dépouillement affectif total. Ils favorisaient l'abnégation en tout. Apparemment, ils manifestaient une telle passivité vis-à-vis de l'hostilité que leurs ennemis se demandaient s'ils n'étaient pas façonnés dans la pierre.

— Extraordinaire ! s'exclame en riant le Dr McAndrew.

— Je ne me trompe pas, n'est-ce pas, Poppy ? Ainsi, quand la Gaule a attaqué Rome, les sénateurs se sont assis calmement dans le Forum pour attendre les événements. Les envahisseurs, confondus par leur indifférence, les ont pris pour des statues. Il paraît qu'un Gaulois aurait tiré sur la barbe d'un sénateur pour vérifier.

— Très juste. Tout à fait exact, je dis en hochant la tête.

Aussi longtemps qu'Antony continuera ses palabres et que j'opinerai du bonnet, tout ira bien.

— Fascinant ! Et que s'est-il passé après ?

Voilà que le dermato s'y met ! C'est bien ma chance. Je guette la réponse d'Antony qui visiblement attend la mienne. De même que Wanda.

Trois éminents professeurs suspendus à *mes* lèvres sur une question de philosophie antique.

— Eh bien...

Je marque une pause comme si j'hésitais entre plusieurs façons de commencer mon explication.

— Eh bien. C'est... parlant. À différents titres. Dans le domaine de la philosophie. Et en ce qui concerne la Grèce. Pour l'histoire. Pour l'humanité. On peut dire que ce point est essentiel dans la grèc... itude.

Je termine avec l'espoir secret que personne ne s'apercevra que je n'ai pas répondu à la question.

Silence sidéré.

— D'accord, mais il s'est *passé* quoi ? s'impatiente Wanda.

— Les sénateurs se sont fait massacrer bien sûr, conclut Antony comme si ça allait de soi. Mais ce que j'aimerais savoir, Poppy, c'est...

— Oh, regardez comme cette peinture est exquise, je lance avec l'énergie du désespoir en désignant un cadre accroché à un pilier.

— Digne d'un coup d'œil, en tout cas, dit Antony en s'approchant pour l'étudier.

Ce qu'il y a de bien avec lui, c'est qu'étant curieux de tout il se laisse facilement distraire.

— Il faut que je vérifie quelque chose dans mon agenda, j'ajoute en vitesse.

En m'approchant d'un banc proche, mes jambes tremblent. C'est gai ! Ma réputation de spécialiste en philosophie du IVᵉ siècle avant Jésus-Christ va me coller à la peau jusqu'à la fin de mes jours. À chaque Noël, à chaque réunion de famille, il me faudra jouer la pro de la philo. Et parler de géologie pour faire bonne mesure. Je n'aurais jamais dû tricher. Jamais. C'est mon châtiment. Trop tard, c'est fait.

Je vais prendre des notes. Saisissant mon mobile, je crée un nouveau dossier dans mes mails et écris à ma propre intention :

À ENTREPRENDRE AVANT LE MARIAGE :
1/ Devenir une experte en philosophie grecque ;
2/ Potasser ma géologie ;
3/ Apprendre des mots longs pour le Scrabble ;
4/ Me souvenir que je suis hypocondriaque ;
5/ Apprécier le bœuf Strogonoff [1] (par hypnose ?).

Je parcours la liste. Pas mal. Je peux le faire. Ce n'est pas si terrible.

---

1. Lors de notre premier dîner, Wanda a fait du bœuf Strogonoff. Comment lui avouer que ça me donne envie de vomir ?

— Bien entendu, vous connaissez mes opinions sur l'art sacré, tonne Antony. C'est absolument *scandaleux*...

Je me fais toute petite pour, surtout, éviter de participer au débat. Tout le monde sait ce que pense Antony Tavish sur l'art sacré, en particulier depuis qu'il a créé un mouvement national prêchant la transformation des églises en galeries d'art et la destitution des vicaires. Il y a quelques années, il a déclaré à la télévision que « de tels trésors ne devaient pas rester entre les mains de philistins ». D'où un tollé dans la presse et des titres comme « Un professeur traite les religieux de philistins » et, dans le *Sun* : « Un prof manque de respect au clergé [1]. »

Si seulement il pouvait baisser d'un ton. Imaginez que le vicaire l'entende ! Quel manque de tact, tout de même !

Je l'entends maintenant feuilleter le programme de la cérémonie.

— « Mes biens chers frères », ricane-t-il. Chéris par qui ? Par les étoiles et le cosmos ? Qui peut donc croire qu'une instance supérieure est là-haut pour nous *chérir* ? « Et le regard de Dieu sur chacun. » Je te demande un peu, Wanda ! Quel tissu d'âneries pour esprits débiles !

Soudain je vois le vicaire s'approcher de nous. Vu son expression, il a entendu Antony déblatérer. Horreur !

— Bonsoir, Poppy.

Je bondis de mon banc.

— Bonsoir, révérend Fox ! Comment allez-vous ? Nous étions justement en train d'admirer votre église.

— Vraiment ?

Plus glacial, tu meurs.

— Révérend, je voudrais vous présenter mon futur beau-père, le professeur Antony Tavish.

---

1. Il est passé dans les journaux du soir et partout. D'après Magnus, Antony adore être au centre de l'attention même s'il prétend le contraire. Depuis, il a sorti des propos plus controversés, mais aucun n'a agité les foules comme cette histoire de Philistins.

Dieu merci, Antony serre aimablement la main du révérend Fox mais une certaine tension règne alentour.

— Vous faisiez donc une conférence, professeur ? Sur la Bible ?

— Pas vraiment, non, répond mon beau-père, le regard brillant de provocation.

Le sourire du révérend n'a rien de charitable.

— C'est bien ce qui me semblait. Pas vraiment votre fort, dirons-nous.

OMD ! L'animosité entre les deux hommes est palpable. Et si je sortais une bonne blague pour alléger l'atmosphère ?

Mauvaise idée.

— Poppy, ce sont vos frères qui vous amènent à l'autel ?

— C'est ça. Toby et Tom, chacun d'un côté.

— Vos frères ? questionne gentiment le médecin. Voilà qui n'est pas banal. Et pourquoi pas votre père ?

— Parce que mon père est... (J'hésite.) À vrai dire, mes parents sont morts.

Et, aussi sûrement que le jour suit la nuit, survient l'habituel silence gêné. Je baisse les yeux au sol, comptant les secondes en attendant que le moment passe. Combien de silences de ce genre ai-je causés au cours des dix dernières années ? C'est toujours la même scène. Personne ne sait où regarder, ni quoi dire. Au moins, cette fois, personne ne fait mine de vouloir m'enlacer.

— Chère Poppy, je suis vraiment désolé, s'excuse le dermato.

— Je vous en prie ! C'était un accident, il y a dix ans. Je n'en parle pas. Je n'y pense pas. En tout cas, plus maintenant.

Mon sourire est volontairement peu engageant. Je me refuse à revenir en arrière. Tout cela est plié, emballé, dans ma tête. Et expédié ailleurs.

Honnêtement, qui a envie d'entendre des histoires tristes ? Une fois, en pension, mon directeur d'études m'a demandé si ça allait et si je désirais parler. Quand j'ai commencé à m'épancher, il m'a dit tout de go : « Pas trop de confidences, Poppy ! » sur un ton qui signifiait clairement : « Je n'ai pas envie d'écouter, alors arrêtez ! »

Il y avait un groupe d'aide psychologique, mais je n'y suis pas allée. C'était à la même heure que l'entraînement de hockey. Et de toute façon, que dire ? Mes parents sont morts. Nous sommes allés vivre chez notre oncle et notre tante. Comme nos cousins avaient déjà quitté la maison, il y avait plein de chambres pour nous.

C'est arrivé. Il n'y a rien d'autre à ajouter.

— Quelle *superbe* bague, s'extasie soudain le révérend, au soulagement général.

— N'est-ce pas ? Elle est ancienne.

— Un bijou de famille, précise Wanda.

— Unique, renchérit le médecin en me tapotant la main, un modèle exclusif.

La porte de l'église s'ouvre dans un bruit d'enfer.

— Pardon d'être en retard, lance une voix perçante et familière. J'ai eu une journée d'enfer.

Lucinda fait son entrée à grandes enjambées, les mains encombrées de plusieurs sacs débordant de soie. Elle porte une robe beige sans manches et d'énormes lunettes de soleil sur la tête. Elle a l'air contrariée.

— Révérend, vous avez eu mon mail ?

— Oui. Mais ma réponse est non. Les piliers de l'église ne peuvent en aucun cas être décorés de peinture argentée.

Lucinda s'arrête net. Derrière elle, une pièce de soie grise se déroule le long de la travée.

— *On ne peut pas ?* Et je vais faire quoi, moi ? J'ai promis au fleuriste des piliers argentés.

Elle s'affaisse sur un banc.

— Ce fichu mariage ! Ce n'est qu'une succession de problèmes !

— Ne t'en fais pas, ma chère Lucinda, la calme Wanda. Tu fais un boulot *fantastique*. Comment va ta mère ?

— Très bien. Mais avec tout ce que j'ai à faire, je n'ai pas le temps de la voir. Où est cette maudite Clemency ?

À mon avis c'est le moment d'intervenir.

— J'ai retenu les voitures, au fait. C'est bouclé. Et j'ai commandé les confettis. Je me demandais si je devais aussi faire confectionner des boutonnières pour les hommes du cortège.

— Si tu pouvais, ça m'aiderait, grince-t-elle.

On dirait qu'elle vient seulement de remarquer ma présence.

— Oh, Poppy, une bonne nouvelle pour toi. J'ai ta bague. Elle s'était coincée dans la doublure de mon sac.

Quand elle présente ma bague en émeraude, je suis tellement troublée que je cligne des yeux comme une chouette. Ma bague ! La vraie ! Mon émeraude de fiançailles inestimable est là, devant moi !

Comment a-t-elle ?...

Par quel foutu ?...

Bien qu'incapable de lever la tête, je suis consciente des regards incrédules qui, se croisant comme des rayons laser, vont de ma vraie bague à la fausse et vice versa.

— Je ne comprends pas bien, dit finalement le Dr McAndrew.

— Qu'est-ce qui se passe, tout le monde ?

Magnus, enfin de retour, nous surprend en plein spectacle.

— Ma parole ! On dirait que vous venez de voir un fantôme. Ou plutôt le Saint-Esprit.

Il rit de sa plaisanterie mais il est le seul.

— C'est la bague ?

Wanda paraît avoir retrouvé sa voix.

— Et celle-là, alors, reprend-elle, en montrant la fausse à mon doigt qui, tout à coup, a l'air de sortir d'une pochette surprise.

J'ai la gorge tellement nouée que je peux à peine respirer. Pourtant il faut que je sauve la situation. *Pas question qu'ils apprennent que je l'ai perdue.*

— Je *pensais* bien que vous seriez surpris !

Malgré tout, j'arrive à prononcer quelques mots. Je peux même esquisser un sourire. J'ai l'impression de marcher sur un pont en cartes à jouer tout en le construisant.

— Comme j'ai prêté l'originale à Lucinda, j'ai fait fabriquer une reproduction.

Je lui jette un regard désespéré. Pourvu qu'elle comprenne le message. Heureusement elle semble se rendre compte de l'horrible gaffe qu'elle vient de commettre et joue le jeu.

— Oui, c'est vrai. J'ai emprunté la bague pour... euh...

— ... Pour copier son motif.

— Oui, nous avons pensé que la bague pourrait servir de modèle pour...

— Les anneaux de serviette, je complète en veine d'inspiration. Des anneaux de serviette en émeraude pour la réception. Mais finalement nous avons *abandonné* l'idée.

Personne ne dit mot. Courageusement, je relève la tête. Wanda a l'air terriblement soucieuse. Magnus, perplexe. Le dermatologue s'est éloigné du groupe comme pour dire : « Tout ça ne me concerne pas. »

— Merci beaucoup, Lucinda, je dis en récupérant ma bague. Je vais la mettre immédiatement.

Tout est bien, qui finit bien. Ouf !

Mais tout en retirant la fausse bague et en enfilant la vraie, mon esprit bouillonne de questions sans réponses. Comment ma bague a-t-elle atterri dans le sac de Lucinda ? Quel est le rôle de cette Mme Fairfax ? Bref, c'est quoi, ce bordel ?

— Mais pourquoi avoir fait reproduire la bague, amour ?

C'est clair : Magnus n'a toujours pas gobé mon histoire. Je le regarde fixement en essayant de trouver un argument valable. Il a raison. Pourquoi dépenser du temps et de l'argent pour une imitation ?

— J'avais envie d'en avoir deux.

Nooon, c'est *nullissime*. J'aurais dû dire : « Pour voyager. »

— Tu voulais *deux* bagues ? articule péniblement ma belle-mère.

— Souhaitons que ce genre de désir ne s'applique pas à ton mari, plaisante mon futur beau-père à sa manière légère. Hein, Magnus ?

— Ah, ah, ah ! Très drôle !

Je pars d'un rire aussi lourd que forcé. Puis, essayant de retrouver ma gaieté, je demande au révérend Fox :

— Pourrions-nous commencer la répétition ?

Une heure plus tard, j'éprouve toujours une faiblesse dans les genoux. D'accord, j'ai évité un drame de justesse ! Mais est-ce que Wanda me croit ? Je n'en suis pas certaine. Non seulement elle me regarde avec soupçon, mais elle pose toutes sortes de questions. Sur le prix de la reproduction. Sur l'endroit où je l'ai commandée... Elle s'imagine quoi ? Que j'allais vendre l'originale ?

Nous avons répété mon entrée et notre sortie ensemble, les génuflexions sur les prie-Dieu et la signature du registre. Maintenant, le vicaire aimerait revoir les paroles du consentement mutuel.

Mais c'est au-dessus de mes forces. Au-dessus de mes forces de prononcer ces mots magiques avec Antony et ses commentaires ironiques, se moquant de chaque phrase. Le jour du mariage, ce sera différent : il faudra bien qu'il la boucle.

— Magnus, je murmure. Pas les paroles de consentement. Pas avec ton père dans les parages. Je ne veux pas que ce moment magnifique soit gâché.

— Très bien. Peu importe.

— On les dira une seule fois, le jour J, j'ajoute en serrant sa main dans la mienne.

Même sans Antony, répéter le moment le plus important de la cérémonie me paraît inutile. Je veux garder au consentement son aspect solennel et unique.

— D'accord. Nous avons fini ?

— Loin de là ! répond Lucinda hors d'elle. Poppy, il faut que tu recommences ton entrée. Tu vas beaucoup plus vite que la musique.

— OK, je dis en retournant vers la porte.

— L'orgue, s'il vous plaît, crie Lucinda. L'or-gue ! On reprend depuis le début ! Poppy, glisse en douceur, tu marches comme un grenadier ! Clemency, ces tasses de thé, ça vient ?

Celle-ci revient à l'instant du café *Costa*. Elle déchire précipitamment des sachets de sucre.

— Attends, je vais t'aider, je chuchote, en arrêtant ma progression.

— Merci ! Antony prend trois sachets de sucre, Magnus a le cappuccino, Wanda les biscotti...

— Et mon muffin aux deux chocolats avec double dose de crème ?

— J'ai oublié, j'y retourne.

— Non, non, je blague !

Plus Clemency travaille pour Lucinda, plus elle a le regard d'un lapin affolé. Sûrement mauvais pour sa santé.

Sa patronne prend sa tasse de thé (avec lait mais sans sucre) en la remerciant d'un bref signe de tête. Sa mauvaise humeur semble à son maximum. Les bancs sont jonchés de feuilles de papier pleines de griffonnages, de lignes surlignées, de Post-it. Drôle d'organisatrice !

Pour le moment, elle marmonne dans sa barbe en fourrageant dans une pile de paperasses.

— Où j'ai foutu le numéro du fleuriste ? Clemency !

— Je peux le trouver sur Google, si tu veux, je suggère.

— Clemency va s'y coller. *Clemency !*

La pauvre sursaute si brusquement que du thé se renverse.

— Laisse ! Je m'occupe du plateau !

— Ça m'*aiderait* infiniment, fait Lucinda dans un souffle. Parce que, tu sais, Poppy, nous sommes tous là pour toi. Quand je pense que le mariage est dans huit jours ! Et la charge de travail est tellement lourde !

— Je sais bien. Désolée !

Magnus et ses parents ont disparu. Je pars à leur recherche vers le fond de la nef, le plateau dans les mains, m'efforçant de glisser *en douceur* et m'imaginant avec mon voile.

— ... *Infiniment* trop rapide. C'est ridicule.

La voix de Wanda m'arrive, étouffée. Je m'aperçois qu'elle provient de derrière une lourde porte en bois sur le côté. Ils doivent être dans une chapelle latérale.

La voix de Magnus, maintenant :

— Tout le monde le sait... Le comportement avant le mariage...

Malheureusement l'épaisseur de la porte ne laisse passer que des bribes de phrases bizarres.

— Pas le mariage *en lui-même...* Votre *couple... Incompréhensible...*

— *Tout à fait* malencontreux...

Je suis plantée, à quelques mètres de la porte, toujours avec mon plateau. Je ne devrais pas écouter mais impossible de m'en empêcher.

— ... Admets-le, Magnus... Erreur totale...

— ... D'annuler. Ce n'est pas trop tard. Mieux vaut maintenant que plus tard un divorce difficile...

J'ai du mal à déglutir. Mes mains tremblent. Est-ce que j'entends le mot « divorce » ? Ou bien est-ce mon ouïe qui me joue des tours ?

Je dois mal interpréter leurs propos. Des mots isolés qui ne signifient rien...

— Quoi que vous puissiez dire, nous allons nous marier. Donc vous avez intérêt à être d'accord.

La voix de Magnus résonne soudain, aussi claire que le son d'une cloche.

Je frissonne. L'interprétation est sans équivoque. Antony grogne quelque chose, puis Magnus crie :

— ... ne finira pas en désastre, bordel !

Quel amour, mon Magnus ! Il a l'air furibard. Une seconde après la porte grince. Je recule à toute allure. Et quand il émerge, je m'avance vers lui comme si de rien n'était :

— Coucou ! Tu veux boire quelque chose ? Tout roule comme tu veux ? Je me demandais où tu étais passé.

— Ça va, amour !

Il me dédie un sourire plein de tendresse et m'enlace par la taille. Rien sur son visage n'indique la colère qu'il vient de piquer. Quel acteur formidable ! Il devrait faire de la politique.

— Donne-moi ton plateau, je vais proposer une tasse de thé aux parents. Ils sont... euh... en train de contempler des fresques.

— Parfait.

Je souris normalement mais mon menton est pris de tressaillements. En contemplation devant des fresques ? Elle est bien bonne ! Je sais, moi, qu'ils échangent des remarques acerbes sur le choix catastrophique de leur fils. Qu'ils parient que nous aurons divorcé dans moins de un an.

Alors que Magnus revient de la chapelle, je respire un grand coup pour chasser la nausée qui m'a saisie. Et, sur le ton de la conversation, je demande :

— Comment tes parents réagissent ? Ton père, l'église, ça n'est pas vraiment son truc, si ? Ni le mariage, d'ailleurs.

Je lui tends une perche, là. C'est l'occasion de me cracher la vérité. Mais Magnus bougonne seulement :

— Ils sont OK.

J'avale une gorgée de thé en fixant tristement les vieilles dalles de pierre. Il ne faut pas que je lâche le sujet. Je dois protester. Je dois lui dire : « Écoute, je viens de vous entendre vous engueuler. » Je dois mettre les choses au point avec lui. Mais... je manque de courage. Je suis incapable d'affronter la vérité, d'entendre la sentence de ses parents : que je suis au-dessous de tout.

— Bon, il faut que je regarde ma messagerie.

J'ai l'impression que Magnus évite mon regard. Mais je deviens peut-être parano.

— Moi aussi, je réplique.

Accablée, je vais m'asseoir sur un banc d'une travée latérale. Pendant quelques instants je reste immobile, penchée en avant, en essayant de refouler mes larmes. Finalement, je prends mon mobile et l'allume. Voilà des heures que je ne l'ai pas ouvert. Le nombre de bips, flashs et alertes sonores qui m'accueillent est incroyable. J'envoie un SMS en priorité au concierge de l'hôtel Berrow pour lui demander d'annuler les recherches et le remercier pour sa gentillesse. Ensuite, c'est le tour des messages.

Le premier est un SMS de Sam arrivé il y a une vingtaine de minutes :

En route pour un w-e en Allemagne : région montagneuse sans réseau. Donc inaccessible pdt un moment.

Voir son nom sur l'écran me donne envie de communiquer. Je réponds :

Cool. Pourquoi en Allemagne ?

Pas de réponse mais tant pis. C'est trop sympa de texter. Alors je tape :

Raté pour la fausse bague ! Piperie découverte. Les parents Tavish croient que je suis cinglée.

J'hésite à lui dire que Lucinda avait la bague. J'aimerais aussi lui demander ce qu'il en pense. Mais... non, trop compliqué. Je ne veux pas l'impliquer. J'envoie le message. Une fois expédié, j'ai des remords. Et s'il pensait que je lui en voulais d'avoir eu l'idée de la reproduction ? Alors je texte vite une suite :

Merci pour votre aide. Avec reconnaissance.
P.

Je devrais sans doute jeter un coup d'œil à sa boîte mail. Ces derniers temps je l'ai un peu négligée. Je contemple l'écran, incrédule. Et je réalise que tout le monde a réagi à mon appel aux idées. Tous ces messages sont des réponses.

Pour la première fois de la soirée, je suis fière de moi. Si un des collaborateurs propose une idée à tout casser qui va révolutionner la boîte de Sam, ce sera grâce à moi. Sans attendre, je clique sur la première réponse :

Cher Sam,
Je pense qu'on devrait avoir des cours de yoga à l'heure du déjeuner payés par l'entreprise. Plusieurs personnes sont de mon avis.
Bien à vous,
Sally Brewer

Je ne m'attendais pas à ce genre de suggestion. Mais pourquoi pas ? Le yoga est une bonne initiative.
OK, suivant :

Cher Sam,
Merci pour le mail. Vous demandez de la franchise ? Très bien. La rumeur dans notre département dit que la boîte à idées n'est qu'un procédé pour nous éliminer. Pourquoi ne pas vous montrer

honnête et nous annoncer simplement que nous
allons être virés ?
Cordialement,
Tony

Ren-ver-sant ! Le type est parano. Je passe au suivant :

Cher Sam,
Un budget est-il prévu pour alimenter ce
programme ? Plusieurs chefs de service posent la
question.
Merci,
Chris Davies

Je n'en crois pas mes yeux. Un budget ? Quand on a
des idées, on n'a pas besoin d'argent. Non mais !
Un autre :

Sam,
C'est quoi, ce bordel ? La prochaine fois que tu
annonces une décision de ce genre, ça ne
t'ennuierait pas de consulter au préalable les
autres directeurs ?
Malcolm

Celui d'après est encore plus précis :

Sam,
C'est n'importe quoi ! Merci pour les encourage-
ments – tu parles !
Vicks

Je me sens coupable. Mon but n'était pas de mettre
Sam dans une position difficile. Mais je suis confiante : dès
que les idées commenceront à fuser, les gens de la boîte
verront l'aspect positif de cette initiative.

Cher Sam,
Il paraît que tu vas nommer un nouveau chef
« ès cogitations ». Souviens-toi que c'était *mon*

idée, dont j'ai d'ailleurs fait part au cours d'une réunion de service il y a trois ans. Je trouverais un peu gros que ma proposition soit récupérée et j'espère par conséquent, que, au moment de l'embauche, je serai le candidat n° 1 de ta liste.

Bien à toi,
Martin

Un peu fort de café, oui ! Vite, un autre.

Cher Sam,
À quand une présentation de toutes nos idées ? Faites-moi savoir, s'il vous plaît, la durée limite de l'exposé. Également : pouvons-nous travailler en équipe ?

Avec mes félicitations,
Mandy

Ah ! Vous voyez ? Une réaction intelligente et positive. Travail d'équipe ! Présentation ! Ah, fantastique !

Cher Sam,
Navrée de vous déranger une nouvelle fois. Voici ma question : serons-nous pénalisés si nous ne travaillons pas en équipe ? Rien ne va plus avec les membres de mon groupe mais, maintenant, ils connaissent mes idées, ce qui est parfaitement injuste.

Afin que vous soyez au courant, le projet de restructurer le service marketing est le mien, pas celui de Carol.

Cordialement,
Mandy

OK. Normal que quelques bavures se produisent. Ça ne compte pas. Le résultat est toujours incontestable...

174

Cher Sam,

Désolée de vous écrire ceci, mais je dois me plaindre officiellement de l'attitude de Carol Hanratty.

Je dois rapporter que cette dernière s'est comportée d'une manière particulièrement peu professionnelle dans le travail sur les nouvelles idées. Je me vois obligée de prendre mon après-midi en raison du stress occasionné. Judy est également trop choquée pour continuer à travailler aujourd'hui. Nous pensons contacter notre cellule syndicale.

Cordialement,
Mandy

C'est le bouquet !

Cher Sam,

Pardon pour la longueur de ce mail.

Vous avez demandé des idées ? Par où donc commencer ?

Pendant les quinze années passées dans cette société, un long processus de désenchantement s'est instillé dans mes veines et mon processus mental...

Le mail de ce type fait au moins quinze pages. Les bras m'en tombent. Mon portable en dégringole sur mes genoux.

Ces réponses ! Je n'arrive pas à y croire ! Pas plus que je n'arrive à croire que je suis à l'origine de ce bazar. Ce que les gens sont pénibles ! Il faut toujours qu'ils s'opposent à tout. Je voulais faire bouger les choses, pas inciter tout le monde à la révolte.

Je parcours les quinze premiers mails. Il y en a encore trente. Imaginez que je les transfère tous à Sam et qu'en descendant de l'avion en Allemagne il les reçoive d'un seul coup... Je l'entends tout d'un coup me dire : *le mail collectif est l'œuvre du diable.*

Quand je pense que j'en ai envoyé un en le signant de son nom. Un seul et unique. À tous les collaborateurs de la société. Et sans lui demander l'autorisation.

Oh ! si seulement je pouvais faire marche arrière. Ça partait d'un bon sentiment, pourtant. Qu'est-ce qui m'a prise ? En tout cas, pas question de lui déverser toute cette prose sans le prévenir. Je dois d'abord lui expliquer. Lui dire quel était mon but.

Je réfléchis à cent à l'heure. Il est dans l'avion. Injoignable. Et de toute façon on est vendredi soir. Nul besoin de tout lui transmettre. Peut-être que d'ici à lundi ces râleurs se seront calmés. Oui.

Mon mobile m'annonce un SMS. Un choc de plus.

Décollage imminent. Rien à signaler ?
Sam

Mon cœur s'emballe. Décidément la parano me guette.

Question : Sam a-t-il *besoin* d'être mis au courant à cet instant précis ?

Réponse : Non.

Rien dans l'immédiat. Bon voyage !
Poppy.

8

Je ne sais pas quoi faire à propos d'Antony, de Wanda et de la chapelle-aux-messes-basses comme je l'ai surnommée dans ma tête. Je n'ai donc rien fait. Et rien dit.

La fuite en avant. Je devrais faire face, mais je peux à peine envisager la situation, encore moins en parler. Surtout avec Magnus.

Pendant le week-end, j'ai tenu le choc. J'ai dîné avec la famille Tavish. Je suis sortie prendre un verre avec Ruby et Annalise. J'ai ri, bavardé, blagué et fait l'amour. Mais une douleur m'a vrillé l'estomac en permanence. Maintenant, j'y suis presque habituée.

Si au moins *ils* m'avaient dit quelque chose, je me sentirais mieux. On se serait engueulés un bon coup, je les aurais convaincus que j'aime Magnus, que je soutiendrai sa carrière et que je n'ai pas une cervelle d'oiseau. Mais ils sont restés bouche cousue. Oh, de prime abord, ils ont été charmants et délicieux, s'enquérant poliment de nos recherches de maison et m'offrant des verres de vin.

Ce qui a aggravé les choses. Cela renforce le sentiment que je suis une intruse et que je ne suis pas admise à participer à la discussion familiale, où il est évident que la fiancée de Magnus n'est pas faite pour lui.

Ce serait mieux si Magnus détestait ses parents, ne tenait aucun compte de leur avis et si on pouvait rire d'eux entre nous. Mais il les aime. Ils s'entendent très bien, sont d'accord sur presque tout et, quand ils ne le sont pas, ça ne porte pas à conséquence : ils en plaisantent. À dire vrai, ils tombent d'accord sur tout.

Sauf à mon sujet.

Je refuse d'y penser trop longtemps car cela me panique. Je ne m'autorise donc que quelques moments d'inquiétude et j'ai ma dose pour ce soir. En sortant du cabinet, je me suis arrêtée au Starbucks pour déguster un chocolat en gémissant sur mon sort. Mais si vous pouviez me voir en ce moment, vous ne vous en rendriez pas compte. J'arbore ma petite robe noire et mes stilettos. Mon maquillage est impeccable, mes yeux brillent (grâce aux deux verres que j'ai ingurgités). Je me suis inspectée dans la glace : l'image même d'une fille insouciante, qui porte sa bague de fiançailles et boit des cosmos au Savoy.

Pour être franche, je suis de bien meilleure humeur. Moitié à cause des cocktails, moitié à cause du Savoy. C'est la première fois que j'y mets les pieds. C'est épatant !

La réception a lieu dans une salle magnifique aux boiseries et aux lustres spectaculaires, avec des serveurs qui ne cessent de passer avec des plateaux de cocktails. Un orchestre de jazz joue en sourdine, il n'y a que des clients élégants qui papotent par petits groupes. Les gens se donnent des tapes dans le dos, se serrent la main, se congratulent d'un air ravi. Bien sûr, je ne connais personne, alors je me contente de regarder. Si quelqu'un s'avance vers moi, je sors mon téléphone pour vérifier mes messages et il s'éloigne.

C'est ça qui est génial avec un mobile : il vous sert de compagnon.

Dans ses multiples SMS, Lucinda m'annonce qu'elle est dans le nord de Londres à la recherche de soie grise et me demande si j'ai une texture préférée. De Warwick, Magnus me parle d'un voyage de recherches qu'il organise avec un professeur. En même temps j'ai une longue conversation avec Ruby qui sort avec un type pour la première fois.

Mais comme il est difficile de taper sur un clavier tout en tenant un verre, je pose mon cosmo sur une table proche.

La soie sauvage grise sera parfaite. Merci mille fois. Bises. Poppy

Ça paraît génial, je peux venir aussi ? P

À mon avis, commander deux steaks n'est pas forcément bizarre... il suit peut-être le régime Dukan ? ? ? Tiens-moi au courant. P

J'ai des tonnes de mails pour Sam. Des quantités de gens ont répondu à ma demande de nouvelles idées. Certains ont ajouté leur CV et des pièces jointes. Il y a même deux vidéos. Quel week-end studieux ils ont dû passer ! L'un est intitulé « 1 001 idées pour WGC – Première partie » ! Je préfère ne pas l'ouvrir.

En fait, j'espérais que les choses se calmeraient pendant le week-end et qu'on m'oublierait. Mais ce matin, dès 8 heures, l'avalanche a commencé et ça n'arrête toujours pas. Des rumeurs courent que ce serait une offre générale pour un job. Plusieurs services se disputent l'idée d'avoir été le premier à suggérer une extension vers les États-Unis. Malcolm râle par mails interposés et veut savoir qui a approuvé cette initiative. Bref, c'est le chaos. À croire que tout ce petit monde n'a rien d'autre à faire dans la vie.

Quand j'y réfléchis, je ne suis pas loin de la crise d'hyperventilation. Donc j'ai mis au point une nouvelle technique : je ne m'en fais pas. Tout ça attendra demain.

Pareil en ce qui concerne le dernier mail de Willow à Sam. Je décide que non seulement c'est un top model mais qu'elle est fantastique au lit et archimilliardaire. Pour compenser son caractère de cochon.

Aujourd'hui, elle adresse à Sam une longue et assommante divagation où elle lui demande de lui trouver une marque spéciale de crème exfoliante allemande puisqu'il est dans ce pays, mais il ne voudra pas s'en occuper ce qui est typique de sa part, alors qu'elle s'est donné la peine de lui rapporter du pâté de France qui l'a presque rendue malade, mais c'est le genre de personne généreuse sur laquelle il pourrait prendre exemple, mais a-t-il JAMAIS voulu apprendre d'elle ? JAMAIS ?

Franchement. Elle m'agace.

Je consulte la liste des mails quand je remarque celui d'Adrian Foster du marketing.

Cher Sam,
Je vous remercie d'avoir accepté de remettre personnellement un bouquet de fleurs à Lindsay pour son anniversaire – il est enfin arrivé ! Comme vous n'étiez pas là aujourd'hui, je l'ai mis dans votre bureau. Il est dans l'eau et devrait se conserver.
Meilleurs sentiments,
Adrian

Ce n'est pas Sam qui a accepté de lui remettre des fleurs en mains propres. Mais moi, au nom de Sam.

Maintenant, je ne suis plus sûre que c'était une si bonne idée. Et s'il est débordé demain ? Et s'il est furieux de perdre son temps en lui apportant des fleurs ? Comment puis-je lui faciliter la tâche ?

J'hésite un instant et envoie un court mail à Lindsay :

Bonjour, Lindsay,
Je veux vous offrir quelque chose que je garde dans mon bureau. Quelque chose qui vous plaira. Passez demain. À l'heure qui vous convient.
Bizz
Sam.

Je l'envoie sans le relire et prends une gorgée de cosmo. Je me détends pendant vingt secondes, savoure mon cocktail, me demandant quand les petits fours vont arriver. Puis, comme si un réveil se déclenchait, je sursaute.

Pitié ! J'ai mis « Bizz » à la fin du mail. Une erreur impardonnable. On n'écrit pas bizz dans les mails professionnels. Merde ! J'affiche ce maudit mail à l'écran et le relis. J'ai tellement l'habitude d'ajouter des « Bizz » partout que c'est devenu un réflexe. Mais ce n'est pas le genre de Sam.

Et si j'essayais de réparer cette bévue ?

Chère Lindsay, Juste pour que les choses soient claires, je n'ai pas eu l'intention de vous envoyer de bizz...

Non. C'est nul. Mieux vaut le laisser ainsi. Après tout, je fais sans doute un drame pour rien. Elle risque de ne même pas le remarquer...

Catastrophe ! Lindsay me répond déjà. Elle n'a pas perdu de temps. Je l'ouvre et n'en crois pas mes yeux.

À demain, Sam,
Bizz bizz

Deux fois « Bizz » ! Normal, ça ?

Je n'arrive pas à me persuader que c'est normal.

Si, mais si, rien de plus normal ! Bien sûr que c'est normal. Juste une façon amicale de correspondre entre gens d'une même boîte.

Je range mon mobile, finis mon verre et en cherche un autre. Une serveuse se tenant à quelques mètres de moi, je commence à me diriger vers elle. Ma progression est ralentie par la foule des invités.

— ... la politique de créativité de Sam Roxton ?

Une voix d'homme me fait tendre l'oreille.

— ... putain, c'est *grotesque* !

— Tu connais Sam...

Je stoppe net, fais mine de tripoter mon téléphone. Un groupe d'hommes s'est arrêté près de moi. Ils sont plus jeunes que Sam et très bien habillés. Sans doute ses collègues.

Je me demande si je peux mettre un visage sur les noms des mails. Je parie que celui qui a le teint mat s'appelle

Justin Cole. Il a envoyé un mail collectif pour rappeler à tout le personnel que si la tenue décontractée était *obligatoire* le vendredi elle ne devait pas manquer de... tenue. En costume noir et cravate fine, il ressemble à une gravure de mode.

— Il est là ? demande un blond.

— Je ne l'ai pas vu, répond le type au teint mat en vidant un petit verre[1]. C'est un putain d'entêté !

Je tressaillis. Voilà qui n'est pas sympa.

Mon téléphone affiche un SMS et je suis heureuse de pouvoir occuper mes mains. Ruby m'envoie une photo de cheveux bruns avec ce message :

C'est une perruque ? ? ?

Je laisse échapper un gloussement. Elle a réussi à prendre un cliché de l'arrière de la tête du type. Comment s'est-elle débrouillée ? Et sans qu'il s'en aperçoive ?

Je m'approche de l'écran. Ses cheveux me semblent naturels. Je me demande bien pourquoi Ruby est tellement obsédée par les perruques ? Tout ça parce que l'année dernière, elle s'est retrouvée au restau avec un type de 59 ans qui prétendait avoir 39 ans[2].

Je ne crois pas. Il a l'air OK !

Quand je relève la tête, les hommes qui discutaient près de moi se sont dispersés. Dommage. Leur conversation était intrigante.

Je prends un autre cosmo et quelques délicieux morceaux de sushis (ils sont les bienvenus) tout en calculant que cette soirée m'aurait déjà coûté une cinquantaine de livres si j'avais dû payer. Je me dirige vers l'orchestre de jazz quand j'entends les grésillements d'un micro qu'on

---

1. Où l'a-t-il trouvé ? Pourquoi personne ne m'en a offert un ?
2. Il a prétendu que c'était une faute de frappe. Ouais ! À mon avis son doigt a glissé de deux chiffres vers la gauche.

branche. En me retournant, je découvre une petite estrade à un mètre et quelque de moi. Une blonde en tailleur-pantalon noir tapote sur le micro.

— Mesdames et messieurs. Puis-je avoir votre attention, je vous prie ?

Après un instant de silence, elle reprend un ton au-dessus.

— Écoutez-moi ! Le moment des discours est arrivé ! Plus tôt on commence, plus vite on en sera débarrassés !

Rire général. Les invités s'avancent vers cette partie de la salle. Je suis poussée vers l'estrade, où je n'ai *aucune* envie de me trouver – mais je ne peux pas faire autrement.

— Ah ! On y est ! Bienvenue à la célébration de notre fusion avec *Johnson Ellison* et l'excellent *Greene Retail*. C'est un mariage de cœur et d'esprit et pas seulement de trois sociétés. Nous avons de nombreuses, de très nombreuses personnes à remercier. Notre directeur général, Patrick Gowan, a eu l'ambition qui nous mène à être réunis ici ce soir. Patrick, venez me rejoindre !

Un barbu au costume clair monte sur l'estrade. Il sourit modestement, tourne la tête de gauche à droite et tout le monde d'applaudir, moi comprise.

— Keith Burnley... que puis-je dire ? Il nous a tous inspirés.

L'ennui de se tenir au premier rang, c'est de se sentir le point de mire de la foule. Je m'efforce d'écouter attentivement et de paraître intéressée, mais aucun de ces noms ne me dit quoi que ce soit. J'aurais peut-être dû faire plus de recherches. Discrètement, je sors mon mobile pour voir si je peux googler sur la fusion.

— Et je sais qu'il est quelque part...

Elle fouille la salle du regard, en s'abritant les yeux de la main.

— Il a essayé de se défiler ce soir, mais nous l'avons bel et bien en chair et en os, M. *White Globe Consulting*, Sam Roxton !

Je fais un bond de dix mètres. Non. C'est impossible, il ne peut...

Merde !

De nouveaux applaudissements l'accueillent quand il rejoint l'estrade. Il est en costume sombre avec l'air légèrement renfrogné. La surprise me paralyse. Il était en Allemagne. Il ne devait pas venir ce soir. Qu'est-ce qu'il fabrique ici ? Vu l'étonnement qui s'affiche sur son visage en me découvrant devant l'estrade, je devine qu'il se pose la même question. Je suis foutue. Comment ai-je pu penser que je pourrais m'introduire en fraude dans une réception aussi chic sans me faire pincer ?

Mes joues sont brûlantes. Je voudrais m'éclipser mais la foule qui se presse derrière moi me retient prisonnière. Je ne peux que le dévisager en silence.

— ... quand Sam est quelque part, vous savez que les choses vont bouger, dit la blonde. Quant à savoir si c'est dans le sens que vous voulez... n'est-ce pas, Charles ?

Le public se tord de rire et je m'empresse de participer, même si ça sonne faux. C'est bien sûr une plaisanterie interne que je comprendrais si je n'étais pas une pique-assiette.

Mon voisin se tourne vers moi en s'exclamant :

— Elle est un peu limite, non ?

Et moi de répondre :

— Absolument ! Absolument ! en me forçant à rire à gorge déployée.

— Ce qui m'amène à un autre acteur principal...

En levant les yeux, je me rends compte avec bonheur que Sam ne me regarde pas. C'est suffisamment pénible comme ça.

Sam profite de l'arrivée sur l'estrade d'une fille en rouge pour sortir son mobile de sa poche et pianoter discrètement. Un instant plus tard, mon téléphone se réveille :

Vous avez ri : pourquoi ?

Je préférerais être morte. Il doit savoir que j'essayais de ne pas me faire remarquer. Il veut absolument me flanquer la trouille. Eh bien, je ne mordrai pas à l'hameçon.

C'était une bonne plaisanterie.

Je le vois se pencher sur son mobile. Son visage reste impassible, mais je devine qu'il a eu mon message. Il pianote brièvement et mon écran s'éclaire.

J'ignorais que votre nom était sur mon invitation.

Inquiète, je cherche à voir la tête qu'il fait, mais il regarde dans une autre direction. Je réfléchis un instant.

Juste passée prendre votre cadeau à votre place. Ça fait partie de mon job. Inutile de me remercier.

Et mes cocktails à ce que je vois.

Voici qu'il fixe mon cosmo. Il lève les sourcils et je résiste à la tentation de glousser.

J'allais en verser dans une flasque à votre intention. Évidemment.

Évidemment. Sauf que, moi, je bois des manhattans.

Ah ! Enfin je suis au courant. Je vais jeter tous les verres de tequila que j'avais mis de côté.

En lisant ce dernier message, il lève la tête et me fait son sourire irrésistible. Sans le vouloir, je lui rends son sourire, retenant même ma respiration. Son sourire me fait vraiment quelque chose. Il est si déconcertant. Il est...

— ... enfin, je vous souhaite une merveilleuse soirée ! Merci à tous !

Pendant la dernière salve d'applaudissements, je cherche une issue, mais n'en trouve pas. Dans les dix secondes,

Sam est descendu de l'estrade et se tient devant moi. Je voudrais tant lui cacher mon embarras.

— Oh ! Euh... bonsoir ! Quelle surprise de vous voir ici !

Il ne répond pas mais me scrute d'un air interrogateur. Inutile de jouer les effrontées. Alors je débite à toute allure :

— Bon, je suis navrée. Je ne devrais pas être ici, mais comme je ne suis jamais entrée au Savoy et que vous ne vouliez pas y aller, l'opportunité m'a paru fantastique et...

Je m'arrête quand il lève une main. Il n'a pas l'air fâché.

— Ne vous en faites pas. Si vous m'aviez dit que vous vouliez venir, je vous aurais mise sur la liste.

— Oh ! Eh bien... merci beaucoup. Je passe un très bon moment.

— Parfait.

Il me sourit en prenant un verre de vin rouge sur le plateau d'un serveur.

— Vous savez quoi ?

Il s'interrompt pour réchauffer le verre dans ses mains.

— J'ai quelque chose à vous dire, Poppy Wyatt. J'aurais dû vous le dire plus tôt. C'est : « Merci ! » Vous m'avez beaucoup aidé ces derniers jours.

— Tant mieux. J'en suis ravie.

Je fais un petit geste de modestie pour minimiser mon rôle, mais il hoche la tête.

— Non, écoutez-moi, je dois vous le dire. Je sais qu'au début je vous ai rendu service – mais à la fin, c'est vous qui avez fait beaucoup pour moi. Ma précédente assistante n'était pas efficace. Vous avez fait du très bon boulot en me tenant au courant de tout. Je vous en suis reconnaissant.

— Mais ce n'est rien !

Je suis de plus en plus gênée.

— À vous tout le mérite !

Il rit, enlève sa veste, desserre son nœud de cravate.

— Mon Dieu, quelle longue journée !

Il balance sa veste sur son épaule et boit une gorgée de vin.

— Rien de neuf aujourd'hui ? Les ondes ont été bien tranquilles. À moins que mes mails atterrissent désormais chez Jane.

Mon téléphone ne contient pas moins de 243 messages qui lui sont destinés. Et ils continuent à arriver.

— Eh bien...

Je prends une gorgée de cosmo en cherchant à gagner du temps :

— En fait, c'est drôle, vous avez reçu *quelques* messages. Mais je n'ai pas voulu vous déranger en Allemagne.

— Ah oui ? Quoi donc ?

— Euh... Un peu de tout. Vous ne préférez pas attendre demain ?

Mon dernier espoir.

— Non, maintenant.

Je me frotte le nez. Par où commencer ?

— Sam ! Te voilà !

Un type mince à lunettes s'approche de nous. Il n'arrête pas de cligner des yeux et tient un porte-documents noir sous son bras.

— On m'a dit que vous ne viendriez pas ce soir.

— Ce n'était pas prévu.

— Parfait, parfait !

Il a l'air de déborder d'énergie, sautant d'un pied sur l'autre.

— J'ai quand même pris le risque de l'apporter.

Il fourre le porte-documents dans les mains d'un Sam ahuri qui est obligé de le prendre.

— Si vous avez un peu de temps ce soir, je ne me couche pas avant 2 ou 3 heures et je suis toujours heureux de parler par Skype depuis la maison... C'est un peu catégorique, mais... En tout cas, je trouve que vous faites des grandes choses. Et si vous voyez une ouverture pour un job derrière tout ça, vous pouvez compter sur moi. Bon... je ne vous retiens pas plus longtemps. Merci, Sam !

Il se fond dans la foule. Pendant quelques secondes, nous nous taisons. Sam parce qu'il est trop déconcerté et moi parce que je réfléchis à ce que je vais dire.

— De quoi s'agit-il ? demande enfin Sam. Vous avez une idée ? J'ai raté quelque chose ?

Je mouille mes lèvres nerveusement.

— Il y *avait* quelque chose dont je voulais vous parler. En fait c'est assez drôle si on le considère sous cet angle...

— Sam !

Une grosse dame à la voix de stentor m'interrompt.

— Je suis ravie que tu te sois enfin inscrit à la course Fun !

Je parie que c'est Rachel.

— La course Fun ? répète Sam comme si ces deux mots étaient tabous. Non. Désolé, Rachel, mais je ne participe à aucune course Fun. Je suis heureux de faire une donation et je laisse aux autres le plaisir de courir, c'est bon pour eux...

— Mais ton mail ! dit-elle en le scrutant. Nous étions enchantés que tu participes ! Personne n'osait y croire ! Tu te rends compte, cette année, on court en costume de héros. Je t'ai réservé la tenue de Superman.

— Un mail ! s'exclame Sam complètement perdu. Quel mail ?

— Ce charmant mail que tu m'as envoyé ! Vendredi, je crois ? Et mille fois merci pour la *e-card* adressée à la jeune Chloe. Elle était tellement émue. La plupart des directeurs se ficheraient de la mort du chien d'une assistante alors que tu as envoyé une si jolie carte de condoléances, et ce gentil poème et tout... Franchement, nous étions épatées !

Mon visage est brûlant. J'avais oublié cette *e-card*.

— Une carte de condoléances pour un chien, articule Sam en détachant les mots, oui, je suis assez étonné moi-même.

Il me regarde droit dans les yeux. Il y a des expressions plus amicales. J'ai envie de fuir, mais je n'ai nulle part où me réfugier.

— Hello ! Loulou !

Rachel hèle quelqu'un à l'autre bout de la salle.

— Sam, excuse-moi...

Elle s'éloigne, taillant son chemin à travers les invités, nous laissant seuls.

Silence. Sam n'a pas l'air indigné, ni même en colère. Visiblement il attend que je me jette à l'eau.

— J'ai cru...

J'ai du mal à déglutir.

— Alors ?

Sa voix est sèche et hostile.

— J'ai cru que vous aimeriez participer à une course Fun.

— Ça par exemple !

— Oui, dis-je d'une voix éraillée par l'anxiété. Après tout... c'est sympa ! Alors j'ai pensé à lui répondre. Pour vous faire gagner du temps.

— Vous avez rédigé un mail et signé de mon nom ?

On dirait un coup de tonnerre ! Je me dépêche de préciser :

— C'était pour vous aider ! Je sais combien vous êtes pris et comme ils insistaient, j'ai cru...

— Et la *e-card*, j'imagine que c'est vous aussi ? Je rêve ! Dites-moi, vous vous êtes encore mêlée de tas d'autres choses ?

Si seulement j'étais une autruche, j'enfoncerais ma tête dans le sable. Hélas, je n'en suis pas une. Il faut que je lui raconte, très vite, avant qu'on l'aborde.

— Bon, j'ai eu... cette autre idée, je murmure aussi bas que possible. Mais voilà, les gens se sont laissé emporter et ils envoient des mails à tour de bras. Ils croient même qu'il y a un job à la clé...

— Un job ? De quoi voulez-vous parler ?

— Sam !

Un type lui donne une tape dans le dos en passant.

— Ravi que le voyage en Islande t'intéresse. Je t'en reparle.

— L'Islande ?

Sam est au bord de l'apoplexie.

Ce voyage en Islande m'était complètement sorti de la tête[1]. Mais c'est vrai, je l'ai accepté. Je n'ai que le temps de lui sourire en matière d'excuse qu'on l'aborde à nouveau.

— Sam, je ne sais pas ce qui se passe.

C'est une fille à lunettes qui s'exprime à toute vitesse.

— Je ne sais pas si vous nous prenez pour des imbéciles ou quoi...

Elle a l'air stressée et n'arrête pas de dégager une mèche de son front.

— En tout cas, voici mon CV. Vous savez le nombre de propositions que j'ai faites, mais si nous sommes obligés de sauter encore *davantage* de satanés obstacles, alors... Bon, Sam, à vous de jouer.

— Elena...

Sam est trop atterré pour continuer.

— Contentez-vous de lire mon exposé personnel. Tout est écrit.

Elle s'en va. Après un court silence, Sam me fait face, la mine si menaçante que j'en ai la chair de poule.

— Commencez par le début. Qu'est-ce que vous avez fait ?

— J'ai envoyé un mail, dis-je en traînant des pieds comme une vilaine gamine. Signé de vous.

---

1. Une destination de rêve, l'Islande, non ? Pourquoi refuser une opportunité pareille ?

— À qui ?

— À tout le... personnel de... la société.

Chaque mot m'égratigne le palais.

— Je voulais que tout le monde se sente... encouragé et soutenu. Alors je leur ai dit d'envoyer leurs idées. À vous.

— Vous avez *écrit* ça ? *Signé de moi ?*

Il est tellement furieux que je me recule, morte de peur.

— Je suis navrée, j'ai cru que c'était une bonne idée. Mais il y a des gens qui ont pensé que vous vouliez les virer, d'autres que vous les testiez en vue d'un job, et tout le monde s'est excité...

— Sam, j'ai reçu votre mail ! s'exclame une fille avec une queue-de-cheval. Alors, je vous verrai au cours de danse ?

— Quoi ?

Sam roule des yeux.

— Merci pour votre soutien. À vrai dire, vous êtes mon premier élève ! Apportez des vêtements confortables et des chaussures de tennis, d'acc ?

Sam semble avoir perdu l'usage de la parole. Pourquoi bouder des cours de danse ? D'ailleurs, puisqu'il va devoir danser à son mariage, il devrait me remercier de l'avoir inscrit.

— Ce sera sympa ! dis-je en manière d'encouragement.

— Bon, alors à mardi prochain !

Tandis qu'elle disparaît dans la foule, je croise les bras dans une attitude défensive, prête à lui affirmer que je lui ai rendu un immense service. Mais quand il tourne la tête vers moi, son air est si glacial que je perds mon sang-froid.

— Combien de mails avez-vous envoyés exactement en mon nom ?

Il paraît calme, mais ce n'est pas de bon augure.

— Je... Pas tellement. Je veux dire... quelques-uns. Je voulais seulement vous donner un coup de main.

— Si vous étiez mon assistante, je vous ferais virer illico et éventuellement poursuivre en justice.

Il crache ces mots comme une mitraillette.

— Pour le moment, je ne peux que vous prier de me rendre mon téléphone et vous demander de...

— Sam ! Dieu merci, enfin un visage sympathique !

— Nick !

L'attitude de Sam change à la seconde. Ses yeux brillent, son expression réfrigérante fond comme neige au soleil.

— Ravi de te voir. J'ignorais que tu venais.

Un homme dans la soixantaine, vêtu d'un costume à rayures sur une chemise à fleurs, lève son verre à notre intention. Je lève le mien, totalement ébahie. Sir Nicholas Murray ! Quand j'étais sur Google, j'ai vu des photos de lui avec le Premier ministre, le prince Charles, tous les happy few du Royaume-Uni.

— Ne jamais refuser une fête si je peux l'éviter, dit-il gaiement. J'ai manqué les discours, n'est-ce pas ?

— Parfaite synchronisation ! dit Sam en riant. Ne me dis pas que tu as envoyé ton chauffeur pour vérifier qu'ils étaient finis !

— Je ne ferai aucun commentaire !

Sir Nicholas lui fait un clin d'œil.

— Tu as reçu mon mail ?

— Et as-tu reçu le mien ? riposte Sam qui baisse sa voix. Tu as nommé Richard Doherty pour le prix de meilleur négociateur de l'année ?

— Sam, c'est un garçon prometteur, répond sir Nicholas un peu pris au dépourvu. Souviens-toi du travail qu'il a fait avec Hardwicks l'année dernière. Il mérite que son talent soit reconnu.

— C'est *toi* qui as bouclé le contrat avec *FSS Energy*. Pas lui.

— Il a mis la main à la pâte. Il a contribué de plusieurs manières. Certaines... impondérables.

Ils se dévisagent un moment. On dirait que tous les deux s'efforcent de ne pas éclater de rire.

— Tu es incorrigible ! s'exclame Sam. J'espère qu'il sera reconnaissant. Au fait, tu sais que je rentre d'Allemagne. On a des choses à discuter.

Sam m'a totalement exclue de leur conversation, mais ça m'est égal. Vraiment. Je pourrais même en profiter pour m'éclipser sur la pointe des pieds.

— Sam, tu ne m'as pas présenté ton amie !

Sir Nicholas met un terme à mes projets et je lui souris nerveusement. Il est évident que Sam n'a aucune envie de s'exécuter. Mais étant un homme bien élevé, après trente secondes d'un débat interne [1], il se résigne.

— Sir Nicholas, Poppy Wyatt. Poppy, sir Nicholas Murray.

— Très heureuse.

Je lui serre la main, excitée comme une puce, mais ne voulant pas le montrer. Waouh ! Moi et sir Nicholas. Bavardant au Savoy. Je réfléchis déjà à la façon dont je vais glisser ça devant Antony.

— Faites-vous partie de *Johnson Ellison* ou de *Greene Retail* ? s'enquiert-il poliment.

— Ni l'un, ni l'autre. En fait, je suis kinésithérapeute.

Il est tout sourire :

— Une kiné ! C'est merveilleux. La profession médicale la plus sous-estimée. Je consulte un médecin formidable sur Harley Street pour mon dos, mais il n'a pas encore réussi à me remettre d'aplomb…

— C'est Ruby qu'il vous faut, j'affirme d'un ton sentencieux. Ma patronne. Elle est sensationnelle. Ses massages en profondeur font *pleurer* les hommes qui ne sont plus des enfants.

— Je vois. Vous auriez une carte ?

Extra ! Quand nous avons débuté, Ruby nous a fait imprimer des cartes de visite, mais c'est la première fois qu'on me demande la mienne.

---

1. Pas *si* poli que ça.

— Voici.

Je plonge la main dans mon sac et lui tends une carte d'un geste si décontracté qu'on dirait que j'en distribue tous les jours.

— Nous sommes installées à Balham. C'est au sud de la Tamise, vous n'y êtes sans doute jamais allé...

— Je connais très bien Balham, me coupe-t-il. Mon premier appartement à Londres était sur Bedford Hill.

— Incroyable !

Il s'en faut d'un rien pour que je ne recrache pas mon petit four.

— Dans ce cas, vous n'avez pas le choix ! Vous devez venir nous voir.

Je n'arrive pas à y croire. Sir Nicholas Murray habitant Balham ! Mon Dieu, tout peut arriver. On commence à Balham et on termine anobli ! Voilà de quoi vous motiver.

— Sir Nicholas.

Un type au teint mat a jailli de nulle part pour se joindre à nous.

— Je suis enchanté de vous voir ici. Toujours un grand plaisir. Comment vont les choses au 10 Downing Street ? Vous avez enfin découvert le secret du bonheur ?

— La roue tourne, répond sir Nicholas en lui souriant.

— Eh bien, c'était un honneur ! Un immense honneur. Et toi, Sam... Mon acteur principal. On ne pourrait rien accomplir sans toi.

Je lui jette un regard indigné. Un peu plus tôt, il le traitait de « putain d'entêté ».

— Merci, Justin, lâche Sam en souriant du bout des lèvres.

C'est donc Justin Cole. J'avais raison. Il est aussi méprisant dans la vie que dans ses mails. Je suis sur le point de demander à sir Nicholas comment était le Premier ministre en réalité, quand un jeune homme nerveux interpelle Sam.

— Désolé de vous interrompre. Je m'appelle Matt Mitchell. Je vous remercie de vous être porté volontaire.

Quand on saura que vous vous associez à notre projet, cela fera toute la différence.

— Volontaire ? répète Sam en me jetant un regard noir.

Là, je suis larguée. Je demande à mes cellules grises de faire des heures supplémentaires. Je dois me rappeler. Volontaire... Volontaire... De quoi s'agit-il ?

— Pour l'expédition au Guatemala ! Le programme d'échanges ! s'exclame un Matt Mitchell rayonnant. On est trop contents que vous ayez signé !

Mon estomac fait des nœuds. Le Guatemala. J'avais complètement oublié le Guatemala !

— Le Guatemala ? répète Sam avec un horrible rictus.

Maintenant ça me revient : j'ai envoyé ce mail tard dans la nuit. Après un ou deux verres de vin. Ou... trois.

Sam est si furieux que je voudrais disparaître. Mais à dire vrai, ce voyage arrive à point nommé : d'après son agenda, Sam ne prend jamais de vacances. Autant qu'il aille au Guatemala.

— Votre mail nous a beaucoup touchés, dit Matt en prenant la main de Sam et en la serrant entre les siennes. J'ignorais que vous vous intéressiez à la cause du tiers monde. Combien d'enfants désirez-vous parrainer ?

— Sam ! Oh, mon Dieu !

Une brune, passablement ivre, s'infiltre dans le groupe, pousse Matt du coude, l'obligeant à lâcher la main de Sam. Elle a l'air bien partie, son mascara a coulé et elle saisit la main de Sam.

— Merci *mille fois* pour votre carte au sujet de Scamper. Vous savez, votre message a sauvé ma journée.

— Il n'y a pas de quoi, Chloe, réplique Sam l'air pincé.

Ce regard incandescent qu'il me lance...

— Vous m'avez écrit des choses si belles. En les lisant, j'ai compris que, vous aussi, vous aviez perdu un chien. Parce que vous comprenez ce que je ressens, n'est-ce pas ? Vous *comprenez*.

Une larme coule sur sa joue.

— Chloe, vous désirez vous asseoir ? propose Sam en libérant sa main.

Mais Justin intervient, un sourire narquois aux lèvres.

— J'ai entendu parler de cette fameuse carte. Puis-je la voir ?

— J'en ai fait une copie.

Chloe s'essuie le nez et extrait de sa poche un morceau de papier tout froissé. Justin lui arrache des mains.

— Oh ! Sam ! C'est magnifique, dit-il en faisant mine d'admirer ce qu'il lit. Très émouvant !

— Je l'ai montrée à tout le service, précise Chloe les larmes aux yeux. Sam, tout le monde pense que vous êtes extraordinaire.

Sam serre son verre si fort que sa main devient blanche. On dirait qu'il voudrait appuyer sur un bouton et s'éjecter de la salle. C'est un cauchemar. Comment ai-je pu rédiger autant de mails ? J'ai oublié le Guatemala. Et je n'aurais jamais dû envoyer cette carte. Si je pouvais revenir en arrière, c'est le moment où je me dirais : « Poppy ! Arrête ! Pas de carte ! »

Justin se croit sur scène et déclame :

— « Le jeune Scamper a rejoint ses amis au paradis, mais il nous laisse nos yeux pour pleurer. Son pelage touffu, ses yeux si brillants, son os sur son siège… »

Justin marque une pause :

— « Siège » ne rime pas vraiment avec « pleurer », Sam. Et quant à son os sur son siège, ce n'est pas très hygiénique, hein ?

— Rends-moi ça !

Sam tente de lui arracher la feuille mais Justin, l'air triomphant, continue :

— « Sa couverture vide sur le lit, le silence dans l'air. Si Scamper nous regarde maintenant, il sait comme nous l'aimions. »

Justin grimace :

— « Air » et « aimions » ? Sam, les rimes et toi, ça fait deux !

— Je trouve ça très émouvant, tranche gaiement sir Nicholas.

— Moi aussi ! j'ajoute dans la foulée. Je trouve ça fulgurant.

— Et c'est si vrai, ajoute Chloe qui sanglote abondamment. C'est beau parce que c'est *vrai*.

Elle est totalement bourrée. Elle a perdu un de ses stilettos et ne s'en rend même pas compte.

— Justin, demande sir Nicholas gentiment, pourriez-vous apporter un verre d'eau à Chloe ?

— Avec plaisir !

Il fourre le papier dans sa poche.

— Sam, vous ne voyez pas d'inconvénient à ce que je garde votre poème ? Il est tellement *original*. Vous avez déjà songé à travailler pour Hallmark ?

Il emmène Chloe et la laisse pratiquement tomber sur une chaise. Un peu plus tard, il rejoint le groupe avec qui il était auparavant et sort le papier de sa poche.

Je me sens tellement coupable que je n'ose lever les yeux vers Sam. Sir Nicholas, lui, a l'air de s'amuser.

— Eh bien, Sam, j'ignorais que tu adorais les bêtes.

— Pas du tout... Je...

Sam a du mal à articuler. Je réfléchis de toutes mes forces à ce que je peux faire pour rétablir la situation. Mais comment ?

— Poppy, veuillez m'excuser.

Une fois encore sir Nicholas interrompt mes pensées.

— Je préférerais mille fois rester en votre compagnie, mais je dois parler à cet *incommensurable* raseur de *Greene Retail*.

Sa grimace est si comique que je glousse.

— Sam, on se parle plus tard.

Il me serre la main et s'évanouit dans la foule alors que je résiste à l'envie de lui courir après.

— Alors ?

Je me tourne vers Sam et j'avale plusieurs fois ma salive.

— Euh... Je suis navrée pour tout ça.

Sam reste muet et se contente de tendre la main, la paume en l'air. Il me faut cinq secondes pour comprendre ce qu'il a derrière la tête.

Horreur de l'horreur !

— *Comment ?* Non ! Je veux dire... je ne peux pas le garder jusqu'à demain ? Toutes mes adresses sont dedans, tous mes messages...

— Rendez-le-moi !

— Mais je n'ai pas encore eu le temps d'en acheter un ! Je n'ai pas de nouveau téléphone. Je n'ai que ce numéro, j'en ai *besoin*...

— Donnez !

Son ton est sans réplique. Le regarder me fait peur.

D'un autre côté... il ne peut quand même pas me forcer, n'est-ce pas ? Pas sans faire un scandale, ce qui est la dernière chose qu'il souhaite. J'essaie de me faire la plus humble possible.

— Voyons, vous êtes en colère. Je vous comprends. Mais ne voulez-vous pas que je vous transfère tous vos mails d'abord ? Et vous le remettre demain, quand j'aurai tout réglé. Je vous en prie.

Au moins, cela me permettra de noter certains de mes messages. Sam souffle fort par le nez. Je vois qu'il se rend compte qu'il n'a pas le choix.

— Vous n'enverrez plus un seul mail ! aboie-t-il en baissant la main.

— D'accord, dis-je, penaude.

— Et vous me fournirez la liste de tous les mails que vous avez envoyés.

— D'accord.

198

— Vous me rendrez mon téléphone demain et je n'entendrai plus jamais parler de vous.

— Je viens à votre bureau ?

— Surtout pas !

Rien que d'y penser, il a un mouvement de recul.

— On se retrouvera à l'heure du déjeuner. Je vous enverrai un SMS.

— Comme vous voulez.

Le moral dans les chaussettes, je pousse un long soupir :

— Je vous présente dix millions d'excuses. Je n'avais pas l'intention de semer la pagaille dans votre vie.

J'espère à moitié que Sam va me sortir quelque chose de gentil, du genre : « Ne vous en faites pas, ce n'est pas si grave » ou : « Peu importe, ce n'est pas votre faute. » Mais rien. Il est plus impitoyable que jamais.

— Y a-t-il d'autres choses que j'ignore ? demande-t-il sèchement. Soyez franche. D'autres voyages à l'étranger auxquels vous m'avez inscrit ? Des loisirs où mon nom figure désormais ? Des poèmes ridicules que vous avez composés à ma place ?

— Mais non ! C'est tout. Je peux vous l'assurer.

— Vous vous rendez compte du bazar que vous avez créé ?

— Oui.

— Et du nombre de situations embarrassantes où vous m'avez plongé ?

— Je suis désolée, vraiment désolée. Je ne voulais rien de tout ça. Surtout pas vous créer des ennuis. Je croyais vous rendre service.

— Service ! s'exclame-t-il incrédule. *Service ?*

— Salut, Sam !

Une sorte de murmure nous interrompt, précédé par un nuage de parfum. Arrive une fille proche de la trentaine, avec des talons vertigineux et une tonne de maquillage. Ses cheveux roux sont tout bouclés et son décolleté est plus que plongeant. Je veux dire que je lui vois presque le nombril.

— Pardon, mais j'aimerais échanger quelques mots avec Sam en privé.

À sa façon de me toiser, je devine qu'on ne sera jamais copines. Je m'éloigne de quelques pas, mais reste à portée d'oreilles.

— J'attends demain avec impatience, dit-elle en reluquant Sam et en faisant battre ses faux cils[1]. Dans ton bureau. J'y serai.

— Nous avons rendez-vous ?

— C'est ça, ton petit jeu ?

Elle part d'un petit rire sexy, agite sa chevelure, comme une actrice d'un de ces feuilletons américains qui se passent dans une belle cuisine.

— Je peux batifoler comme il te plaira. Si tu vois ce que je veux dire, Sam.

Sam fronce les sourcils, au comble de la perplexité.

— Lindsay, je suis désolé...

Lindsay ? Je manque de renverser mon verre sur ma robe. Lindsay, c'est cette fille ?

Impossible ! Impossible. Ça devient tragique. J'aurais dû annuler les « Bizz » de Sam. Ce visage qui bat des cils n'est pas innocent. Tous mes sens sont en alerte. Comment prévenir Sam ? Dois-je communiquer par signes comme un sémaphore ?

— Je le savais, continue-t-elle à murmurer. La première fois que je t'ai vu, Sam, j'ai senti qu'il y avait un feeling entre nous. Tu es si *sexy*.

Sam est toujours aussi perdu.

— Bon... merci. Mais Lindsay, il est inutile...

— Ne t'inquiète pas. Je peux être d'une discrétion absolue.

---

1. Que préconise le code du savoir-vivre quand les faux cils d'une femme se détachent légèrement dans un coin ? Le lui dire ou se taire ?

Elle fait glisser son ongle manucuré du haut en bas de sa chemise.

— J'avais perdu espoir, tu sais ?

Sam se recule d'un pas, fuyant le danger.

— Lindsay...

— Pendant tout ce temps, pas un signe – puis soudain tu reprends contact. Tu me souhaites mon anniversaire, tu me félicites pour mon travail... J'ai su ce que ça sous-entendait. Et puis ce soir...

Lindsay se rapproche de Sam, lui chuchote presque :

— Tu n'as pas idée comme j'ai été bouleversée quand j'ai lu ton mail. Miam-miam. Vilain garçon !

— *Un mail ?*

Il se retourne lentement vers moi et croise mon regard de suppliciée.

J'aurais dû fuir. Tant que j'en avais l'occasion. Oui, j'aurais dû m'enfuir.

9

Je suis désolée de chez désolée de chez désolée de chez...

J'ai merdé dans les grandes largeurs, c'est évident. À cause de moi, Sam doit faire face à une tonne de boulot et de problèmes. J'ai trahi sa confiance et envahi son territoire.

La journée d'aujourd'hui est censée être géniale. Une journée de préparatifs de mariage puisque j'ai pris le reste de la semaine pour m'occuper des trucs de dernière minute. Et je fais quoi à la place ? J'énumère tous les mots qui, de près ou de loin, veulent dire « désolée ».

J'arrive au déjeuner dans une tenue de pénitente appropriée à la situation : jupe en jean gris et tee-shirt de la même couleur. Le restaurant est à deux pas de son immeuble. La première chose que je remarque en entrant est un groupe de filles attablées. Je les ai vues hier au Savoy. Elles ne vont pas me reconnaître mais je préfère passer devant leur table à toute vitesse.

C'est pour ainsi dire la « seconde cafétéria du bureau », comme l'a précisé Sam au téléphone. Vous parlez d'une cafétéria ! Les tables sont en acier, les chaises recouvertes de lin taupe, et les cartes rédigées en petites lettres font dans le minimalisme[1]. On ne sait même pas si on doit

_____

1. Soupe, canard, etc. Rationnel et cool, d'accord. Mais quel genre de soupe ? Quel plat de canard ?

payer en livres [1]. Au fond, je ne suis pas étonnée que Sam aime cet endroit.

Je commande de l'eau minérale et alors que j'hésite entre une soupe et une salade, Sam passe la porte. Immédiatement toutes les filles agitent la main et crient bonjour. Après un instant d'hésitation, il s'approche de leur table. De ce qu'ils se disent, je ne perçois que certains mots bizarres : « idée fantastique », « tellement excitée », « effet stimulant ». Tout le monde affiche des sourires positifs. Même Sam.

Finalement, après s'être excusé, il me rejoint.

— Salut ! Alors, vous êtes venue ?

J'ai droit à *zéro* sourire.

— Oui. Chouette restaurant. Je suis enchantée d'être ici. Merci.

C'est l'occasion de faire ma charmante.

— C'est mon quartier général, grogne-t-il. Et celui de toute la boîte.

— Voilà la liste des mails que j'ai envoyés en votre nom. Et j'ai tout fait suivre.

Un serveur interrompt mon laïus et salue Sam d'un « Bienvenue, monsieur » avant de faire signe à une serveuse d'apporter une corbeille de pain. Une fois qu'ils se sont éloignés, Sam plie les doubles des mails et les fourre dans sa poche sans un mot. Heureusement, il ne les passe pas en revue l'un après l'autre comme un maître d'école.

— Ces filles travaillent dans votre société, je crois. De quoi parlaient-elles ?

Sam se verse de l'eau avant de répondre.

— En fait, elles parlaient de votre projet.

— *Mon* projet ? Vous voulez dire mon mail au sujet des idées ?

---

1. Je croyais que c'était illégal. Si j'avais envie de régler la note en dollars, ils seraient obligés d'accepter ?

— Oui. Très bien perçu dans les services administratifs. Voilà qui me fait chaud au cœur.

— Chouette ! Donc... *tout le monde* n'a pas réagi négativement ?

— Pas tout le monde, non.

— Il y a eu des propositions intéressantes ?

— Oui, certaines idées sont dignes d'intérêt.

— Formidable !

— Plusieurs personnes sont toutefois convaincues qu'il s'agit d'un stratagème pour virer du personnel. Il y a même une menace de procès.

— Oh, je suis vraiment désolée.

Une fille enjouée en tablier vert s'approche de notre table :

— Bonjour ! Je voudrais vous parler de nos plats du jour. Nous avons un velouté de courgettes au bouillon de poule bio...

Elle présente chaque plat dans le détail. Inutile de dire que très vite je perds le fil. Et qu'au bout du compte la seule chose dont je me souvienne est la soupe.

— Je prendrai le velouté de courgettes.

— Steak bleu dans une baguette et salade verte, merci, fait Sam qui, à l'évidence, n'a pas écouté non plus.

Il est concentré sur l'écran de son mobile. Le pauvre ! Il n'avait pas besoin de cette surcharge de travail.

— Je veux encore vous présenter mes excuses. Au sujet de la carte d'anniversaire. Au sujet du voyage au Guatemala et de tout le reste. Si je peux vous aider en quoi que ce soit, dites-le-moi. Je pourrais... je ne sais pas, moi... envoyer quelques mails pour vous.

— Non, rugit Sam (puis plus calmement :) merci, mais vous en avez déjà assez fait.

— Comment allez-vous procéder pour le tri et l'examen des idées ?

— Jane s'en occupe. Elle se charge de mes mails de refus.

— Comment ça, vos mails de refus ?

— Vous savez... « *Sam vous remercie de vos proposi-tions auxquelles il répondra dès que son emploi du temps le lui permettra. En attendant, il me prie de vous remercier de l'intérêt que vous portez à notre entreprise.* » Traduction : « *Il vous contactera quand les poules auront des dents.* » Vous n'avez pas un mail de refus tout prêt, Poppy ? Très pratique aussi pour se protéger des pots-de-colle.

— Non, je n'en ai pas. Je ne me protège pas des gens. Je leur réponds.

— Ah, mais ça explique tout ! Si j'avais su, je n'aurais pas partagé ce téléphone.

— De toute façon, c'est terminé.

— Tant mieux ! Où il est, ce mobile ?

Je fouille dans mon sac, sors le portable et le pose sur la table entre nous.

— Mais qu'est-ce que c'est que cette horreur ? s'exclame Sam.

Je m'aperçois que j'ai collé sur l'appareil les stickers en strass distribués au thé de charité.

— Ne vous inquiétez pas ! On peut les enlever.

— Je préfère, oui !

Il fait une de ces têtes ! Franchement, personne ne décore son téléphone chez *White Globe Consulting* ?

Nos plats arrivent. Pendant un moment nous sommes occupés avec le poivrier, le moutardier et les chips de navet qu'apparemment nous avons commandées.

— Vous êtes pressée ? demande Sam avant de mordre dans son « steak baguette ».

— Non. J'ai pris quelques jours pour m'occuper du mariage mais finalement il n'y a plus grand-chose à faire.

En vérité, ma conversation de ce matin avec Lucinda m'a légèrement interloquée. Je l'ai prévenue il y a des siècles que j'aurais plein de temps pour l'aider, pensant qu'on pourrait s'occuper ensemble des derniers détails amusants. Mais elle m'a pratiquement envoyée paître. Elle est partie dans des explications interminables impliquant une expédition à Northwood pour voir le fleuriste et un arrêt en chemin chez un autre client. Bref, elle a sous-entendu que je serais une gêne[1] plus qu'autre chose. Donc j'ai eu ma matinée libre, car tout de même, pas question d'aller travailler pour le seul plaisir de travailler.

En dégustant mon velouté, j'attends que Sam se lance dans des anecdotes sur le mariage. Mais non. Au fond, ce genre de papotage, ce n'est pas tellement masculin, ou je me trompe ?

— Votre soupe est froide ? demande-t-il de but en blanc. Je peux la renvoyer à la cuisine si vous voulez.

Elle n'est pas vraiment brûlante mais pas besoin de faire une histoire.

— Ça va très bien, je lui assure avec un grand sourire avant de plonger ma cuillère dans le bol.

Quand le téléphone se met à vibrer, je le prends sans réfléchir. C'est Lucinda chez le fleuriste qui veut savoir si je souhaite quatre brins de gypsophile dans les bouquets.

Comment savoir ? Pourquoi me poser cette question ? Et d'ailleurs ça ressemble à quoi, quatre brins de gypso-phile ?

Oui, parfait. Merci beaucoup, Lucinda. Bientôt le jour J. Baisers. Poppy.

Il y a un nouveau mail de Willow, mais je n'ai pas le toupet de le lire devant Sam. Je le transfère vers sa messa-gerie et pose le téléphone.

— Un message de Willow vient d'arriver.

— Hum.

---

1. Pourquoi ses fournisseurs se trouvent-ils toujours dans des endroits improbables ? D'après Ruby, c'est pour facturer les déplacements au maximum.

Sam fait une vague grimace. Je meurs d'envie d'en savoir plus sur Willow. Mais comment aborder le sujet avec naturel ? Je ne peux quand même pas demander comment ils se sont rencontrés – je le sais déjà pour avoir mis mon nez dans un de ses mails délirants. Ils se sont connus au cours d'un entretien d'embauche. Elle était candidate à un poste chez *WGC* et, quand Sam lui a posé une question tordue sur son CV, elle aurait dû deviner qu'il allait foutre sa vie en l'air. Elle aurait dû se lever et QUITTER LA PIÈCE. Il croit quoi, ce type ? Qu'un salaire à six zéros est tout ce qui lui importe, à elle ? Que tout le monde est comme lui ? Il ne se rend donc pas compte que pour vivre en couple CHACUN DOIT Y METTRE DU SIEN ?

Etc., etc., etc. Honnêtement, je ne suis pas allée jusqu'à la fin.

— Vous avez acheté un nouveau téléphone ?

— J'y vais justement cet après-midi.

Quel calvaire de tout recommencer à zéro ! Mais je ne vois pas d'autre solution. À moins que…

— En fait, je me demandais… Vous ne voudriez pas le vendre par hasard ?

Il part d'un rire incrédule.

— Un téléphone de société plein de mails professionnels ? Vous divaguez. C'est déjà dingue de ma part de vous en avoir laissé l'usage. Remarquez que vous m'avez forcé la main, miss SMS. J'aurais dû déposer une plainte.

— Mais je ne suis pas une voleuse. Je n'ai pas piqué ce portable. Je l'ai trouvé dans une corbeille à papier.

— Vous auriez dû le rendre. Vous le savez aussi bien que moi.

— Il était à tout le monde. Ce n'est pas un délit.

— Pas un délit ? Osez donc dire ça à un juge. Si je laisse tomber mon portefeuille dans une corbeille à papier, est-ce que ça donne au premier venu le droit de le voler ?

Impossible de savoir s'il me fait marcher ou non. Pour reprendre contenance, je bois une gorgée d'eau. Je n'arrête pas de tripoter ce mobile. Quelle tristesse de l'abandonner. J'y suis habituée. Et partager ma messagerie ne me gêne même plus.

— Alors, il va lui arriver quoi ? Je parle du téléphone.

— Jane va faire suivre tout ce qui est important sur le sien et effacera le reste. Fin de l'épisode.

— Oui, bien sûr.

Imaginer tous mes messages éliminés me donne envie de pleurer. Mais que faire ? C'est l'accord passé entre nous. Un prêt, pas plus. Comme il vient de le répéter, ce téléphone ne m'appartient pas. Je le repose tout près de mon bol de soupe.

— Dès que j'ai mon nouveau numéro, je vous le donne. Si j'ai des textos ou des mails, soyez gentil de...

— ... les faire suivre. Ma nouvelle assistante s'en chargera.

— Elle commence quand ?

— Demain.

— Super, je dis avec un faible sourire.

Et je prends une cuillerée de la soupe qui est maintenant plus froide que tiède.

— C'est une fille bien, s'enthousiasme Sam. Très intelligente. Elle s'appelle Lizzy. Puisque vous êtes là, dites-moi. C'était quoi, le deal avec Lindsay ? Qu'est-ce que vous lui avez écrit ?

— Oh, ça ? C'est une erreur d'interprétation, parce que... Enfin, c'est un léger quiproquo. Presque rien. J'ai juste ajouté quelques « bizz » à votre mail. À la fin.

De surprise, Sam pose sa fourchette :

— Des *bizz* de ma part sur *mon* mail ? Un mail professionnel ?

Ce détail semble le scandaliser plus que tout le reste.

— Je ne voulais pas le faire. Ça m'a échappé. Je finis souvent mes mails par « Bizz ». C'est amical.

— Je vois tout à fait. Vous faites partie de ces gens ridicules.

— Pas ridicules. Gentils.

— Je vais en avoir le cœur net, lance-t-il en attrapant le mobile.

— Arrêtez ! Vous faites quoi, exactement ?

Trop tard. Il fait défiler tous les SMS et les mails. Et j'ai droit à toute la gamme de réactions : sourcils en l'air, grimaces de réprobation, éclats de rire.

— Vous regardez quoi ? je demande d'un ton glacial. Ces messages sont personnels.

Comme si je pissais dans un violon. À croire que la notion de confidentialité lui est étrangère. Je me demande ce qu'il est en train de lire.

Je prends une autre cuillerée de soupe, la dernière car elle est maintenant carrément froide. Sam dévore mes messages. Abomination. J'ai l'impression qu'il fouille mon tiroir de lingerie.

— Vous voyez ce que c'est d'avoir quelqu'un qui juge vos messages ? commente-t-il.

— Il n'y a rien à juger. Contrairement à vous, je suis charmante et polie. Et je n'envoie pas promener les gens en deux mots.

— Charmante ? J'utiliserais un autre mot.

— Qu'importe !

À l'évidence, il n'admet pas que mes talents de communication soient supérieurs aux siens.

Il se plonge dans un autre mail en secouant la tête. Ensuite il me dévisage avec intensité.

— Oui ? je lui dis, énervée.

— Vous avez peur d'être détestée ?

— Je ne saisis pas.

— Vos mails. On dirait un seul et grand cri. « Des bizz, des baisers, prenez-moi dans vos bras, aimez-moi. »

S'il m'avait giflée, ça ne serait pas pire.

— Quoi ? C'est de la connerie absolue !

— Écoutez ça. « *Bonjour, Sue ! Pourrais-je repousser ma consultation, à 17 heures, par exemple ? J'ai rendez-vous avec Louis. Dites-moi si c'est possible. Si c'est non, pas de souci. Merci mille fois. C'est très sympa. Plein de bonnes choses. Amitiés Poppy. Bizzzzzz.* » Qui est Sue ? Votre plus vieille et meilleure amie ?

— C'est la réceptionniste de mon coiffeur.

— Elle reçoit des tonnes de remerciements et de bises uniquement parce qu'elle fait son boulot ?

— Je suis sympa, je rétorque.

— Ce n'est pas se montrer sympa mais ridicule. C'est un échange commercial. Communiquez en conséquence.

— J'adore mon coiffeur !

Dans ma rage, oubliant combien il est devenu infect, j'avale une pleine cuiller de velouté de courgettes en frissonnant de dégoût. Sam est toujours dans mes messages comme s'il avait tous les droits. Pourquoi l'ai-je laissé mettre ses pattes sur ce téléphone ? J'aurais dû le lui arracher.

— Qui est Lucinda ?

— L'organisatrice de mon mariage.

— C'est ce que je pensais. Elle est censée travailler pour vous, n'est-ce pas ? Alors pourquoi elle vous refile toutes ces corvées merdiques ?

Trop furieuse pour répliquer, je beurre un morceau de pain que je repose au lieu de le manger. Et finalement je lui déclare, en évitant son regard :

— Mais elle travaille pour moi. Et je lui donne un petit coup de main si besoin est...

Il commence à compter sur ses doigts en énumérant :

— Vous avez loué les voitures à sa place. Vous avez trouvé les confettis, l'organiste, les boutonnières...

Je pique un fard. C'est vrai que j'ai aidé Lucinda plus que de raison. Mais pas question de l'admettre devant Sam.

— Ça me fait plaisir de le faire.

— À mon avis, le ton de cette fille est drôlement autoritaire.

— C'est sa façon d'être. Je fais avec.

J'aimerais bien qu'il s'arrête. Mais il est implacable.

— Pourquoi ne pas lui dire : « OK, tu bosses pour moi, alors tu changes d'attitude » ?

— Pas si simple. Elle n'est pas seulement l'organisatrice. Elle est aussi une amie de longue date des Tavish.

— Les... Tavish ?

Visiblement ce nom ne lui dit rien.

— Ma future belle-famille. Les Tavish, vous voyez ? Le Pr Antony Tavish ? Le Pr Wanda Brook-Tavish ? Leurs parents sont très proches et Lucinda fait pour ainsi dire partie de la famille. Donc je ne peux pas...

Ce genre de confession est inutile. Mieux vaut stopper.

Sam prend une cuiller, goûte ma soupe et fronce le nez :

— Glacée ! Je le savais. Renvoyez-la.

— Pas la peine. Je vous assure.

Là-dessus, avec un sourire forcé, je récupère le téléphone.

— Vous devriez la faire réchauffer.

— C'est inutile. Je n'ai plus faim.

Sam m'observe un instant et lance :

— Vous êtes surprenante, vous savez ?

Et, tapotant le téléphone :

— Et *ça* en dit long.

— Je ne comprends pas.

— Pour une personne aussi impétueuse, vous manquez d'assurance.

— Pas du tout !

— Pas du tout sans assurance ou pas du tout impétueuse ?

— Je... Oh, je n'en sais rien ! Fichez-moi la paix !

— Vous parlez des Tavish comme s'ils étaient des dieux.

— *Évidemment.* On ne joue pas dans la même cour, eux et moi...

Je suis interrompue à mi-phrase par une voix masculine.

— Sam ! Salut, grand chef !

Justin tape dans le dos de Sam. Avec son costume noir, sa cravate noire et ses lunettes sombres, il ressemble à un des Men in Black.

— Encore un « steak baguette » ?

— Tu me connais trop bien.

Au moment où un serveur passe, Sam se lève et lui tend mon bol.

— Cette soupe est froide. Pouvez-vous rapporter un bol chaud, s'il vous plaît ?

En s'asseyant il fait les présentations.

— Justin, je ne sais pas si tu as rencontré Poppy, hier soir. Poppy, voici Justin Cole.

— Enchanté, dit Justin.

Quand il m'adresse un petit signe de tête, je respire des effluves d'after-shave Fahrenheit.

— Bonjour.

Je me force à prendre un air aimable alors que je me sens toute retournée. Il faut que je prévienne Sam que ce Justin est un sale type. À tous points de vue.

— Comment s'est passée la réunion avec *P&G* ? demande Sam.

— Très bien. Ils regrettent bien sûr que tu ne sois pas dans l'équipe.

— Tu parles !

— Vous savez que cet homme est la star de *WGC*, dit Justin en se tournant vers moi. L'héritier désigné de sir Nicholas. Un jour, ajoute-t-il à l'intention de Sam, tu auras la main sur toute la boîte.

— Conneries sur toute la ligne, rétorque Sam sur le ton de la plaisanterie.

— Tu l'as dit.

Un silence s'instaure. Ils se sourient mais ils ressemblent à deux bêtes féroces qui montrent les dents.

— Bon, à plus tard, fait Justin au bout d'un moment. Je te vois à la conf du soir ?

— Plutôt demain. J'ai des tas de trucs à terminer.

— D'accord ! Ce soir on va célébrer ça.

Justin me tend la main et tourne les talons.

— À l'heure du déjeuner, cet endroit est impossible, s'excuse Sam. Mais c'est le seul restau convenable près du bureau.

Quel salaud, ce Justin Cole ! Finalement je décide de tout dire à Sam. Je me penche vers lui et murmure :

— Vous savez, hier soir, j'ai surpris ce que ce Justin disait à votre sujet. Il vous a traité de « putain d'entêté ».

— Je ne suis pas étonné, commente Sam en hurlant de rire.

Un serveur revient avec un bol de velouté fumant. Soudain je suis affamée.

— Merci.

— Pas de quoi. Bon appétit !

— Pourquoi vous appeler « putain d'entêté » ?

— Oh, nous sommes en désaccord total sur la façon de gérer la société, répond Sam avec nonchalance. Comme mon camp vient de remporter une victoire, le sien fait la gueule.

Camp ? Victoires ? Quel vocabulaire ! On dirait qu'ils se font la guerre.

— Et alors ?

Cette soupe est divine. Je la dévore comme si je n'avais rien mangé depuis des semaines.

— Ça vous intéresse vraiment ?

— Mais oui !

— Un membre de l'équipe de direction a quitté la boîte. À mon avis, il s'agit d'une bonne chose. Mais Justin pense le contraire.

C'est tout ? Pas de quoi fouetter un chat. Et, soudain, je me souviens de mes recherches sur Google.

— Ça ne serait pas John Gregson, par hasard ?

— Comment êtes-vous au courant pour John Gregson ?

— Le *Daily Mail* en ligne.

S'il croit qu'il travaille dans une bulle impénétrable, il se trompe !

— Ah oui, je vois ! Non, c'est un cas différent.

— Quel cas ? Allez, dites-moi.

Comme il hésite, j'insiste en faisant le clown :

— Vous pouvez me raconter. Je suis copine avec sir Nicholas Murray. Depuis le verre qu'on a bu ensemble au Savoy, on est copains comme cochons. Vrai de vrai.

Sam laisse échapper un petit rire.

— Très bien. Après tout ce n'est pas un secret. Voilà, dit-il en baissant la voix. C'est un type qui s'appelle Ed Exton. Directeur financier. En fait, il a été viré. Il se trouve que pendant un moment il a escroqué la société. À l'époque, Nick n'a pas porté plainte, ce qui a été une grande erreur. Maintenant Ed nous poursuit pour licenciement injustifié.

— Ouais ! Je le *savais* ! C'est pour ça qu'il l'avait en travers au Groucho !

Cette fois Sam s'esclaffe.

— Décidément, vous êtes au courant de tout.

— Et donc ? Justin était furieux qu'Ed soit fichu à la porte.

— Justin espérait qu'Ed devienne le P-DG et le nomme son bras droit. Alors, non, il n'était pas très heureux de le voir partir.

— P-DG ? Et... sir Nicholas, alors ?

— Ils l'auraient poussé vers la sortie s'ils avaient trouvé assez d'appuis parmi le personnel. Dans cette boîte, il y a une clique de gens qui sont surtout intéressés par les béné-fices à court terme et les costumes Paul Smith alors que Nick a toujours joué sur le long terme. Et, comme vous savez, ce genre de posture n'est pas spécialement popu-laire.

Je termine ma soupe en digérant ces informations. Fran-chement, la navigation en entreprise est d'un compliqué ! On se demande quand ces gens bossent. Au cabinet, quand Annalise pique ses crises parce qu'on ne va pas chercher les cafés à tour de rôle, tout est perturbé et on oublie de rédiger nos rapports.

Si j'avais un job à *WGC*, je n'aurais pas le temps de me consacrer à mon travail. Je serais bien trop occupée à envoyer des SMS aux autres gens du bureau pour apprendre les dernières nouvelles, les derniers potins, les derniers développements. Au fond, c'est peut-être une bonne chose que je ne travaille pas dans un bureau.

— J'ai de la peine à croire que sir Nicholas Murray ait vécu à Balham. Pas très chic, comme coin, Balham !

— Nick n'a pas toujours été aussi chanceux, dit Sam en me jetant un regard curieux. Je suis surpris que vous n'ayez pas découvert son passé au cours de votre petite enquête sur Google. Il a grandi dans un orphelinat. Tout ce qu'il a, il l'a gagné à la sueur de son front. Il n'y a pas un poil de snobisme en lui. Pas comme ces branleurs prétentieux qui font tout pour se débarrasser de lui.

— Fabian Taylor doit être dans le camp de Justin, je dis. Il est tellement sarcastique avec vous. Je me demande pourquoi.

Sam m'observe avec un drôle d'air.

— Poppy, dites-moi la vérité. Combien de mes mails avez-vous lus ?

Quel culot de me poser cette question !

— Mais tous, absolument tous, qu'est-ce que vous croyez ?

215

Il fait une telle tête que j'éclate de rire.

— À l'instant où j'ai eu ce téléphone en mains, j'ai commencé à vous espionner. Les mails de vos collègues, les mails de Willow...

J'ai lancé son nom mine de rien pour voir s'il va réagir. Mais c'est un coup d'épée dans l'eau : Sam ne bouge pas un cil. On dirait que le nom de Willow ne signifie rien pour lui. Cela dit, comme c'est notre dernier déjeuner et ma dernière occasion, j'ai intérêt à persévérer. Alors j'attaque sur le ton de la conversation :

— Le bureau de Willow est au même étage que le vôtre ?

— Au même étage, oui.

— Ah, d'accord. Et... votre première rencontre s'est passée dans le cadre du travail ?

Un simple oui de la tête. Dans le genre glacial, il est champion.

Un serveur enlève mon bol. Nous commandons des cafés. Je vois du coin de l'œil que Sam m'étudie avec attention. Au moment où je vais pour lui poser une autre question, il prend la parole :

— Petit changement de sujet, Poppy. Je peux vous dire quelque chose, en tant qu'ami ?

— Je ne savais pas que nous étions amis.

— Observateur impartial, si vous préférez.

Génial ! D'abord il évite la conversation sur Willow. Ensuite... quoi ? Un sermon sur le vol de mobile ? Un cours de rédaction de mails professionnels ?

Machinalement il prend une petite cuillère comme pour l'aider à rassembler ses idées, puis la repose.

— Ça ne me regarde pas. Je n'ai jamais été marié, je n'ai pas rencontré votre fiancé et je ne sais rien de la situation.

Sans savoir pourquoi, je pique un fard.

— Effectivement, vous ne...

Sans m'écouter, il poursuit :

— Il me semble toutefois que vous ne pouvez pas – vous ne *devez* pas – commencer votre vie conjugale avec un sentiment d'infériorité.

L'étonnement me coupe le souffle. Et, d'ailleurs, comment réagir ? En lui hurlant dessus ? En le giflant ? En quittant le restaurant en vitesse ?

— OK, écoutez-moi, je commence.

Malgré mon émotion, je parviens à m'exprimer calmement :

— Premièrement, vous ne me *connaissez* pas. Deuxièmement, je ne me sens en rien inférieure aux...

— Mais si ! Chacune de vos phrases le prouve. Et ça me sidère. Regardez-vous ! Vous avez un boulot. Vous réussissez bien. Vous êtes... séduisante. Alors pourquoi penser que les Tavish ne jouent pas dans la même cour que vous ?

Il fait exprès d'être bouché ou quoi ?

— Mais parce qu'ils sont, genre, très connus. Ils sont incroyablement intelligents et seront sans doute anoblis un jour, alors que mon oncle est un simple dentiste de Taunton. Satisfait de mon explication ?

Je devine déjà la prochaine question. Ça ne rate pas !

— Et votre père ?

— Il est mort, je réponds brusquement. Mes parents sont morts dans un accident de voiture il y a dix ans.

Je me cale dans la chaise en attendant la réaction de gêne. Elle peut prendre tellement d'aspects différents, cette réaction. Le silence. Une main sur la bouche. Un hoquet de surprise[1]. Un changement soudain de sujet. De la curiosité morbide. Le récit circonstancié d'un accident de voiture encore plus horrible arrivé un jour à un ami

---

1. Magnus a eu un hoquet. Ensuite il a pris mes mains entre les siennes en me disant que le côté fragile qu'il avait perçu en moi ajoutait à ma beauté.

d'une tante éloignée. Une fois, une fille a même éclaté en sanglots. Il a fallu que je la console et lui trouve des mouchoirs en papier. Mais curieusement, cette fois, il n'y a pas de réaction de gêne. Sam ne s'est pas raclé la gorge, il n'a pas hoqueté de surprise ni fait dévier la conversation. Son regard ne s'est pas fait fuyant. Il me demande doucement :

— Tous les deux sur le coup ?

— Ma mère tout de suite. Mon père le lendemain. Mais je n'ai pas pu lui faire mes adieux, j'ajoute avec un sourire. Il est tombé immédiatement dans le coma.

Sourire est ma seule façon de pouvoir soutenir la conversation sur la mort de mes parents.

Nos cafés arrivent. Pendant un moment nous restons sans dire un mot. Sam a toujours la même expression de bienveillance.

— Je suis vraiment désolé.

— Il n'y a pas de quoi, je réponds de ma voix la plus enjouée. Tout s'est arrangé. Nous sommes allés vivre avec mon oncle, qui est dentiste, et sa femme, qui travaille avec lui. Ils se sont occupés de moi et de mes deux petits frères. Voilà, tout va bien.

Tandis que je remue mon cappuccino un peu trop vigoureusement, je sens son regard posé sur moi.

— Eh bien, voilà qui explique beaucoup de choses ! s'exclame Sam.

Ah, non, pitié ! Pas de compassion. Je ne peux pas supporter la compassion des gens.

— Vous avez tout faux. Il n'y a *rien* à expliquer. C'est arrivé il y a longtemps. C'est de l'histoire ancienne. Je suis une adulte et j'ai surmonté le choc. D'accord ?

— Je voulais dire que ça explique votre obsession des dents.

— Oh !

Touché !

— C'est vrai, je m'y connais assez bien dans le domaine des soins dentaires.

Sam croque un morceau de biscuit et avale une gorgée de cappuccino. Bon, le sujet est clos. Il est temps de demander l'addition.

— Quand j'étais en pension, dit Sam, un de mes amis a perdu sa mère. Nous avons passé des nuits entières à parler. Alors je sais ce que c'est. C'est difficile de s'en remettre et devenir adulte n'y change rien. En fait, la peine ne s'en va jamais.

Il n'est pas censé remettre le sujet sur le tapis. On devait partir sur autre chose. En général les gens se dépêchent d'aborder un thème différent.

— Mais, moi j'ai surmonté ma peine. Et je me suis remise.

— D'accord, c'est aussi ce que mon pote affirmait. Aux gens. Une sorte d'obligation de politesse. Pourtant c'est difficile de faire semblant.

Souris, Poppy. Garde le sourire. Et surtout, ne le regarde pas en face. Mais, malgré moi, je croise son regard. Et mes yeux brûlent. Merde ! Ça ne m'est pas arrivé depuis des années. Des années.

— Arrêtez de me fixer comme ça, je marmonne férocement.

— Comme quoi ?

— Vous savez très bien. Stop ! D'accord ? Stop !

Je respire un grand coup et j'avale une gorgée d'eau. *Allez, Poppy, ne fais pas l'andouille. Reprends-toi.* C'était quand la dernière fois que je me suis laissée aller de cette façon ? Impossible de me souvenir. Des siècles, sûrement.

— Toutes mes excuses, fait Sam. Je ne voulais pas…

— Pas de problème. On n'en parle plus. Bon, on demande l'addition ?

— Bien sûr.

Sam fait signe au serveur tandis que je me remets du gloss. Après deux minutes, je me sens à nouveau moi-même.

J'essaye de payer le déjeuner, mais Sam refuse catégoriquement. Je parviens tout de même à ce qu'on partage l'addition. Une fois la note réglée et la table débarrassée, je pousse doucement le téléphone vers lui.

— Voilà. Merci pour tout. C'était sympa de vous rencontrer.

Sam me dévisage avec une expression d'affection soucieuse qui me hérisse le poil. J'ai envie de lui balancer des trucs à la tête. S'il prononce encore un mot sur mes parents, je pars. Je fiche le camp, tout simplement.

— J'aimerais savoir, par pure curiosité : il existe des méthodes pour aborder et régler les conflits. Vous les connaissez ?

Quelle question !

— Bien sûr que non ! Je n'aime pas affronter les gens.

— C'est bien votre problème.

— Je n'ai pas de problème ! Mais vous, si ! Et moi, au moins, je suis gentille. Alors que vous, vous êtes... épouvantable.

Cette fois je n'ai pas pu m'empêcher de mettre les points sur les *i*.

Sam s'étrangle de rire. OK, peut-être que « épouvantable » n'est pas le mot adéquat.

— Je vais très bien. Pas besoin qu'on m'aide, je lance en prenant mon sac.

— Allez ! Ne faites pas l'autruche !

— Je ne fais pas l'autruche !

— Quand vous lisez mes SMS, vous voyez un con épouvantable et cassant. C'est ce que vous affirmez. Et vous avez sans doute raison. Mais vous savez ce que je devine en lisant les vôtres ?

— Non. Et je ne veux pas savoir.

— Je vois une fille qui se décarcasse pour aider les gens mais qui ne se rend pas service à elle-même. Or, en ce moment, vous avez besoin d'un coup de main. Personne ne doit se marier avec un sentiment d'infériorité, avec la certitude de jouer dans une catégorie inférieure ou avec l'envie de faire semblant d'être quelqu'un d'autre. J'ignore vos difficultés mais...

Il attrape le téléphone, presse une touche et tourne l'écran vers moi.

Horreur ! C'est ma liste. Celle que j'ai établie à l'église.

À ENTREPRENDRE AVANT LE MARIAGE :
1/ Devenir une experte en philosophie grecque ;
2/ Potasser ma géologie ;
3/ Apprendre des mots longs pour le Scrabble ;
4/ Me souvenir que je suis hypocondriaque ;
5/ Apprécier le bœuf Strogonoff (par hypnose ?).

La honte me submerge. Voilà la raison pour laquelle les gens ne doivent pas laisser traîner leur portable.

— Pas vos oignons, je bougonne, les yeux rivés à la table.

— Je sais bien. Je sais aussi qu'il doit être dur de défendre vos propres positions. Mais ne mollissez pas ! Il faut résoudre ça *avant* le mariage.

Pendant un moment je reste muette. Ça m'énerve qu'il ait raison. Car au fond, tout au fond de moi, je sais qu'il dit la vérité. Aussi sûr que les blocs de Tetris tombent un à un. Je pose mon sac sur la table et frotte mon nez. Sam attend patiemment tandis que j'essaie de mettre de l'ordre dans mes pensées.

— C'est très joli tout ça. Très bien de « résoudre ça », pour reprendre vos mots. Mais je vais leur dire quoi ?

— « Leur » ?

— Je ne sais pas. À ses parents, j'imagine.

Quand même, je me sens déloyale de parler des Tavish derrière le dos de Magnus. Ce sentiment de culpabilité arrive un peu tard, non ?

Sans hésiter une seconde, Sam réplique :

— C'est simple, vous leur dites : « M. et Mme Tavish, vous me donnez des complexes. Pensez-vous que je vous suis inférieure ou c'est juste dans ma tête ? »

— N'importe quoi ! Je ne vais pas leur parler comme ça. Les gens ne s'expriment pas ainsi. Vous vivez sur quelle *planète* ?

Sam est hilare.

— Cet après-midi je vais expliquer à un P-DG d'industrie qu'il ne travaille pas assez, que ses collaborateurs le lâchent et que son manque d'hygiène personnelle devient un problème pour la société.

— Pas possible ! Quelle horreur !

— Tout va bien se passer. Je vais développer mon raisonnement point par point de manière à ce qu'il finisse par être de mon avis. C'est une question de technique et de confiance en soi. Les entretiens compliqués sont ma spécialité. Nick m'a énormément appris. Même les patrons à qui il dit que leur boîte est un tas de merde lui lèchent les bottes. Sans parler des dirigeants d'un pays.

Je suis épatée.

— Si vous n'avez rien d'autre à faire, venez assister à la réunion. Il y aura deux autres personnes.

— Vraiment ?

— C'est en observant qu'on apprend.

Quelle drôle de spécialité ! Je me vois mal en train d'asséner à quelqu'un que son manque d'hygiène constitue un problème. Avec quels mots, d'ailleurs ? Bon, il faut que je voie cette séance de mes propres yeux.

— OK. Je viendrai. Merci pour l'invitation.

Je remarque tout d'un coup qu'il n'a pas embarqué le téléphone.

— Je vous rapporte le mobile au bureau ? je demande en passant.

— C'est ça.

Génial ! Je vais pouvoir regarder mes SMS. Succès total !

10

Ce doit être plutôt sympa de bosser dans un endroit pareil. L'immeuble des bureaux de Sam, c'est du jamais vu : gigantesques escalators, ascenseurs supersoniques, badge plastifié avec ma photo imprimée en trois secondes. Quand nos clients viennent à notre cabinet, on se contente de leur faire signer un registre acheté chez *Staples*.

Je monte au seizième étage et suis un large couloir à la moquette vert vif, aux murs tapissés de vues de Londres en noir et blanc, aux sièges design de formes diverses. Sur la droite, des bureaux individuels aux parois de verre et sur la gauche, un vaste open-space aux tables de travail multicolores. Tout est cool. Il y a une fontaine à eau glacée, comme chez nous, mais aussi un coin café avec une vraie machine Nespresso, un frigo et une énorme coupe de fruits.

Une grande discussion avec Ruby sur les conditions de travail du personnel chez *First Fit* ne serait pas inutile !

— Sam !

Un homme en veste de lin bleu marine accueille Sam. Tandis qu'ils discutent, je regarde autour de moi dans l'espoir de repérer Willow. Cette fille aux cheveux ondulés, parlant dans un casque, les pieds sur une chaise, ce serait-elle ?

— OK.

Sam semble en avoir fini.

— Nihal, c'est intéressant. Laissez-moi y réfléchir.

Nihal ! Je pointe l'oreille. Ce prénom me dit quelque chose. Oui, mais quoi ? Nihal... Nihal...

— Merci, Sam. Je vous transmets ce document immédiatement.

Tandis qu'il pianote sur son mobile, ça me revient.

— Transmettez-lui vos félicitations pour son nouveauné ! je murmure à Sam. Nihal vient d'avoir un bébé la semaine dernière. Yasmin, 3,200 kg. Elle est ravissante. Vous n'avez pas vu le mail ?

Oh ! Sam est surpris mais se remet très vite.

— Au fait ! Nihal, bravo pour le bébé. Quelle grande nouvelle !

— Yasmin, quel joli prénom ! je dis à Nihal avec un grand sourire. Et 3,200 kg ! Vous avez fait fort ! Elle va bien ?

— Et Anita ? demande Sam.

— Toutes les deux se portent à merveille, merci ! Mais... je ne crois pas vous connaître ?

— Voici Poppy, annonce Sam. Elle est ici comme... conseillère.

— Je vois.

Il me serre la main, l'air perplexe.

— Mais, comment êtes-vous au courant pour le bébé ?

Je n'ai aucun mal à mentir.

— Parce que Sam m'en a parlé. Il était si content pour vous qu'il m'a annoncé l'arrivée de Yasmin. N'est-ce pas, Sam ?

Ah ! Son visage vaut son pesant de cacahuètes !

— Exact, admet-il enfin. Ravi.

— Waouh !

Nihal est soudain le plus heureux des papas.

— Merci, Sam ! Je ne me rendais pas compte que vous seriez aussi...

— C'est bien normal. Encore toutes mes félicitations. Poppy, il faut qu'on y aille.

Tout en empruntant le couloir, j'ai envie de pouffer de rire.

— Vous pourriez arrêter ? murmure-t-il sans bouger la tête. D'abord les animaux et maintenant les bébés. Ma réputation va en prendre un sacré coup.

— Mais non ! Tout le monde va vous adorer !

— Bonjour, Sam !

Nous nous retournons. Matt Mitchell, que j'ai vu hier soir, semble béat !

— Je viens de l'apprendre ! Sir Nicholas va participer au voyage au Guatemala ! C'est formidable !

— Ah oui ! répond sèchement Sam. Nous en avons discuté hier soir.

— Je voulais vraiment vous remercier. Je sais que c'est grâce à vous. Votre soutien et celui de sir Nicholas vont renforcer notre action. À propos, merci pour votre don. Nous vous en sommes très reconnaissants.

J'en reste comme deux ronds de flan. Sam a fait un don pour le voyage au Guatemala ! Un *don* !

— Bonjour à nouveau me dit Matt, tout sourire. Le voyage au Guatemala vous intéresse ?

OMD ! J'adorerais !

— À vrai dire…, fais-je enthousiaste, avant d'être coupée par Sam.

— Non, pas du tout.

Quel rabat-joie !

— La prochaine fois peut-être, j'ajoute poliment. J'espère que tout se passera bien.

Tandis que Matt s'éloigne dans la direction opposée et que nous continuons notre chemin, je retourne dans ma tête ce que je viens d'entendre.

— Vous ne m'avez pas dit que sir Nicholas irait au Guatemala !

— Ah bon ? Oui, il y va.

— Et vous avez fait un don. Ainsi vous estimez que c'est une cause digne d'être soutenue.

— Je ne leur ai fait qu'un *petit* don, rectifie-t-il sur un ton qui n'admet pas de réplique.

Mais je ne baisse pas les armes :

— Ainsi... il n'y avait pas de quoi s'énerver. Le désastre ne s'est pas produit. Les filles de l'administration vous trouvent merveilleux. Pour Nihal vous êtes un héros, tout comme pour Chloe et tout son service. Et Rachel vous *aime* parce que vous participez à la course Fun...

— Et alors, tout ça nous mène à quoi ?

— Euh... nulle part. C'est juste pour parler.

Et si je la bouclais un peu, pour changer ?

Après avoir admiré le hall, je pensais être impressionnée par le bureau de Sam, mais là, c'est peu dire. Je suis sans voix ! C'est une gigantesque pièce d'angle avec des fenêtres ouvrant sur Blackfriars Bridge, un lustre design au plafond, une table immense. À l'écart, un bureau plus modeste qui devait être occupé par Violet. Dans un coin, un bar élégant avec un frigo, un comptoir en granit et encore une machine Nespresso. Près des fenêtres, un canapé que Sam m'indique.

— Ma réunion ne commence que dans vingt minutes. Il faut que je mette à jour certains dossiers. Installez-vous confortablement.

Pendant quelques minutes je reste assise, mais ça me barbe de rester plantée là, aussi je me lève, regarde la vue et contemple les petites voitures qui traversent le pont. Nulle part la moindre photo de Willow ! Pas même sur son bureau. Pourtant, il doit bien en avoir une quelque part, non ?

En fouinant partout, je remarque une autre porte. La curiosité étant la plus forte, je passe la tête. Pourquoi cette autre porte ? Où mène-t-elle ?

— Salle de bains ! précise Sam en me voyant. Vous voulez l'utiliser ? Ne vous gênez pas.

Bon sang ! Une salle de bains de président !

J'entre, espérant trouver un palais en marbre, mais elle est tout à fait ordinaire avec une petite douche et un carrelage en verre. Quand même ! Avoir sa salle de bains dans son bureau, c'est canon ! J'en profite pour me remaquiller, me brosser les cheveux, rajuster ma jupe en jean. J'ouvre la porte quand j'aperçois, horreur, une tache de soupe sur mon tee-shirt. La poisse.

Et si j'essayais de l'enlever ?

Je mets un peu d'eau sur une serviette et frotte. Non. Elle n'est pas assez humide. Je dois me pencher sous le robinet pour imbiber mon haut. En me courbant, je découvre dans la glace une femme vêtue d'un superbe tailleur-pantalon noir. Je sursaute. Il me faut quelques secondes pour comprendre que j'ai une vue panoramique sur tout le bureau : elle s'approche de la porte vitrée de Sam. Elle est grande, l'air imposant, la quarantaine, et elle tient une feuille de papier.

Elle n'a pas le sourire. C'est peut-être, elle, le P-DG qui sent mauvais sous les bras ?

Non. Pas possible. Elle porte une chemise blanche immaculée.

Malheur ! Et si c'était *Willow la Mauvaise* ?

Tout à coup, je suis très gênée par ma tache de soupe. Elle n'est pas partie du tout et maintenant tout le devant est trempé. C'est immonde. Est-ce que je dois prévenir Sam que je ne peux pas assister à sa réunion ? À moins qu'il ait une chemise à me prêter ? Je suis sûre que les hommes d'affaires gardent des affaires de rechange à leur bureau.

Non, Poppy. Ne sois pas ridicule. Surtout, tu n'as pas le temps. La femme en noir frappe à la porte et l'ouvre. Je la surveille, les sens en alerte.

— Sam, je dois te dire un mot.

— Oui. À quel sujet ?

Il remarque son visage fermé.

— Vicks, qu'est-ce qui ne va pas ?

228

Vicks ! Bien sûr, c'est Vicks ! À la tête des RP. J'aurais dû le deviner.

J'ai l'impression de la connaître, après tous ses mails. Elle est conforme à l'image que j'avais d'elle : le cheveu dru coupé court, l'air accro au boulot, chaussures plates, montre de luxe. Et, à l'heure actuelle, elle n'en mène pas large.

— Seules quelques personnes sont au courant, commence-t-elle en fermant la porte. Il y a une heure, j'ai reçu un coup de fil d'une copine de la télévision indépendante ITN. Ils ont eu un mémo interne de Nick qu'ils ont l'intention de diffuser au journal de 22 heures.

Elle fait la grimace.

— C'est… mauvais, Sam.

— Un mémo ? Quel mémo ?

— Un mémo que Nick t'aurait envoyé ainsi qu'à Malcolm. Il y aurait sept mois. Quand tu avais cette mission de consultant auprès de *BP*. Tiens, le voici. Lis-le.

Dix secondes plus tard, je penche la tête par la porte de la salle de bains. Sam est plongé dans la lecture d'un document. Je ne l'ai jamais vu dans un tel état de choc.

— C'est quoi, ce *bordel*…

— Je sais… Je l'ai lu.

— C'est…

Il ne peut pas dire un mot.

— Un désastre, constate Vicks calmement. Nick admet presque implicitement qu'il a accepté des pots-de-vin. Si tu ajoutes ça au fait qu'il participe maintenant à une commission gouvernementale… Malcolm et toi pourriez être compromis dans la foulée. Il faut qu'on étudie ça.

— Mais… je n'ai jamais vu ce mémo de ma vie ! s'exclame Sam qui a retrouvé sa voix. Nick ne me l'a jamais envoyé. Il n'a jamais écrit un truc pareil. C'est impossible, venant de sa part. À vrai dire, il nous a envoyé un mémo qui commençait de la même manière, mais…

— Oui, c'est ce que Malcolm m'a laissé entendre. Le mémo qu'il a reçu n'était pas mot pour mot le même.

— Pas « mot pour mot » ? répète Sam, impatient. Putain, ça n'a rien à voir ! Oui, c'était au sujet de *BP* ; oui, il s'agissait des mêmes questions, mais ce n'était pas en ces termes. D'où peut bien venir celui-ci, bon sang ? Tu en as parlé à Nick ?

— Bien sûr. Il m'a dit la même chose. Il ne l'a pas envoyé, il ne l'a jamais vu et il est aussi sidéré que nous.

— Bon, alors, au boulot ! Trouve le mémo d'origine, appelle ta copine à ITN, dis-lui qu'on lui a refilé un truc bidon. Nos gens de l'informatique seront capables de prouver ce qui a été effectivement écrit et à quelle date. Ils sont experts de ce genre de chose...

Il se tait.

— Quoi encore ?

— Nous avons essayé. On a cherché. Impossible de trouver la version originale nulle part.

— *Quoi ?* Mais... c'est de la folie ! Nick a dû le sauvegarder.

— Ils n'arrêtent pas de chercher. Ici et à son bureau du Berkshire. Jusqu'à maintenant, c'est la seule version que nous avons trouvée.

— C'est de la connerie ! s'écrie Sam avec un rire incrédule. Attends ! J'en possède une, moi aussi !

Il retourne à son ordinateur et ouvre un dossier. Il clique deux ou trois fois.

— Je l'ai ! Regarde... ça y est ! Oh pu...

Il se tait, le souffle coupé.

— Non ! crie-t-il enfin. Impossible. Ce n'est pas la version que j'ai reçue. Mais qu'est-ce qui se passe ? Je l'*avais* !

— Elle n'est plus là ? constate Vicks, terriblement déçue.

Sam clique à toute vitesse, n'en croyant toujours pas ses yeux.

— Ça n'a pas de sens ! Le mémo m'a été envoyé. Il est arrivé chez moi et chez Malcolm par notre Intranet. Je l'ai eu. Je l'ai lu de mes propres yeux. Il doit être ici.

Il dévore l'écran des yeux.

— Punaise ! Où peut-il être ?

— Tu l'as imprimé ? Tu l'as conservé ? Tu as encore la version originale ? demande Vicks avec une pointe d'espoir.

Un long silence s'ensuit.

— Non, soupire Sam. Je l'ai lu sur l'écran. Et Malcolm ?

— Lui non plus ne l'a pas imprimé. Et sur son portable, il ne trouve que cette version.

Vicks se tasse sur elle-même.

— On a plus qu'à continuer à chercher.

— Il doit être quelque part ! crie Sam. Si les gars de l'informatique n'arrivent pas à le trouver, mets plus de gens dessus.

— Ils bossent comme des fous. On ne leur a pas dit pourquoi, bien sûr.

— Écoute, s'il est perdu, il faudra que tu dises à ITN que c'est un mystère pour nous, continue-t-il sur un ton énergique. Nous devons démentir. Affirmer d'une façon parfaitement claire que je n'ai *jamais* lu ce mémo, que Nick ne l'a *jamais* rédigé, que personne dans la société ne l'a vu auparavant…

— Sam, il est dans notre Intranet ! lui rappelle Vicks d'un air las. On ne peut pas prétendre que personne ne l'a vu dans la société. À moins de trouver cet autre mémo…

Elle reçoit un SMS qu'elle parcourt.

— C'est Julian du service juridique. Ils vont s'opposer à la diffusion mais…

Elle hausse les épaules, désespérée :

— Maintenant que Nick est conseiller du gouvernement, il y a peu de chances que ça marche.

Sam relit le texte, dégoûté.

— Qui a pondu cette merde ? Ce n'est même pas le style de Nick.

— Dieu seul le sait.

Captivée par ce dialogue, je sursaute quand mon téléphone sonne. À la vue de mon écran, je suis terrifiée. Impossible de rester cachée plus longtemps. J'appuie sur « Répondre », sors vite de la salle de bains, toute tremblante.

— Euh ! Désolée de vous déranger, dis-je en tendant mon mobile à Sam, mais c'est pour vous.

Vicks est tellement sidérée que j'ai presque envie d'éclater de rire – sauf que, visiblement, elle est prête à étrangler la première personne à sa portée. Moi, par exemple !

— C'est qui ? demande-t-elle en remarquant la tache sur mon tee-shirt. C'est ta nouvelle assistante ?

— Non. C'est… une longue histoire. Nick ? Je viens d'apprendre la nouvelle. Invraisemblable !

— Vous avez entendu notre conversation ? demande Vicks avec agressivité.

— Non ! Je veux dire oui. Enfin, une partie. Mais je n'écoutais pas vraiment. Je n'ai rien entendu. Je me brossais les cheveux. Très fort.

— OK, je reste en contact. Tiens-nous au courant.

Sam coupe la communication.

— Quand va-t-il apprendre à utiliser mon numéro de téléphone personnel ? Désolé.

Sans faire attention, il pose le mobile sur son bureau.

— Cette situation est ridicule. Je vais parler moi-même aux gens de l'informatique. Bordel, s'ils n'arrivent pas à trouver un mail égaré, je vais tous les virer. De toute façon, je vais les foutre à la porte. Ils ne servent à rien.

— Ça pourrait être sur votre téléphone ? je demande timidement.

Une lueur d'espoir brille dans les yeux de Sam et s'éteint.

— Non. C'est trop vieux. La mémoire ne garde les mails que pendant deux mois. Poppy, c'était quand même une bonne suggestion.

Vicks n'a pas l'air de digérer ce qu'elle entend.

— Une fois encore, je te le demande Sam, qui est-ce ? Elle a un *laissez-passer* ?

— Oui.

Je lui montre sans tarder ma carte plastifiée.

— Elle... OK. C'est une visiteuse. Je m'en occuperai plus tard. Viens. Il faut qu'on parle aux gens de l'informatique.

Sans m'adresser la parole, Sam se dépêche de sortir. Un instant plus tard, l'air toujours furax, Vicks le suit. Je l'entends proférer une série de jurons quand elle rejoint Sam.

— Dis-moi, quand avais-tu l'intention de m'avertir que tu avais une visiteuse dans ta salle de bains qui écoutait notre conversation *confidentielle* ? Tu te rends compte que mon boulot consiste à contrôler le flux d'informations ? Le *contrôler* ?

— Vicks, relaxe !

Je les perds de vue et m'effondre dans un fauteuil. Pauvre de moi ! Qu'est-ce que je fais maintenant ? Je reste ? Je pars ? La réunion avec le P-DG, elle est maintenue ?

J'avoue que je ne suis pas pressée de m'en aller – mais après vingt minutes à poireauter toute seule, je suis vraiment mal à l'aise. J'ai feuilleté un magazine plein de mots que je ne comprends pas, j'ai songé à me faire un café (avant de renoncer). La réunion a sûrement été annulée. Sam doit être débordé. J'envisage de lui laisser un mot avant de partir quand un jeune blond frappe à la porte de verre. Dans les 23 ans. Il tient un énorme rouleau de papier bleu.

— Bonjour, dit-il timidement, vous êtes la nouvelle assistante de Sam ?

— Non. Je lui donne… juste un coup de main.

— Ah, je vois. C'est au sujet du concours. Le concours d'idées ?

Mon Dieu ! Ça recommence !

— Oui, dis-je d'un ton encourageant. Vous voulez laisser un message pour Sam ?

— Je veux qu'il reçoive ce projet. C'est une visualisation de la société. Un exercice de restructuration. Il s'explique par lui-même mais j'ai ajouté des notes…

Il me tend le rouleau ainsi qu'un cahier noir d'explications.

Aucune chance que Sam y jette un œil, mais j'ai pitié de ce garçon.

— Très bien. Je m'assurerai qu'il l'examine. Merci beaucoup !

Dès qu'il a tourné les talons, la curiosité me saisit et je déroule un peu son truc – et les mains m'en tombent. C'est un collage, comme ceux que je faisais quand j'avais cinq ans.

Je le déploie par terre, utilisant des pieds de chaise pour maintenir en place les extrémités du rouleau. Ça ressemble à un arbre, avec des photos du personnel collées dans les branches. Dieu sait ce que tout ça signifie. Ce qui m'intéresse, c'est le nom de chaque personne sous son portrait. Ce qui signifie que je vais enfin mettre un visage sur tous les correspondants de Sam. Quelle aubaine !

Jane Ellis est bien plus jeune que je ne le pensais, Malcolm est plus gros, Chris Davies est une femme. Voici Justin Cole… et Lindsay Cooper et enfin… Mon index se fige.

Willow Harte.

Elle est nichée dans une branche inférieure, souriant gaiement. Mince, brune, belle courbe de sourcils. Pas de pot : elle est jolie, mais ce n'est sûrement pas un top model. Elle travaille au même étage que Sam. Ce qui veut dire…

Oh ! Je n'ai pas le choix. Allez ! Avant de partir, il me faut jeter un coup d'œil à cette fiancée dingo.

J'avance jusqu'à la porte de verre de Sam et inspecte tout l'étage. Question : Où est-elle ? Dans l'open-space ou dans un bureau personnel ? Une petite promenade va éclairer ma lanterne. Si on me le demande, je dirai que je suis la nouvelle assistante de Sam.

Pour être plus crédible, j'emporte deux ou trois dossiers. En me voyant, quelques employés lèvent la tête de leur ordinateur, mais je ne les intéresse pas. Je continue mon inspection, scrute les noms sur les tables à la recherche d'une brune à la voix nasillarde et gémissante. Je suis sûr et certaine qu'elle a ce genre de voix atroce. Et des masses d'allergies plus ridicules les unes que les autres, dix thérapeutes aux petits soins…

Je me fige. C'est elle ! C'est Willow !

À dix mètres de moi. Assise dans un bureau aux parois en verre. J'avoue ne pas voir grand-chose d'elle, sauf son profil, de longs cheveux qui pendent derrière son fauteuil et un peu de ses longues jambes qui se terminent par des ballerines noires. Mais je n'ai aucun doute : c'est elle. Je crois être tombée sur une créature mythique. J'ai des pico-tements en m'approchant d'elle. Et je suis terrifiée à l'idée de partir dans un fou rire. C'est grotesque ! Espionner une fille que je n'ai jamais vue ! Je serre mes dossiers contre ma poitrine et j'avance de quelques pas.

Elle partage son bureau avec deux autres filles. Toutes trois boivent du thé, mais seule Willow parle. Catas-trophe ! Sa voix n'a rien de nasillard. Au contraire, elle est mélodieuse et raisonnable – sauf quand on entend ce qu'elle raconte :

— Bien sûr, c'est sa façon de prendre sa revanche. Une tactique pour me dire : « Je t'emmerde, Willow ! » Vous savez que c'était mon idée, au départ ?

— Non ! s'exclame une des filles. Vraiment ?

— Et comment !

Willow tourne la tête un instant et j'aperçois un sourire triste et misérable.

— La génération Innovation vient de *moi* ! Sam me l'a piquée. J'avais l'intention d'envoyer le même mail. En termes identiques. Il a dû le voir sur mon ordi portable un soir.

C'est comme si j'avais reçu un coup sur la tête. Est-ce qu'elle parle de *mon* mail ? J'ai envie de l'interrompre en hurlant : « Il n'a pas pu vous le piquer ! Ce n'est pas lui qui l'a envoyé ! »

Willow boit une gorgée de thé et continue :

— Il n'arrête pas de me faire des coups pareils. C'est ainsi qu'il a bâti sa carrière : il est malhonnête.

À ce stade, je suis déboussolée. Ou bien je me fais une fausse idée de Sam ou c'est elle qui se trompe totalement. Mais à mon avis, Sam est la dernière personne au monde capable de piquer une idée à quelqu'un.

— Je ne sais pas pourquoi il est en compétition avec moi, insiste Willow. C'est quoi, le problème des hommes ? Ils devraient accepter de confronter le monde avec nous, côte à côte. Une association, ce n'est pas la mer à boire, tout de même ! Ce serait trop généreux de sa part d'arrêter de jouer les machos ?

L'autre fille croque la moitié d'un biscuit.

— Sam veut tout contrôler. Ils sont tous comme ça. Il ne reconnaîtra jamais ce qu'il te doit. Même si tu devais vivre mille ans !

— Pourtant ce serait *idéal* si on pouvait coordonner nos efforts. S'il était possible de dépasser le stade actuel, poursuit Willow qui s'est soudain calmée. Travailler ensemble, être ensemble... Tout le bataclan... ce serait sublime. Je me pose une question : je lui accorde encore combien de temps ? Parce que j'en ai ras le bol !

— Tu en as discuté à fond avec lui ? demande la première fille.

— Je t'en prie ! Tu connais Sam et sa capacité à « discuter » ! C'est du chinois pour lui.

Pour une fois je suis d'accord avec elle.

— Ça m'attriste. Pas pour moi mais pour lui. Il ne voit pas ce qu'il a sous le nez, il ne m'estime pas à ma juste valeur, et vous savez quoi ? Il va me perdre. Ensuite, il s'en mordra les doigts mais ce sera trop tard.

Elle manque de fracasser sa tasse sur la soucoupe.

— Il n'aura plus que ses yeux pour pleurer.

Soudain, j'ai le cœur serré. Je vois les choses différemment. Je me rends compte que Willow a plus de jugeote que je ne l'imaginais. En fait, pour être franche, c'est exactement ce que je pense de l'attitude de Sam envers son père : il ne réalise pas ce qu'il risque de perdre et ensuite il sera trop tard. D'accord, je ne connais pas toute l'histoire, mais j'ai vu les mails : enfin, assez pour me faire une idée...

Mon cerveau se glace. Une sonnette d'alarme retentit dans ma tête. D'abord elle est faible, puis elle s'amplifie jusqu'à devenir assourdissante. Oh non, pas possible...

Le père de Sam. Le 24 avril. C'est à dire aujourd'hui. J'avais totalement oublié ! Quelle cloche !

Panique à bord ! Le père de Sam va se pointer à l'hôtel Chiddingford, s'attendant à de tendres retrouvailles. Il est sans doute déjà en route, tout ému. Et Sam n'y sera même pas. Il ne se rend pas à la conférence avant demain.

Nooooon ! Quelle pagaille en perspective ! Avec toute cette série de catastrophes, j'ai oublié ce rendez-vous.

Qu'est-ce que je peux faire ? Comment arranger le coup ? Pas question d'en parler à Sam. Il piquerait une crise. Il est suffisamment stressé comme ça. Annuler son père ? Lui envoyer un petit mail pour reporter leur rencontre ? Hum, ça risquerait d'envenimer leurs rapports.

Je n'ai qu'un espoir. Comme le père de Sam ne me répond jamais (d'où mon oubli), il n'a peut-être pas reçu mon mail. Je panique sûrement pour rien.

Je me rends compte que je hoche la tête, comme pour me convaincre. Une des filles du bureau de Willow semble intriguée. Il ne manquait plus que ça !

— Parfait ! je m'exclame à haute voix. Bon... je vais juste... Bon. Oui.

Je tourne rapidement les talons. S'il y a une chose dont je n'ai pas envie, c'est d'être démasquée par Willow. Je fonce me mettre à l'abri dans le bureau de Sam, je saisis le téléphone pour envoyer un mail au père de Sam quand je le vois apparaître flanqué de Vicks. Entre eux, ça discute sec. Face au danger, je me cache dans la salle de bains.

Ils entrent sans me voir.

— Nous ne pouvons pas diffuser ce communiqué, crie Sam, furieux.

Il le roule en boule et le jette dans la corbeille.

— C'est une mascarade. Tu ne comprends pas que tu perds les pédales.

— Sam, tu es injuste, riposte Vicks, vexée. Je dirais que c'est une réponse officielle à la fois raisonnable et équilibrée. Rien dans ce communiqué ne dit qu'il a écrit ce mémo ou pas...

— Justement ! Tu devrais annoncer au monde entier qu'il est incapable écrire de telles horreurs ! Tu *sais* qu'il en est incapable !

— C'est à lui de l'affirmer dans un communiqué personnel. Il nous est impossible de paraître tolérer ce genre d'agissements...

— Clouer John Gregson au pilori était déjà une mauvaise action, poursuit Sam à voix basse, comme pour s'obliger à garder son calme. On n'aurait jamais dû laisser faire ça. Il n'aurait jamais dû perdre son job. Mais Nick ! Nick est le pilier central de notre société.

— Sam, on ne le cloue pas au pilori. Il va pondre une déclaration personnelle. Il pourra dire ce qu'il voudra.

— Super ! crache Sam qui ne cache pas son ton ironique. Mais en attendant, son propre conseil d'administration ne le soutiendra pas. Tu imagines le vote de confiance qu'il va avoir ? À propos, rappelle-moi de ne pas t'engager pour me défendre si je suis en difficulté.

Vicks tressaille sans répliquer. Son téléphone sonne mais elle l'ignore.

— Sam... commence-t-elle avant de stopper. Elle respire à fond et reprend : Tu es un idéaliste. Tu admires Nick. Comme nous tous. Mais il n'est pas le pilier de notre société. Plus maintenant.

Le regard enflammé de Sam lui fait baisser les yeux. Mais elle poursuit :

— Ce n'est qu'un homme. Brillant, avec ses défauts et ses formidables qualités. Dans la soixantaine.

— Il est notre *chef* ! crie Sam au bord de l'explosion.

— Bruce est notre président.

— Nick a créé cette foutue société, si tu veux bien t'en souvenir...

— Oui, Sam, il y a longtemps, il y a très longtemps.

Sam vide ses poumons et arpente la pièce, comme pour se calmer. Je l'observe, totalement abasourdie, n'osant pas respirer.

— Alors, tu es de leur côté, constate-t-il enfin.

— Il ne s'agit pas de prendre parti. Tu sais combien j'aime Nick. Mais c'est une société dans le vent. Pas une vieille affaire familiale et bancale. Nous avons des responsabilités envers nos commanditaires, nos clients, notre personnel...

— Vicks, bordel ! Tu t'entends parler ?

Un silence à couper au couteau s'ensuit. Ils n'osent pas se regarder en face. Vicks fronce les sourcils, préoccupée. Sam, les cheveux en bataille, écume de rage.

Je suis étonnée d'une telle violence. Je croyais qu'un job dans les RP était *supercool*. Rien à voir avec ce qui se déroule sous mes yeux.

— Vicks !

L'inimitable accent traînant de Justin Cole se fait entendre. Il surgit dans le bureau, débordant de santé et d'enthousiasme.

— Alors, Vicks, tu as la situation en mains ?

— Les avocats s'en occupent. Nous préparons un communiqué de presse.

— Par égard pour la société, nous devons veiller à ce que les autres directeurs ne soient pas éclaboussés par cette malheureuse... situation. Tu vois ce que je veux dire ?

— Ne te fais aucun souci.

Au ton glacial de Vicks, il est évident qu'elle n'a pas plus d'atomes crochus avec Justin que Sam[1].

— Parfait. C'est, bien sûr, terrible pour sir Nicholas. Vraiment tragique. Enfin, ça ne l'empêche pas de respirer...

— Pas du tout ! rugit Sam. Justin, tu n'es qu'un petit merdeux prétentieux.

— Du calme ! Du calme ! Tiens, et si on lui envoyait une *e-card* ?

— Je t'emmerde.

— Allez, les gars, ce n'est pas le moment ! plaide Vicks.

Je comprends maintenant pourquoi Sam parlait de victoires et de camps adverses. Ces deux-là se bagarrent sec. On dirait deux cerfs qui se battent chaque automne pour s'arracher leur ramure. Justin fait mine de prendre Sam en pitié, mais son expression change quand il me surprend dans le coin du bureau. Il s'en va d'un pas nonchalant.

— Ce mémo, c'est de la diffamation, aboie encore Sam. C'est un faux fabriqué de toutes pièces. Justin Cole est au courant et il en est sans doute l'auteur.

— *Quoi ?*

Vicks semble au bout du rouleau.

----

1. Ou moi. Mais personne ne m'a demandé mon avis.

240

— Sam Roxton, tu ne peux pas raconter des trucs pareils ! On dirait que tu vois des complots partout.

— Le mémo était différent, merde !

Sam est prêt à partir en guerre contre le monde entier.

— J'ai vu la version originale. Malcolm aussi. Il n'était pas question de pots-de-vin. Et voilà que cette version a disparu de l'Intranet. Sans traces. D'abord tu m'expliques ce qui s'est passé et ensuite seulement tu pourras me traiter de dingue !

— Je n'ai pas d'explications à te fournir. Je ne vais même pas essayer. Je vais faire mon boulot.

— Il y a des gens derrière tout ça. J'en suis persuadé. Vicks, tu leur facilites la tâche. Ils traînent Nick dans la boue, et tu les laisses faire.

— Non ! Non ! Arrête. Je ne leur facilite rien du tout. Je ne suis pas partie prenante.

Elle retire la boule de papier de la corbeille et la lisse.

— Je peux changer un ou deux détails. Mais j'ai parlé à Bruce et je dois suivre cette ligne directrice. Tiens, tu veux modifier quelque chose ? Avant l'approbation de Julian ?

— Et si nous retrouvons le mémo original ? Et si nous arrivons à prouver que ce document est faux ?

— Fantastique ! crie-t-elle toute joyeuse. On le publie, Nick retrouve sa réputation d'homme intègre et on donne une fête ! Crois-moi, rien ne me ferait plus plaisir. Mais on doit se débrouiller avec ce qu'on a. Et pour le moment, on droit affronter un mémo désastreux et injustifiable.

Vicks se frotte les yeux avec ses poings. Elle ne devrait pas faire ça, elle va avoir des poches sous les yeux.

— Ce matin, marmonne-t-elle, j'essayais de me dépatouiller avec l'incident du type au service courrier qui s'était complètement bourré la gueule. Et dire que je trouvais *ça* grave !

— Le communiqué, il doit partir quand ? demande Sam au bout d'un moment.

Sa colère s'est dissipée, ses épaules se sont affaissées. Il a l'air si fatigué que j'ai presque envie de le prendre dans mes bras.

— C'est le seul rayon de lumière ! s'exclame Vicks d'une voix plus douce, comme si elle voulait amortir la défaite de Sam. Ils le gardent pour le bulletin de 22 heures, ce qui nous donne six heures pour agir.

— Il peut se passer beaucoup de choses dans ce laps de temps, dis-je timidement.

Tous deux sautent au plafond comme si une mine avait explosé.

— Elle est encore là ?

— Poppy ! Je suis désolé, je n'avais aucune idée que vous seriez...

— Elle a tout entendu ? Sam, tu es devenu fou ?

— Je ne dirai rien, je vous assure. C'est promis.

— Bon. C'est ma faute. Poppy, vous n'y êtes pour rien, c'est moi qui vous ai invitée. Je vais trouver quelqu'un pour vous raccompagner vers la sortie.

Il passe la tête par la porte :

— Stephanie ? Je peux vous demander un service ?

Une fille assez jolie avec de longs cheveux blonds entre dans le bureau.

— Pouvez-vous reconduire notre visiteuse, lui faire signer le registre des sorties, lui faire remettre son laissez-passer... Poppy, désolé, je le ferais moi-même mais...

— Non, ne vous excusez pas. Vous êtes très pris. Je comprends...

— La réunion ! se rappelle soudain Sam. Bien sûr. Elle a été annulée. Mais ce n'est que partie remise. Je vous contacterai...

— Parfait. Merci.

Il va oublier. Mais je ne lui en veux pas.

— J'espère que tout s'arrangera pour vous... et pour sir Nicholas.

Vicks roule des yeux furibonds. Elle devient parano à l'idée que je puisse vendre la mèche.

Que dois-je faire pour le père de Sam ? Impossible d'en parler à Sam, il exploserait. Je dois me contenter d'envoyer un message à l'hôtel ou un truc de ce genre. Et disparaître ensuite. Ce que j'aurais dû faire dès le départ.

— Bon... encore merci.

Je croise le regard de Sam et j'ai un coup à l'estomac. On se dit au revoir pour toujours.

— Tenez !

Je lui tends mon téléphone.

— Merci.

Il me le prend de la main et le pose sur son bureau.

— Désolé pour tout ceci...

— Mais non ! J'espère seulement que...

Je hoche la tête plusieurs fois, n'osant pas en dire plus devant Stephanie.

Ça va me paraître étrange de ne plus être dans la vie de Sam. Je ne connaîtrai jamais la suite. Je lirai peut-être ce mémo dans le journal. Ainsi que l'annonce du mariage de Sam et de Willow dans le carnet mondain.

— Alors, au revoir.

Je suis Stephanie dans le couloir. Quelques personnes portent des sacs de voyage. Dans l'ascenseur, ils se plaignent de l'hôtel et de la pauvreté des minibars.

— Alors, votre conférence a lieu aujourd'hui ? je demande en arrivant au rez-de-chaussée. Vous n'y participez pas ?

— Oh, si, j'y vais. Un tas de gens y sont déjà, et un second car va partir dans quelques minutes. Je suis dans celui-là. En fait, la manifestation principale a lieu demain. C'est le soir du gala et le discours du père Noël. En général on s'amuse bien.

— Le père Noël ? je répète en riant.

— On a donné ce nom à sir Nicholas. Un surnom maison un peu bébête. Sir Nick... Saint Nicolas... Père Noël... un peu tiré par les cheveux, non ?

Elle sourit.

— Je vais maintenant récupérer votre laissez-passer.

Je lui tends ma carte plastifiée, qu'elle remet à un membre de la sécurité. Il marmonne quelque chose du genre « jolie photo », mais je ne l'écoute pas. J'ai une drôle de sensation.

Le père Noël. Le type qui a appelé sur le mobile de Violet a parlé du père Noël. Je m'efforce de me rappeler ce qu'il a dit. Au sujet de la chirurgie. De précision. Il a mentionné « pas de trace ».

Je m'arrête net, le cœur battant. Sam a bien utilisé la même expression à l'instant. *Pas de trace* !

— Ça va ? s'inquiète Stephanie qui a remarqué que je reste plantée dans le hall.

— Très bien. Excusez-moi.

Je lui décoche un sourire et me remets à marcher tout en réfléchissant à grande vitesse. Ce type, qu'est-ce qu'il a dit d'autre ? En rapport avec le père Noël. Allons Poppy, *réfléchis* !

— Bon, au revoir ! Merci de votre visite !

Stephanie me fait un dernier sourire.

— Merci !

En sortant sur le trottoir, je tressaille. Ça y est ! Adieu, père Noël.

Comme une foule de gens sort de l'immeuble, je m'écarte et j'observe un laveur de carreaux qui s'active. Je fouille dans mon sac à la recherche du programme du *Roi Lion*. Pourvu que je ne l'aie pas perdu !

Je l'extirpe et relis mes gribouillis :

18 avril – Scottie a un contact, chirurgie de précision, pas de trace, était vachement prudent.

20 avril – Scottie a téléphoné. C'est fait. Chirurgical. Pas de trace. Coup de génie. Adieu père Noël.

J'ai l'impression de les entendre à nouveau. Comme en play-back. Une voix jeune et aiguë, l'autre plus âgée, plus sophistiquée et traînante.

Soudain, une illumination. C'est Justin Cole qui a laissé le premier message. J'en mettrais ma main au feu.

OMD !

Je tremble de tout mon corps. Il faut que je remonte pour montrer ces messages à Sam. Ils ont un sens, même si je ne le connais pas, mais ils veulent dire quelque chose. Je pousse les grandes portes en verre, et une hôtesse me barre le passage. Quand je suis entrée avec Sam, elle nous a immédiatement fait signe de passer. Maintenant c'est une autre histoire : j'ai droit à un vague sourire, comme si elle ne m'avait pas vue sortir avec Stephanie il y a un instant.

— Bonjour. Vous avez rendez-vous ?

— Pas précisément, dis-je sans reprendre ma respiration. Je dois voir Sam Roxton chez *White Globe Consulting*. Je m'appelle Poppy Wyatt.

Pendant qu'elle s'éloigne pour passer un coup de fil, je bous d'impatience. Ces messages ont un rapport avec le mémo. J'en suis persuadée.

— Désolée ! s'excuse la fille de la voix suave des hôtesses stylées. Mais M. Roxton n'est pas disponible pour le moment.

— Pourriez-vous lui dire que c'est urgent ? Je vous en prie.

Malgré l'envie qu'elle a de m'envoyer au diable, elle retourne au comptoir passer un second coup de fil qui dure une trentaine de secondes.

— Je suis désolée. M. Roxton sera occupé le reste de la journée, et la plupart du personnel s'est absenté pour une réunion générale de la société. Vous serait-il possible d'appeler son assistante et de prendre rendez-vous ? Je vais vous demander de vous écarter pour laisser entrer d'autres visiteurs.

Elle m'escorte jusqu'aux portes de verre. « Laisser entrer » signifie clairement : « Dégagez ! Et allez vous faire voir ! »

— Écoutez, c'est urgent.

En l'évitant, je me rue vers les escalators :

— Laissez-moi monter. Ça ira.

— Vous ne pouvez pas entrer comme ça ! Thomas ?

Oh ! malheur de moi ! Elle appelle un type de la sécurité. Quelle grue !

— Mais c'est un cas d'urgence, je plaide. Il *veut* me voir.

— Eh bien, appelez et prenez rendez-vous ! me crie-t-elle alors que le gardien m'entraîne vers la sortie.

— Parfait ! C'est ce que je vais faire. Je vais lui téléphoner immédiatement ! Je reviens dans deux minutes !

Sur le trottoir, je mets ma main dans ma poche. Et là, horreur. Je n'ai plus de téléphone. *Plus de téléphone.*

Impuissante je suis. Incapable de pénétrer dans l'immeuble, incapable d'appeler Sam. Je ne peux pas lui parler. Je ne peux rien faire. J'aurais quand même pu acheter un nouveau téléphone un peu plus tôt ! Il faudrait que je me balade avec un appareil de rechange. Ça devrait être obligatoire, comme un pneu de secours, vous ne trouvez pas ?

Je me précipite vers le laveur de carreaux :

— Vous auriez un téléphone à me prêter ?

— Pas possible, cocotte, la batterie est morte.

— Tant pis et merci quand même.

Pourtant je ne renonce pas. À travers les parois de verre, je peux apercevoir l'intérieur de l'immeuble. Je jette un coup d'œil et qui vois-je dans le hall ? Sam en chair et en os ! Il est en grande conversation avec un type qui tient un porte-documents en cuir. Je pousse la lourde porte, mais Thomas le gardien m'a repérée.

— Même pas dans vos rêves, ma petite ! dit-il en me bloquant le passage.

— Mais il faut que j'entre.

— Veuillez sortir...

— Mais il voudra me parler ! Sam ! Par ici ! C'est Poppy ! SAM !

Je hurle de toutes mes forces mais quelqu'un déplace un canapé qui fait un boucan du diable sur le sol en marbre. Mes cris sont étouffés.

— Pas question d'entrer ! répète le gardien. Allez, ouste !

Il me saisit par les épaules et l'instant d'après je me retrouve sur le trottoir, le souffle coupé, outrée d'être traitée comme une voleuse de poules.

Je n'arrive pas à le croire ! Il m'a jetée dehors ! C'est la première fois de ma vie que ça m'arrive. Vous saviez qu'on avait le droit de traiter les gens comme ça ?

Une foule de gens se présentant à l'entrée, je m'écarte pour les laisser passer. Puis je passe en revue toutes les options. Chercher une cabine téléphonique dans la rue ? Forcer le passage pour gagner le hall et voir jusqu'où je peux aller avant d'être plaquée au sol ? Sam se tient devant les ascenseurs et continue à parler au type avec le porte-documents. Dans un instant, il aura disparu. Je suis à la torture. Si seulement je pouvais attirer son attention...

— Alors, cocotte, pas de veine, on dirait.

C'est le laveur qui, du haut de son échelle, s'intéresse à mon sort. Il a répandu de la mousse savonneuse sur de nombreux panneaux et s'apprête à les essuyer avec son truc en caoutchouc.

J'ai une idée !

— Attendez ! je crie. Je vous en prie ! Ne touchez à rien !

Je n'ai jamais rien écrit dans de la mousse mais, heureusement, je n'ai pas l'intention de rédiger un roman ! Seulement tracer M A S en lettres de deux mètres de haut. Le résultat est un peu tremblotant – mais qui va se plaindre ?

— Pas mal du tout ! commente le laveur qui s'est assis par terre. Vous pourriez venir travailler avec moi.

— Je suis très flattée, je réponds en m'épongeant le front et en massant mon bras douloureux.

Si Sam ne le voit pas, si quelqu'un ne le remarque pas et ne lui tape pas sur l'épaule en disant : « Hé ! Regardez... », alors tout est...

— *Poppy ?*

Toujours perchée sur mon échelle, je me retourne. Sam se tient sur le trottoir. Dans ses yeux, je lis une lueur d'incrédulité.

— Cette page d'écriture m'est adressée ?

Nous nous taisons dans l'ascenseur. Vicks est plantée dans le bureau de Sam. À ma vue, elle se tape le front.

— J'espère que vous ne me dérangez pas pour rien, me prévient Sam en refermant la porte. Je vous accorde cinq minutes. Vous savez, nous sommes sur les dents...

Je m'aperçois qu'il n'est pas content du tout. Qu'est-ce qu'il croit ? Que je suis tombée sur la tête ? Que j'ai écrit SAM pour m'amuser ?

— J'en suis bien consciente, dis-je un peu sèchement. J'ai pensé que les messages arrivés sur le téléphone de Violet la semaine dernière vous intéresseraient. Sur ce mobile.

Comme il est resté sur le bureau, je m'en saisis.

— Il est à qui, ce téléphone ? s'inquiète Vicks en me jetant un regard méfiant.

— À Violet, répond Sam. Mon assistante. La fille de Clive. Celle qui est partie pour être mannequin.

— Ah ! Elle !

Vicks fronce encore les sourcils.

— Explique-moi ce qu'elle fabrique avec le mobile de Violet.

— Une longue histoire, commente Sam. Violet l'a jeté. Poppy... l'a chouchouté.

Je pose le programme du *Roi Lion* entre eux deux et lit les messages que j'ai notés :

Scottie a un contact, chirurgie de précision, pas de trace, était vachement prudent.

— Le second message est arrivé deux jours plus tard, de Scottie lui-même :

C'est fait. Chirurgical. Pas de trace. Coup de génie. Adieu père Noël.

Je leur laisse le temps de méditer avant d'ajouter :

— Le premier message était de Justin Cole.

— *Justin ?* répète Sam, sur le qui-vive.

— Sur le moment, je n'ai pas reconnu sa voix, mais maintenant j'en suis sûre. C'était lui qui parlait de « chirurgie de précision » et de « pas de trace ».

Sam dévisage Vicks.

— Allons, tu vois bien que...

— Je ne vois rien du tout ! Juste quelques mots épars. On n'est même pas sûrs que ce soit Justin.

Sam se tourne vers moi.

— Ces messages dans la boîte vocale, on peut encore les écouter ?

— Non. C'était juste... enfin, vous savez. Des messages téléphoniques. Je les ai simplement notés.

Vicks est perplexe.

— Bon, rien de tout ça n'a de sens. Vous vous êtes présentée ? Pourquoi Justin *vous* aurait-il laissé un message ? Sam, tu me fais perdre mon temps...

— Il ne s'est pas rendu compte que je n'étais pas Violet, dis-je en rougissant. Je faisais semblant d'être un répondeur automatique.

— *Quoi ?* fait-elle totalement éberluée.

Je prends ma voix de répondeur :

— « La personne que vous cherchez à joindre est absente. Veuillez laisser un message. » C'est ce qu'il a fait et j'ai noté ce qu'il a dit.

Sam part d'un petit rire, mais Vicks reste muette. Elle prend le programme, relit ce que j'ai gribouillé puis feuillette la brochure sans rien trouver de plus que la biographie des acteurs.

— Sam, ça ne prouve rien. Ça ne change rien.

— Faux et archifaux ! Tout s'éclaire.

Il désigne le programme du doigt.

— Voilà ce qui s'est passé.

— Mais quoi donc ? crie-t-elle exaspérée au plus haut degré. Putain, qui est Scottie ?

— Il a parlé de sir Nicholas en l'appelant « père Noël ». Ce qui veut dire qu'il travaille sans doute dans la société. Mais où ? Au service informatique ?

— Est-ce que Violet était dans le coup ? je m'aventure à demander. Après tout, c'était son téléphone.

Après quelques instants de silence, Sam hoche la tête, presque à regret.

— Elle n'est restée que cinq minutes, son père est un grand ami de sir Nicholas... Je doute qu'elle soit impliquée.

— Pourquoi lui a-t-on laissé les messages ? Ils avaient un faux numéro ?

— C'est peu probable, dit Sam en se grattant le nez. Mais, c'est vrai, pourquoi ce numéro ?

Sans le vouloir, je regarde le téléphone qui clignote sur le bureau. Des mails pour moi ? En fait, à cet instant précis, je me fiche du reste de ma vie comme de ma première culotte. Le monde se réduit à ces quatre murs. Sam et Vicks se sont effondrés dans des fauteuils, et je les imite.

— Avant Violet, qui se servait de ce mobile ? demande Vicks tout d'un coup. Il appartient à la société. Violet n'était là que, pour quoi, trois semaines ? Imaginons que le numéro soit celui de son prédécesseur et que les messages aient été laissés par erreur ?

— Bravo ! je m'exclame. Les gens n'arrêtent pas de faire des faux numéros. Et d'envoyer des mails à la mauvaise adresse. Ça m'arrive même à moi. On oublie d'effacer les anciennes coordonnées, on cherche un nom dans les contacts qui s'affiche automatiquement et c'est parti ! Surtout si c'est un nom courant.

Sam réfléchit intensément.

— Une seule façon de le savoir !

Il prend son poste fixe et tape trois chiffres.

— Salut, Cynthia. Sam à l'appareil. Juste une petite question au sujet du téléphone qui a été alloué à Violet, mon assistante. Je me demandais si quelqu'un s'en servait avant elle ? Quelqu'un qui avait ce numéro ?

Tandis qu'il écoute, sa physionomie change. Il fait un grand geste à Vicks qui, impuissante, hausse les épaules.

— Très bien Cynthia, merci...

Vu le flot ininterrompu de paroles que l'on discerne à peine, il est clair que Cynthia a la langue bien pendue.

— Il faut que j'y aille, tente d'articuler Sam en levant les yeux au ciel. Oui, je sais, le téléphone aurait dû être rendu. Non, il n'a pas été égaré, ne vous faites pas de souci... Oui, pas professionnel du tout... Vous avez raison, sans préavis, oui... Non, je n'ignore pas ce qui est la propriété de *WGC*... Oui, je vous le fais rapporter... oui... oui...

Il réussit enfin à s'en sortir. Il replace le combiné sur son socle et se tait pendant trois longues secondes avant de se tourner vers Vicks.

— Ed.

— Non.

Sam saisit le mobile et le regarde sans en croire ses yeux.

— C'était le téléphone officiel d'Ed. Il y a un mois, il a été réattribué à Violet. Je n'en savais rien. Ed Exton était...

251

— Je me souviens, je dis. Directeur financier. Viré. Il fait un procès à la société.

— Incroyable !

Vicks a l'air vraiment choquée. Groggy, elle s'enfonce dans son fauteuil.

— *Ed !*

— Qui d'autre ? dit Sam totalement speedé par ce qu'il vient d'apprendre. Vicks, ce n'est pas un plan orchestré mais une symphonie en trois mouvements. Nick est coulé. Il est viré par Bruce qui est un connard et un lâche. Le conseil d'administration est pressé de trouver un nouveau P-DG. Ed annonce qu'il a la bonté de laisser tomber son procès et d'accepter le poste, la confortable carrière de Justin est assurée...

— Tout ça pour ça ? demande Vicks assez sceptique.

— Vicks, tu ne t'imagines pas à quel point Ed hait Nick ! Un hacker a été grassement payé pour modifier le mémo et enlever l'original de notre Intranet. À mon avis, Ed serait prêt à dépenser cent mille livres pour détruire la réputation de Nick. Et même le double.

Vicks fait la grimace devant tant de bassesse.

— Ça n'arriverait jamais si la société était dirigée par des femmes ! Jamais. Les hommes ? Des connards de machos !

Elle va vers la fenêtre et observe la circulation, les bras croisés.

— Reste à savoir qui a tout manigancé... Qui sont les exécutants ?

Sam, assis sur son bureau, jouant avec un stylo qu'il frappe sur sa main comme sur un tambour, s'interroge à haute voix.

— Scottie ? Qui est-ce ? Un Écossais ? suggère-t-il le front plissé.

— Il n'avait pas l'accent écossais, je précise. C'est peut-être une plaisanterie ?

Soudain Sam me dévisage, l'air plus détendu.

— C'est ça ! Bien sûr ! Poppy, vous reconnaîtriez sa voix si vous l'entendiez à nouveau ?

— Sam, intervient brutalement Vicks sans me laisser le temps de répondre. Tu n'es pas sérieux !

— Vicks, aurais-tu l'amabilité d'arrêter de nier l'évidence pendant une seconde, rugit Sam en se levant d'un bond. Le faux mémo n'est pas un hasard. Le refiler à ITN ne s'est pas fait par hasard non plus. C'est la réalité. On a visé Nick. Pas avec un petit scandale de rien du tout diffusé... sur Facebook. Avec la volonté de démolir la réputation d'un homme intègre. C'est un crime !

— Il s'agit d'une *hypothèse* ! assène-t-elle en se rapprochant de lui. Rien de plus. Quelques mots griffonnés sur un programme du *Roi Lion* !

Elle me fait de la peine, cette Vicks. Ce n'est pas ma faute si je n'avais que ce programme sous la main.

— On a besoin d'identifier ce Scottie répète Sam. Vous reconnaîtriez sa voix si vous l'entendiez à nouveau ?

— Oui, dis-je fermement, bien que sa violence rentrée me fasse un peu peur.

— Vous êtes sûre ?

— Oui !

— Bon, allons-y ! On va le chercher et le trouver.

— Sam ! Ne bouge pas ! ordonne Vicks au comble de la fureur. Tu perds la boule ou quoi ? Qu'est-ce que tu vas faire, lui demander d'écouter tous les membres du personnel jusqu'à ce qu'elle repère cette voix ?

— Et pourquoi pas ?

Il y a de la révolte dans sa voix.

— Parce que c'est l'idée la plus merdique que j'aie jamais entendue !

Sam l'observe un instant puis me dit :

— Venez, Poppy ! On va explorer l'immeuble.

Vicks n'est toujours pas convaincue.

— Et même si elle l'identifie ? C'est quoi, la suite ? Tu vas l'arrêter ?

— Ce serait un début. Poppy, vous êtes d'attaque ?

— Poppy !

Vicks vient se placer directement devant moi. Ses joues sont enflammées et elle a le souffle court.

— Je ne vous connais pas. Mais, qui que vous soyez, vous n'avez pas à écouter Sam. Vous n'avez pas à lui obéir. Vous ne lui devez *rien*. Vous n'avez *rien* à voir dans cette histoire.

— Je ne la force pas. N'est-ce pas, Poppy ?

Vicks fait la sourde oreille.

— Poppy, je vous conseille fortement de partir. Tout de suite.

— Ce n'est pas ce genre de fille. Elle ne laisse pas tomber les gens. Pas vrai ?

Il me scrute. La chaleur de son regard me surprend et me touche.

— Vous avez tort, dis-je à Vicks. J'ai une dette vis-à-vis de Sam. Quant à sir Nicholas, étant un patient privilégié de mon cabinet de kinésithérapie, il ne m'est pas étranger.

Je ne suis pas mécontente d'insinuer que sir Nicholas et moi avons un genre de lien, même s'il y a peu de chances qu'il mette les pieds à Balham.

Je relève le menton.

— De toute façon, que je sois proche de la personne ou pas, si je peux l'aider, je le fais. Je veux dire que si on peut dépanner son prochain, on retrousse ses manches et on s'y colle. Vous n'êtes pas d'accord ?

Vicks me dévisage un moment, comme pour me jauger, puis m'adresse un petit sourire narquois.

— OK. Je ne discuterai pas. Vous avez gagné.

— Allons-y !

Sam se dirige vers la porte. Je prends mon sac en regrettant de porter un tee-shirt taché.

— Eh, Sam ! ricane Vicks. Tu te prends pour Kurt Wallander, le détective suédois ! Au cas où tu l'aurais oublié, tout le monde est à la conférence ou en chemin.

Sam ne réplique pas, mais il est clair qu'il est furieux de ce contretemps. Je n'ose ouvrir la bouche ni tourner la tête vers Vicks.

— Poppy, me demande-t-il enfin, vous avez quelques heures de libres ? Pourriez-vous venir dans le Hampshire ?

11

C'est complètement surréaliste. Et excitant. Et un peu embêtant. Tout à la fois.

Je ne *regrette* pas mon geste noble et n'ai pas changé d'avis. Vous m'imaginez faire marche arrière ? Laisser tomber Sam ? Non, impossible. D'un autre côté, je croyais que ça prendrait une demi-heure. Certainement pas le temps d'un trajet en train dans le Hampshire – pour ne parler que du début de l'opération.

En ce moment, je suis censée me trouver chez le coiffeur. Je devrais faire des essais de chignon et de diadème. Au lieu de quoi je suis à la gare de Waterloo, en train d'acheter un thé, avec le téléphone dans la main. Au fait, je l'ai pris en partant, car je savais que Sam n'allait pas protester. J'ai envoyé un SMS à Sue pour dire que j'étais désolée de manquer mon rendez-vous, l'assurer que je payerais plein tarif et lui demander de transmettre mes amitiés à Louis. En relisant, j'ai raccourci ma « bizz ». Puis je l'ai rallongée, pour l'abréger une nouvelle fois. Finalement j'ai décidé que « bizzzzz » avec cinq z, c'était suffisant.

À cet instant précis j'attends que Magnus décroche. Il est sur le point de partir pour Bruges, histoire d'enterrer sa vie de garçon. On ne va pas se voir. Mais je trouve c'est la moindre des choses de lui téléphoner.

— Coucou, Magnus !

— Pops, salut !

Non seulement la ligne est mauvaise mais j'entends un haut-parleur beugler en arrière-fond.

— On embarque à l'instant. Tout va bien ?

— Oui, je voulais te dire…

Te dire que je file dans le Hampshire avec un type dont tu ignores tout, entraînée dans une aventure dont tu ne sais rien.

Pas une folle envie de lui dire, justement.

— Ce soir, je sors, je murmure. Au cas où tu appellerais.

C'est faire preuve d'honnêteté. Enfin, presque.

— OK ! Amuse-toi bien. Amour, il faut que je raccroche.

— OK ! Profite bien. Bye !

En levant la tête je vois que Sam m'observe. Je rentre ma chemise soigneusement dans ma jupe. J'aurais dû faire un saut dans une boutique. Mon tee-shirt était tellement taché que j'ai emprunté la chemise que Sam garde dans son bureau pour les urgences. Donc je porte sa chemise rayée Turnbull & Asser, ce qui rend la situation encore plus extravagante.

— Je disais au revoir à Magnus.

Pourquoi me justifier ? Sam a forcément entendu ma conversation puisqu'il était là.

— Ça fait deux livres, annonce la fille du stand en me tendant mon thé.

— Merci. On y va ?

En parcourant le quai pour rejoindre le train, je me sens toute drôle. Et bien embarrassée. Nous devons avoir l'air d'un couple. Et si on tombait sur Willow ?

Arrête, Poppy, ne sois pas parano ! Willow est dans le second car. Elle a envoyé un mail à Sam pour le prévenir. De toute façon, on ne fait rien de mal, Sam et moi. Nous sommes seulement des… amis.

257

Non, pas des amis. Pas des collègues, non plus. Et pas vraiment des connaissances. OK. Voyons les choses en face. Les circonstances sont bizarroïdes.

Je jette un coup d'œil à Sam pour voir ce qu'il ressent. Bof ! Il regarde par la fenêtre du wagon avec son air vide habituel. Quand le train s'ébranle, il revient à lui. Et je détourne les yeux. J'essaye de toutes mes forces de paraître relax alors qu'intérieurement je flippe de plus en plus. Je suis convenue de quoi déjà ? D'identifier une voix que j'ai entendue environ vingt secondes au téléphone il y a plusieurs jours, sous prétexte que ma mémoire est excellente. Si j'échoue, que va-t-il se passer ?

En avalant une gorgée de thé pour me calmer, je sursaute. Tout à l'heure la soupe était trop froide. Maintenant le thé est trop chaud. Comme le train accélère subitement, un peu de liquide se renverse et me brûle la main.

— Ça va ? demande Sam qui m'a vue tressaillir.

— Très bien, je dis en souriant.

— Franchement, on ne dirait pas.

— Si, si ! C'est seulement que... Vous savez, j'ai eu du pain sur la planche ces jours-ci.

— Désolé de ne pas avoir pu vous faire la démonstration technique que je vous avais promise.

— Oh, ça ? Tant pis. Cette histoire-là semble plus importante.

— Ne dites pas : « Oh, ça ! » Il faut toujours que vous vous positionniez en second.

— Je... Qu'importe !

Le train arrive à Clapham Junction. Un groupe de voyageurs monte dans le wagon. Sam est occupé à rédiger un message. Son mobile n'a pas cessé de clignoter. Les nouvelles doivent lui arriver en rafales. Au bout d'un moment, il fourre son téléphone dans sa poche et se penche en avant, les coudes sur la tablette qui nous sépare.

— Tout est OK ? je demande timidement, avant de me rendre compte de la stupidité de ma question.

Je suis reconnaissante à Sam de ne pas relever.

— J'ai une question qui vous concerne, dit-il tranquillement. Pourquoi croyez-vous que les Tavish vous sont supérieurs ? À cause de leurs titres universitaires ? De leurs doctorats nombreux et variés ? De leur intellect ?

Ah non, il ne va pas remettre ça !

— À cause de tout. C'est évident, non ? Vous respectez sir Nicholas. Regardez comme vous vous démenez pour lui. C'est bien parce que vous le respectez.

— Oui, je le respecte. Mais je ne me sens pas inférieur à lui pour autant. Il ne m'écrase pas de sa supériorité.

— Je ne suis pas écrasée. Et puis, la barbe ! Vous ne savez rien de rien, alors laissez tomber !

— Parfait. Si je me trompe, veuillez m'excuser. C'est une impression que j'avais. J'avais envie de vous aider en tant qu'…

Je parie qu'il voulait dire « ami » et qu'au dernier moment il a rejeté le mot. Comme moi.

— Je voulais seulement vous aider. Mais, après tout, c'est votre vie. Je ne m'en mêlerai plus.

Silence. Il s'est arrêté. Il a renoncé. J'ai gagné. Mais je n'ai pas l'impression d'avoir réellement gagné.

Son mobile vibre.

— Salut, Vicks. Quoi de neuf ?

Il sort du wagon et, sans le vouloir, je pousse un gros soupir. La douleur lancinante est de retour, nichée sous mes côtes. La raison ? Je l'ignore. Peut-être la réticence des parents de Magnus vis-à-vis de notre mariage. Peut-être mon refus de voir l'obstacle. Peut-être de la nervosité inhérente à ma présente escapade. À moins que ça ne soit mon thé qui est trop fort.

Je fixe mon gobelet fumant en ruminant. Comme je souhaiterais ne pas avoir entendu les Tavish dans la chapelle latérale ! Comme je souhaiterais ne rien savoir, effacer cette grisaille qui obscurcit ma vie et revenir à ma personnalité d'avant, Poppy la veinarde à qui tout sourit.

Sam revient s'asseoir sans rien dire. Le train vient de stopper au milieu de nulle part. Sans le bruit des roues, un curieux silence s'établit.

— OK, je dis les yeux sur la tablette de formica. OK.

— OK, quoi ?

— OK, j'avoue : vous ne vous trompez pas.

Sam ne bronche pas. Le train fait un à-coup, tressaute comme un cheval rétif, puis repart doucement.

— Mais ce n'est pas le fruit de mon imagination. J'ai entendu les Tavish. Ils sont contre notre mariage. Pourtant, j'ai fait tout ce que j'ai pu. J'ai joué au Scrabble, j'ai participé à leurs conversations, j'ai même lu le dernier bouquin d'Antony[1]. Mais je ne serai jamais comme eux. Jamais.

— Mais pourquoi leur ressembler ? Pourquoi le *vouloir* ?

— Oh, pitié ! Pourquoi quelqu'un voudrait ressembler à une célébrité brillante qui passe à la télé ? À votre avis ?

— Admettons qu'Antony Tavish soit une grosse tête. Une grosse tête, c'est comme un gros foie ou un gros nez. Pas de quoi vous filer des complexes, en tout cas. Si le professeur était affligé d'un gros colon, vous vous sentiriez complexée ?

J'éclate de rire.

— Ce type est un phénomène de foire au sens strict du mot, continue Sam, imperturbable. Vous allez entrer dans une famille de phénomènes. Pas un pour sauver l'autre. Alors la prochaine fois que vous vous sentez intimidée, imaginez un panneau *Phénomène* en néon au-dessus de leurs têtes.

— Ce n'est pas ce que vous croyez.

— Oh, si ! Ces universitaires ont l'obligation de jouer les importants. Ils publient des essais et présentent des programmes télévisés pour montrer combien ils sont utiles

---

1. Pour être honnête, j'en ai lu quatre chapitres.

et valables. Mais votre travail à vous, Poppy, est vraiment utile et valable. Vous n'avez rien à prouver. Combien de patients sont passés entre vos mains ? Des centaines. Vous les soulagez de leur douleur. Vous rendez heureux des centaines de gens. Vous croyez qu'Antony Tavish a déjà fait un seul heureux ?

Quelque part, il est à côté de la plaque. Je me pencherai sur le problème plus tard. Pour le moment je savoure ma joie. Il ne m'était jamais venu à l'esprit que grâce à moi certaines personnes étaient plus heureuses.

— Et vous, vous rendez les gens heureux ?

— J'y travaille.

Le train ralentit en traversant à Woking. Instinctivement, nous regardons par la fenêtre. Puis Sam me dit :

— Le problème n'a rien à voir avec eux. C'est vous. Vous et lui, Magnus.

— Je sais.

C'est curieux de l'entendre dire « Magnus ». Presque bancal.

Magnus et Sam sont tellement différents. Comme s'ils n'appartenaient pas à la même espèce. Magnus est radieux, impressionnant, sexy, extraverti. Mais un poil obsédé par lui-même[1]. Sam est direct, fort, généreux, bon. On a l'impression qu'on peut compter sur lui en tout.

Il me regarde en souriant comme s'il pouvait lire dans mes pensées. Et, comme chaque fois lorsqu'il sourit, je ressens un petit, un minuscule pincement au cœur...

Elle en a de la chance, Willow !

Je repousse mes réflexions d'une pichenette intérieure et chasse mon trouble avec une gorgée de thé.

Cette pensée a surgi dans ma tête sans crier gare. Contre mon gré. Ou, plutôt, intentionnellement, dans le sens où je souhaite le meilleur à tous les deux, en tant qu'amie impartiale... enfin, non, pas amie...

---

1. J'ai le droit de dire ça parce qu'il est mon fiancé et que je l'aime.

Je rougis à ces élucubrations stupides, déraisonnables, incohérentes qui, heureusement, ne sont connues que de moi-même. Sam capable de lire en moi ? Ah ! Ah ! Loin de moi cette idée ridicule ! Je peux me détendre, certaine qu'il ne connaît pas mes sentiments à son égard.

Non, Poppy, arrête ! C'est grotesque. Efface tout de suite le mot « sentiments ». Tu es folle ou quoi ?

— Tout roule, Poppy ? demande Sam. Je ne voulais pas vous faire de la peine, vous savez.

— Pas de souci. Vous avez eu raison. Vraiment.

— Tant mieux ! Parce que...

Son téléphone vibre une fois de plus.

— Vicks ? Tu as des nouvelles ?

Sam s'éloigne tandis que je reste assise à boire mon thé et à fixer sans le voir le paysage qui défile. J'aimerais tellement reprendre mon sang-froid et me vider l'esprit. J'aimerais faire marche arrière. Ou, comme on dit en langage informatique, faire un reboot. Mais surtout *sans sauvegarder les modifications* !

Afin de me replonger dans une atmosphère studieuse, je vérifie mes messages. Dans la boîte mail, rien sur le mémo de crise. Forcément, il n'est adressé qu'à un petit nombre de collaborateurs de haut niveau. Sam est de retour. Je pose le téléphone sur la tablette.

— N'oubliez pas qu'à un moment donné il faut que vous achetiez un nouveau téléphone, me dit-il. À moins que dans le futur vous envisagiez de vous procurer vos mobiles uniquement dans les corbeilles à papier.

— Ouais ! Pas de meilleurs fournisseurs que les poubelles et les corbeilles !

Le bip du mobile annonce l'arrivée d'un mail. Instinctivement je tends le bras, mais Sam est plus rapide. Sa main effleure la mienne. Nous échangeons un regard.

— Sûrement pour moi, s'exclame-t-il.

— Sûrement. Allez-y !

Il jette un coup d'œil et secoue la tête.

— Les tarifs du joueur de trompette pour la cérémonie de mariage. À vous l'honneur !

J'attrape le portable avec un petit air triomphant, tape une courte réponse pour Lucinda et le repose. Une seconde après, nouveau bip. Cette fois, je le prends de vitesse.

— Chemises en solde, j'annonce. Pour vous, cher ami !

Sam efface le mail et remet le téléphone sur la tablette.

— Au milieu, s'il vous plaît, je dis, en avançant l'appareil d'un centimètre vers moi. On ne triche pas !

— Les mains sur vos genoux, merci ! rétorque-t-il. On ne triche pas !

Ensuite, silence. Nous attendons sans bouger que le mobile se manifeste. Sam est si concentré que je réprime un fou rire. Soudain une sonnerie résonne. Sam avance la main, avant de se rendre compte que c'est le téléphone d'un voyageur, quelque part dans le wagon.

— Le bip, il ne connaît pas, je commente.

Le nôtre clignote tout d'un coup. Un SMS. L'infime hésitation de Sam me permet de lui arracher le téléphone à sa barbe.

— Ah ! Je parie que c'est pour moi !

Je clique et lis. Le message provient d'un numéro masqué, et une partie manque mais j'arrive à saisir l'essentiel.

Je reviens dessus une et même deux fois. J'humecte mes lèvres et regarde Sam. Je suis renversée.

— C'est pour vous, Poppy ?

— Non, pour vous.

— Vicks ? demande-t-il en tendant la main. Elle ne devrait pas utiliser ce numéro...

— Non, ce n'est pas Vicks, ce n'est pas professionnel. C'est... euh... personnel.

Et je relis une fois encore le texto pour m'assurer que je ne délire pas.

Je ne sais pas s'il s'agit du bon numéro. Mais je dois vous prévenir. Votre fiancée vous trompe. Avec quelqu'un que vous connaissez... (Texte à venir)

Je *savais* qu'elle était mauvaise. Mais ceci montre qu'elle est encore plus garce que je ne le pensais.

Sam pianote sur la tablette avec impatience.

— Ça a un rapport avec la conférence ? Passez-moi ce téléphone.

— Non, rien à voir. Sam, je vous jure que j'aurais préféré ne pas le lire. C'est au sujet de... de...

Le désarroi m'empêche de m'exprimer clairement. Finalement je crache :

— C'est à propos de Willow, qui vous est infidèle. Désolée.

Sam a l'air anéanti. En lui tendant le téléphone, j'éprouve un élan de sympathie. Qui ose faire part de ce genre de nouvelles par SMS ?

Je parie qu'elle couche avec Justin Cole. Qui se ressemble s'assemble, pas vrai ?

Le visage de Sam n'exprime aucune détresse. Après le premier choc il s'est ressaisi. Il a l'air parfaitement calme, fronce un peu les sourcils, va jusqu'au bout du message.

— OK ?

— Ça n'a pas de sens, il grogne.

— C'est vrai.

Je suis secouée, par procuration. C'est bête, mais c'est ainsi. Résultat : je ne peux pas m'empêcher de lui donner mon avis.

— En admettant que ce soit vrai, pour quelles raisons elle vous tromperait ? Déjà qu'elle est difficile. Et horrible. Et hypocrite...

De la tenue, Poppy ! Tu pousses le bouchon un peu trop loin. Mieux vaut te taire. D'ailleurs Sam fait une drôle de tête.

— Je crois que vous vous méprenez. Ça n'a pas de sens, car je ne suis pas fiancé. Je n'ai pas de fiancée.

— Mais vous êtes fiancé à Willow.

— Absolument pas.

— Mais...

Comment ça, pas fiancé ? Bien entendu qu'il l'est.

— Nous ne sommes pas fiancés. Et ne l'avons jamais été. Qui vous a mis cette idée dans la tête ?

— Vous me l'avez dit. C'est vous, j'en suis *certaine*.

Je me creuse les méninges pour me souvenir.

— Ah, oui ! C'était dans un mail envoyé par Violet qui disait : « Sam est fiancé. » Vous voyez ?

— Oh, mais c'est une excuse que j'utilise de temps en temps pour me débarrasser des pots de colle. Des filles, précise-t-il au cas où je n'aurais pas compris.

— Une *excuse* ? Mais alors, Willow, elle est quoi pour vous ?

Sam n'est pas pressé de répondre. Finalement, il dit :

— Willow est mon ancienne petite amie. Nous avons rompu il y a deux mois.

Ancienne petite amie ? Ma cervelle est comme une machine à sous : elle s'emballe en tournant pour trouver la combinaison gagnante. Comment faire face à cette nouvelle information ? Il n'est pas fiancé. Alors qu'il est censé l'être. Finalement, après un moment de mutisme, je me lâche carrément.

— Mais vous auriez dû me dire la vérité ! Quand je pense que vous m'avez laissée entendre que vous étiez fiancé !

— Pas du tout. Je n'ai jamais prononcé ce mot. Vous avez l'air en colère. Pourquoi ?

— Aucune idée. Tout est tellement sens dessus dessous.

Une chose est sûre : je suis très énervée. Et je dois me reprendre. C'est fou, quand même, qu'il ne soit pas avec Willow. Ça change la donne. Et il est fautif[1].

C'est presque détendue que je lui explique :

— Vous comprenez, au cours de nos conversations, j'ai mentionné Willow à plusieurs reprises et vous ne m'avez jamais précisé son rôle dans votre vie. Comment peut-on être aussi cachottier ?

— Cachottier, moi ? Certainement pas. Je vous aurais spécifié qui elle était si le sujet était venu sur le tapis. Le chapitre est terminé. Ça n'a plus d'importance.

— Vous vous *trompez*.

— Et pourquoi donc ?

J'enrage. Monsieur se contente de demander pourquoi. Mais c'est évident !

— Parce que... elle se comporte comme si vous étiez encore ensemble.

Je me rends compte que c'est ce point qui m'exaspère par-dessus tout. Qu'importe !

— Comme si elle avait tous les droits de déblatérer sur vous, je continue. C'est bien pour ça que je vous ai cru fiancés. Ça veut dire quoi à votre avis ?

Je vois bien que Sam est agacé mais il ne pipe mot.

— En plus, elle met votre assistante en copie de tous les mails qu'elle vous envoie. Elle fait des scènes dans des mails que tout le monde peut lire. Très bizarre, vraiment !

— Willow a toujours été... exhibitionniste. Elle adore avoir un public. Disons qu'elle dépasse les bornes plus fréquemment que la majorité des gens...

— Eh bien, moi, je dis qu'elle exagère. Si vous saviez ce qu'elle est possessive. Je l'ai entendue.

À cet instant je suis obligée de hausser le ton pour couvrir le bruit du haut-parleur qui annonce les prochains arrêts.

---

1. Je ne sais pas de quoi mais mon instinct me dit qu'il l'est.

— Elle dit des horreurs sur vous à toutes les filles du bureau. Elle dit que vous filez un mauvais coton et que, si vous ne vous réveillez pas à temps, vous allez tomber de haut et vous retrouver dans une sale posture, c'est-à-dire sans elle.

— Cette histoire de mauvais coton est ridicule ! Notre aventure est finie, terminée, pliée.

— Elle le sait ?

— Évidemment.

— Vous êtes sûr ? Elle a vraiment capté ?

— Mais oui, je vous dis !

— Il n'y a pas de « mais oui » qui tienne ! De quelle manière avez-vous rompu ? Vous avez pris le temps de vous asseoir et d'avoir une conversation sérieuse à propos de votre séparation ?

Le fait que Sam évite mon regard en dit long. Je parie qu'il ne s'est pas assis et que son explication a été des plus brève. Il lui probablement envoyé un SMS du genre : « *Terminé. Sam.* »

— Vous devriez lui demander d'arrêter ces mails ridicules ! Sam ?

Plutôt que de m'écouter, il vérifie ses messages. Typique. Au lieu d'affronter le problème, il est dans la fuite, totale et complète.

Mais j'y pense ! Mais oui, *bien sûr* !

— Sam, il vous arrive de répondre à Willow ?

Il ne répond jamais, j'en suis sûre. Maintenant, je comprends. C'est pour cette raison qu'elle commence un nouveau message à chaque fois. C'est comme si elle punaisait des mots sur un mur vierge.

— Or, donc, puisque vous ne répondez jamais, elle ignore votre point de vue. Elle continue à se faire des illusions. Elle s'imagine que vous êtes toujours ensemble.

Sam est maintenant plongé dans l'examen approfondi de ses mains. Mon exaspération étant à son comble, une seconde exactement avant que les grésillements cessent, je m'écrie :

— Oh, vous n'êtes qu'un salaud borné !

OK. Il est *évident* je n'aurais pas hurlé ainsi si j'avais su que les hauts-parleurs allaient arrêter leur boucan. Et il est *évident* que j'aurais évité le fâcheux « salaud ». Mais trop tard. La mère de famille assise trois sièges plus loin me lance des regards de haine comme si je faisais exprès de pervertir ses chères têtes blondes avec mon langage ordurier.

Toujours furieuse, je baisse néanmoins le ton.

— Oui, c'est ce que vous êtes ! Vous ne pouvez pas espérer que Willow disparaisse uniquement parce que vous avez décidé de l'effacer de votre vie. Vous ne pouvez pas presser éternellement sur la touche « Ignorer ». Elle ne renoncera pas, Sam. Vous pouvez me croire. Il faut que vous lui expliquiez la situation et...

— Laissez tomber ! m'interrompt-il. Si ça l'amuse d'envoyer des mails ridicules, elle peut continuer. Pour ce que j'en ai à faire...

— Mais c'est toxique, c'est malsain.

— De toute façon, qu'est-ce que vous en savez ? Rien de rien !

Visiblement j'ai touché une corde sensible. Tant pis, je persévère :

— Ah, comme ça, je n'en sais rien ? Et votre messagerie, je ne m'en suis pas occupée ? Monsieur le grand utilisateur des touches « Ignorer », « Effacer », « Indésirable ».

— En tout cas, moi, je ne réponds pas aux mails en ajoutant soixante-cinq smileys à la suite comme certaines personnes de ma connaissance.

Quel argument à la noix ! Car, je vous le demande, qu'est-ce qui est préférable, le déni pur et simple ou une pléthore de smileys ?

— De toute façon, vous ne répondez pas du tout. Même pas à votre propre père.

— Quoi ? Encore une attaque en règle ?

Je ne me laisse pas impressionner.

— J'ai lu ses mails, figurez-vous. Il aimerait que vous lui téléphoniez et que vous lui rendiez visite dans le Hampshire. En plus, il a quelque chose à vous dire. Apparemment vous n'avez pas bavardé ensemble depuis des siècles, et il regrette le bon vieux temps. Et vous, espèce de cœur de pierre, vous ne lui envoyez jamais un mot.

Sam s'esclaffe pour de bon.

— Ah Poppy, vous parlez vraiment pour ne rien dire.

— Au contraire.

— Que nenni !

— Vous allez découvrir que j'en sais plus sur vous que vous ne le croyez. Rira bien qui rira le dernier !

J'espère que M. Roxton aura reçu mon message. Et alors, on verra bien la tête que fera son fils quand, en arrivant à l'hôtel Chiddingford, il sera accueilli par son père souriant et élégant, avec fleur à la boutonnière et tout. Il fera moins le désinvolte.

En attendant, Sam, le nez sur l'écran, est en train de relire le SMS.

— Je ne suis pas fiancé, marmonne-t-il. Je n'ai pas de fiancée.

— Ça va, merci ! J'ai compris ! Pour résumer, vous êtes affligé d'une ex-petite amie psychotique qui, malgré votre rupture survenue voilà deux mois, croit que vous êtes toujours ensemble.

— Non, non ! Je vous demande de suivre mon raisonnement. Vous et moi, nous partageons ce mobile, n'est-ce pas ?

— Exact.

Je me demande où il veut en venir.

— Par conséquent le destinataire de ce message est soit moi, soit vous. Je ne suis pas fiancé, Poppy. Mais vous, vous l'êtes.

Après un moment d'incompréhension, c'est comme si une main glacée m'étreignait le cou.

— Vous pensez que... Non, c'est ridicule ! Quoique... Regardez, dis-je en lui montrant l'écran. « Fiancée » est écrit avec un *e*. Clair comme de l'eau de roche. C'est « fiancée » au féminin.

— D'accord. Mais il n'y a pas de « fiancée » au féminin. Elle n'existe pas. Donc...

Inutile de préciser que je me sens à l'agonie. Surtout quand je réécris mentalement le texte avec une orthographe différente. Votre fiancé vous trompe.

Non, c'est *inconcevable*.

Jamais Magnus ne...

Il y a un bip et nos regards convergent sur l'écran du portable. C'est le reste du message qui s'affiche :

Pardon de te prévenir juste avant ton mariage, Poppy. Mais tu dois apprendre la vérité. Amicalement.

La tête me tourne. C'est impossible. Strictement impossible.

Je m'aperçois vaguement que Sam récupère le portable pour relire attentivement.

— « Amicalement » ? commente-t-il. En fait, le but est de semer la pagaille. Mais il n'y a pas un mot de vrai dans tout ça.

— Oui, ce n'est que de l'invention. Quelqu'un essaie de me flanquer la frousse pour des raisons que j'ignore.

J'ai beau essayer de me montrer forte, les tremblements de ma voix me trahissent.

— Le mariage a lieu quand ?

— Samedi.

Samedi, c'est-à-dire dans quatre jours, et je reçois un truc ignoble comme ça.

— Vous ne suspectez personne en particulier ? demande Sam.

Annalise. Annalise et Magnus. Je les associe dans ma tête sans le savoir depuis bien longtemps.

— Non, je ne vois pas.

Je presse ma joue contre la vitre. Je ne veux pas parler de ça. Je ne veux pas y penser. Annalise est ma copine. C'est vrai qu'elle trouve que Magnus aurait dû la draguer (et pas moi), mais quand même...

Annalise dans sa blouse, battant des cils devant Magnus. Ses mains s'attardant sur ses épaules. Non, arrête de gamberger, Poppy !

Plus facile à dire qu'à faire. Le doute me paralyse. Pourquoi m'a-t-on envoyé cela ? Pourquoi a-t-il fallu que je lise cela ?

C'est forcément faux. Forcément. C'est ignoble, offensant, blessant, horrible même...

Une larme coule le long de ma joue puis sur mon menton. Que faire ? Comment affronter le problème ? Dois-je appeler Magnus à Bruges ? Dois-je interrompre sa fiesta entre copains ? Imaginez qu'il soit innocent et qu'il se mette en colère ? Et que la confiance qui règne entre nous soit détruite à jamais ?

— Nous arrivons dans quelques minutes, dit Sam. Poppy, si vous ne vous sentiez pas le courage de venir, je comprendrais tout à fait.

— Non, ça va.

J'attrape un mouchoir en papier, me mouche et m'efforce de reprendre contenance.

— J'en doute.

— Vous avez raison, ça ne va pas. Mais qu'est ce que je peux faire ?

— Écrivez à l'auteur de cette bassesse : *Dites-moi votre nom.*

Voilà qui ne me serait pas venu à l'esprit. Je le regarde pleine d'admiration.

— D'accord, je vais le faire.

Rassemblant mon courage, je prends le téléphone. Je me sens déjà mieux. Au moins je vais agir au lieu de rester assise à ruminer inutilement. Au moment de presser sur la touche « Envoyer », je sens une légère poussée d'adrénaline. Allez, numéro masqué, crache l'info ! Dis-m'en plus !

— C'est parti ? demande Sam.

— Oui ! Je n'ai plus qu'à attendre.

Le train entre en gare de Basinstoke. Les passagers se pressent vers la sortie. J'avale une dernière gorgée de thé froid, je jette mon gobelet dans la petite poubelle et me lève.

— Assez de mes problèmes stupides, je dis.

Avec un sourire un peu forcé à l'intention de Sam, j'ajoute :

— Allez, venez, maintenant on va résoudre les vôtres.

12

L'hôtel Chiddingford est un superbe château imposant du XVIIIᵉ siècle, construit à l'extrémité d'une longue allée. Quelques grandes serres sont à moitié cachées par de hautes haies. Je suis la seule à admirer l'endroit. Sam est d'une humeur de dogue. Après pas mal de difficultés pour trouver un taxi, nous nous sommes retrouvés coincés derrière un troupeau de moutons, puis le chauffeur s'est perdu. Sam a passé le trajet à envoyer des mails tous azimuts et, quand nous arrivons, deux hommes en costume sombre que je ne connais pas nous attendent devant le perron.

Sam jette une poignée de billets au chauffeur, ouvre la portière et saute presque en marche.

— Poppy, excusez-moi un instant. Bonjour à vous, messieurs...

Les trois hommes se mettent à discuter sur le gravier tandis que j'émerge lentement du taxi. Je prends mon temps pour regarder autour de moi le parc parfaitement entretenu et piqué de buissons taillés en topiaire. On peut jouer au croquet ou se recueillir dans la chapelle, bref, c'est un lieu idéal pour un mariage. Il n'y a pas âme qui vive, et le fond de l'air est si frais que je frissonne. Un peu de nervosité ? Ou un choc à retardement ?

Ou alors c'est d'être plantée au milieu de nulle part, sans savoir ce que je fiche ici alors que ma vie personnelle est sur le point de s'effondrer.

Pour me tenir compagnie, je ne dispose que de mon mobile. Le sentir au creux de ma main me réconforte, mais c'est un peu juste. Je lis le message du numéro masqué plusieurs fois, juste pour me torturer, puis rédige quelques mots pour Magnus. Après quelques brouillons, je trouve les mots justes :

Salut. Comment ça va ? P

Pas de bizz.

En l'envoyant, les yeux me piquent. C'est un simple message mais chaque mot comporte un double, un triple ou même un quadruple sens. Plus un sous-entendu qui devrait lui briser le cœur s'il le comprend[1] :

Salut signifie : *Salut, as-tu été fidèle ? Tu es sûr ? Je t'en prie, je t'en SUPPLIE, j'espère que tu ne m'as pas trompée.*

Comment signifie : *J'adorerais que tu m'appelles. Je sais que tu enterres ta vie de garçon, mais ça me rassurerait d'entendre ta voix, de savoir que tu m'aimes et que tu ne ferais pas une chose pareille.*

Va signifie : *Pitié, je n'en peux plus.*

Et si c'était vrai ? Qu'est-ce que je ferais ? Qu'est-ce que je dirais ? Mais si ce n'est pas vrai et si je le soupçonne à tort...

— Poppy !

Je sursaute.

— Oui, Sam, je suis là.

Je cache mon téléphone. Je dois me concentrer, sortir Magnus de mon esprit. Me montrer utile.

— Je vous présente Mark et Robbie. Ils travaillent pour Vicks.

— Elle est en route, précise Robbie.

Mark consulte son mobile tout en montant les marches du perron. Robbie poursuit :

---

1. D'accord, il ne pigera pas.

274

— Sir Nicholas se montre discret pour le moment. Il est dans sa maison du Berkshire. Nous pensons que c'est le meilleur endroit s'il ne veut pas être dérangé.

— Nick ne devrait pas avoir à se *cacher* ! proteste Sam.

— Il ne se cache pas. Il reste tranquille. On n'a pas envie qu'il fonce à Londres, comme s'il y avait une catastrophe. Ce soir, il donne un discours lors d'un dîner et nous nous retrouvons demain. Quant à la conférence, rien de changé pour le moment. Sir Nicholas devrait arriver ici demain matin, mais on verra... ce qui se passe.

— Quelles nouvelles du référé ? s'inquiète Sam. J'ai parlé à Julian, il essaie d'arrêter...

Robbie pousse un gros soupir.

— Sam, on sait déjà que ça ne marchera pas. On ne va pas en demander un, mais...

Il se tait au milieu de sa phrase quand nous atteignons le hall. Waouh ! Cette conférence est bien plus branchée que celles que tiennent nos kinés chaque année. D'immenses logos de *White Globe Consulting* sont disposés partout ainsi que des écrans géants. Au fond du hall, deux doubles-portes nous barrent le passage mais laissent filtrer les rires du public installé dans l'auditorium. À l'intérieur, des caméras filment les spectateurs et, presque instantanément, leurs visages hilares apparaissent sur les écrans. Le hall, lui, est vide à l'exception d'une table où sont disposés quelques badges avec des noms d'invités. Une hôtesse se prélasse, l'air de s'ennuyer à mourir. Elle se redresse en nous voyant et me sourit sans bien savoir qui je suis.

— On dirait qu'ils s'amusent bien, dit Sam en jetant un œil sur les écrans.

— Malcolm leur parle, dit Mark. Il est fantastique.

Il nous précède dans un couloir et nous fait entrer dans une pièce dont il referme soigneusement la porte.

— Alors, Poppy, commence Robbie en se tournant poliment vers moi. Sam nous a fait part de votre... théorie.

— Ce n'est pas *ma* théorie ! je m'exclame horrifiée. Je ne suis au courant de rien ! Je me suis contentée de prendre ces messages. J'ai pensé qu'ils pouvaient être importants, et Sam a trouvé...

— Je suis persuadé qu'elle est tombée sur quelque chose, lance Sam.

Son ton indique clairement qu'il est prêt à combattre, à les mettre au défi.

— Le mémo a été trafiqué, poursuit-il. Nous sommes tous d'accord là-dessus.

— Le mémo n'est pas... caractéristique, corrige Robbie.

— Pas caractéristique ? répète Sam près d'exploser comme une cocotte minute. Il n'y a pas une ligne de sa main ! Quelqu'un d'autre l'a écrit et l'a inséré dans notre Intranet. On va trouver ce faussaire. Poppy a entendu sa voix. Elle la reconnaîtra.

— OK.

Robbie et Mark échangent des regards dubitatifs.

— Sam, tout ce que je veux dire, c'est qu'il faut être très, très prudent. Nous sommes en train d'annoncer la nouvelle à la société. Si tu te mets à accuser des gens à tort et à travers...

— Ce n'est pas mon intention. Bordel, fais-moi un peu confiance.

— Bon, alors qu'est-ce que tu comptes faire ?

— Me balader. Écouter. Trouver l'aiguille dans la meule de foin. Poppy, vous vous sentez d'attaque ?

— À cent pour cent !

Je hoche la tête pour cacher ma panique. Si seulement je n'avais pas pris ces messages !

— Et ensuite ?... insiste Robbie qui reste sur sa faim.

— On se jettera à l'eau.

Tout le monde se tait.

— D'accord, admet Robbie. Fonce ! Ce n'est pas méchant. Mais comment expliqueras-tu la présence de Poppy ?

— Ta nouvelle assistante ? suggère Mark.

Sam fait non de la tête.

— J'ai engagé une nouvelle assistante et la moitié de mon étage l'a vue ce matin. Restons simples. Poppy pense travailler pour la société et je lui fais faire le tour du propriétaire. Poppy, ça vous convient ?

— Parfait !

— Tu as la liste du personnel ?

— Tiens ! Mais sois discret.

Robbie la lui tend tandis que Mark a entrouvert la porte et regarde dans le hall.

— Ils sortent. À toi de jouer.

Les doubles-portes sont ouvertes, et le personnel en profite pour quitter la salle de conférences. Ils portent tous des badges, certains bavardent, d'autres rient. Ils semblent plutôt frais, étant donné qu'il est 18 h 30 et qu'ils ont écouté des discours tout l'après-midi.

— Ce n'est pas en petit comité, dis-je abasourdie.

— Tout ira bien, me rassure Sam. Vous cherchez une voix d'homme, donc vous éliminez la moitié de l'assistance. On va circuler et les éliminer un par un. J'ai mes soupçons mais… je ne veux pas vous influencer.

Derrière lui, je m'introduis lentement dans la mêlée. Des serveurs déambulent avec des plateaux de boissons, les gens s'interpellent, se congratulent, lancent des plaisanteries à la ronde. Quel boucan ! Mes oreilles sont comme des radars qui se déploient pour repérer des voix.

— Vous avez entendu notre homme ? demande Sam en m'apportant un verre de jus d'orange.

Il ne plaisante qu'à moitié. En fait, il est tendu.

— Non !

Je me sens impuissante. Le bruit du hall n'est qu'un brouhaha rugissant. Impossible de distinguer une voix d'une autre. Alors, comment reconnaître les intonations de quelqu'un que j'ai entendu pendant vingt secondes, il y a des jours et des jours sur mon mobile ?

— Bon, on va être plus méthodique. On va se déplacer en cercles concentriques. OK ?

Je lui souris mais je n'en mène pas large. Personne à part moi n'a entendu cette voix. Tout repose sur ma petite personne. J'imagine ce que ressentent les chiens renifleurs dans les aéroports !

Nous nous dirigeons vers un groupe de femmes qui bavardent avec deux hommes d'âge moyen.

— Salut ! les accoste Sam gaiement. Vous vous amusez bien ? Permettez-moi de vous présenter Poppy, qui fait un tour de la maison. Poppy, voici Jeremy... et Peter... Jeremy, ça fait combien d'années que vous êtes avec nous ? Et Peter ? Trois ans ?

Net progrès. Je peux mieux entendre, les voix sont proches de mon oreille. Jeremy a une voix étouffée, Peter est scandinave. Après dix secondes, je fais signe à Sam et nous passons à un autre groupe. D'un geste discret, il coche sa liste.

— Salut ! Vous vous amusez bien ? Permettez-moi de vous présenter Poppy, qui fait un tour de la maison. Poppy, vous connaissez déjà Nihal. Ah ! Colin, quoi de neuf ?

C'est fou ce que les voix sont différentes dès qu'on y prête attention. Pas seulement la tessiture, mais l'accent, le timbre, les intonations, les tics de langage.

— Et vous ? je lance en souriant à un barbu qui n'a pas ouvert la bouche.

— À dire vrai, ce fut une année *délicate*... commence-t-il avec emphase.

Non. Rien à voir. Je bats des cils et Sam me prend brutalement le bras.

— Désolé, Dudley, il faut qu'on se sauve...

Il fonce droit sur le groupe suivant, interrompant une anecdote.

— Poppy, voici Simon... Vous connaissez Stephanie je crois. Simon, Poppy admirait votre veste. Elle vient d'où ?

Quel bulldozer, ce Sam ! Il ignore complètement ou presque les femmes et ne prend pas de gants pour faire parler les hommes. Mais c'est la bonne méthode.

Plus j'entends de voix, plus je reprends confiance. C'est plus facile, car elles sont vraiment *différentes* de celle du téléphone. Nous avons déjà éliminé quatre groupes. J'observe toute la salle avec une pointe d'angoisse. Que va-t-il arriver si au bout du compte je ne trouve pas mon homme ?

— Salut, les gars ! Vous vous amusez bien ? Permettez-moi de vous présenter Poppy, qui fait un tour de la maison. Poppy, voici Tony. Tony, vous voulez bien dire quelques mots à Poppy au sujet de votre service ? Et voici Daniel et... voici... Willow.

Jusqu'à maintenant elle me tournait le dos, mais maintenant elle me fait face.

Misère !

— Sam, dit-elle après un long silence qui met tout le monde mal à l'aise, c'est... qui, ça ?

Vu ! Si mon texto à Magnus était plein de sous-entendus, ces trois mots-là croulent sous le poids du mépris. Sans être une experte en langage willowien, voici comment je *traduis* : « PUTAIN ! Qui est cette pétasse et qu'est-ce qu'elle fout avec TOI ? Sam, bon sang, tu fais EXPRÈS de vouloir te FOUTRE de ma GUEULE ? Crois-moi, tu vas le regretter AMÈREMENT. » OK, je ne fais que paraphraser.

De ma vie je n'ai ressenti une telle hostilité. C'est comme un courant électrique entre nous. Les narines de Willow se dilatent et virent au blanc. Ses yeux lancent des étincelles. Elle agrippe son verre si fort qu'on voit ses tendons sous sa peau presque transparente. Mais son sourire demeure doux et agréable, sa voix mélodieuse. C'est ce qu'il y a de plus odieux.

— Poppy pense à rejoindre la société, dit Sam.

— Oh ! Merveilleuse idée. Bienvenue, Poppy !

Elle me met les nerfs en pelote. Elle ressemble à une extra-terrestre. Derrière son sourire charmant et sa voix doucereuse, c'est une vipère dangereuse.

— Je vous remercie.

— Bon, on ne peut pas s'attarder... À plus tard, Willow.

Sam m'entraîne par le bras. Oh ! Je n'ai aucune envie de la revoir. D'autant que je sens son regard laser brûler mon dos. Sam ressent-il la même chose ?

Nous rejoignons un nouveau groupe : Sam sort son baratin et je tends le cou pour bien écouter, mais le résultat est décevant. Nous continuons nos rondes, sans plus de succès. Sam est déçu, même s'il ne le montre pas. Après avoir entendu un groupe de jeunes informaticiens qui boivent de la bière, Sam me demande :

— Alors ? Aucun d'entre eux ?

— Non, navrée.

— Ce n'est pas votre faute, dit-il en s'efforçant de sourire. Vous ne pouvez pas inventer ce que vous n'avez pas entendu. Mais vous êtes sûre... Pas même le blond ? Celui qui parlait de sa voiture ? Il ne vous a rien rappelé ?

Il est clair qu'il est terriblement déçu.

— Vous pensiez que c'était lui ?

— Je ne sais pas, avoue-t-il en écartant ses doigts et en soupirant. Peut-être. Il est en contact avec le service informatique, il est nouveau dans la société, Justin et Ed auraient pu facilement le convaincre...

Que lui répondre ? Comme il l'a dit lui-même, je ne vais pas inventer ce que je n'ai pas entendu.

— Il y a des gens sur la terrasse, je fais remarquer pour me rendre utile.

— On ira plus tard, mais terminons ici d'abord.

Sans les avoir entendus, je sais qu'aucun des quatre types aux cheveux gris assis au bar n'est l'homme du téléphone. Et j'ai raison. Je profite de ce que Sam est englué dans une conversation au sujet du discours de Malcolm

280

pour m'éloigner et vérifier si Magnus m'a répondu. Évidemment, il est resté muet. En revanche, je remarque dans ma boîte aux lettres un mail envoyé à samroxton@whiteglobeconsulting.com avec copie à Ed, et j'en ai le souffle coupé :

> Sam
> Bien essayé. Je sais EXACTEMENT ce que tu manigances et tu es LAMENTABLE. Où l'as-tu ramassée, dans une agence de call-girls ? J'aurais pensé que tu pouvais faire mieux.
> Willow

Je n'en crois pas mes yeux ! Mais ce n'est pas fini :

> Bon Dieu, Sam, elle n'est même pas HABILLÉE convenablement. Depuis quand une jupe ringarde en jean est-elle de mise pour une conférence ?

Ma jupe n'est pas ringarde ! Et ce matin, quand je me suis habillée, je n'avais pas l'intention d'assister à une conférence. Furieuse, je lui réponds du tac au tac :

> Je trouve qu'elle est d'une beauté ravageuse. Et sa jupe en jean n'a rien de ringard. Voilà pour toi, Willow la Mauvaise.
> Sam

Ensuite, j'efface. Évidemment. Je vais pour ranger mon mobile quand un *troisième* mail arrive de Willow. Elle ne peut pas me lâcher les baskets, cette fille ?

> Sam, si tu veux me rendre jalouse, très bien ! Je n'y vois pas d'inconvénient, je trouve même ça sympa. On a besoin d'étincelles dans notre couple. Mais TROUVE QUELQU'UN DONT JE PUISSE ÊTRE JALOUSE !!!
> Crois-moi, personne ici n'est impressionné par ton manège. Vraiment, t'exhiber avec une fille

insignifiante qui N'A AUCUNE IDÉE DE LA MANIÈRE DE SE FAIRE UN PUTAIN DE BRU-SHING... Eh bien, c'est dramatique, Sam ! DRAMATIQUE !

À plus ! Quand tu auras grandi.

Willow

Je vérifie mes cheveux. Je me suis fait un brushing ce matin ! C'est dur d'atteindre les mèches de la nuque. Bien sûr je me fiche de ce qu'elle dit, mais je ne peux m'empêcher d'être piquée au vif...

J'en suis là de mes cogitations quand un nouveau mail jaillit sur l'écran. De quoi m'estomaquer : Sam répond à Willow. Il se donne la peine de lui répondre ! Mais comme il s'est trompé de bouton en l'envoyant, son mail a atterri chez moi !

Éberluée, je lève la tête : Sam continue à parler aux types à cheveux gris. Il a dû rédiger en douce. Je l'ouvre, il n'y a qu'une seule ligne :

Willow, arrête ! Tu n'impressionnes personne !

Elle ne va pas aimer se faire envoyer sur les roses !

J'attends qu'elle se lance dans ses diatribes habituelles, mais je ne reçois rien. Elle est peut-être aussi surprise que moi.

— Parfait. À plus tard.

La voix de Sam couvre le tumulte.

— Poppy, nous avons encore quelques personnes à voir.

— Très bien. Allons-y.

Je me mets presque au garde-à-vous et range mon mobile. Nous circulons un peu partout. Presque tous les noms de la liste de Sam sont rayés. J'ai entendu à peu près la totalité des mâles de la société sans détecter une seule voix proche de celle de l'homme que nous cherchons. Je me demande même si ma mémoire ne me joue pas des

282

tours. Ou si je n'ai pas tout inventé. En empruntant un couloir moquetté qui mène à l'extérieur, je m'aperçois que Sam n'a pas le moral.

La terrasse est couverte de lanternes, les groupes sont moins nombreux que dans le hall. Il fait sans doute trop frais. C'est dommage, car il y a une bonne ambiance de fête autour du bar, où deux ou trois couples dansent. Dans un coin, un type portant une caméra de télévision interviewe deux filles qui gloussent.

— Bon, on va peut-être tirer le gros lot ! dis-je pour encourager Sam.

— Possible !

À l'évidence, il a perdu espoir.

— Qu'est-ce qui va se passer si on ne le trouve pas ici ?

— Au moins... on aura essayé.

Ses traits sont tendus mais, pendant une brève seconde, il sourit !

— On aura essayé !

— OK ! En avant !

Je prends ma voix la plus encourageante, celle que je réserve aux patientes qui viennent d'être opérées de la hanche :

— Essayons encore une fois.

Sam se lance dans son numéro désormais bien rodé.

— Salut, les gars ! Vous vous amusez bien ? Permettez-moi de vous présenter Poppy, qui fait un tour de la maison. Poppy, voici James. James, pourquoi ne pas expliquer à Poppy en quoi consiste ton boulot ? Et voici Brian, et voici Rhys.

Ce n'est ni James, ni Brian, ni Rhys. Pas non plus Martin ou Nigel.

La liste de Sam est épuisée. Je pourrais pleurer rien qu'en voyant la tête qu'il fait. En dernier lieu, nous nous éloignons d'un groupe de stagiaires qui n'étaient pas sur la liste et ne peuvent pas être Scottie.

Terminus !

— Je vais appeler Vicks, dit Sam d'une voix lourde. Poppy, merci de m'avoir accordé tout ce temps. C'était une idée stupide.

— Pas du tout !

Je pose ma main sur son bras.

— Ça aurait pu marcher.

Sam me regarde et pendant quelques instants nous ne bougeons pas.

— Vous êtes trop gentille.

— Coucou, Sam ! Coucou, tout le monde !

Cette voix de fille stridente me donne la chair de poule. À force d'écouter tous ces gens, je prête sans doute trop d'attention à leur façon de parler, mais cette voix est vraiment insupportable. Je me retourne. Une fille pétillante, un foulard rose noué sur la tête, s'avance vers nous flanquée d'un cameraman, un brun en jean, aux cheveux en brosse.

— Salut, Amanda, fait Sam. Quoi de neuf ?

— On filme tous les participants à la conférence. Juste une courte séquence le temps de dire bonjour… On le projettera pendant le dîner de gala…

Le cameraman pointe sa caméra vers moi, et je n'en mène pas large. Je ne suis pas censée être là. Je ne peux pas participer à ce portrait de famille !

— Dites ce que vous voulez, m'encourage Amanda. Un message personnel, une blague…

Elle consulte sa liste.

— Navrée, mais je ne vous vois dans aucun service…

— Poppy est une invitée, intervient Sam.

— Ah ! C'est parfait. Puisque vous êtes une invitée d'honneur, pourquoi ne pas répondre à nos questions, oui, une sorte d'interview ? Ryan ? T'en penses quoi ? Sam, tu connais Ryan ? Il poursuit ses études de comm' et nous l'avons en stage pour six mois. Il filme toutes nos manifestations promotionnelles. Ryan, fais un gros plan. Poppy est une invitée d'honneur !

C'est quoi, ce cirque ? Je voudrais fuir très loin mais je suis immobilisée par la caméra.

— Présentez-vous, et Ryan vous posera les questions, annonce Amanda gaiement. Dites-nous votre nom...

— Bonjour. Je m'appelle Poppy.

Tout ça est ridicule. Qu'est-ce que je vais raconter à une bande d'inconnus ?

Et si je descendais Willow en flammes ? « Salut, Willow la Mauvaise. Tu crois que je m'exhibais avec ton petit ami ? Eh bien, j'ai une nouvelle à t'annoncer. Il n'est plus ton petit ami ! »

J'en ricane de joie, et Amanda m'encourage d'un sourire.

— Très bien ! Détendez-vous ! Ryan, tu es prêt avec tes questions ?

— Absolument. Poppy, que pensez-vous de la façon dont la réunion s'est déroulée jusqu'à maintenant ?

Cette voix aiguë et nasillarde qui m'arrive de derrière la caméra... c'est comme un choc de dix mille volts !

C'est lui !

C'est la voix du type que j'ai entendu au téléphone. Il me parle à l'instant même. Ce type avec les cheveux en brosse et la caméra sur l'épaule. *C'est lui.*

— Vous vous amusez bien ? poursuit-il.

Mon cerveau explose à nouveau. Le souvenir de sa voix résonne dans ma tête comme la rediffusion d'un match à la télévision.

« C'est Scottie. C'est fait. Chirurgical. »

— Quel a été votre discours favori ?

— Elle n'a assisté à aucun discours, intervient Sam.

— Ah bon ?

« Pas de trace. Coup de génie. Adieu père Noël. »

— Sur une échelle de un à dix, quelle note donneriez-vous à la partie divertissement ?

C'est Scottie. Aucun doute.

— Vous vous sentez bien ?

Il se penche avec impatience sur le côté pour éviter la caméra.

— Vous pouvez parler. Ça tourne !

Je scrute son visage fin et intelligent. Mon cœur bat à cent à l'heure. Je ne veux rien laisser paraître. Je me sens comme le lapin hypnotisé par un serpent.

Sam s'avance de quelques pas.

— Poppy, relaxez-vous. Ne vous inquiétez pas. Des tas de gens ont le trac.

— Non ! j'arrive à dire. Ce n'est pas… c'est…

Je le regarde, impuissante. Incapable de dire un mot. Comme dans un rêve où on ne peut pas hurler qu'on vous assassine.

— Écoutez, je ne crois pas qu'elle soit en mesure de continuer, précise Sam. Pouvez-vous…

— Désolée ! s'exclame Amanda. Je ne voulais pas vous paniquer. Passez une bonne soirée !

Ils s'éloignent pour filmer un autre groupe tandis que je les suis du regard, comme paralysée.

— Ma pauvre Poppy, se moque Sam. Vous ne méritiez pas ça. J'en suis désolé, c'est une innovation. Je ne vois pas très bien l'utilité…

— Taisez-vous !

J'ai réussi à le couper alors que je peux à peine parler.

— Taisez-vous ! Taisez-vous !

Il est ahuri. Je m'approche tout près de lui, me lève sur la pointe des pieds jusqu'à ce que mes lèvres touchent son oreille. Ses cheveux frôlent ma peau. Je respire sa chaleur, son odeur et je murmure enfin, aussi doucement qu'un souffle :

— C'est lui.

Nous demeurons encore vingt minutes sur la terrasse. Sam a une longue conversation avec sir Nicholas – dont je n'entends rien –, puis un bref échange avec Mark dont j'attrape quelques bribes alors qu'il déambule… « Je n'en

286

ai rien à foutre de la politique interne... » « À la minute où Vicks arrive... »

Il est évident que la tension monte. Moi qui pensais que Sam serait heureux de mon aide, il est encore plus sombre qu'avant. Avant de raccrocher, il aboie :

— Mark, tu es de quel côté, bordel ?

— Alors... qu'allez-vous faire ? je demande timidement.

— On fouille dans les mails de l'école de Ryan. Mais c'est un malin. Il ne s'est sûrement pas servi de ces ordinateurs-là. Il a certainement tout organisé au téléphone ou utilisé un compte mail privé.

— Ensuite ?

— C'est tout le problème, malheureusement. Nous n'avons pas le temps de faire les choses dans les règles. Pas plus que consulter nos avocats. S'il ne tenait qu'à moi...

— Vous le feriez arrêter, saisiriez ses biens personnels, l'obligeriez à passer au détecteur de mensonges dans une cellule sans lumière.

Un sourire involontaire éclaire un instant le visage de Sam.

— Quelque chose dans ce genre.

— Comment va sir Nicholas ? je m'inquiète.

— Il joue les gais lurons ! Incroyable la façon dont il garde le moral. Mais tout ça l'atteint plus qu'il ne le laisse paraître.

Une petite grimace tord son visage.

— Vous aussi ! dis-je doucement.

Sam sursaute comme si je l'avais percé à jour.

— Ce n'est pas impossible. Nous nous connaissons depuis longtemps, Nick et moi. C'est un type bien. Il a accompli des tas de choses formidables tout au long de sa vie. Mais si ces manœuvres diffamatoires ne sont pas stoppées, on ne se souviendra de lui que comme d'un pourri. Jusqu'à sa mort, les journaux reprendront les mêmes titres : « Sir Nicholas Murray, soupçonné de corruption ». Il ne le mérite pas. Surtout s'il est cloué au pilori par son propre conseil d'administration.

Sam rumine de sombres pensées pendant encore quelques instants puis il redresse la tête.

— Allez, on rentre. Ils nous attendent. Vicks est presque arrivée.

Nous passons à côté d'un groupe de filles réunies autour d'une table, nous longeons un jardin d'agrément et arrivons devant d'imposantes doubles-portes qui mènent à l'hôtel. Mon téléphone s'étant manifesté, je vérifie mes mails au cas où Magnus m'aurait répondu...

Je n'en crois pas mes yeux. Je pousse un cri minuscule, et Sam me regarde de travers.

Il y a un mail tout neuf dans ma boîte. Je clique dessus, dans le fol espoir de ne pas lire ce que je redoute le plus...

Merde et merde !

Je suis consternée. Mais que faire ? On est arrivés. Je dois lui parler. Je dois lui dire.

— Euh, Sam... Sam, arrêtons-nous une minute.

— Qu'est-ce qu'il y a ?

Il s'arrête, préoccupé par mille choses et, moi, j'ai l'estomac noué.

Bon. Voici les faits. Pour ma défense, si j'avais su que Sam serait embringué dans un drame qui concernerait des faux mémos, des conseilleurs de haut rang de la Couronne, la télévision nationale, je n'aurais pas envoyé ce mail à son père. Bien sûr que non. Mais je ne le savais pas. Et j'ai envoyé ce mail. Et maintenant...

— Alors ?

Sam s'impatiente. Par où commencer ? Comment l'amadouer ?

— Je vous en supplie, ne vous fâchez pas.

Je n'ai rien trouvé de mieux que cette réplique préventive qui risque de ne pas faire plus d'effet qu'un glaçon dans un feu de forêt.

— À quel propos ?

— Voilà... Je me racle la gorge. Je croyais bien faire. Mais je peux comprendre que vous ne soyez pas *exactement* du même avis...

— Allez, venez-en au fait ! De quoi voulez-vous...

Il ne continue pas. Je vois sur son visage qu'il envisage le pire.

— Non ! Ne me dites pas que vous avez parlé à vos amies de tout ceci...

— Mais non ! Quelle horreur ! Bien sûr que non !

— Quoi alors ?

Ses soupçons à la gomme me redonnent un peu de courage. Au moins, je n'ai pas été indiscrète. Et je n'ai pas vendu mon histoire au *Sun*.

— C'est familial. Au sujet de votre père.

Il écarquille les yeux sans rien dire.

— Comme je trouvais dommage que vous ne soyez pas en contact, je lui ai répondu par mail. Il meurt d'envie de vous voir, Sam. Il veut vous voir. Vous n'allez jamais dans le Hampshire, vous ne lui rendez jamais visite...

— Écoutez, marmonne-t-il, je n'ai vraiment pas le temps pour ça.

— Vous n'avez pas un moment à consacrer à votre propre père ? Vous savez, monsieur l'Important, votre sens des priorités est lamentable. Je *sais* que vous êtes occupé, je *sais* que vous êtes dans une situation de crise, mais...

— Poppy, arrêtez ! Vous faites une grave erreur.

Il est si impassible que j'en suis outrée. Comment peut-il être aussi sûr de lui, jour et nuit ?

— C'est vous qui faites une grave erreur !

Les mots jaillissent de ma bouche sans que je puisse les arrêter.

— C'est vous qui passez à côté de votre vie sans y mordre à pleines dents ! Willow a peut-être raison !

— *Pardon ?*

Sam me lance un regard furibard en m'entendant citer le prénom de son ancienne petite amie.

— Vous allez manquer beaucoup de choses ! Vos amis qui pourraient vous apporter tant se détourneront de vous car vous ne parlez pas, vous n'écoutez pas...

Gêné, Sam regarde autour de lui :

— Poppy, calmez-vous ! Vous prenez tout ça trop à cœur.

— Oui, mais vous restez trop distant ! Rien ne semble vous atteindre !

Soudain, j'ai la vision des sénateurs romains attendant dans l'arène d'être massacrés.

— Sam, vous savez quoi ? Vous devenez comme une statue de pierre.

— De *pierre* ?

Il se laisse aller à rire.

— Oui, de pierre. Un jour vous vous réveillerez et vous serez une statue, mais vous ne le saurez pas. Vous serez enfermé en vous-même.

Ma voix tremble sans que je sache pourquoi. Parce que vous pensez bien que je me fiche complètement qu'il se transforme en statue ou pas.

— Poppy, je ne comprends pas un mot de ce que vous dites. Remettons ça à plus tard, si ça ne vous ennuie pas. J'ai beaucoup à faire.

Son téléphone sonne et il le plaque contre son oreille :

— Salut, Vicks. D'accord, j'arrive.

Je le retiens par la manche de toutes mes forces.

— OK, vous devez résoudre une crise majeure. Mais il y a un homme âgé qui attend de vos nouvelles. Qui est impatient de vous entendre. Seulement cinq minutes. Et vous savez quoi ? Je vous envie.

Sam pousse un énorme soupir.

— Et puis merde ! Poppy, vous vous trompez dans les grandes largeurs !

— Ah bon ?

Je le dévisage, et toutes les émotions que j'ai enfouies en moi remontent à la surface.

— Si seulement j'avais votre chance. La chance de voir mon père. Vous ignorez la veine que vous avez. C'est tout.

Une larme coule le long de ma joue et je l'essuie brusquement. Sam se tait. Il range son téléphone et me regarde dans les yeux. Puis il parle d'une voix douce :

— Poppy, je peux comprendre ce que vous ressentez. Je n'ai pas l'intention de minimiser les liens familiaux. J'ai une excellente relation avec mon père que je vois quand cela m'est possible. Mais ce n'est pas toujours facile car il vit à Hong-Kong.

Je m'étrangle d'horreur ! Sont-ils de tels étrangers l'un pour l'autre ? Sam ne sait même pas qu'il est revenu en Angleterre ?

— Sam ! Je vous l'annonce : il habite ici ! Dans le Hampshire ! Il vous a envoyé un mail. Vous ne lisez donc *rien* ?

Sam se plie en deux de rire. Je l'observe, vexée. Il essuie ses larmes et lance :

— Bon, commençons par le commencement. Et soyons clair. Vous me parlez du mail de Peter Robinson, n'est-ce pas ?

— Non ! Je vous parle de...

Je stoppe au milieu de ma phrase, moins sûre de moi tout à coup. Robinson ? *Robinson ?* Je saisis mon mobile pour vérifier l'adresse du mail : Peter452@hotmail.com.

J'ai présumé que c'était Peter Roxton. Ça m'a paru une *évidence*.

— Contrairement à ce que vous pensez, j'ai *bien* lu ce mail. Et j'ai préféré ne pas y répondre. Croyez-moi, Peter Robinson n'est pas *mon* père.

— Mais il signait « papa », dis-je totalement éberluée. Oui, « papa » ! Je n'ai pas rêvé. C'est votre beau-père ? Votre demi-père ?

— Il n'est mon père en aucune façon, répète Sam avec une patience d'ange. Si vous voulez tout savoir, quand j'étais en pension, j'avais un groupe de copains. Il en faisait partie. Son nom complet est Peter Andrew Paul Arthur Robinson soit P.A.P.A. Robinson. On a pris l'habitude de l'appeler « papa ». Ça y est ? Vous avez pigé ?

Il avance d'un pas assuré vers l'hôtel comme si l'incident était clos alors que je reste figée sur place. J'essaie de me remettre du choc. Je n'arrive pas à m'y faire. « Papa » n'est pas le père de Sam ? Seulement un ami ? Comment pouvais-je le deviner ? On devrait interdire aux gens de signer « papa » si c'est faux. Rendre cette pratique *illégale*.

Je ne me suis jamais sentie aussi bête de ma vie.

Sauf que… je n'arrête pas de me remémorer les mails de Peter Robinson.

« Ça fait longtemps. Je pense souvent à toi… As-tu reçu mes messages téléphoniques ? Ne t'inquiète pas, je sais que tu es très occupé… Comme je te l'ai dit, il y a une chose dont je voudrais te parler. Viens-tu parfois dans le Hampshire ? »

Bon. J'ai fantasmé au sujet du père de Sam, du cottage, du chien fidèle. Mais ça m'émeut toujours. Tout ça est si humble, si modeste. Ce Peter est sûrement un très vieil ami qui veut reprendre contact. C'est sans doute une autre de ses relations qu'il laisse péricliter. Quand ils vont se revoir, les années s'évaporeront et plus tard Sam m'avouera qu'il a besoin d'accorder plus de valeur à l'amitié, qu'il ne s'en était pas rendu compte, que j'ai transformé sa vie… Je me dépêche donc de rejoindre Sam.

— Alors, Peter Robinson est un bon copain ? Vous êtes toujours comme les deux doigts de la main ?

— Pas du tout, dit Sam sans même s'arrêter.

— Mais vous étiez proches à une certaine époque ?

— Sans doute.

Impossible d'être plus glacial. Ne se rend-il pas compte comme sa vie sera creuse s'il ne voit plus les gens qu'il chérissait autrefois ?

— Mais vous avez encore des liens avec lui ? Si vous le voyiez, vous n'auriez pas de mal à rallumer la flamme ! Cela ajouterait quelque chose de positif à votre existence.

— Ce n'est pas vos oignons, que je sache ! déclare Sam en me toisant.

— Non, bien sûr, mais… j'ai pensé que vous aimeriez reprendre contact avec lui.

— C'est déjà le cas, dit Sam au comble de l'exaspération. D'année en année nous nous retrouvons autour d'un verre et c'est toujours la même histoire. Il a de grands projets fumeux et il cherche des investisseurs : en général pour des produits ridicules ou des combines foireuses. Si ce n'est pas du matériel de remise en forme, c'est un double vitrage ou des maisons en multipropriété en Turquie… Il m'est arrivé de manquer de jugeote et de lui donner de l'argent. Puis l'affaire faisait faillite et je n'entendais plus parler de lui pendant un ou deux ans. C'est un cycle ridicule que je dois briser. C'est la raison pour laquelle je ne réponds pas à ses mails. Je lui téléphonerai dans un ou deux mois mais, pour le moment, j'ai d'autres chats à fouetter que d'avoir cet emmerdeur de Peter Robinson sur le dos…

Il me regarde.

— Ça ne va pas ?

J'avale ma salive. Cette fois la situation est sans issue :

— Il vous attend au bar.

Une chose est sûre : Sam n'est pas encore de marbre ! Car, même s'il ne dit rien, je peux voir les sentiments qui lui traversent l'esprit[1] : colère, rage, frustration… Encore une dose de colère.

— Désolée. Je pensais…

Je ne vais pas plus loin. Je lui ai déjà tout expliqué. Pour un résultat nul.

---

1. Enfin pas tout ce qui lui trotte dans la tête.

Dès que nous avons poussé les lourdes doubles-portes, nous voyons Vicks courir à notre rencontre. Elle téléphone d'une main et tente de l'autre de retenir une pile de dossiers coincés sous son bras. Visiblement, elle est crevée.

— Bien sûr, dit-elle en s'approchant. Mark, attends une minute. Je viens de retrouver Sam. Je te rappelle.

Elle ne s'encombre pas d'amabilités :

— Sam, désolée. Nous utilisons le communiqué original.

— *Comment ?* rugit Sam. Tu te fous de moi ?

— On n'a rien contre Ryan. Aucune preuve solide. Et le temps nous manque. Désolée. Je sais que tu as essayé...

Un silence à couper au couteau. Sam et Vicks ne se regardent même pas, mais leur agacement est évident. Vicks lève son ordinateur portable contre elle comme un bouclier. Sam pétrit son front de ses deux poings. Moi, j'essaie de me fondre dans le papier peint.

— Vicks, tu sais que ce sont des conneries. Nous *savons* pertinemment ce qui est arrivé. Alors, on fait comme si on n'avait aucune nouvelle information ?

— Ce n'est pas de l'information mais des suppositions ! On ne sait pas ce qui s'est produit !

Vicks inspecte le hall, qui est vide. Néanmoins, elle baisse la voix.

— Si on n'envoie pas le communiqué à ITN en quatrième vitesse, on devient une cible facile, bordel !

— Tu as tort, on a un peu d'avance. On peut parler à ce Ryan. Lui poser des questions.

— Ça prendra combien de temps ? Pour quel résultat ? Sam, on doit faire face à de graves accusations. Elles n'ont pas de fondement. Mais si nous ne trouvons pas d'arguments imparables...

— Alors on reste sans rien faire. On s'en lave les mains. Ils gagnent.

Sam s'exprime calmement, mais je sais qu'il bout.

— Nos techniciens continuent leur enquête à Londres, ajoute Vicks sans conviction. Mais à moins de dénicher des preuves… Il va être bientôt 21 heures. Bon Dieu ! Sam, c'est presque l'heure !

— J'aimerais leur parler.

— D'accord, soupire-t-elle. Mais pas ici. Nous avons à notre disposition une salle plus vaste avec un écran connecté à Skype.

— OK. Allons-y !

Ils s'y dirigent d'un bon pas et je les suis sans savoir si je fais bien ou pas. Sam est tellement anxieux que je n'ose proférer un mot. Vicks nous fait traverser une salle de bal remplie de tables de banquet, un autre hall puis fonce droit vers le bar… A-t-il oublié Peter Robinson ?

— Sam, je murmure, attendez ! Ne vous approchez pas du bar, il faut passer ailleurs…

— Sam ! Enfin, te voilà !

Une voix gutturale le hèle.

Je me glace. Ce ne peut être que lui, ce Peter Robinson. Son front est à moitié dégarni, mais il lui reste des cheveux bruns bouclés. Il porte un costume gris pâle, une chemise noire et une cravate blanche en cuir. Il s'avance vers nous, le visage grassouillet fendu d'un grand sourire ; il tient un verre de whisky. Il prend Sam dans ses bras.

— Ça fait trop longtemps ! Qu'est-ce que je te commande, mon vieux pote ? Mais si c'est aux frais de la princesse, je prendrai un double !

Il part d'un rire aigu qui me hérisse. Sam ne m'accorde pas un regard.

— C'est qui ? demande Vicks, tout étonnée.

— Une longue histoire. Un copain de collège.

— Je connais tout de Sam ! clame Peter Robinson en lui assenant une grande tape dans le dos. Si vous voulez connaître ses petits secrets honteux, un billet de cinquante livres, et ils sont à vous. Je blague ! Vingt livres me suffisent !

Il se tord de rire une nouvelle fois. Ce type est insupportable.

— Sam, on doit partir ! piaffe Vicks.

— Partir ! répète Peter Robinson en faisant mine de tituber. Partir, alors que je viens d'arriver ?

— Peter, dit Sam d'une voix aussi polie que glaciale, je suis désolé. Changement de programme. Je tâcherai de te voir un peu plus tard.

— Mais j'ai fait près de trois quarts d'heure de voiture ! Tu ne peux même pas accorder dix minutes à ton vieux copain ? Qu'est-ce que je dois faire, boire tout seul comme un malheureux ?

Je me sens de plus en plus mal. C'est moi qui ai fourré Sam dans ce pétrin. Il faut que je l'en sorte.

— Je vais prendre un verre avec vous ! je propose. Sam, je vais tenir compagnie à Peter. Bonjour, je m'appelle Poppy Wyatt !

Je lui tends la main et réussis à ne pas frémir au contact de sa peau moite.

— Sam, allez-y.

— Très bien, dit Sam après un instant d'hésitation. Merci. Mettez tout sur le compte de la société.

Flanqué de Vicks, il s'éloigne à grands pas. Peter ne sait pas très bien quelle attitude adopter.

— C'est du propre ! À mon avis, il y a des gens qui ont les chevilles qui enflent un peu trop.

— Il est très occupé en ce moment. Je dirais même qu'il est… débordé.

— Et vous, vous vous situez où ? L'assistante de Sam ?

— Pas exactement. Je lui donne un coup de main. Rien d'officiel.

— Vraiment ? insiste Peter en me faisant un gros clin d'œil. Inutile de me faire un dessin. Tous frais payés. On ne peut pas dire que ce soit très catholique.

Bon, tout est clair : ce type est une plaie vivante. Je comprends que Sam cherche à l'éviter le plus possible.

— Vous aimeriez un autre verre ? Et puis vous allez me parler de votre métier. Sam m'a dit que vous étiez un investisseur ? Surtout dans… du matériel de mise en forme ?

Peter se renfrogne avant de vider son verre cul sec.

— C'est de l'histoire ancienne. Trop de règlements sanitaires et de sécurité, trop d'inspecteurs gnangnans, tout pour vous empêcher de faire du blé. Un autre double, si c'est vous qui régalez.

Contrainte et forcée, je lui commande son whisky et je prends un verre de vin. Comment j'ai pu me tromper à ce point ? Plus jamais, au grand jamais, je ne fourrerai mon nez dans les mails des autres.

— Et après le matériel de remise en forme, vous avez fait quoi ?

— Eh bien, je suis passé aux lampes de bronzage…

Au bout d'une demi-heure, j'ai le tournis. Cet homme a touché à tous les métiers. Chaque histoire suit le même scénario. Les mots sont identiques et répétés à l'infini : « Occasion unique, vraiment unique… Poppy… Investissement garanti… À deux doigts… Des millions et des millions… Poppy… Événements indépendants de ma volonté… Des banques merdiques… Investisseurs frileux… Règlementations à la con… »

Toujours aucun signe de Sam. Ni de Vicks. Mon téléphone reste muet. À force de me demander ce qui se passe, je vais craquer. Pendant ce temps, Peter a ingurgité deux whiskies, avalé trois paquets de chips et il s'attaque maintenant à un bol de houmous avec des crackers.

Entre deux bouchées il me demande de but en blanc :

— Poppy, les divertissements pour enfants vous intéressent ?

— Pas vraiment, dis-je toujours polie.

Mais il ne m'a pas entendue. Il sort d'une mallette une marionnette en peluche en forme d'animal et la fait danser sur la table. En fait, c'est une sorte de gant.

— Voici M. Marsupial. Les gosses en raffolent. Vous voulez essayer ?

Quelle horreur ! Mais je dois poursuivre cette passionnante conversation. Alors je hausse les épaules.

— D'accord.

Après l'avoir enfilée sur ma main droite, j'en fais quoi ? Mais comptez sur Peter pour ne pas vous laisser dans le flou. Il me débite son baratin à la vitesse grand V.

— Vous êtes superdouée ! Vous l'emmenez à une fête pour enfants, sur un terrain de jeux et ils vont *adorer*. Mais le plus beau, c'est la marge bénéficiaire. Poppy, vous n'allez pas en croire vos oreilles. En plus, pas besoin d'une boutique. Vous pouvez en vendre pendant vos heures de travail. Je vais vous montrer l'ensemble...

Il sort de sa mallette une chemise en plastique.

Je le regarde, ébahie. Qu'est-ce qu'il veut dire par « vendre » ? Il me prend pour...

— Ai-je bien épelé votre nom ?

Il lève le nez de son dossier et je reste bouche bée. Pourquoi inscrit-il mon nom à la première page d'un document intitulé *Contrat officiel de franchise de M. Marsupial* ?

— Pour commencer, vous prenez une première livraison en consignation. Disons de... cent marionnettes. Vous les aurez vendues en une journée. Facile. Surtout avec M. Magique, notre nouveau cadeau gratuit.

Tout excité, il pose le magicien en plastique sur la table.

— L'étape suivante est la plus passionnante : le recrutement !

— Arrêtez ! dis-je en me débarrassant du gant. Je n'ai aucune envie de vendre des marionnettes ! Je refuse absolument.

Peter fait comme si je n'avais rien dit.

— Je vous le répète, c'est un business, pour vos moments perdus. C'est tout bénef', ça va directement dans votre poche...

— Je ne veux rien de tout ça ! j'insiste en me penchant au-dessus de la table. Je ne veux pas faire partie de votre organisation ! Merci quand même !

Pour bien me faire comprendre, je prends son stylo et je raye « *Poppy Wyatt* » du contrat. Peter sursaute comme si je l'avais électrocuté.

— Inutile de faire ça ! Je voulais seulement vous rendre un service.

— Je vous en remercie, mais je n'ai pas le temps de vendre des M. Marsupial. Ou des...

Je soulève le lutin.

— Comment s'appelle-t-il ? Dumbledore ? Comme dans *Harry Potter* ?

Je m'y perds. Quel rapport entre un magicien et un marsupial ?

— Pas du tout ! s'écrie Peter, vexé à mort. Rien à voir avec Dumbledore. C'est M. Magique. Un nouveau feuilleton télé. Prochain gros succès. Tout était programmé.

— Comment ça, « était » ?

— La diffusion a été momentanément annulée. Mais j'ai toujours un produit épatant. Polyvalent, incassable, apprécié des filles et des garçons... Je pourrais vous en laisser cinq cents pour disons... deux cents livres ?

Il est cinglé, ce mec.

— Je ne veux pas de magiciens en plastique, dis-je sans m'énerver. Merci quand même.

Je pense soudain à quelque chose.

— Combien de M. Magique avez-vous sur les bras ?

Il n'a aucune envie de me répondre. Mais finalement, il avoue :

— Je dois avoir environ dix mille pièces en stock.

Il prend une gorgée de whisky pour avaler la pilule.

Dix mille ! OMD ! Pauvre Peter Robinson. Il m'inspire une once de pitié. Qu'est-ce qu'il va faire de dix mille magiciens en plastique ? Je n'ose lui demander quel est son stock de marsupiaux !

— Sam connaît peut-être quelqu'un qui voudrait en vendre, dis-je pour l'encourager. Quelqu'un avec des enfants.

— Possible, fait-il, lugubre. Dites-moi une chose. Est-ce que Sam m'en veut toujours d'avoir inondé sa maison ?

— Il ne m'en a pas parlé.

— Les dégâts étaient peut-être moindres qu'à première vue. Foutus aquariums albanais ! De la camelote de bas étage. Et les poissons qui allaient avec n'étaient pas mieux. Un conseil, Poppy, évitez les poissons.

Je suis au bord du fou rire mais je me retiens en me mordant la lèvre.

— Merci, dis-je d'un air sérieux, je m'en souviendrai.

Il termine le dernier cracker, expire profondément et regarde autour de lui. Mauvais ! Il a l'air de ne plus pouvoir tenir en place. Je ne peux pas le laisser errer partout.

— Alors, je demande pour faire durer la conversation, comment était Sam en pension ?

— L'as des as ! Vous voyez le genre. Il faisait partie de l'équipe d'aviron. Il savait qu'il avait une belle carrière devant lui. En deuxième année, ça s'est gâté. Il a eu quelques problèmes. Mais c'est compréhensible.

Je fronce les sourcils, complètement dans le vague.

— Comment ça ?

— Vous savez, après la mort de sa mère.

Mon verre reste en l'air, entre la table et mes lèvres. Je suis tétanisée. Quoi ? Qu'est-ce qu'il vient de dire ?

— Excusez-moi... dis-je, tremblante et sous le choc, vous parliez de la mort de sa mère ?

— Vous n'êtes pas au courant ? Au début de notre deuxième année. Une maladie du cœur, je crois. Elle n'était pas bien, mais personne ne soupçonnait qu'elle casserait sa pipe si vite. Sam a beaucoup souffert, pauvre vieux. Pourtant je lui répétais que s'il voulait ma vieille, il pouvait l'avoir quand il voulait...

Je n'écoute plus. Je suis perdue, à la dérive. Il m'a dit que c'était arrivé à un de ses amis. J'en suis certaine. Je peux encore l'entendre : « Quand j'étais en pension un de mes amis a perdu sa mère. Nous avons passé des nuits entières à en parler. Des tas de nuits... La peine ne s'en va jamais. »

— Poppy, ça va ?

Peter agite sa main devant moi.

— Mais oui ! je réponds en me forçant à sourire. Désolée. Je... je croyais que la perte de sa mère était arrivée à un de ses amis. Pas à Sam. J'ai dû me tromper. Suis-je bête ! Vous voudriez un autre whisky ?

Il n'accepte ni ne refuse. Il se tait puis me dévisage longuement. Je suis fascinée par la manière dont ses pouces dessinent des motifs sur son verre vide.

— Vous ne vous êtes pas trompée, dit-il enfin. Sam ne vous a pas dit la vérité, n'est-ce pas ? Il a parlé d'un ami.

Peter me surprend. Alors que je l'ai pris pour un raseur et une andouille, il a tout compris.

— Oui, j'avoue. Mais comment le savez-vous ?

— Il est très discret. Quand c'est arrivé – la mort –, il ne l'a dit à personne pendant plusieurs jours. Sauf à ses deux meilleurs amis.

J'hésite un peu :

— Je vois, c'était... vous ?

— Moi ? Vous voulez rire ? Non, pas moi. Je n'étais pas dans le saint des saints. Pas comme Tim et Andrew. Ils étaient ses deux bras droits. Ils faisaient de l'aviron ensemble. Vous les connaissez ?

Je fais non de la tête.

— Ils sont toujours comme des frères siamois. Tim bosse pour Merrill Lynch, Andrew est avocat. Et, bien sûr, Sam est très proche de son frère, Josh. De deux ans son aîné. Il venait le voir au collège. Il arrondissait les angles quand Sam déconnait. Il parlait à ses profs. Un type bien.

Sam a un frère ? Première nouvelle. Assise dans ce bar d'hôtel en m'efforçant de digérer ces informations, j'ai l'impression d'avoir été remise à ma place. Je n'ai jamais entendu parler de Tim, d'Andrew ou de Josh. Mais *pourquoi* en serait-il autrement ? Ils doivent écrire à Sam directement. Ils sont en relation comme des gens normaux, c'est-à-dire sans passer par des assistantes. Le contraire de Willow la Mauvaise ou de vieux potes en quête d'argent.

Et dire que je croyais tout connaître de la vie de Sam. Mais ce n'en était qu'une petite part. Une portion transitait par ses boîtes mail ou vocale. Et, comme une idiote, je l'ai jugé là-dessus.

Il a des amis. Il a une vie. Il a des liens avec sa famille. Et plein d'autres choses que j'ignore. Quand je pense que je croyais être au courant de toute son histoire. En fait, je n'ai découvert qu'un chapitre. Pas une ligne de plus.

J'avale une gorgée de vin pour dominer la vague de mélancolie qui me submerge. Je ne lirai jamais la suite. Il ne me dira rien et je ne lui poserai pas de questions. Nous nous séparerons et je garderai l'image que j'ai déjà de lui. Celle façonnée par les messages qu'il reçoit.

Quelle impression conservera-t-il de moi ? Pauvre de moi ! Je préfère ne pas le savoir.

L'idée même me fait glousser, et Peter me dévisage, perplexe.

— Vous êtes une drôle de fille, non ?

— Vous trouvez ?

Mon téléphone vibre et je réponds sans me soucier de paraître mal élevée. C'est un message vocal de Magnus.

Magnus ?

J'ai raté un appel de Magnus ?

Soudain je ne pense plus à Sam, à Peter, à cette conférence. Le reste de ma vie reprend sa place. Magnus. Notre mariage. Un SMS anonyme. *Votre fiancée vous trompe...* Un amas de pensées diverses me submergent d'un coup, comme si elles avaient attendu à la porte de mon cerveau.

Je bondis sur mes pieds, appuie sur « Messagerie »,
pianote comme une folle, à la fois impatiente et nerveuse.
Mais je m'attends à quoi ? Qu'il avoue ? Qu'il nie ?
Comment Magnus saurait-il que j'ai reçu un message
anonyme ?

« Salut, amour ! »

La voix si caractéristique de Magnus est couverte par le
fracas de la musique en arrière-plan.

« Pourrais-tu appeler le Pr Wilson et lui rappeler que
je ne suis pas en ville. Merci, amour. Son numéro est sur
mon bureau. Ciao ! Je m'amuse follement ! »

Je l'écoute deux fois à la recherche d'indices, mais je
cherche quoi, comme indices [1] ? En éteignant, je suis
nauséeuse. Je ne *veux* pas de ça. Si je n'avais pas écouté ce
message, je serais heureuse. J'attendrais mon mariage avec
impatience, je ferais des plans pour notre lune de miel,
je m'entraînerais à signer de mon nouveau nom. Oui, je
nagerais dans le bonheur !

N'ayant plus de sujets de conversation à fournir à Peter,
je replie mes jambes sur la banquette et j'enlace mes
genoux. Je suis morose. Autour de nous, les employés de
White Globe Consulting s'agglutinent dans le bar. Les
nouvelles doivent se répandre. Je consulte ma montre. Il
est 21 h 40. Dans vingt minutes, le journal de ITN. Je
meurs de trouille.

Pour la millième fois, je me demande ce que Sam et
Vicks fabriquent. Si seulement je pouvais les aider. Faire
quelque chose. Je me sens si impuissante, si...

— Ah, c'est vous !

Un braillement féminin interrompt ma rêverie. Je lève
les yeux : Willow se tient devant moi, l'air méprisant. Elle
porte une robe du soir dos-nu, et même ses épaules tremblent.

---

1. Magnus couche avec Wilson ? Non, elle est barbue.

— Je ne vais pas y aller par quatre chemins. Je vais vous poser une question directe et j'aimerais une réponse directe. Pas d'entourloupe. Pas de faux-fuyants. Fini de faire joujou !

Elle me crache presque chaque mot au visage. Franchement, moi, faire joujou ? Elle perd la boule, cette fille.

— Bonsoir ! dis-je poliment.

J'ai un problème avec Willow : je ne peux pas la voir sans me souvenir de ses mails complètement loufoques, bardés de mots en majuscules. Comme s'ils étaient gravés sur sa figure.

— Vous êtes qui ? Dites-le-moi. Qui *êtes*-vous ? Et si vous ne me le dites pas…

— Je m'appelle Poppy.

— « Poppy » !

Elle répète mon prénom comme si ça lui salissait la bouche, comme si c'était un nom de call-girl que je venais d'inventer !

— Vous connaissez Peter ? je demande toujours très poliment. C'est un vieux condisciple de Sam.

— Ah !

Willow manifeste un soupçon d'intérêt.

— Bonsoir, Peter, je suis Willow.

— Très heureux ! Vous êtes une amie de Sam ?

— Je m'appelle Willow, répète-t-elle avec plus d'emphase.

— Un joli prénom.

— C'est moi, Willow. *Willow* ! Sam a dû vous parler de moi. Wil-low.

Peter fronce les sourcils. On voit qu'il se creuse la cervelle.

— Je ne crois pas.

— Mais…

Elle est tellement vexée qu'elle pourrait tomber dans les pommes.

— Je suis *avec* lui.

— En tout cas, pas en ce moment, n'est-ce pas ! remarque gaiement Peter en me faisant un léger clin d'œil.

J'avoue que je trouve ce Peter de plus en plus sympathique. Quand on oublie sa vilaine chemise et ses investissements à hauts risques, il est potable. Willow s'enflamme.

— C'est le problème... Le monde devient fou, dit-elle en se parlant presque à elle-même. Vous ne me connaissez pas, mais vous la connaissez, *elle* !

Elle me désigne du pouce.

— Je croyais qu'elle tenait une place spéciale dans la vie de Sam, dit Peter en toute innocence.

— Elle ? *Vous ?*

Willow m'inspecte de bas en haut de cet air incrédule et dédaigneux qui me fiche en boule.

— Pourquoi pas moi ? dis-je sans me troubler. Pourquoi ne serait-il pas avec moi ?

Willow se tait pendant un moment avant de laisser éclater sa fureur.

— Alors c'est vrai ! Il me trompe ! La vérité éclate enfin. J'aurais dû le savoir. Ça explique... beaucoup de choses.

Elle soupire, se passe la main dans les cheveux.

— Et maintenant, on fait quoi ? demande-t-elle dans le vide. Bordel ! On fait quoi ?

Elle est tellement à l'ouest que j'ai envie d'éclater de rire. Mais elle se prend pour qui à nous faire son grand numéro ? Elle croit nous impressionner ?

De toute façon, elle a oublié un élément primordial : comment Sam pourrait-il la tromper vu qu'elle n'est pas sa petite amie ?

D'un autre côté, si je suis ravie de la faire marcher, je n'ai pas envie de colporter de fausses rumeurs.

— Je n'ai pas dit que *j'étais* avec lui, je précise. J'ai seulement demandé : « Pourquoi ne serait-il pas avec moi ? » Vous êtes donc la petite amie de Sam ?

Willow tique mais ne me répond pas.

— Mais qui êtes-vous ? Putain ! Vous apparaissez dans ma vie, j'ignore qui vous êtes et d'où vous venez...

Ça y est ! Elle est repartie ! Je ne serais pas étonnée si elle avait été virée d'un cours d'art dramatique parce qu'elle en faisait des tonnes [1].

— C'est... compliqué.

À ce mot, elle bondit jusqu'au plafond.

— Ah ! « compliqué » !

Elle fait des petits gestes des mains comme pour mimer des guillemets.

— « Compliqué ». Oh ! Hé ! Attendez une minute !

Elle lorgne ma tenue, et ses yeux ne sont plus que des fentes.

— C'est une chemise de Sam, non ?

Ah ! Ah ! Ah ! Voilà qui lui fiche un coup. Et si je ne répondais pas ?

— Est-ce une chemise de Sam ? Répondez-moi immédiatement !

Son ton est si autoritaire et si mordant que je recule.

— Vous portez une chemise de Sam ? Avouez-le ! C'est sa chemise ? Répondez !

— Occupez-vous de votre Brésilien !

Ces mots ont jailli de ma bouche malgré moi. Oups !

Bon. Quand on a gaffé, mieux vaut ne pas faire de zèle, mais garder la tête haute et prétendre qu'il ne s'est rien passé. Au cas où Willow ne relèverait pas. C'est ça, j'en suis sûre. Sûre et certaine.

Je la regarde en coin : ses yeux sont tellement écarquillés qu'ils vont tomber de leurs orbites. D'accord, elle a relevé. Et d'après le grand sourire de Peter, lui aussi a entendu.

— Je voulais dire... votre chien !

Par-dessus l'épaule de Peter, je vois apparaître Vicks. Elle fend la foule des employés de *White Globe*

---

1. Cela dit, comment suis-je apparue dans sa vie ?

Consulting. Son air sinistre me donne mal au cœur. Il est 21 h 45 à ma montre.

— Vicks !

Willow l'a également repérée. Elle lui bloque le passage, les bras serrés sous sa poitrine, telle une tragédienne grecque.

— Où est Sam ? On m'a dit qu'il était avec toi !

— Laisse-moi passer !

— Dis-moi seulement où il est !

— Je n'en ai aucune idée ! Tu me laisses passer, oui ou non ? Il faut que je parle à Poppy.

— Poppy ? Quel besoin de parler à *Poppy* ?

L'explosion guette Willow. Ou l'implosion, qu'importe.

— Qui est cette Poppy de malheur ?

J'ai un peu pitié d'elle. Vicks l'ignore totalement, s'approche de moi et me murmure à l'oreille :

— Vous savez où Sam se trouve ?

— Mais non. Qu'est-ce qui s'est passé ?

— Il vous a envoyé un SMS ? Un mail ?

— Non, j'ai vérifié mon téléphone. Rien. Je le croyais avec vous.

— Il l'était.

Vicks se frotte à nouveau les yeux avec ses paumes et j'aimerais l'en empêcher en lui saisissant les poignets.

— Qu'est-ce qui se passe ? je demande dans un murmure. Vicks, je vous en prie. Je vous jure de tenir ma langue.

— OK. On a manqué de temps. Je peux dire que Sam a perdu.

Quel coup dur ! Après tous ces efforts...

— Qu'est-ce que Sam a dit ?

— Pas grand-chose. Il est sorti comme une furie.

— Que va-t-il arriver à sir Nicholas ?

Vicks détourne la tête sans un mot comme si elle ne pouvait envisager la suite des événements.

— Il faut que j'y aille, annonce-t-elle brutalement. Tenez-moi au courant si Sam vous contacte. Merci d'avance.

— D'accord.

J'attends que Vicks se soit éloignée avant de relever la tête. Comme prévu, Willow darde sur moi son regard de cobra.

— Alors ?

— Alors.

Je lui adresse un aimable sourire. Mais elle a les yeux rivés sur ma main gauche. Elle ouvre la bouche mais elle est incapable de parler. Enfin ça sort :

— Qui vous a donné cette bague ?

Et si elle se mêlait de ses affaires ?

— Lucinda, je réponds pour l'agacer encore plus. Je l'avais perdue, et elle me l'a rendue.

Willow gonfle la poitrine, prête à me déchirer de ses crocs quand Vicks se fait entendre dans le système de sonorisation.

— Je suis désolée d'interrompre la fête, mais j'ai un message important à vous transmettre. Tous les employés de *White Globe Consulting* doivent se rendre immédiatement dans la salle de conférences principale. Je le répète, immédiatement. Je vous remercie.

Un intense brouhaha accompagne le mouvement du personnel vers les doubles-portes. Certains employés n'oublient pas de remplir leur verre au passage.

— Mon heure a sonné, constate Peter en se levant. Pour vous aussi, je pense. Faites mes amitiés à Sam.

Je rectifie légèrement le tir.

— Je ne suis pas vraiment une employée. Mais en effet, je dois y aller. Désolée.

— Vraiment ? Alors elle n'a pas tort, dit-il en désignant Willow d'un mouvement de tête. Vous n'êtes pas la petite amie de Sam et vous ne travaillez pas pour sa société. Alors qui diable êtes-vous et quels sont vos liens avec Sam ?

— Quitte à me répéter : c'est compliqué !

— Je vous crois sur parole.

Il hausse les sourcils puis sort une carte de visite qu'il me fourre dans la main :

— Parlez-en à Sam. De petits animaux domestiques exotiques. Une formidable occasion qu'il ne doit pas manquer.

— Je n'y manquerai pas.

— Merci.

Il disparaît vers la sortie et je range précieusement sa carte pour la remettre à Sam.

— Alors ? me menace Willow. Commencez donc par le commencement !

— Vous vous prenez pour qui ? fais-je exaspérée. Vous n'avez rien de mieux à faire à cet instant précis ?

Je lui désigne la foule qui se dirige vers la salle de conférences.

— Oh ! Bien essayé ! dit-elle d'une voix ferme. Je ne vais certainement pas me précipiter pour écouter une annonce d'un ennui fumant.

— Croyez-moi ! Cette annonce n'aura rien d'ennuyeux !

— Vous savez tout sur tout, n'est-ce pas ?

Son ton est plus que sarcastique.

— Exact. Je suis au courant de tout. Et... je vais aller me chercher un verre.

J'ai besoin d'un remontant. Dans le miroir du bar, je vois Willow se lever pour se diriger vers la salle de conférences : elle a envie d'en découdre avec le monde entier. Moi, je suis vidée après notre face-à-face.

Faux. Cette journée entière m'a vidée. Je commande un grand verre de vin et rejoint la salle. Vicks occupe l'estrade et parle à un auditoire sous le choc. Derrière elle, l'immense écran est vide.

— ... comme je l'ai dit, nous ignorons quelle forme prendra le rapport, mais nous avons préparé notre réponse, et c'est la seule chose que nous puissions faire à présent. Vous avez des questions ? Nihal ?

— Où se trouve sir Nicholas à l'heure actuelle ? demande-t-il, du milieu de la salle.

— Il est dans le Berkshire. Nous n'avons encore rien décidé pour la suite de la conférence. Dès que nous en saurons plus, vous en serez informés.

J'observe les visages. Justin se trouve près de moi. Les yeux fixés sur Vicks, il est inquiet et consterné. Voici qu'il lève la main.

— Justin ? s'alarme Vicks.

— Bravo, Vicks ! s'exclame-t-il de sa voix suave. Je ne peux qu'imaginer à quel point ces dernières heures ont été pénibles pour toi. En tant que membre de la direction générale, j'aimerais te remercier pour tout ce que tu as entrepris. Quoi que sir Nicholas ait pu dire ou pas, quelle que soit la vérité, et bien sûr aucun d'entre nous ne le *sait* réellement... nous apprécions ta loyauté envers la société. Bravo, Vicks !

Il se fait applaudir. Oh ! L'ignoble individu ! Et je ne suis pas la seule à le penser, car une autre main se lève.

— Malcolm ! salue Vicks très soulagée.

— J'aimerais que vous sachiez tous une chose : sir Nicholas n'a *jamais* rien écrit de tel.

Malheureusement avec sa voix sourde, je crains qu'il n'ait pas été entendu par tout le monde. Il continue pourtant :

— J'ai reçu le mémo original que sir Nicholas a envoyé et il était complètement différent...

— Désolée de t'interrompre maintenant, le coupe Vicks. Le journal de 22 heures commence. Écoutons !

Où est Sam ? Il devrait être ici. Il devrait répondre à Justin et lui faire mordre la poussière. Il devrait regarder le journal. Je ne pige pas !

La musique du générique des *Nouvelles de 22 heures* débute, l'immense écran diffuse le logo d'ITN. Je suis horriblement nerveuse, alors que rien de tout ça ne me concerne. J'espère qu'ils ne vont pas passer le sujet, ça arrive tout le temps, n'est-ce pas ?

L'horloge de Big Ben égrène les secondes. Dans un instant, ils vont annoncer les grands titres. Les nerfs en pelote, j'avale une gorgée de vin pour tenter de me calmer. Regarder les nouvelles quand on est impliqué est une expérience toute différente. C'est ce que doivent ressentir les Premiers ministres tous les jours ! Pour rien au monde je ne voudrais être à leur place. Ces malheureux doivent passer leurs soirées cachés derrière un canapé à regarder l'écran entre leurs doigts.

Dong ! « De nouvelles attaques au Moyen-Orient font craindre un regain de tension. » *Dong !* « Surprenant : les prix de l'immobilier à nouveau à la hausse. » *Dong !* « La divulgation d'un mémo fait douter de l'intégrité d'un conseiller haut placé du gouvernement. »

Et voilà ! Ils le passent, ce sujet ! Le silence dans la salle est inquiétant. Pas une exclamation, pas un murmure. Tout le monde retient son souffle en attendant de voir l'ensemble du reportage. Les images du Moyen-Orient défilent avec leur lot de coups de feu dans des rues poussiéreuses, mais je ne les vois même pas. Je sors mon mobile pour envoyer un SMS à Sam :

Vous regardez ? Tout le monde est dans la salle de conférences. P

Pas de réponse. Qu'est-ce qu'il fiche ? Pourquoi n'est-il pas là, avec le reste du personnel ?

J'ai les yeux fixés sur l'écran rempli de graphiques montrant l'évolution du prix de l'immobilier, suivi d'une interview d'une famille qui projette de déménager à Thaxted, un bled dont je ne connaissais même pas l'existence. Je voudrais que les journalistes se dépêchent : je me moque du prix des maisons comme de mon dernier tee-shirt [1].

Soudain, on revient au studio où la présentatrice annonce d'une voix grave : « Ce soir, le doute a été semé sur l'intégrité de sir Nicholas Murray, fondateur de *White Globe Consulting* et conseiller du gouvernement. Dans un mémo confidentiel obtenu en exclusivité par ITN, il fait référence à des pratiques de corruption et des demandes de pots-de-vin, en les excusant apparemment. »

Quelques petits cris et des murmures se font entendre dans la salle. Je me tourne vers Vicks : elle ne bouge pas un cil. Elle devait s'être préparée.

« Mais dans un rebondissement de dernière minute, ITN a découvert qu'un autre membre du personnel de *White Globe Consulting* a rédigé ce qui était imputé à sir Nicholas, information que des sources officielles de la société réfutent. Notre reporter Damian Standforth pose la question : sir Nicholas Murray est-il corrompu ou est-il victime d'une campagne de diffamation ? »

— *Comment ?* hurle Vicks. C'est quoi ce bordel ?...

Tout le monde a son mot à dire ! Des « chut ! », des « Écoutez ! », des « La ferme ! » volent. Je fixe l'écran, totalement troublée.

Sam a trouvé une preuve ? Il l'a sortie de son chapeau ? Mon mobile sonne : un message de Sam.

Comment Vicks a réagi ?

Je la regarde et sursaute.

On dirait qu'elle veut bouffer quelqu'un tout cru.

« La société *White Globe Consulting* intervient dans le monde des affaires depuis trois décennies... », dit un commentateur tandis que l'écran montre la façade des bureaux de la société.

---

1. Et ce n'est pas peu dire.

Mon taux d'adrénaline est si élevé que mes doigts écrivent tout seuls :

C'est votre œuvre ?

Absolument.

Vous avez contacté ITN vous-même ?

Exact.

Je croyais que les informaticiens n'avaient rien trouvé. C'est quoi, alors ?

Ils n'ont rien trouvé.

Tiens donc ! Je suis kiné, moi. Les RP ne sont pas mon domaine. Mais même sans m'y connaître en communication, je dirais qu'on n'appelle pas ITN dans une histoire de campagne de diffamation sans preuves auxquelles se raccrocher.

Comment ?

En commençant à taper, je m'aperçois que je ne sais pas en quels termes poser ma question. Je l'envoie donc telle quelle. Pas de réponse pendant un certain temps – puis arrive un SMS qui remplit l'espace de deux écrans.

Je n'en crois pas mes yeux. C'est le plus long message que j'aie reçu de Sam ! Vingt fois plus long que la moyenne !

J'ai fait une déclaration officielle. Je n'en retire pas un mot. Demain, je leur donnerai une interview exclusive au sujet du mémo original, la façon dont les directeurs ont laissé tomber Nick, tout le bastringue. C'est cousu de fil blanc. Les mensonges ont fait trop de dégâts. La véritable histoire doit être entendue. J'aurais aimé le soutien de Malcolm, mais il n'a pas voulu. Il a trois gosses. Il ne peut pas prendre le risque. Je suis donc seul.

Ma tête va éclater. Sam est en première ligne. Il va cafarder. Je n'arrive pas à croire qu'il en soit arrivé là. Pourtant... je peux.

C'est du sérieux.

Je ne sais pas quoi ajouter. J'ai l'esprit en vrac.

Quelqu'un devait avoir le courage de soutenir Nick.

Je relis, cherchant à deviner la suite.

Mais ça ne prouve rien, hein ? Juste votre parole.

Il me répond au bout d'un instant :

Ça sème le doute sur toute l'histoire. C'est suffisant. Vous êtes toujours dans la salle de conférences ?

Oui.

Quelqu'un sait qu'on s'envoie des textos ?

Je jette un coup d'œil à Vicks qui écoute son téléphone tout en menant une grande conversation avec un type. Elle regarde dans ma direction et je ne sais pas si elle lit quelque chose sur mon visage, mais elle plisse les yeux très fort. Elle jette un coup d'œil à mon téléphone, puis m'examine. Je n'en mène pas large pendant un instant.

Non. Pas encore.

Vous pouvez sortir sans qu'on s'en aperçoive ?

Je compte jusqu'à trois et fixe le plafond comme si je m'intéressais aux lustres. Du coin de l'œil je surveille Vicks qui ne me quitte plus des yeux. Je pose mon mobile sur mes genoux pour qu'il soit hors de sa vue.

Où êtes-vous exactement ?

Dehors.

C'est un peu vague.

Je n'en sais pas plus. J'ignore où je suis.

Peu de temps après :

Il fait sombre, si ça peut vous aider. De l'herbe sous mes pieds.

Vous avez des ennuis ?

Pas de réponse. Ce qui veut dire « oui ».

Bon. Je ne vais pas regarder Vicks. Je vais bâiller, me gratter le nez – faire comme si je n'étais pas concernée –, tourner les talons et me fondre dans un groupe de gens. De là, j'irai me cacher derrière ce gros pilier.

Exécution !

Vicks a l'air frustrée. Des gens tentent d'attirer son attention mais elle les évite. Je devine ce qu'elle se dit : cette fille étrange, à la cervelle d'oiseau, sait-elle quelque chose ou bien est-elle là pour faire diversion ?

En cinq secondes, je suis dans le couloir. En dix secondes, j'atteins le hall désert, évitant l'œil inconsolable du barman. Dans une minute, il sera débordé. En quinze secondes, je suis dehors et j'ignore le portier. Je prends l'allée de gravier en courant, tourne un coin et foule enfin de l'herbe. J'ai l'impression de m'en être sortie.

J'avance plus lentement afin de reprendre mon souffle. Je n'ai pas encore récupéré du choc.

Vous allez perdre votre job à cause de ça ?

Nouveau silence. Je continue à marcher, m'habituant au ciel étoilé, à l'air frais, à la légère brise, à l'herbe tendre.

L'hôtel est maintenant à quatre cents mètres et je peux me détendre[1].

Sans doute.

Il semble relax. Si tant est qu'un SMS de deux mots peut sembler relax.

Je suis à l'extérieur. Quelle direction prendre ?

Aucune idée. Je suis sorti par l'arrière de l'hôtel et j'ai disparu dans le néant.

C'est ce que je fais.

On va bien se retrouver.

Vous ne m'avez jamais dit que votre mère était morte.

Ça m'a échappé. Je m'en veux d'être aussi grossière. Je n'arrive pas à croire que j'ai écrit une chose pareille. Surtout en ce moment. Comme s'il n'avait pas d'autres priorités.

Non. Je ne vous l'ai jamais dit.

J'atteins le bord de ce qui semble être un terrain de croquet. Il y a un bois devant moi. C'est là qu'il se trouve ? Je suis sur le point de lui poser la question quand un SMS m'arrive.

Je préfère ne pas en parler. Pour éviter les moments d'embarras. Vous voyez ce que je veux dire ?

Incroyable ! Je ne suis donc pas la seule à affronter ces « moments d'embarras ».

Je comprends.

---

1. Je crois pouvoir. Une question de timing.

J'aurais dû vous le dire.

Je ne veux surtout pas le culpabiliser. Ce n'était pas du tout mon intention.

Non. Pas du tout. On ne doit jamais se sentir obligé. C'est ma règle.

C'est votre règle de conduite ?

Une règle de conduite ? Ce n'était pas exactement ce que je voulais dire. Mais je suis heureuse qu'il croie que j'en ai une.

Non, ma règle de conduite est de...

Aïe ! Il faut que je réfléchisse. Une règle de conduite, c'est un gros morceau. Je peux penser à un certain nombre de règles, mais une seule...

Je suis sur des charbons ardents.

Arrêtez ! Je réfléchis.

Soudain, l'inspiration me vient. Sûre de moi, j'écris :

Si c'est dans une corbeille, ça appartient à tout le monde.

La réponse ne tarde pas trop :

:-)

Pas possible ! Un smiley ! Sam Roxton m'adresse un smiley ! Quelques instants plus tard je reçois un complément :

Je sais. Je n'y crois pas moi-même.

J'éclate de rire, puis frissonne sous l'effet du vent sur mes épaules. Tout va très bien... Mais je suis au milieu d'un pré dans le Hampshire, sans manteau et sans savoir où aller ni quoi penser. Allons, Poppy, concentre-toi ! La lune et les étoiles ont disparu derrière les nuages. J'ai du mal à taper.

Où ÊTES vous ? Dans le bois ? Je ne vois rien.

Traversez le bois. Je suis de l'autre côté. Je viens à votre rencontre.

J'avance prudemment à travers les arbres, jurant chaque fois qu'une ronce m'écorche les jambes. Le bois doit être envahi d'orties et de nids de serpents. Sans parler de pièges hyperdangereux. Je sors mon mobile et tente l'exploit de pianoter et d'éviter les obstacles en même temps.

Ma nouvelle règle : ne te balade pas seule la nuit dans des bois effrayants.

Vous n'êtes pas seule.

Je serre mon téléphone contre ma poitrine. Il a raison. Avec lui de l'autre côté du bois, je me sens en sécurité. J'avance encore, trébuchant sur une grosse racine, me demandant où la lune a disparu. Elle grandit peut-être. Ou alors elle diminue. L'un ou l'autre.

Cherchez-moi. J'arrive.

Le chercher ? Comment ça ?

Il fait nuit noire, vous n'avez pas remarqué ?

Mon téléphone. L'écran est éclairé. Ne criez pas mon prénom. Quelqu'un risque de l'entendre.

Je scrute l'obscurité. Je ne vois que l'ombre épaisse des arbres et des ronciers massifs. Au fond, le pire qui peut m'arriver, c'est de tomber du haut d'une falaise et de me briser les os. J'avance encore un peu, écoutant le bruit sourd de mes pas, respirant l'air musqué et humide.

Ça va ?

Je suis toujours là.

J'atteins une petite clairière et j'hésite en me mordant les lèvres. Avant de continuer, je veux lui avouer certaines choses que je ne pourrais pas lui dire en face. Je serais trop gênée. Par écrit, c'est différent.

Ce que vous avez fait est formidable ! Prendre ainsi le taureau par les cornes...

Il fallait le faire.

Typique de sa part de jouer les modestes.

Non. Ce n'était pas obligatoire. Mais vous l'avez fait quand même.

J'attends un peu, prenant plaisir à sentir la brise sur mon visage et à écouter un hibou qui hulule au-dessus de ma tête. Mais Sam ne répond pas. Tant pis, je continue. Je dois lui dire ces choses, car personne d'autre ne le fera.

Vous auriez pu choisir la facilité.

Effectivement.

Mais ce ne serait pas vous.

C'est ma règle de conduite.

Et soudain, sans préavis, je me sens toute chose. Curieux, non ? Pourquoi suis-je émue à ce point ? J'ai envie de rédiger « *Je vous admire* » mais mes doigts s'y refusent. À la place, après avoir hésité, je tape :

Je vous comprends.

Bien sûr. Vous feriez la même chose.

Je n'en crois rien. *Moi ?* Mais ce n'est pas mon problème.

J'en doute.

Je commence à bien vous connaître, Poppy Wyatt. Vous n'hésiteriez pas.

Comme je ne sais pas quoi lui répondre, je reprends mon chemin dans l'obscurité toujours plus menaçante. J'agrippe mon téléphone tellement fort que je commence à avoir une crampe. Mais je ne peux pas relâcher mes doigts. J'ai l'impression d'être en contact avec Sam grâce à la pression de ma main. Comme si je me cramponnais à lui.

Je ne veux pas me séparer de lui. Je ne veux pas que ça finisse. Même si je suis perdue, si je trébuche et frissonne. Nous sommes dans une situation qui ne se reproduira jamais.

Sans réfléchir plus avant j'écris :

J'ai eu de la chance de récupérer votre téléphone.

Moi aussi.

Une lumière brille en moi. Et s'il n'était que poli ? Mais j'en doute.

C'était bien. Bizarre mais bien.

Oui, c'est parfaitement dit.

Et il ajoute un smiley ! Les bras m'en tombent !

Qu'est-il arrivé à cet homme autrefois connu sous le nom de Sam Roxton ?

Son horizon s'élargit. Au fait, où sont passées toutes vos bizz ?

Surprise, je regarde mon écran.

Je sais pas. Vous m'avez guérie.

C'est vrai, je n'ai jamais envoyé de bizz à Sam. Pas une seule fois. Bon, je peux rattraper le temps perdu. Je glousse presque en tapant :

BizzzzBizzzzzzBizzzzzzBizzzzzzz

Il me répond un instant plus tard :

BizzzzBizzzzzzBizzzzzzBizzzzzzzzzz

Ah ! En riant presque aux éclats, je tape encore plus de bizz :

BizzBizzBizzBizzBizzBizzBizz-
Bizz.Bizzzzzzzzzzzzzzzzzzz

Il répond :

BizzzzzzzzzzzzzzBizzBizzBizzBizzBizzBizz-
BizzBizzBizzBizzBizzzzzzzzzzzzzzz

Je récidive :

:-):-)BizzBizzBizz:-):-)BizzBizzBizz

Je vous vois.

J'essaie de percer la nuit, mais il doit avoir une meilleure vue que la mienne car je ne discerne rien.

Vous êtes sûr ?

J'arrive.

Je me penche en avant, tourne la tête dans tous les sens, plissant les yeux à la recherche d'une lueur, mais je ne vois rien. Il a dû voir une autre lumière.

Je ne vous vois toujours pas.

J'arrive.

Vous n'êtes pas près du tout.

Mais si. Je suis là.

Soudain je distingue un bruit de pas. Il est derrière moi, à quelques dix mètres. Normal que je ne l'aie pas repéré ! Je devrais me retourner. Immédiatement. Ce serait normal de faire demi-tour pour l'accueillir. Lui dire bonsoir. Brandir mon mobile dans les airs.

Mais mes pieds ont pris racine. Pas question de bouger. Si je me retourne, il me faudra redevenir réservée, réaliste, logique. Une idée insupportable. Je veux rester dans cette position. Là où nous pouvons tout nous dire. Comme pris dans un sortilège.

Sam s'arrête juste derrière moi. À tout instant, je redoute qu'il brise la magie de ce moment. Mais il semble être sur la même longueur d'onde. Il se tait. Je n'entends que le souffle doux de sa respiration. Lentement, il m'enlace. Je ferme les yeux et me laisse aller contre sa poitrine. Est-ce que je rêve ? Je suis au milieu d'un bois avec Sam, ses bras m'entourent, ce qu'ils ne devraient pas faire. Je perds la tête. Je ne sais pas où cela va me mener.

Oh si... je le sais. Évidemment. Car tandis que ses mains me tiennent doucement par la taille, je ne bronche pas. Quand il me fait pivoter pour lui faire face, je ne bronche pas. Et quand sa barbe de plusieurs jours râpe mon visage, je ne bronche pas. Je n'ai pas besoin de parler : nous continuons à dialoguer. Chaque caresse, chaque contact de sa peau est comme un autre mot, une autre pensée. La suite de notre conversation. Et nous n'en avons pas terminé. Pas encore.

J'ignore combien de temps nous restons ainsi. Cinq minutes peut-être ? Dix minutes ?

Mais ça ne peut pas durer éternellement et ça cesse. La bulle qui nous tenait enfermés n'éclate pas, elle s'évapore, nous ramenant sur terre. Fini de s'enlacer, il faut nous séparer. Mal à l'aise, il nous faut sentir l'air frais entre nous. Je détourne le regard, m'éclaircis la gorge, frotte mes joues pour éliminer les traces de sa peau.

— Alors, on ?...

— Oui.

Nous traversons le bois en silence. Ce qui s'est passé est-il réel ? J'ai déjà l'impression que ce n'était qu'un rêve. Une chose impossible. C'était dans la forêt. Personne ne nous a vus ou entendus. Alors est-ce vraiment arrivé[1] ?

Le téléphone de Sam sonne, et cette fois-ci il prend l'appel.

— Oui, Vicks !

Et voilà, c'est fini ! À la lisière du bois, une petite troupe traverse une prairie, venant à notre rencontre. La vraie vie reprend son cours. Je dois être un peu abasourdie, car j'ai du mal à réaliser. Sauf que Vicks, Robbie et Mark haussent le ton, que Sam garde son calme, que Vicks est proche des larmes, ce qui n'est pas son genre, et parle horaires de train, de voitures, de conférences de presse de dernière minute. Et puis Mark passe son téléphone à Sam en annonçant « Sir Nicholas pour vous », et tous s'écartent par discrétion.

Soudain des voitures déboulent pour rapatrier tout le monde à Londres. Nous rejoignons l'allée principale où Vicks prend les commandes : on doit se réunir à 7 heures du matin au bureau.

On m'a réservé une place avec Sam. En montant à bord, Vicks se penche et me glisse :

— Merci, Poppy.

Est-ce pour se moquer de moi ou non ?

— Pas de quoi, je réponds au cas où elle serait sérieuse. Et... je regrette... Au sujet...

— Ouais ! dit-elle sans plus.

Et nous partons. Sam, l'air grave, ne cesse de taper sur son clavier. Je n'ose dire un mot. Je vérifie mon téléphone dans l'espoir d'un message de Magnus, mais il n'y a rien. Je le laisse tomber sur le siège et contemple le paysage, des

---

1. Question à poser à Antony Tavish.

rues éclairées de lampadaires qui forment une rivière de lumière. Où diable m'emmène-t-on ? Je réalise même que je me suis endormie.

Ma tête repose sur la poitrine de Sam qui me dit :

— Poppy ? Poppy ?

Je me réveille tout à fait, j'ai le torticolis et je regarde par la vitre selon un angle bizarre.

— Oh !

Je me dépêche de me redresser malgré un léger vertige :

— Désolée. Vous auriez dû...

— Pas de problème. C'est bien votre adresse ?

Les yeux bouffis, je reconnais Balham. Nous sommes devant mon immeuble. À ma montre, il est minuit. Tout me semble irréel.

— Oui, c'est chez moi. Mais comment...

Sam me désigne mon mobile resté sur la banquette.

— Votre adresse est dedans.

— Ah oui !

Je ne peux pas lui reprocher d'avoir mis son nez dans mon domaine privé.

— Je ne voulais pas vous réveiller.

— Je comprends. Merci.

Sam prend le mobile. Il est sur le point de me le rendre quand il hésite.

— Poppy, j'ai lu vos messages. Du premier au dernier.

— Oh !

Je me racle la gorge pour me donner le temps de réagir.

— Hé ! C'est un peu exagéré, non ? D'accord, j'ai lu les vôtres, mais vous n'aviez pas besoin...

— C'est Lucinda.

— Comment ça ?

— J'ai fait mon enquête. C'est Lucinda, la coupable. Lucinda ?

— Mais... pourquoi ?

324

— Elle vous ment. Continuellement. Il est impossible qu'elle soit là où elle prétend être à l'heure qu'elle vous indique. C'est matériellement impossible.

— En fait... je l'ai remarqué aussi. Je croyais qu'elle voulait augmenter ses heures et gagner plus...

— Elle vous facture à l'heure ?

Je me frotte le nez, me traitant d'idiote.

— Non, elle est au forfait.

— Il ne vous a pas échappé que Magnus et Lucinda vous envoyaient un SMS chacun à dix minutes d'intervalle ?

Je fais non de la tête. Comment m'en rendre compte ? Je reçois des milliers de messages chaque jour, provenant d'une foule de gens. D'ailleurs, comment l'a-t-il remarqué ?

— J'ai commencé ma carrière en tant qu'analyste financier. C'est mon domaine.

— Quel domaine ?

Sam sort un bout de papier.

— Pas possible ! je m'écrie stupéfaite.

Il a tracé un tableau avec des heures et des dates. Les appels. Les SMS. Les mails. Il a fait ça pendant que je dormais ?

— J'ai analysé vos messages. Vous allez voir ce qu'ils trafiquaient.

Il a analysé mes messages. Comment ça ?

Il me tend le papier et je cille.

— Qu'est-ce...

— Vous voyez la corrélation ?

« Corrélation » ? C'est pire que du calcul de coefficient. On dirait qu'il me fait passer un examen de statistiques.

— Euh...

— Prenez cette date. Ils vous ont tous les deux envoyé un mail vers 18 heures, vous demandant de vos nouvelles, bavardant un maximum. Puis à 20 heures, Magnus vous annonce qu'il travaille tard à la bibliothèque de Londres et quelques minutes plus tard Lucinda vous raconte qu'elle cherche des jarretières pour les demoiselles d'honneur dans un entrepôt de mode de Shoreditch. À 20 heures ? De qui se moque-t-on ?

Je me tais pendant un instant. Le mail au sujet des jarretières me revient en mémoire. Sur le moment, il m'a paru surprenant. Mais on ne peut pas tirer de conclusions hâtives sur un seul mail, même étrange ? Si ?

— D'abord qui vous a demandé d'analyser mes mails ? j'aboie avec une agressivité que je ne contrôle pas. Ils vous regardent en quoi ?

— Personne. Vous dormiez. Je suis désolé. J'ai commencé par regarder par-ci, par-là et puis j'ai remarqué une tendance.

— Deux mails ne font pas une tendance.

— Bien sûr. Regardez ! Le lendemain, Magnus a un séminaire spécial dans la soirée, il a « oublié » de vous prévenir. Cinq minutes plus tard, Lucinda vous parle d'un atelier de dentelles dans le Nottinghamshire alors que deux heures plus tôt elle se trouvait dans Fulham. De Fulham dans le Nottinghamshire ? Au milieu des embouteillages ? Impossible. Allons, c'est un alibi.

Le mot « alibi » me fait froid dans le dos.

— Deux jours plus tard, Magnus vous texte pour annuler votre déjeuner. Un peu plus tard, Lucinda vous envoie un mail pour vous annoncer qu'elle est follement débordée jusqu'à 14 heures. Et rien d'autre. Quel besoin a-t-elle de vous faire part de cette nouvelle primordiale ?

Il me regarde, s'attendant à une réponse. Il rêve ?

— Je... je ne sais pas. Vraiment pas.

Tandis que Sam continue sa démonstration, je me frotte les yeux avec mes poings. Je comprends cette manie qu'a Vicks. C'est pour échapper au monde, juste pour une seconde. Pourquoi n'ai-je rien vu ? Pourquoi un tel aveuglement ? Magnus et Lucinda fricotant ensemble. Quelle mauvaise blague ! L'une doit organiser mon mariage. L'autre doit participer à *mon* mariage. Avec *moi* !

Minute ! Je sursaute. Mais alors qui m'a envoyé ce mail anonyme ? Aucun des amis de Magnus, bien sûr, et je ne connais pas les copines de Lucinda, alors qui diable...

— Vous vous rappelez quand Magnus vous a dit qu'il devait donner un cours à des élèves de doctorat ? Et que Lucinda a soudain annulé votre cocktail ? Elle a envoyé Clemency à sa place. Si vous regardez les horaires...

Sam continue à parler, mais je ne l'entends plus. Mon cœur s'est arrêté. Évidemment ! Clemency !

Clemency !

Elle est dyslexique. Son orthographe est nulle. Elle s'est trompée en écrivant « fiancée » avec un *e*. Elle avait trop peur de Lucinda pour donner son nom. Mais elle voulait me mettre au courant. S'il y avait quelque chose à savoir.

J'ai la tremblote en cherchant ce message dans mon mobile. En le relisant, j'entends la voix douce et angoissée de Clemency. C'est tout elle. Elle est incapable d'inventer une histoire pareille. Elle doit croire que c'est vrai. Elle a dû surprendre quelque chose... Ou entendre...

Je m'affaisse sur la banquette. J'ai mal partout. Je suis vidée et crevée et j'ai envie de pleurer. Sam s'est aperçu que je ne l'écoutais plus.

— En tout cas, ce n'est qu'une hypothèse, pas plus.

Il replie son papier et le remet dans sa poche.

— Merci. Merci pour tous vos efforts.

— Je...

Il hausse les épaules, mal à l'aise à son tour.

— Je vous l'ai dit, c'est mon domaine.

Pendant un moment nous nous taisons tout en ayant l'impression de continuer à communiquer. Comme si nos pensées tourbillonnaient au-dessus de nos têtes, se nouant, faisant des cercles, se rencontrant pour se séparer. Il est dans ma sphère et moi dans la sienne.

— Bon, dis-je enfin en soupirant, je dois vous laisser partir. Il est tard. Merci pour...

— Non, ne soyez pas ridicule. C'est à moi de vous remercier.

J'acquiesce simplement. Nous sommes trop fatigués pour nous lancer dans de grands discours.

— Ce fut...

— Oui.

Je lève la tête et fais l'erreur de croiser son regard, teinté d'argent par un lampadaire. Pendant un instant, je suis transportée en arrière...

Poppy, arrête ! Il ne s'est rien passé. N'y pense plus. Efface !

— Bon.

Je saisis la poignée de la portière, m'efforçant de revenir à la réalité, à la raison.

— Je dois encore vous rendre votre téléphone...

— Vous savez quoi, Poppy ? Gardez-le, il est à vous.

Il plaque sa main sur la mienne, celle qui tient l'appareil, et la garde serrée pendant un moment.

— Vous l'avez gagné. Et ne vous donnez pas la peine de me transférer quoi que ce soit. À partir de demain tous mes mails arriveront chez mon assistante. Votre tâche est terminée.

— Bon. Merci !

J'ouvre la portière, puis, sans y penser, je me retourne vers Sam.

— Je vous souhaite bonne chance !

— Ne vous faites pas de souci pour moi, je vais m'en tirer.

Il me fait un de ses sourires magiques et je meurs d'envie de le serrer dans mes bras. Il va perdre son job et malgré ça il peut encore me faire un de ses sourires divins.

— J'espère que tout ira bien pour vous... Je suis désolé... vraiment.

— Oh ! Ça ira !

Je pars d'un petit rire sans très bien savoir pourquoi. Mon futur époux est sans doute en train de coucher avec l'organisatrice de mon mariage. Et j'affirme que ça ira ?

Le chauffeur donne des signes d'impatience. Je dois me bouger. Minuit vient de sonner. Je suis assise dans une voiture garée devant chez moi. Allez, Poppy ! Ouste ! Sors de là. La conversation doit avoir une fin.

Bien sûr je n'ai envie de rien de tout ça. Pourtant je m'extirpe de la voiture, claque la portière, crie « Bonsoir ! », et j'ouvre ma porte. Car je sais que Sam ne s'éloignera pas avant de m'avoir vue entrer saine et sauve dans mon immeuble. Puis, je ressors et, du perron, je suis des yeux la voiture qui s'éloigne.

Quand elle tourne au coin de la rue, je vérifie mon mobile. Qu'est-ce que j'espère ? Qu'est-ce que j'attends ?

Mon écran est noir et silencieux. Il reste noir et silencieux. Pour la première fois depuis très longtemps, je me sens affreusement seule.

13

Le lendemain, dès mon réveil, je me précipite au kiosque pour acheter la presse du jour. C'est dans tous les journaux. En première page.

Dans le *Daily Mail*, il y a des photos de sir Nicholas, des photos du Premier ministre, des photos de Sam, d'Ed Exton et même une de Vicks. Dans tous les quotidiens, les gros titres regorgent de mots comme « corruption », « tentative de diffamation », « intégrité ». Partout, le mémo est imprimé en intégralité. Un communiqué émanant du cabinet du Premier ministre annonce que la présence de sir Nicholas parmi les conseillers du gouvernement pourrait être remise en question. Deux caricatures différentes le représentent même avec des sacs bourrés d'argent sur lesquels est inscrit *Bonheur*.

Mais Sam a raison : les opinions varient d'un titre à l'autre. Certains journalistes croient dur comme fer que sir Nicholas est l'auteur du mémo. D'autres récusent l'idée. Dans un éditorial, il est décrit comme un personnage arrogant qui s'est rempli les poches de manière douteuse tout au long de sa carrière. Dans un autre, il est montré comme un homme d'une grande intégrité qui ne peut, en aucun cas, avoir agi de la sorte. La confusion règne dans les médias. Si Sam voulait que le public se pose des questions, il a nettement réussi.

Ce matin je lui ai envoyé :

Ça va ?

Mais il n'a pas répondu. Il doit être hyperoccupé – et c'est le moins qu'on puisse dire.

Moi, je suis une épave. Hier soir, j'étais tellement à cran que j'ai mis des heures à m'endormir. Et ce matin, je me suis réveillée à 6 heures. La première chose que j'ai faite, assise dans mon lit, droite comme un piquet avec le cœur battant à fond, c'est d'attraper mon mobile. J'ai trouvé un texto de Magnus.

C'est formidable. Baisers. M.

C'est « formidable » ? Ça veut dire quoi, au juste ? Qu'il se félicite que je ne sache rien de sa maîtresse cachée ? Qu'il se réjouit d'avoir devant lui une longue vie de mono-gamie, sans se douter que Clemency a mal interprété sa relation avec Lucinda[1] ? Qu'il vient de décider de ne plus jamais me tromper et, rongé par les remords, de tout me confesser dès son retour[2] ?

Tout est trop compliqué. Trop flou. Trop fatigant. J'aimerais avoir Magnus ici, à mes côtés, dans cette chambre. J'aimerais lui demander entre quatre yeux s'il m'a trompée avec Lucinda pour voir sa réaction. De manière à mettre les choses à plat et avancer d'une manière ou d'une autre.

En me préparant une nouvelle tasse de thé, je m'aperçois dans le miroir. Vision de cauchemar : mes cheveux sont en désordre, mes mains couvertes d'encre d'imprimerie. Sans parler de mes brûlures d'estomac et de mes traits tirés. Pour une future mariée, je suis au top. Selon mon programme, hier soir, avant de me coucher, j'aurais dû m'appliquer un masque hydratant. Quand je pense que je ne me suis même pas démaquillée !

---

1. OK, peu probable.
2. OK, encore moins probable.

En principe, aujourd'hui, je devais m'occuper des derniers préparatifs du mariage. Mais rien que cette idée me rend malade. J'ai envie, au choix, d'insulter quelqu'un (Magnus, en particulier) ou d'éclater en sanglots. Inutile de rester plantée là dans mon appart' toute la journée. Il faut que je sorte, que j'agisse. Après quelques gorgées de thé, je décide d'aller travailler. Je n'ai aucun rendez-vous. En revanche, j'ai pas mal de paperasserie en retard. Et, au moins, ça va me forcer à prendre une douche et à me secouer.

Je suis la première au cabinet. Je m'assieds et j'épluche tranquillement les dossiers de mes patients. La monotonie de la tâche m'apaise. Cette impression de tranquillité dure jusqu'à l'arrivée d'Angela qui, dès qu'elle passe la porte, commence à s'agiter, branche son ordinateur, met en route la machine à café et allume la télévision murale.

— On a besoin de la télé ?

Tout ce bruit m'épuise. Hier soir je n'ai pas tellement bu. Pourtant j'ai l'impression d'avoir la gueule de bois. Et le son agresse mes oreilles. Angela me lance un regard effaré comme si je venais de violer une règle de base de la vie en société.

— Mais Poppy, je ne manque jamais *Daybreak* !

Pas la peine de discuter. Je pourrais transporter les dossiers dans ma cabine de soins mais je n'en ai même pas l'énergie. Alors je me recroqueville en essayant de m'abstraire du monde extérieur.

— Un paquet pour toi ! lance Angela en laissant tomber une grosse enveloppe à bulles sur la table. Oh dis donc, *Starblu* ! C'est un maillot de bain pour ta lune de miel ?

Je regarde le paquet sans réagir. Quand j'ai passé la commande, j'étais quelqu'un d'autre. Je me souviens d'être allée en ligne pendant la pause-déjeuner pour choisir des bikinis et des paréos. À l'époque, jamais je n'aurais pensé que trois jours avant la cérémonie je serais assise au cabinet à me poser des questions sur mon proche avenir.

« Aujourd'hui, les gros titres en une sont consacrés à la possibilité de malversations au sein même du gouvernement. »

La voix du présentateur attire mon attention.

« Dans le studio avec nous, Alan Smith-Reeves qui connaît sir Nicholas Murray depuis trente ans. Alan, toute cette affaire semble quelque peu embrouillée. Quel est votre sentiment ? »

— Je connais ce type, crâne Angela. Avant, dans mon autre boulot, je travaillais dans le même immeuble que lui.

— Ah bon ? je réponds distraitement à l'instant précis où une photo de Sam apparaît à l'écran.

Pas question de regarder. La simple vue de son visage me fait mal. Pourquoi ? Je l'ignore. Est-ce parce qu'il est dans le pétrin jusqu'au cou ? Qu'il est le seul à savoir pour Magnus ? Parce qu'hier soir dans le bois il m'a tenue dans ses bras et que je ne le reverrai sans doute jamais plus ?

— Il est plutôt beau mec, commente Angela en lorgnant la photo de Sam. C'est lui, sir Nicholas Truc-Machin ?

— Ne sois pas idiote ! Bien sûr que non !

— OK ! T'énerve pas ! Qu'est-ce qui te prend ?

Je ne réponds pas. À quoi bon ? Le mieux est d'aller m'aérer. Je me lève.

— Je te rapporte un café ?

— Ben, je suis en train d'en faire. T'es sûre que t'es dans ton assiette ? Je croyais que tu prenais ta journée ?

— Je voulais me débarrasser de certains rapports, dis-je en enfilant ma veste en jean. Mais finalement c'était une mauvaise idée.

— Elle est là !

La porte vient de s'ouvrir sur les mines surprises de Ruby et d'Annalise.

— C'est drôle, on vient juste de parler de toi, s'exclame Ruby. Qu'est-ce que tu fais là ?

— Je pensais terminer des rapports. Mais je m'en vais.

— Non, reste un moment !

Et se tournant vers Annalise :

— Tu devrais dire à Poppy le truc dont on parlait il y a deux minutes. Comme ça on n'aura pas à écrire de lettre.

Oh, oh ! Elle a son expression de maîtresse d'école. Et Annalise semble embarrassée. Qu'est-ce qui se passe ?

— Je n'ai pas envie de le dire, dit Annalise en se mordant les lèvres comme une gamine de maternelle. Je préfère l'écrire.

Ruby regarde Annalise avec sévérité.

— Dis-lui ! Ce sera fait.

— Bon, d'accord.

Annalise est toute rouge. Elle respire un grand coup et se lance :

— Poppy, je m'excuse d'avoir eu un tel comportement avec Magnus l'autre jour. C'était idiot de ma part, je voulais juste me venger.

— Et puis ? l'encourage Ruby.

— Je m'excuse d'avoir été méchante avec toi. Magnus est ton fiancé. Il va t'épouser. Je ne parlerai plus jamais de cette histoire de rendez-vous intervertis. Juré, craché.

Sa mine déconfite me touche. Mais cette confession, c'est à Ruby que je la dois. *White Globe Consulting* devrait l'engager. Elle démasquerait Justin Cole en deux temps trois mouvements.

— Je vous remercie, les filles. Vraiment.

— Je suis sincèrement désolée, tu sais, Poppy. Je ne veux pas gâcher ton mariage, insiste Annalise, toute misérable.

— Annalise, je te promets que tu ne gâches pas mon mariage.

Je souris mais, malheur de malheur, mes yeux s'emplissent de larmes. Si mon mariage est gâché, c'est parce qu'il aura été annulé. C'est parce que Magnus ne m'aime pas tant que ça finalement. C'est parce que je suis une imbécile qui se fait des illusions... Et voilà, je vais *pleurer* !

— Eh, ma Pop, ça ne va pas ? s'inquiète Ruby.

— Si, si, je rétorque en clignant des paupières énergiquement.

— C'est le stress prénuptial, explique Annalise. OMD ! Poppy, tu es en train de devenir une vraie « bridezilla », une future mariée hystérique, exigeante, gâtée, égoïste, comme celle de la série télé. Allez, je viens avec toi ! Je vais être ta demoiselle d'honneur. Allons quelque part piquer une petite crise ! Rien de tel pour te détendre.

Avec un demi-sourire, j'essuie mes larmes. Je ne sais pas quoi dire. Je ne sais pas si je dois les mettre au courant de l'infidélité de Magnus. Ce sont mes amies. En plus, je meurs d'envie de m'épancher. Oui, mais imaginez que ce soit un malentendu. Je n'ai aucune nouvelle du numéro masqué[1]. Tout n'est que pure spéculation. Je ne peux pas annoncer au monde entier, sur la base d'un SMS anonyme, que Magnus me trompe. Avec Annalise racontant l'épisode sur Facebook, le huant dans l'église en le traitant de trousseur de jupons immonde[2].

— Je suis crevée, j'avoue.

— Tu as besoin d'un petit déj' somptueux, préconise Ruby.

— Surtout pas. Je vais éclater dans ma robe.

En supposant que je me marie toujours. Ça y est, les larmes reviennent. Se préparer pour une cérémonie de mariage est déjà stressant. Se préparer pour une cérémonie de mariage qui peut déboucher sur une annulation et une rupture à la dernière minute a de quoi faire blanchir vos cheveux d'un coup.

---

1. Alias Clemency. Possiblement.
2. Et si vous pensez qu'elle n'en est pas capable c'est que vous ne connaissez pas Annalise.

— Tu vas manger, affirme Ruby. Tout le monde sait que les futures mariées perdent deux tailles avant le jour J. Crois-moi, ma petite, tu as de la marge. Goinfre-toi ! Profites-en. C'est ta dernière occasion.

— Tu *as* vraiment maigri de deux tailles ? chipote Annalise. On ne dirait pas !

— Non, peut-être une demi-taille seulement.

— Tu as droit au moins à un latte et un beignet, préconise Ruby, sur le point de sortir. Viens Poppy, tu as besoin de nourriture et de réconfort. Nous avons une demi-heure devant nous. Allons nous gaver !

Quand Ruby a une idée en tête, impossible de la freiner. Elle avance d'un pas vif vers *Costa*. Au moment où Annalise et moi passons la porte du café, elle est déjà devant le comptoir en train de passer commande.

— Bonjour ! Je voudrais trois latte, trois beignets, trois croissants au beurre, trois croissants aux amandes...

Je pouffe.

— Ruby, ça suffit !

— Trois pains au chocolat – on les donnera aux patients si on ne peut pas finir –, trois muffins aux pommes...

— Trois boîtes de pastilles à la menthe, intervient Annalise.

— Des pastilles à la menthe ? Pourquoi donc ? demande Ruby.

— Et des petits pains à la cannelle, s'empresse d'ajouter Annalise.

— Ah, je préfère ça ! Oui, trois petits pains à la cannelle...

Mon téléphone, enfoui dans ma poche, sonne. Mon cœur se serre. Je fais quoi si c'est Magnus ? Et si c'est Sam ?

Je m'éloigne des filles qui se chamaillent à propos de la variété de cookies à acheter. En regardant l'écran, je me sens bizarre. C'est le numéro masqué. La personne qui est derrière a décidé de me répondre.

Je vais connaître la vérité. Pour le meilleur ou pour le pire. En appuyant sur la touche, ma main tremble. Ensuite, impossible de parler tellement je suis pétrifiée.

— Bonjour, dit une voix de fille. Vous m'entendez ?

— Bonjour. C'est Poppy à l'appareil. C'est toi, Clemency ?

— Non !

La voix paraît étonnée.

— Ah, pardon !

Si ce n'est pas Clemency, qui est-ce ? Je me creuse les méninges à toute allure. Qui d'autre peut m'avoir envoyé le SMS ? Après tout, Lucinda n'est peut-être pas impliquée. Du fond du café, voilà que Ruby et Annalise me dévisagent avec inquiétude. Il ne manquait plus que ça !

Avant de parler, je fais tout pour raffermir ma voix. Je veux sembler pleine d'assurance, le contraire d'une pauvre créature sur le point d'être humiliée et rejetée par son fiancé.

— Vous vouliez me dire quelque chose ?

— Oui, je voudrais contacter Sam Roxton d'urgence.

Sam ?

Ma tension dégringole d'un coup. Ce n'est pas le numéro masqué. Ou, tout moins, c'est un autre numéro masqué. Impossible de savoir si je suis déçue ou soulagée.

— Comment se fait-il que vous répondiez à ce numéro ? demande la fille. Vous connaissez Sam ?

— Euh... Oui.

Vite, Poppy, reprends-toi !

— Excusez-moi. J'avais mal compris. Je vous ai prise pour quelqu'un d'autre. Je peux prendre un message pour Sam ?

J'ai parlé sans réfléchir. Sans réaliser que le temps des transferts est fini. Cela dit, je peux encore noter un message pour lui. En souvenir du bon vieux temps. Pour me montrer serviable.

— J'ai déjà essayé. Vous n'avez pas l'air de comprendre. J'ai besoin de lui parler. Sans faute. Aujourd'hui. C'est impératif.

C'est dingue ce que la voix de cette fille est autoritaire !

— Je peux vous donner son adresse mail.

— Vous plaisantez ? Sam ne lit jamais ses mails. Croyez-moi, c'est hyperimportant. Je dois le joindre dès que possible. En fait, c'est à propos du téléphone. Le mobile que vous tenez en ce moment.

Quoi ?

Sidérée, je fixe le mobile en question en me demandant si je ne suis pas en train de perdre la boule. Comment cette fille voit quel téléphone j'ai dans la main ?

— Mais enfin, qui êtes-vous ? je demande.

— Apparemment, personne ne se souvient de moi. J'ai été brièvement l'assistante de Sam. Je suis Violet.

Heureusement que je n'ai pas mangé les petits pains à la cannelle. Il se trouve que Violet mesure trois mètres de haut, avec des cuisses de mouche gainées dans un short en jean troué et d'immenses yeux charbonneux[1]. Un curieux mélange de girafe et de raton laveur.

Comme elle habite Clapham, elle est arrivée en cinq minutes. La voici donc chez *Costa* en train de déguster un wrap au poulet accompagné d'un smoothie. Ruby et Annalise sont reparties travailler au cabinet. Une bénédiction ! Ça m'épargne d'avoir à leur raconter toute cette invraisemblable saga.

— Alors, voilà, débite Violet, si je ne m'étais pas *trouvée* à Londres, entre deux jobs, si je n'étais pas *allée* acheter un demi-litre de lait, je ne serais jamais tombée sur

---

1. Ou c'est très élaboré, comme le smocky qu'on voit dans les magazines ou elle ne s'est pas démaquillée depuis un bon bout de temps.

338

les gros titres affichés sur le kiosque à journaux et je serais complètement passée à côté de l'histoire. Si je n'avais pas eu de cervelle, je n'aurais pas réalisé que je savais ce qui se mijotait quand je travaillais chez *WGC*. Mais les gens sont des ingrats. Ou des idiots. Ils ne veulent pas voir la réalité.

« Mes parents sont sur un bateau. Ils font une croisière hypernase. J'ai regardé dans leur carnet de téléphone mais comment savoir qui est qui ? J'ai essayé la ligne de Sam en tombant toujours sur une péteuse d'assistante. Personne ne voulait me prendre. Je savais qu'un truc se préparait. D'ailleurs même avant je le savais vaguement. Mais Sam ne m'écoutait pas. Il vous écoute, vous ?

Pour la première fois elle me regarde attentivement. Et poursuit :

— Au fait quel est votre rôle ? Vous m'avez dit que vous l'aidiez. Ça veut dire quoi ?

— C'est un peu compliqué. Il était dans le pétrin.

— Ah bon ? Comment ça ?

Elle a dû zapper, la petite chérie.

— Euh... vous vous souvenez ? Vous étiez son assistante et vous l'avez lâché sans prévenir.

— Tout juuuuuste ! Ouais ! De toute façon, ce boulot n'était pas fait pour moi. L'agence a appelé pour me demander de sauter dans un avion. Donc...

Vu son expression songeuse, c'est la première fois qu'elle y repense.

— Où j'en étais ? Ah oui, j'imagine qu'il était furieux. Mais ils ont plein de personnel dans la boîte. Je ne me fais pas de souci pour lui. Vous travaillez là-bas ?

— Non.

Comment lui expliquer ? Je décide de résumer :

— J'ai trouvé ce mobile et je l'ai emprunté. Ensuite j'ai fait la connaissance de Sam.

— Je me souviens de ce téléphone, fait-elle en plissant le nez. Je n'y répondais jamais.

Je retiens un sourire. Violet devait être l'assistante la plus merdique du monde.

— Et c'est pourquoi je sais qu'un truc zarbi se passait. À cause de tous les messages.

OK. On y arrive. Lentement mais sûrement.

— Des messages ? Quels messages ?

— Dans la boîte vocale. Pas pour Sam. Pour un certain Ed. Comme je ne savais pas quoi en faire, je les écoutais et les notais. Et je n'aimais pas trop ce que ça disait.

— Pourquoi donc ?

— Ils étaient tous du même homme et concernaient des retouches sur un doc. La manière de procéder. Le temps que ça allait prendre. Le prix que ça coûterait. Ce genre de détails. Moi, ça me paraissait louche. Mais pas complètement anormal, non plus. Ça semblait juste… *strange*.

J'ai le vertige et du mal à saisir. Des messages téléphoniques pour Ed à propos du mémo. Sur ce téléphone. *Ce téléphone*.

— Vous aviez prévenu Sam ?

— Je lui ai envoyé un mail et il m'a répondu de laisser tomber. Mais je ne voulais pas laisser tomber. J'avais une espèce d'instinct. Et puis, ce matin, quand j'ai ouvert le journal et que j'ai lu une interview de Sam affirmant que le mémo avait été trafiqué, j'ai pigé.

Elle tape du poing sur la table :

— Ouais, c'est ça qui se passait.

— Combien de messages dans la boîte vocale ?

— Quatre ou cinq.

— Mais ils n'y sont plus. En tout cas je ne les ai pas trouvés. Vous… Vous les avez… effacés ?

— Que non ! s'exclame-t-elle triomphalement. Justement. Je les ai sauvegardés. Ou, plutôt, c'est mon copain Aran qui l'a fait. Un soir que j'étais en train de copier un de ces messages. Il m'a conseillé : « Bébé, sauvegarde-le dans le serveur. » Et moi : « Comment je sauvegarde un message vocal ? » Alors il est allé à son bureau et les a mis

340

dans un dossier. Il est génial, Aran. Il est aussi mannequin. Mais en plus il invente des jeux.

— Un dossier, je dis, un peu dépassée. Où se trouve-t-il ?

— Là où il était. Dans l'ordinateur de l'assistante. Sur son écran, il y a une icône marquée *Messagerie vocale*.

Une icône sur l'ordinateur de l'assistante. À deux pas du bureau de Sam. Pendant tout ce temps, il était là en face de nous. L'appréhension me gagne.

— Et si quelqu'un l'avait effacé ?

— Je ne vois pas pourquoi. Quand j'ai pris le job, il y avait déjà une tonne de vieux dossiers qui encombraient.

Je sens le fou rire nerveux arriver. Toute cette agitation, toute cette panique ! Alors que la solution se trouve peut-être à côté du bureau de Sam.

— Bon, enfin ! Demain, je pars pour les States. Il fallait que j'en parle à quelqu'un. Mais pour joindre Sam, c'est l'enfer. SMS, mails, coups de téléphone : rien ne marche. Et moi, pendant ce temps, qui me disais : « Si tu savais ce que j'ai à te dire, tu me prendrais, espèce de... »

— Je vais essayer.

Sam, APPELEZ-MOI. Au sujet de sir Nicholas. Important et probablement utile. Pas une perte de temps. Appelez tout de suite svp. Poppy.

— Je vous souhaite bonne chance, dit Violet, en levant les yeux au ciel. Comme je vous l'ai dit, il est intouchable. Son assistante ne répond à personne. Rien...

La chanson de Beyonce l'interrompt. *Mobile de Sam* clignote sur l'écran. Elle ouvre des yeux grands comme des soucoupes :

— Waouh ! Je suis impressionnée.

— Salut, Sam !

— Poppy !

Entendre sa voix me réchauffe. C'est comme un rayon de soleil sur mon oreille. J'ai tellement de choses à lui dire.

Mais ce n'est pas le moment. Ça ne le sera peut-être jamais.

— Sam, vous êtes dans votre bureau ? Écoutez-moi, allez devant l'ordinateur de votre assistante. Vite.

— OK, dit-il après une légère hésitation.

— Regardez sur l'écran. Il y a une icône marquée *Messagerie vocale.*

— Affirmatif.

Je souffle fort. Tiens ! Je n'avais pas remarqué que je retenais ma respiration.

— Ouvrez ce dossier en faisant attention. Et maintenant je vous passe Violet.

— Violet ? Vous voulez dire Violet, mon ex-assistante cinglée ?

— Je suis avec elle. Je vous en prie, Sam, écoutez ce qu'elle a à vous dire.

Et je tends le mobile à Violet.

— Coucou, Sam, commence Violet sans se démonter. Désolée de vous avoir laissé tomber et tout et tout. Mais bon, Poppy est venue vous sauver.

Pendant qu'elle parle, je retourne au comptoir me prendre un autre café. Je suis tellement surexcitée que je devrais m'abstenir. Entendre Sam m'a chamboulée. Je meurs d'envie de me confier à lui. Je meurs d'envie de boire ses paroles. Mais c'est hors de question. D'abord parce que, dans l'immédiat, il a d'autres chats à fouetter. Ensuite, parce qu'il est une sorte de... de quoi, au fait ? Au fond, qui est-il pour moi ? Pas un ami, pas un collègue de travail. Un type, comme ça, qui n'a aucune place dans ma vie. C'est fini. Nous n'avons plus qu'à nous dire au revoir.

Peut-être qu'on échangera des SMS de temps à autre. Qu'on décidera de se revoir dans un an. Mais le moment sera passé. On échangera des bonjours guindés en regrettant d'être venus. On se souviendra en rigolant de toute cette affaire de téléphone. Et on ne reparlera jamais de ce qui s'est produit dans le bois. *Parce qu'il ne s'est rien produit.*

— Hou-Hou, Poppy !

Violet agite le mobile devant mes yeux. Je reviens sur terre.

— Alors, vous avez parlé à Sam ?

— Il a ouvert le dossier. Il est chauffé à bloc. Il va vous rappeler plus tard.

— Oh, il n'a pas besoin. Peu importe...

Sans crier gare, Violet attrape ma main[1] et s'exclame :

— Oh, quel beau caillou ! C'est une émeraude ?

— Oui.

— Cool ! Qui est l'heureux fiancé ? Elle demande tout en sortant son iPhone. Je peux prendre une photo ? Pour donner à Aran des idées pour quand il sera milliardaire. C'est vous qui l'avez choisie ?

— Non, il l'avait. C'est une bague de famille.

— Très romantique. Vous ne vous y attendiez pas ?

— Non, pas du tout.

— Vous avez pensé quoi ? Genre « Bordel, c'est beau ! » ?

— Oui, à peu près.

C'était il y a des siècles. C'est en tout cas l'impression que j'ai. La demande en mariage, la bague, le bonheur vertigineux ! Je me sentais à l'abri dans une bulle de perfection à travers laquelle rien de moche ne pourrait jamais m'atteindre. Quelle idiote !... Une larme coule sur ma joue.

— Hé, s'écrie Violet. Ça ne va pas ?

— Si, si. Simplement, ma bulle a éclaté. Je crois que mon fiancé me trompe. Je ne sais pas quoi faire.

---

1. C'est la première personne à attraper ma main pour examiner ma bague. Une véritable intrusion dans mon espace personnel, si vous voulez mon avis.

Le fait de m'exprimer me remonte le moral. Je respire à fond et me force à sourire :

— Excusez-moi, Violet. C'est plus fort que moi.

— Non, je vous en prie. Si vous n'êtes pas sûre à cent pour cent, qu'est-ce qui vous fait croire qu'il vous trompe ?

— J'ai reçu un SMS anonyme.

— N'en tenez pas compte ! Fiez-vous plutôt à votre intuition. C'est le genre à être infidèle ?

Je réfléchis. Comme je souhaiterais dire : « Lui ? Non, absolument pas ! » Mais me reviennent à l'esprit toutes sortes de situations que j'ai toujours voulu ignorer. Magnus flirtant avec des filles pendant des fêtes. Magnus serré de près par ses étudiantes, Magnus entourant leurs épaules. Magnus pratiquement violé par Annalise.

Pas de doute : les filles adorent Magnus. Et il les adore tout autant.

— Je ne sais pas, je réponds. Peut-être.

— Et vous avez des soupçons sur la fille ?

— Peut-être.

— Foncez ! Confrontez-les ! Vous leur avez parlé ?

— Il est à Bruges pour enterrer sa vie de garçon. Et elle... je subodore que c'est elle. Un pressentiment. Mais elle est probablement innocente.

— Ce n'est pas un mensonge, cet enterrement de vie de garçon ? Non, je blague ! Je ne veux pas vous flanquer la frousse. Bon, c'est l'heure de faire ma valise. J'y vais. Allez, tout va s'arranger pour vous. Transmettez mon meilleur souvenir à Sam.

Quand elle sort du café, six types la suivent du regard. Si Magnus était là, lui aussi lorgnerait.

Morose, je fixe ma tasse. Pourquoi faut-il que tout le monde me pousse à affronter la situation ? Je passe ma vie à faire face. On veut que je débarque à l'improviste en Belgique ? Que j'accuse subitement Lucinda ? Comme ça, sans *preuve* ? Sans faits précis, avec un message anonyme comme seul témoignage ?

Beyonce donne à nouveau de la voix. Malgré moi, je me fige. C'est... Non, c'est encore ce foutu numéro masqué. Mais lequel ? J'avale une gorgée de café pour me donner du courage.

— Bonjour, Poppy Wyatt à l'appareil.

— Bonjour. Je suis Brenda Fairfax, de l'hôtel Berrow. J'étais partie en vacances, sinon je vous aurais contactée plus tôt. Veuillez m'excuser.

La fameuse Mme Fairfax. Après tout ce temps. J'ai presque envie d'éclater de rire.

Quand je pense avec quelle impatience j'attendais son coup de fil ! Maintenant, je m'en moque. C'est complètement hors sujet. J'ai retrouvé ma bague. Pourquoi cet appel, d'ailleurs ? J'ai prévenu le concierge que j'avais ma bague. L'incident est clos.

— Inutile de vous excuser.

— Au contraire ! Quel *terrible* imbroglio !

La pauvre, elle a vraiment l'air embêtée. Le concierge a dû lui sonner les cloches. Il a dû lui demander de s'excuser.

— Je vous en prie. C'est vrai que je me suis affolée mais tout est rentré dans l'ordre.

— Une bague si précieuse !

— Le problème est résolu.

— Mais, vous savez, je n'arrive pas à comprendre. Une des serveuses me l'a donnée et j'étais sur le point de la mettre dans le coffre. C'est ce que j'allais faire.

— Franchement, c'est oublié. Ce genre de chose se produit. Surtout avec l'alarme d'incendie. Vous aviez trop de problèmes à régler.

— Mais non ! Ça ne s'est pas passé ainsi. Au moment où je la posais dans le coffre, une autre jeune femme est arrivée en me disant que c'était la sienne. Elle aussi assistait à la fête de bienfaisance.

— Elle y assistait ?

— Oui. Elle a prétendu que c'était sa bague de fiançailles et qu'elle la cherchait partout. Très crédible, je vous assure. La serveuse se souvenait de l'avoir vue à votre table. Finalement elle a mis la bague à son doigt. C'était difficile de mettre sa parole en doute.

Mieux vaut entendre ça que d'être sourde, comme dit l'adage. Mais je n'en crois pas mes oreilles.

— Vous dites que quelqu'un a réclamé ma bague en assurant que c'était la sienne ?

— Oui, elle n'en démordait pas. Quand elle l'a enfilée, elle était à sa taille. Elle lui allait bien, d'ailleurs. Si, comme j'aurais du le faire, j'avais exigé un certificat de propriété ou tout autre document, nous aurions entamé une procédure officielle...

— Madame Fairfax, juste une question. Cette fille, avait-elle de longs cheveux noirs retenus par un cercle en strass ?

— Oui, c'est ça. Et une *ravissante* robe orange.

Sous le choc, je ferme les yeux. Lucinda. C'était Lucinda.

La bague ne s'est pas coincée dans la doublure de son sac. Elle l'a prise délibérément. Elle savait dans quelle panique je serais. Ce qui ne l'a pas empêchée de s'en emparer. Dans quel but ?

Tandis que je fais mes adieux à Mme Fairfax, mon pouls bat à cent à l'heure. Je serre les poings, respire avec difficulté. Trop c'est trop. Je ne peux pas prouver qu'elle couche avec Magnus. Par contre, je peux la confondre pour la bague. Et j'y vais de ce pas.

Je ne sais pas ce qu'elle fabrique aujourd'hui pour la bonne raison que je n'ai pas de ses nouvelles depuis deux jours. Assez inhabituel, d'ailleurs, ce silence. Les mains tremblantes, je tape un SMS :

346

Coucou Lucinda. Quelles nouvelles ? Tu fais quoi ? Je peux t'aider ?
Poppy

La réponse arrive presque immédiatement.

À la maison en train de m'activer sur un truc. Pas besoin de ton aide. Merci quand même.
Lucinda.

Lucinda habite à Battersea. À vingt minutes en taxi. Si j'arrive chez elle sans prévenir, elle n'aura pas le temps d'inventer une histoire.

Je hèle un taxi, donne l'adresse et m'assieds confortablement en essayant de me détendre. Pourtant plus je pense à la bague, plus je suis ahurie. Elle a pris ma bague. Est-ce que ça signifie qu'elle est une *voleuse* ? A-t-elle fait faire une copie pour conserver la vraie afin de la vendre ? Je contemple ma main avec perplexité. Est-ce la bague d'origine ?

À moins… À moins qu'elle n'ait voulu se montrer serviable. Et qu'elle ait oublié qu'elle l'avait en sa possession. Dans ce cas je devrais lui accorder le bénéfice du doute.

Non, Poppy. Hautement improbable.

Au moment où j'arrive devant chez elle, un type en jean ouvre la porte d'entrée de l'immeuble. Je me faufile derrière lui et grimpe les trois étages qui mènent à son appartement. Je vais la prendre par surprise.

Les suppositions dansent dans ma tête. Et si elle m'ouvre la porte avec non seulement mon émeraude mais couverte de tous les bijoux piqués à ses copines ? Et si elle n'ouvre pas la porte parce qu'elle est à Bruges ? Et si Magnus m'ouvre la porte enroulé dans son couvre-lit ?

Oh, Poppy, arrête de te monter le bourrichon.

Je frappe énergiquement à la porte, façon livreur. Mon stratagème marche. Lucinda ouvre la porte sans se douter

347

de rien, téléphone à l'oreille, l'air exaspérée. Quand elle me voit, sa bouche fait un *O* de surprise.

Je la dévisage sans mot dire. Puis mon regard passe de la grosse valise posée dans l'entrée au passeport qu'elle tient à la main et retour sur la valise.

— Dès que possible. Terminal 4. Merci.

Elle raccroche et me regarde avec défi. Vite ! C'est le moment de lancer une remarque ironique et appropriée. Hélas, ma réaction est celle d'une gamine de cinq ans. Je dis en piquant un fard :

— Tu m'as piqué ma bague !

Tout juste si je ne trépigne pas. Lucinda me toise avec mépris. Comme si je venais d'enfreindre le code du savoir-vivre des organisatrices de mariage.

— Oh, pitié ! Tu l'as récupérée, non ?

— Mais tu me l'as piquée !

Bien qu'elle ne m'ait pas demandé d'entrer, je fais un pas dans l'appartement et jette un coup d'œil curieux. C'est la première fois que je viens. L'appartement est plutôt chic et a sans doute été aménagé par un décorateur, mais il y règne une pagaille incroyable avec des chaises en désordre et des verres partout. Pas étonnant qu'elle préfère donner ses rendez-vous dans des hôtels.

Exaspérée, elle soupire.

— Écoute, Poppy, j'ai beaucoup à faire, d'accord ? Si tu es venue pour me faire une scène, je te prierai de décamper.

Hein ?

C'est elle la coupable. C'est elle qui a piqué une bague inestimable en faisant semblant d'en être la propriétaire. Et elle essaie d'inverser les rôles et de faire en sorte que je me sente coupable de mentionner la bague.

— Bon, eh bien, comme je suis débordée...

— Lucinda, tu la boucles !

La force de ma voix me surprend.

348

— Je veux savoir pourquoi tu as pris ma bague. Tu projetais de la vendre ? Tu as besoin de cet argent ?

— Ah ! Ah ! Non, je n'ai pas besoin de cet argent. Alors tu veux vraiment savoir, Poppy ? C'est parce que cette bague devait me revenir à *moi*.

— À toi ? Mais pour...

— Tu sais que Magnus et moi avons été ensemble.

Première nouvelle. Et elle n'est pas même gênée.

— Non, je l'ignorais. Vous étiez fiancés ?

C'est à peine croyable. Magnus avec Lucinda ? Magnus fiancé ? Il ne m'a jamais dit qu'il s'était fiancé. Encore moins qu'il avait été avec Lucinda. C'est bien simple, on ne me dit jamais rien.

— Non, jamais, admet-elle avec réticence. Mais on aurait dû l'être, ajoute-t-elle avec un regard meurtrier. Il m'a demandée en mariage. Avec cette bague.

Une douleur intolérable me transperce. Magnus a demandé à une autre fille de l'épouser avec ma bague. Avec notre bague ? J'ai envie de m'enfuir, de courir, de me boucher les oreilles... mais, en même temps, je veux savoir, tout, jusqu'au dernier détail. Tout ça n'a ni queue, ni tête.

— Je ne comprends rien. Tu viens de dire que vous *deviez* vous fiancer. Et alors, il s'est passé quoi ?

— Il s'est défilé, ce sale lâche.

— Oh ! Mais à quel moment ? Vous aviez déjà planifié la cérémonie ? Il ne t'a pas plaquée au dernier moment quand même ? Tu ne l'as pas attendue devant l'autel ?

Lucinda ferme les yeux comme si elle revivait l'horrible moment. Puis les ouvre avec une lueur de haine dans les yeux.

— Bien pire. Il s'est dégonflé pendant qu'il demandait ma main.

— Oh ?

— Il y a deux ans. Nous sommes partis skier. Je me doutais qu'il apporterait la bague de famille, qu'il allait me faire sa déclaration. Donc, un soir, nous avons dîné tous les deux, seuls dans le chalet. Devant le feu de cheminée, il a mis un genou sur le tapis et a sorti un joli petit écrin. Quand il l'a ouvert, j'ai vu cette extraordinaire bague ancienne en émeraude.

Lucinda fait une pause. Je ne bouge pas un cil.

— Il m'a pris la main et m'a dit : « Lucinda chérie, veux-tu... »

Elle prend sa respiration comme avant un gros effort.

— J'attendais la suite. J'allais dire oui, bien sûr. Mais il s'est arrêté. Il a commencé à transpirer, s'est relevé et s'est écrié : « Merde ! Désolé, Lucinda ! Je ne peux pas. Excuse-moi ! »

Il n'a pas pu ! Pas pu ! Je suis partagée entre l'incrédulité et le rire.

— Comment tu as réagi ?

— J'ai hurlé : « Tu ne peux pas quoi, connard ? Bordel, tu n'as même pas fini ta demande ! » Il n'avait rien à ajouter. Il a fermé l'écrin, l'a remis dans sa poche. Et voilà, fin de l'histoire.

— Je suis navrée. C'est vraiment tragique.

— Magnus est incapable de s'engager. Même une demande en mariage lui répugne. Il ne peut même pas aller jusqu'au bout.

Cette pauvre Lucinda est livide. Je la comprends.

— Mais alors pourquoi tu as accepté d'organiser notre cérémonie ? Ce n'est pas un crève-cœur quotidien pour toi ?

— Il m'a proposé ce job pour se faire pardonner. C'est le moins qu'il pouvait faire. J'ai besoin de travailler. Remarque, j'envisage de ne pas persévérer dans cette carrière. Il n'y a pas plus chiant que l'organisation d'un mariage.

Tout s'explique. La mauvaise humeur permanente de Lucinda. Son agressivité à mon égard. Si j'avais su qu'elle était une ancienne petite amie de Magnus...

— Je ne voulais pas garder la bague, ajoute-t-elle, boudeuse. C'était juste pour te faire peur.

— Eh bien, tu as réussi !

Et dire que j'ai laissé une ex de Magnus entrer dans ma vie, que je me suis confiée à elle, que je lui ai fait part de mes espoirs et de mes souhaits concernant le grand jour. Une question me turlupine : cette situation équivoque ne gênait pas Magnus ?

J'ai l'impression qu'on m'a retiré des œillères. Que la réalité me saute aux yeux. Et, pourtant, je n'ai pas encore attaqué le problème n° 1.

— Je croyais que tu couchais avec Magnus, je lance. Pas quand vous étiez ensemble. Maintenant. Récemment. La semaine dernière.

Pas de réponse. Je l'observe, dans l'attente d'une dénégation catégorique. Mais elle détourne le regard.

— Lucinda ?

Elle empoigne la valise et la fait rouler vers la porte.

— Je m'en vais. J'ai besoin de vacances. Ras le bol de tout ça. Si je prononce le mot « mariage » encore une fois, je...

— *Lucinda ?*

— Oh, quelle plaie, alors ! Tu veux la vérité ? Très bien : j'ai peut-être couché avec lui une ou deux fois, en souvenir de nos amours. Si tu n'es pas capable de le surveiller, un bon conseil : ne l'épouse pas !

Son téléphone sonne.

— Oui ! Je descends. Excuse-moi, Poppy.

Elle me pousse sur le palier, claque la porte, ferme à double tour. Je proteste, tremblant de tout mon corps :

— Tu ne peux pas partir comme ça. Dis-moi ce qui s'est passé.

— Qu'est-ce que tu veux, ça arrive ce genre de retour de flamme. Tu n'étais pas censée le découvrir, mais bon... Oh, au fait, si tu crois que nous sommes, toi et moi, les seules filles pour lesquelles il a sorti la bague du coffre, tu

351

te trompes. Nous sommes les dernières d'une longue liste, mon chou !

Là-dessus, elle propulse la valise dans l'ascenseur.

— *Quoi ?* Attends, Lucinda !

Je suis au bord du malaise.

— C'est ton problème, Poppy. Tiens, avant que j'oublie, tout est en ordre pour les fleurs, le programme, les dragées et ces putains de cuillères à dessert.

Elle appuie sur le bouton et, avant que la porte ne se referme, me crie :

— À toi de jouer, Poppy !

14

Après le départ de Lucinda je reste paralysée par le choc pendant au moins trois minutes. Tout à coup, je reviens à moi et dégringole les escaliers. Une fois dans la rue, j'éteins mon portable. J'ai besoin de me concentrer sans être dérangée. J'ai besoin d'être tranquille pour réfléchir. Car, ainsi que me l'a si aimablement conseillé Lucinda, c'est à moi de jouer.

J'avance machinalement, sans savoir où je vais. Mon esprit tourbillonne, passant en revue les faits, les soupçons, les spéculations avant de revenir aux faits. Mais, tandis que je marche, j'ai l'impression que mes idées se mettent petit à petit en place. Au bout d'un moment, ma résolution est prise. J'ai même un plan d'action.

D'où me vient cette soudaine énergie ? Je n'en sais rien. Ce sont peut-être les révélations de Lucinda qui m'aiguillonnent. À moins que je ne sois fatiguée de faire l'autruche alors que mon estomac, lui, fait des nœuds. En tout cas, je vais faire face. Curieusement, j'entends la voix de Sam qui me rassure, me donne confiance en moi et m'affirme que je peux le faire. Comme s'il m'encourageait à distance. Je me redresse de toute ma taille. Je me sens pleine de bravoure. Une nouvelle Poppy est née.

En arrivant au coin de Battersea Rise, je suis prête. Je prends mon téléphone, le rebranche et, sans regarder les messages, je compose le numéro de Magnus. Bien entendu, il ne répond pas, mais je m'y attendais. Je m'adresse à sa boîte vocale d'un ton très distant :

— Salut, Magnus. Appelle-moi le plus vite possible, je te prie. Il faut que je te parle.

Parfait. Très digne. Très bref. Il va comprendre. Maintenant raccroche.

Raccroche, Poppy.

Impossible. Mes doigts sont soudés au téléphone. Maintenant que je suis en communication avec lui, même par l'intermédiaire de sa boîte vocale, ma détermination n'est plus aussi forte. Je veux en dire plus. Je veux l'entendre réagir. Je veux qu'il sache combien je suis choquée et peinée.

— Au sujet... de certaines informations qui sont parvenues à mes oreilles. OK ? Je viens de bavarder avec ta grande amie Lucinda, dis-je en appuyant ironiquement sur le mot « Lucinda ». Ce qu'elle m'a avoué m'a sidérée, pour ne pas dire plus. Il faut donc que nous parlions le plus vite possible. Parce que, si tu n'as pas une explication sensationnelle à me fournir, ce qui semble improbable car ça voudrait dire que Lucinda raconte des bobards, je... De toute façon l'un de vous deux ment, Magnus. L'un de vous deux doit...

Bip ! Merde ! La ligne est coupée.

En éteignant à nouveau mon portable, je m'adresse quelques reproches bien sentis. Pour un digne et bref message, c'est réussi ! Quant à la nouvelle Poppy, je préfère ne pas y penser. Bref, c'est un plantage en règle.

Ça ne fait rien. Au moins j'ai dit ce que j'avais sur le cœur. Je ne me suis pas assise en me bouchant les oreilles pour fuir la réalité. Maintenant, je dois résoudre un autre problème. Le suivant sur ma liste. Je lève la main pour héler un taxi.

— Bonjour ! Vous pouvez me conduire à Hampstead, s'il vous plaît ?

Wanda passe à la radio ce soir. Je me souviens qu'elle a dit qu'elle resterait chez elle afin de préparer l'émission. D'ailleurs, quand nous arrivons à proximité de la maison, j'entends de la musique à plein volume. J'ignore si Antony est là et je m'en moque. Tous les deux peuvent entendre mon discours. Avant de sonner, ma vieille tremblote est au rendez-vous. Comme l'autre soir mais d'un genre différent. Un genre positif, incisif, provocateur.

— Poppy ! Quel bon vent t'amène ?

Wanda semble contente de me voir. Elle se penche pour son habituel petit baiser avant de m'examiner.

— C'est une petite visite de politesse ou il y a quelque chose ?

— Il faut qu'on parle.

Le silence qui s'instaure est éloquent. Elle se rend bien compte que je ne suis pas venue pour un simple bavardage.

— Entre.

Derrière son sourire perce une certaine anxiété. Son front est soucieux. Wanda est très expressive : sa peau d'Anglaise est aussi pâle et fine que du papier. Les petites rides qui se creusent autour de ses yeux en disent long sur ses humeurs. J'imagine que c'est fréquent chez les femmes qui ne font pas de Botox, ne se maquillent pas ou ne bronzent pas artificiellement. Leur visage parle pour elles.

— Tu veux du café ?

— Pourquoi pas ?

Je la suis dans la cuisine qui est dix fois plus en désordre que lorsque je vivais là avec Magnus. Ça sent mauvais dans cette pièce : probablement la brassée de fleurs qui pourrissent sur le comptoir dans leur plastique. Il y a aussi une chaussure d'homme dans l'évier et des grandes piles de dossiers en carton sur les chaises.

— Ah, fait Wanda avec un geste de la main qui suggère qu'une des chaises pourrait se dégager par miracle, nous sommes en train de trier des papiers. Jusqu'à quand doit-on conserver des archives ? Voilà *la* question.

Autrefois je me serais creusé la tête pour sortir une remarque intelligente à propos des archives. Mais aujourd'hui je n'y vais pas par quatre chemins :

— En fait, je suis venue pour un fait précis.

— Certes. C'est bien ce qui me semblait. Asseyons-nous.

Quand elle enlève une pile de dossiers d'une chaise, un gros poisson apparaît, toujours emballé dans le papier du poissonnier. À coup sûr le responsable de l'odeur.

— C'était donc ça. Extraordinaire !

Wanda fronce les sourcils, hésite et remet finalement la pile de dossiers sur le poisson

— Allons plutôt dans le salon, propose-t-elle.

Je m'installe sur un des canapés défoncés tandis que Wanda tire un vieux fauteuil recouvert de tapisserie. Un parfum de feu de bois, de kilims moisis et de pot-pourri domine. Une lumière dorée provient des vitraux originaux des fenêtres. Cette pièce est signée Tavish. Comme Wanda, d'ailleurs, qui est assise dans son inimitable position habituelle : genoux séparés, jupe large drapée autour de ses jambes, visage dressé à l'écoute, encadré de sa masse de cheveux frisés teints au henné.

— Magnus, je dis pour m'arrêter aussitôt.

— Oui ?

— Magnus.

Impossible de continuer.

Cette femme en face de moi a une grande importance dans ma vie. Pourtant je la connais à peine. Nous avons des rapports distants et civilisés pendant lesquels nous abordons des sujets insignifiants. Dans une seconde je vais déchirer l'écran qui nous sépare. Mais à quel endroit couper ? Les mots tournent dans ma tête comme des mouches. Il faut que j'en attrape un.

— À combien de filles Magnus a-t-il proposé le mariage ?

Ma future belle-mère a l'air atteinte.

— Poppy ! Ma parole ! Je pense vraiment que Magnus... C'est un sujet...

Quand elle met son visage dans ses mains, je remarque que ses ongles sont sales.

— Magnus est à Bruges. Je ne peux pas le joindre. C'est la raison pour laquelle je suis venue vous voir.

— Je comprends.

L'expression de Wanda est sérieuse.

— Lucinda m'a dit que, toutes les deux, nous étions les dernières d'une longue liste. Magnus n'a jamais évoqué d'autres filles. Il ne m'a même pas dit que Lucinda et lui avaient été ensemble. *Personne* ne m'a mise au courant, j'ajoute avec amertume.

— Poppy, tu ne dois pas... Tu ne dois pas te faire de souci à ce propos. Magnus tient énormément à toi. Tu es une fille délicieuse.

Elle essaye d'être gentille. Mais la manière dont elle dit « une fille délicieuse » me fait bondir. Que sous-entend-elle ? Est-ce une manière condescendante de me balancer : « Tu n'as peut-être pas beaucoup de cervelle mais physiquement tu es potable » ?

Il faut que je me défende. Il le faut. C'est maintenant ou jamais. Allez, Poppy !

Les mots se bousculent :

— Wanda, vous me donnez des complexes d'infériorité. Vous me croyez vraiment d'une bêtise crasse, ou c'est moi qui me fais des idées ?

Grrrr ! Je l'ai sorti. Incroyable, mais je l'ai dit haut et fort.

— *Comment ?*

Wanda écarquille tellement les yeux que je distingue pour la première fois leur étonnante couleur bleu pervenche. Je suis déconcertée par sa mine bouleversée mais trop tard pour reculer :

— Je me sens complètement nulle quand je suis ici. Chaque fois. Je veux savoir si c'est votre opinion ou si...

Wanda fourrage dans ses cheveux à deux mains. Elle tombe sur un crayon qu'elle retire et que, sans s'en rendre compte, elle pose sur la table.

— On a besoin toutes les deux d'un verre, fait-elle au bout d'un moment.

Elle se soulève du fauteuil affaissé et va remplir deux verres de scotch. Elle m'en tend un et avale une grande gorgée de l'autre.

— Je suis abasourdie.

Immédiatement je me sens coupable.

— Je m'excuse.

— Non. Ne t'excuse pas, ma chère petite. Tu ne dois pas t'excuser pour l'expression sincère de ta perception des faits, qu'elle soit justifiée ou non.

Trop compliqué pour moi. J'imagine qu'elle veut se montrer sympa.

— C'est à moi de te présenter des excuses si, à cause de nous, tu t'es sentie mal à l'aise dans cette maison ou, pire encore, « inférieure ». Quoique cette idée me semble si absurde que je peux à peine... Poppy, je ne comprends pas du tout. Puis-je te demander ce qui a pu te donner cette impression ?

— Vous êtes tous tellement intelligents, je marmonne. Vous publiez des articles et pas moi.

— Mais pourquoi devrais-tu toi aussi publier des articles ?

— Je ne sais pas moi... Parce que... Oh ! Et puis aussi, je ne sais pas prononcer « Proust ».

— Mais si, tu sais, rectifie Wanda.

— Oui, maintenant je sais. Mais pas avant. Quand je vous ai rencontrés pour la première fois, je n'ai fait que dire des trucs à côté de la plaque. Quand Antony a qualifié mon diplôme de kinésithérapie d'« amusant », j'ai cru mourir de honte...

Tout à coup ma gorge est tellement nouée que je suis incapable de proférer un mot. Une lueur de compréhension éclaire le regard de Wanda.

— D'abord, tu ne dois jamais prendre au sérieux ce que dit Antony. Magnus ne t'a pas prévenue ? Son sens de l'humour est un peu – comment dire ? – extravagant. Je ne compte même plus le nombre de nos amis qu'il a offensés avec ses plaisanteries. Toutefois, sous sa carapace ironique, c'est un homme charmant comme, je l'espère, tu le découvriras un jour.

Au lieu de répondre, j'avale une gorgée de scotch. Généralement je ne bois pas de whisky mais dans ces périodes chagrines une petite larme ne fait pas de mal.

Wanda me dévisage avec attention.

— Poppy, dans notre famille on ne fait pas de sentiment, on ne s'épanche pas. Mais, crois-moi, Antony et moi t'estimons beaucoup. Il serait effondré s'il prenait connaissance de tes tourments.

— Et votre discussion à l'église, alors ?

Une fois encore les mots m'ont échappé. Elle me regarde comme si je l'avais giflée.

— Ah, tu as entendu ? Navrée, je ne savais pas, s'inquiète-t-elle en avalant une autre gorgée de whisky.

Soudain j'en ai marre d'être polie et de tourner autour du pot. Je veux y aller carrément.

— OK, j'aboie, en posant mon verre. La raison de ma visite, c'est que Magnus a couché avec Lucinda. Par conséquent, j'annule le mariage. Alors, soyez honnête et reconnaissez que vous me détestez depuis le début.

— *Lucinda ?*

De stupéfaction, Wanda met sa main devant sa bouche :

— Oh ! ce Magnus, quel *misérable* garçon ! Quand va-t-il apprendre ? Poppy, je suis sincèrement désolée.

Magnus est… comment dirais-je ? Un individu plein de défauts.

— Au fond, vous n'êtes pas étonnée. Ce n'est pas la première fois, n'est-ce pas ?

— J'avais peur qu'il se conduise comme un imbécile. De toutes les qualités que Magnus a héritées de ses parents, le sens de l'engagement est, hélas, passé à côté. C'est pourquoi nous étions soucieux au sujet de votre mariage. Il y a des antécédents : Magnus a la fâcheuse manie de se lancer dans des histoires d'amour, de changer d'avis, de faire machine arrière et de tout gâcher.

— Il l'a déjà fait ?

— D'une certaine manière, oui. Mais il a toujours rompu avant l'église. Il y a eu trois fiancées avant toi et je suppose que Lucinda l'était presque. Lorsqu'il nous a annoncé une nouvelle fois qu'il voulait épouser une fille que nous ne connaissions pas, c'est vrai que n'avons pas sauté de joie.

Elle me regarde avec franchise et poursuit :

— Tu as raison. Nous avons essayé de toutes nos forces de le persuader de repousser la cérémonie. Nous pensions qu'il serait bon que pendant un an vous appreniez à mieux vous connaître. Poppy, nous voulions surtout te protéger du comportement stupide de notre fils.

Quel bazar ! Apprendre que Magnus est un habitué des demandes en mariage, c'est dur à avaler. Apprendre qu'il a eu trois fiancées (trois et demie si on compte Lucinda), c'est lourd à digérer. Finalement je suis peut-être fautive. Lui ai-je seulement demandé des détails sur son passé ?

Oui ! Oui ! Bien sûr. La mémoire me revient. Une image complète. Nous étions au lit après un dîner dans un restau chinois. On se racontait nos anciennes histoires d'amour. D'accord, j'ai peut-être, à peine, arrangé la vérité[1], mais je

---

1. Personne n'a besoin d'être au courant de ce blond à la fête des étudiants de première année.

n'ai pas omis de mentionner quatre demandes en mariage. Magnus n'a pas dit un mot. Pas un. Mais tout le monde savait.

Je comprends maintenant tous ces échanges de regards bizarres et ces conversations fébriles entre Antony et Wanda. J'étais tellement parano que je croyais qu'ils me critiquaient.

— Je pensais que vous me haïssiez, je dis, presque pour moi-même, et que vous étiez furieux qu'il m'ait donné la bague, parce que... je ne la méritais pas.

— Mais qui t'a mis ces idées dans la tête ? demande Wanda, horrifiée.

— Mais où était le problème, alors ? Vous n'étiez pas contents au sujet de la bague, n'essayez pas de prétendre le contraire.

Pendant un instant Wanda semble peser le pour et le contre :

— Tu veux que je sois franche avec toi ?

— Oui, je vous en prie.

— Magnus a sorti la bague de famille du coffre tellement souvent qu'Antony et moi avons développé notre théorie personnelle.

— Qui est ?

— En un sens, donner la bague de famille, c'est la facilité. Il suffit de décider d'aller au coffre. Il n'y a pas à réfléchir. Notre théorie est que, quand il voudra *réellement* s'engager, il choisira une bague lui-même. Il étudiera la question. Peut-être même qu'il demandera à sa fiancée quels sont ses goûts. Donc, quand nous avons appris qu'il avait encore sorti la bague, la sonnette d'alarme s'est déclenchée, ajoute-t-elle avec un pauvre petit sourire.

— Je vois.

Je tourne la bague autour de mon doigt. Tout à coup je la trouve lourde et encombrante. Je croyais que porter une bague de famille, c'était spécial, le symbole de l'amour de Magnus pour moi, en quelque sorte. Maintenant je vois ça comme Wanda le voit : une décision pratique, d'une étonnante simplicité. C'est fou comme tout ce que je croyais s'est révélé faux.

— Au cas où mon opinion aurait de l'importance à tes yeux, Poppy, sache que je suis vraiment navrée que les choses se terminent de cette façon. Tu es une fille délicieuse. Très amusante. Et j'aurais été enchantée de t'avoir comme belle-fille.

En principe, la phrase « très amusante » devrait me hérisser le poil. Mais cette fois, rien. Pour la première fois depuis que je connais Wanda, je prends ce qu'elle me dit au premier degré. Par « très amusante », elle ne veut pas dire « avec un QI nullissime ». Elle veut dire « très amusante ». Point.

— Moi aussi, je suis désolée – et c'est la vérité.

Je me sens triste. Wanda a raison : c'est terminé. À mes yeux, Magnus était parfait, et ses parents un vrai problème. Aujourd'hui je pense le contraire. Wanda est une femme bien et son fils, un pauvre type.

Je retire la bague de mon doigt et la tends à Wanda.

— Poppy, s'exclame-t-elle ! Je ne...

— C'est fini. Je ne veux plus la porter. De toute façon elle vous appartient. Et, pour être honnête, je n'ai jamais eu l'impression d'en être la propriétaire. Je dois y aller, j'ajoute en attrapant mon sac.

— Tu as parlé à Magnus ?

— Pas encore. Mais quel besoin maintenant que c'est terminé ?

Fin de la conversation. Wanda me raccompagne à la porte et presse mes mains dans les siennes quand je pars. J'ai un élan d'affection pour elle. Peut-être restera-t-on en contact. Wanda à la place de Magnus. Je gagne sans doute au change.

La lourde porte en bois se ferme. Je me fraye un chemin à travers les rhododendrons géants du jardin. Je m'attends à fondre en larmes sans tarder. Il y a de quoi, non ? Mon fiancé idéal n'est finalement pas idéal du tout. C'est un type bidon, infidèle, mou. Je vais annuler ma cérémonie de mariage. Mes frères ne m'escorteront pas à l'autel. Je devrais être en miettes. En fait, tandis que je descends la colline, je me sens surtout anesthésiée.

L'idée de prendre le métro me révulse. D'un autre côté, je ne peux pas me permettre un autre taxi. Alors je fais quelques pas et vais m'affaler sur un banc au soleil. Je regarde dans le vague pendant un moment, avec toutes sortes de pensées flottant dans ma tête et se cognant librement les unes contre les autres.

Tout ça pour ça... Je me demande si je pourrais revendre ma robe de mariée... C'était trop beau pour être vrai, j'aurais dû m'en douter... Je dois prévenir le vicaire... Au fond, Toby et Tom n'ont jamais été dingues de Magnus, même s'ils prétendaient le contraire... Est-ce que Magnus m'a vraiment aimée ?

Finalement, après un gros soupir, j'allume mon portable. La vie continue, Poppy. Une dizaine de messages de Sam. Pendant un moment de délire, je m'imagine qu'il est au courant, qu'il a tout vu dans une boule de cristal... Et puis, en cliquant, je reprends mes esprits. Bien sûr que ses SMS ne concernent pas ma vie personnelle. Ils ne sont que strictement professionnels.

Poppy, vous êtes là ? C'est incroyable. Le dossier est dans l'ordinateur. Avec la messagerie vocale. Tout est confirmé.

Vous êtes disponible pour parler ?

Appelez-moi quand vous pouvez. Ça barde ici. Les têtes tombent. Conférence de presse cet après-midi. Vicks veut aussi vous dire un mot.

Salut, Poppy. On a besoin du mobile. Appelez-moi d'urgence.

Je ne m'embête pas à faire défiler les autres messages. Je presse sur la touche « Appel ». En attendant que Sam décroche, je suis une vraie boule de nerfs. Étrange, non ?

— Salut, Poppy ! Enfin ! Eh, tout le monde, c'est Poppy.

La voix énergique de Sam m'accueille au bout du fil. Derrière lui, des gens parlent, il y a du bruit.

— On est comme des fous ici. Vous n'avez pas idée de l'importance de votre découverte.

— Ce n'est pas la mienne, je rectifie. C'est celle de Violet.

— Mais si vous n'aviez pas pris l'appel de Violet et accepté de la rencontrer... Vicks vous félicite, au fait. Elle veut vous offrir un verre. Et elle n'est pas la seule. Vous avez eu mon message ? Les techniciens veulent jeter un coup d'œil au mobile. Au cas où il y aurait d'autres preuves.

Il semble transporté.

— Bien sûr. Je le rapporte à votre bureau.

— Poppy, ça va ? Je vous dérange en pleins préparatifs ? Vous êtes plongée dans quoi au juste ?

— Oh, dans rien de particulier.

Oui, rien que des broutilles. J'annule mon mariage et je me sens complètement minable.

— Je peux envoyer un coursier si vous préférez.

— Non, non. J'arrive tout de suite.

15

Cette fois-ci, je n'ai aucune difficulté pour entrer dans l'immeuble – un comité de réception m'attend même sur le seuil. Sam, Vicks, Robbie et encore deux personnes que je ne connais pas se tiennent près des portes en verre, prêts à me remettre mon badge, à me serrer la main, à me donner une masse d'explications qui durent pendant tout le trajet en ascenseur et dont je manque la moitié car ils parlent en même temps. L'essentiel se résume ainsi : les messages téléphoniques sont compromettants à 100 %. Plusieurs membres du personnel ont été interrogés. Justin a perdu son sang-froid et a presque tout avoué. Phil Stanbridge, un directeur, est également mis en cause, ce qui a estomaqué toute la société. Ed Exton a joué les filles de l'air. Les avocats tiennent réunion sur réunion. On ignore encore si l'affaire ira au pénal, mais le plus important est que le nom de sir Nicholas a été totalement blanchi. Il est aux anges. Sam est aux anges.

ITN est plutôt au purgatoire, car ses titres sont passés de « Le conseiller du gouvernement est corrompu » à « Un problème interne a été résolu ». Cela dit, la chaîne ne désarme pas et se vante d'avoir été la première à découvrir le pot aux roses.

— La société va être chamboulée, m'annonce Sam en suivant le couloir. Réorganisation des services et tout.

— Alors vous avez gagné !

Il s'arrête et me sourit comme jamais.

— Ouais ! On a gagné !

Nous recommençons à avancer et il me fait entrer dans son bureau :

— La voici ! En personne ! Poppy Wyatt !

Deux types en jean se lèvent d'un canapé, me saluent et se présentent comme Ted et Marco.

— Alors, vous en êtes en possession du célèbre téléphone, dit Marco. Puis-je le voir ?

— Bien sûr.

Je le sors de ma poche et le lui remets. Pendant quelques minutes, les deux types l'examinent, appuient sur des boutons, le scrutent, se le passent l'un à l'autre.

J'ai envie de leur dire : « Il n'y a plus rien de compromettant dans la messagerie. Sinon, je l'aurais signalé. »

— Ça vous ennuie si nous le conservons ? demande enfin Marco.

— Le conserver ?

J'ai l'air tellement consternée qu'il s'excuse presque.

— Désolé. Mais comme c'est un téléphone de la société, j'ai cru...

Sam fronce les sourcils.

— Il n'est plus à nous. Je l'ai donné à Poppy. Il lui appartient.

— Oh, je l'ignorais, avoue Marco, très décontenancé. Le problème, c'est qu'on aimerait l'inspecter de près. Ça risque de prendre du temps. Bien sûr, on vous le rendra mais je ne sais pas quand...

Il interroge Sam du regard pour savoir quoi proposer.

— Bien sûr, on peut vous en fournir un autre, haut de gamme, celui que vous voulez...

— Excellente idée, approuve Sam. Peu importe le prix. Vous pouvez choisir le dernier-né de la technologie.

Je m'en moque bien, des téléphones intelligents. Je désire *ce* mobile-là. *Notre* mobile. Je veux le dorloter.

Surtout pas le laisser se faire éventrer par des techniciens aux outils pointus. Mais je suis impuissante.

— Parfait.

Malgré mon désarroi, j'arrive à sourire.

— Tenez, il est à vous. Après tout ce n'est qu'un téléphone.

— Quant à vos messages, vos adresses, tout le reste… Marco se tourne vers Ted pour lui demander son avis.

— J'ai besoin de mes messages ! je m'exclame aussi fort que ma voix tremblante me le permet.

C'est comme si on m'arrachait un membre. Mais là encore, que faire ? Refuser serait peu raisonnable et leur mettre des bâtons dans les roues encore moins.

— J'ai une idée, propose Ted, on pourrait les imprimer. Comme ça vous conserverez toutes vos archives.

Sam intervient :

— Attendez ! Certains messages sont à moi.

— Oui, c'est vrai, dis-je.

— Comment ça ?

Marco nous regarde alternativement Sam et moi :

— Attendez, je n'y suis plus. Il est à qui, ce téléphone ?

— Il est à lui, mais je l'ai utilisé…

— Nous nous en servons tous les deux, précise Sam. C'est un mobile commun. On le partage.

— Vous le… partagez ?

Marco et Ted ont l'air tellement scandalisés que j'ai envie de rire.

— Jamais entendu parler d'un truc pareil. C'est malsain ! remarque Marco, écœuré.

Ted renchérit :

— Tout à fait d'accord. Je ne partagerais même pas le mien avec ma copine.

— Dites-moi, sans être curieux, ça a bien marché entre vous ? reprend Marco.

— Oh, nous avons eu des petites crises, avoue Sam.

— C'était inévitable, mais dans l'ensemble je le conseille, je dis.

— Moi aussi. Une méthode que tout le monde devrait essayer au moins une fois.

Sam me sourit et je lui rends son sourire.

— Je... vois !

On dirait que Marco vient de s'apercevoir qu'il a affaire à une paire de fous.

— Ted, au boulot !

— Vous en avez pour combien de temps ? s'inquiète Sam.

— Un bon moment. Au moins une heure.

Ils sortent du bureau de Sam, qui ferme la porte derrière eux. Pendant une minute nous nous regardons. Je remarque une écorchure sur sa joue. Il ne l'avait pas hier soir.

Hier soir. Pendant un instant je me retrouve dans le bois. Je suis dans l'obscurité, respirant l'odeur de la tourbe, écoutant les bruits de la nuit, les bras de Sam autour de ma taille, ses lèvres...

Non ! Poppy, arrête ! Tu es sur la mauvaise pente. Oublie tout ça, ne te pose pas de questions ou...

— Quelle journée, je commence d'un air mondain.

— Très juste.

Sam me fait asseoir dans le canapé : je suis aussi mal à l'aise que si je passais un entretien d'embauche.

— Alors, maintenant que nous sommes seuls... Comment allez-vous ? Du nouveau pour le reste ?

— Pas grand-chose à raconter. Oh si ! J'annule mon mariage.

En annonçant ma décision à voix haute et intelligible, je me sens au plus bas. Combien de fois je vais être obligée de répéter cette phrase ? Combien de fois il va falloir que je m'explique ou me justifie ? Et les prochains jours, comment je vais les supporter ?

— C'est plutôt triste.

— Oui, pas de quoi pavoiser.

— Vous lui avez parlé ?

— Non, mais à Wanda. J'étais chez elle. Je lui ai demandé : « Wanda, vous me croyez vraiment d'une bêtise crasse, ou c'est moi qui me fais des idées ? »

— Formidable ! s'exclame Sam, ravi.

— Mot pour mot ! Vous auriez été fier de moi !

Je ne peux m'empêcher de rire en voyant sa tête, alors que j'ai envie de pleurer.

— Bravo, Poppy ! Toutes mes félicitations. Vous avez fait preuve d'une sacrée dose de courage. Et qu'est-ce qu'elle a répondu ?

— Que c'était dans ma tête. En fait, c'est un chou, Wanda. Elle a honte de son fils.

Silence. Tout ça est surréaliste. Le mariage n'aura pas lieu. Si je l'ai proclamé, c'est que ça doit être vrai. Mais ça me paraît à peu près aussi réel que si j'annonçais : « Les Martiens ont débarqué. »

— Vous avez des projets ?

Sam croise mon regard et je vois une autre question dans ses yeux. Une question qui nous concerne tous les deux.

— Je ne sais pas.

J'aimerais lui répondre en silence mais j'ignore si mes yeux sont suffisamment éloquents. J'ignore si Sam comprend ce que j'essaie de lui dire. Finalement, je ne supporte plus de le regarder. Je baisse la tête en disant :

— Je vais y aller tout doux. J'aurai pas mal de trucs embêtants à résoudre.

— Je n'en doute pas. Une tasse de café ?

J'en ai tellement bu que je suis comme une pile électrique... mais d'un autre côté je ne supporte pas cette atmosphère où chacun reste sur sa réserve. Je n'arrive pas à évaluer la situation. Je ne sais pas ce que Sam pense. Je ne sais pas ce que je veux ou ce que j'attends. Nous sommes deux êtres que le destin a réunis pendant un court laps de temps et qui ont une conversation d'affaires. Rien de plus.

Alors pourquoi mon cœur se serre dès qu'il ouvre la bouche ? J'espère qu'il va me *dire* quoi ?

— Une tasse de café serait la bienvenue ! Vous pouvez faire du cappuccino ?

Je ne le quitte pas des yeux tandis qu'il se bat avec la machine Nespresso pour faire mousser le lait.

— Ce n'est pas grave, je peux le boire noir.

— Mais vous détestez le café noir.

— Comment le savez-vous ? je demande en riant.

— Vous l'avez écrit à Lucinda dans un mail. Ah ! Ah ! Vous croyez être la seule à jouer les espionnes ?

— Quelle mémoire ! je dis mi-figue, mi-raisin. Vous vous souvenez de quoi d'autre ?

Nouveau silence. Son regard croise le mien et mon cœur joue du tambour. Ses yeux sont si chauds, si sombres, si graves. Plus je m'y perds, plus j'ai envie de m'y perdre. S'il pense à ce que je pense...

Non ! Arrête, Poppy. Bien sûr que non. D'ailleurs, je ne sais même pas à quoi je pense exactement...

— En fait, laissez tomber le café, dis-je en me levant brutalement. Je vais sortir un moment.

— Vous êtes sûre ?

Sam semble mystifié.

— Oui, je ne veux pas vous déranger. J'ai quelques courses à faire. Je vous revois dans une heure.

En partant, j'évite de le regarder.

Je ne fais aucun achat. Je n'en ai pas la force. Mon avenir a déraillé et je dois agir – mais pour le moment, je ne peux rien envisager. Je déambule jusqu'à la cathédrale Saint-Paul. Je me pose sur les marches, dans un rayon de soleil, contemple les touristes, fait mine d'être en congé de ma propre vie. Puis, je reviens sur mes pas. Sam est au téléphone quand on m'introduit dans son bureau. Il me fait un petit signe de la tête pour m'accueillir et s'excuser d'être en conversation.

— Toc ! Toc !

Je sursaute en voyant Ted apparaître soudain à la porte :

— C'est fini. Nous avons mis trois techniciens dessus.

Il entre, chargé d'une brassée de feuilles de papier.

— Nous n'avons eu qu'une difficulté : on a dû imprimer chaque message séparément. On dirait que je trimballe *Guerre et Paix* !

— Waouh !

Je me refuse à croire que ce lot entier sort de ma messagerie. Autant de SMS et de mails ? Mais je n'ai eu ce mobile que quelques jours !

— Voilà.

Ted pose son chargement sur le bureau et le divise en trois piles.

— Un des gars les a triés au fur et à mesure. Cette pile est celle de Sam, des mails d'affaires, etc. Tout ce qui est entré, sorti, les brouillons, tout. Sam, c'est votre bien.

— Beau travail, merci, lance Sam.

— Nous avons également imprimé les pièces jointes. Vous les trouverez aussi sur votre ordinateur, mais au cas où... Poppy, voici les vôtres. Rien ne devrait manquer.

— Très bien, merci.

Je feuillette mon tas.

— Et puis il y a la troisième pile. Nous avons hésité. On ne savait pas quoi faire de ceux-là. Ils vous concernent tous les deux.

— Comment ça ? s'étonne Sam.

— C'est la correspondance que vous avez échangée. Tous les SMS, les mails et le reste. Par ordre chronologique. L'un de vous souhaite les conserver ou ils vont à la poubelle ? À moins qu'ils ne soient importants ?

Je jette un coup d'œil au sommet de la pile. Horreur ! C'est une photo pleine de grains : je pose devant une glace, tenant un téléphone d'une main et de l'autre je fais le signe des scouts. J'ai oublié cet exploit ! La feuille suivante ne contient qu'une ligne de Sam :

Je pourrais l'envoyer à la police et vous faire arrêter.

Ma réponse figure à la page suivante :

Merci. Je vous suis très reconnaissante.

C'était il y a des millions d'années ! Quand Sam n'était qu'un inconnu à l'autre bout d'un fil. C'était avant de faire vraiment sa connaissance, avant de savoir qui il était... On bouge dans mon dos. Sam s'est approché pour regarder à son tour.

— C'est curieux de voir tout ça imprimé.

— Je sais.

Quand j'arrive à un gros plan de dents, nous pouffons de rire.

— Il y a pas mal de photos de dentitions, constate Ted, l'air intrigué. On se demandait, Poppy, si vous étiez dentiste.

— Pas exactement.

Je feuillette la pile, comme hypnotisée. Tout ce que nous nous sommes dit figure là. Page après page, comme le journal intime de ces derniers jours.

WOLFRAMS. Utilisez un S pour vous raccrocher. Un mot triple + 50 points de bonus.

Urgent : Prendre RV dentiste ! Sinon dents crades garanties !!!

Que faites-vous debout si tard ?

Ma vie va se terminer demain.

Cravate de traviole.

J'ignorais que votre nom était sur mon invitation.

Juste passée prendre votre cadeau à votre place. Ça fait partie de mon job. Inutile de me remercier.

Comment Vicks a réagi ?

En arrivant aux SMS de la nuit dernière, je retiens mon souffle. Nos échanges me ramènent dans le bois. Je n'ose lever les yeux sur Sam, ni lui montrer ce que je ressens. Aussi, je fais mine d'être totalement décontractée, jetant au hasard un vague coup d'œil sur les feuilles imprimées.

Quelqu'un sait qu'on s'envoie des SMS ?

Non. Pas encore.

Ma nouvelle règle : ne te balade pas seule la nuit dans des bois effrayants.

Vous n'êtes pas seule.

J'ai eu de la chance de récupérer votre téléphone.

Moi aussi.

:-):-)BizzBizzBizz:-):-)BizzBizzBizz

Vous n'êtes pas près du tout.

Mais si. Je suis là.

Soudain, j'ai un chat dans la gorge. Ça suffit. Arrête ! Je flanque les feuilles sur le dessus de la pile et je souris à la ronde comme si de rien n'était.

— Eh bien !

— Vous pigez maintenant pourquoi on ne savait pas quoi en faire ?

— On va se débrouiller avec, annonce Sam. Merci, Ted.

Son visage est impassible. A-t-il été ému en lisant nos échanges ?

— On peut donc faire ce qui nous chante avec le téléphone ? s'assure Ted.

— Pas de problème, lui confirme Sam. Bonne chance, Ted.

Dès qu'il est parti, Sam va à nouveau se mesurer à la machine Nespresso.

— Allez, je vais vous faire une tasse de café. Je maîtrise enfin son mode d'emploi.

— Non, ce n'est pas la peine.

Mais la mousse fait un tel bruit en se déposant sur la surface de la tasse que je n'insiste pas.

— Tenez !

— Merci beaucoup.

— Alors... vous les voulez ?

Il me désigne la pile de messages.

Une vague de chaleur remonte depuis la pointe de mes pieds jusqu'à mes joues empourprées. Pour gagner du temps, j'avale une gorgée de café. Je me suis séparée de mon téléphone. De ces heures étranges et merveilleuses, il ne reste plus que cette masse d'imprimés. Il n'y a pas photo, bien sûr que je les veux ! Mais pour une raison qui m'échappe, je refuse de l'avouer à Sam.

— C'est comme vous voulez, je fais avec nonchalance. Et vous, vous en avez envie ?

Sam hausse les épaules sans un mot.

— Je n'en ai pas vraiment besoin, je lance.

— Oui. Rien de tout ça n'est très important...

Soudain son mobile annonce l'arrivée d'un SMS. Il regarde l'écran et grogne :

— Enfer et damnation ! Comme si j'avais aussi besoin de ça !

— C'est grave ? je demande, affolée. Un problème avec les messages vocaux ?

— Pas du tout.

Il me dévisage en fronçant les sourcils.

— Oh, zut ! Qu'est-ce que vous avez bien pu écrire à Willow ?

— Comment ? fais-je, stupéfaite.

— Elle est sur le sentier de la guerre au sujet d'un mail que vous lui avez envoyé. Au fait, pourquoi vous lui écrivez ?

— Mais je ne lui ai jamais rien envoyé. Jamais ! Je ne la connais même pas !

— En tout cas, ce n'est pas ce qu'elle prétend...

Son téléphone sonne à nouveau.

— OK. Tenez... vous reconnaissez ce message ?

Il me le passe et je commence à le lire :

Willow la Mauvaise, espèce de garce, vous ne pouvez pas LAISSER SAM TRANQUILLE ET ARRÊTER D'ÉCRIRE EN MAJUSCULES PRÉTENTIEUSES ? Et pour que les choses soient claires : vous n'êtes pas la petite amie de Sam. Alors qui ça dérange ce qu'il faisait avec une fille « fadasse » hier soir ? Occupez-vous plutôt de votre vie !!!

Un froid glacial m'envahit. D'accord. J'ai bien tapé un truc de ce genre en prenant le métro pour aller au bureau de Sam. Les divagations de Willow m'avaient mis les nerfs en pelote. Pour me détendre. Mais je ne l'ai pas envoyé. Évidemment que non. Je ne l'aurais jamais envoyé...

Mon Dieu...

— Je... hum...

J'ai la bouche sèche quand je relève la tête.

— Je l'ai peut-être écrit comme un gag. Et j'ai appuyé sur la touche « Envoyer » par erreur. Vous me croyez ? Ce n'était pas du tout mon intention. Ça n'a jamais été mon *intention*.

Je me replonge dans le texte en imaginant la tête de Willow. Elle a dû péter les plombs ! J'aurais bien voulu être là. Je ne peux réprimer un instant de joie pure en me la figurant écarquiller les yeux, palpiter des narines, cracher des flammes[1]...

— Ça vous fait rire ? râle Sam.

— Mais non, je dis, interloquée. Je suis vraiment désolée. Sincèrement. Mais c'était par erreur...

— On s'en fiche que ce soit une erreur ou pas, non ? Un emmerdement de plus ! Comme si je n'en avais pas assez...

— Minute ! je m'exclame en levant la main. Je ne comprends pas. En quoi êtes-vous concerné ? Pourquoi ce serait votre problème ? C'est moi qui ai envoyé ce mail, pas vous !

— Vous vous trompez ! Ça finira très vite par devenir mon problème.

Bon, je ne pige plus. En quoi ce sera son problème ? Pourquoi est-il si furieux ? D'accord, je n'aurais pas dû l'envoyer, mais Willow n'aurait pas dû le bombarder de ces millions de folles élucubrations. Il la défend, maintenant ?

— Voilà, je dis calmement. Je vais lui envoyer un mail pour lui présenter mes excuses. Mais, entre nous, elle en fait une montagne. Elle n'est plus votre petite amie. Vous n'êtes plus sur le coup.

Sans me prêter attention, il tape sur son mobile. Un mail pour Willow ?

— Vous n'en avez pas fini avec elle, n'est-ce pas ?

Cette vérité m'éclate au visage. Comment ai-je pu ne pas m'en apercevoir avant ?

— Elle compte encore pour vous.

— Bien sûr que non !

— Bien sûr que si ! Autrement, vous n'attacheriez aucune importance à mon mail. Vous trouveriez qu'elle l'a mérité. Qu'il est marrant. Vous ne la défendriez pas, elle, mais moi !

---

1. Licence poétique.

376

Ma voix tremble et j'ai l'horrible impression de rougir. Au tour de Sam d'être étonné.

— Poppy, pourquoi monter sur vos grands chevaux ?

— Parce que... parce que...

Je me tais, le souffle rauque. Pour des raisons que je ne lui avouerai pas. Des raisons que je ne peux même pas m'avouer. Je tombe de si haut. Je planais ou quoi ?

— Parce que... vous avez été déloyal ! Vous m'avez raconté toutes ces sornettes du genre : « C'est fini entre nous, et Willow devrait le comprendre. » Bien sûr qu'elle n'y comprend rien si vous vous comportez ainsi. Vous agissez comme si elle occupait une place prépondérante dans votre vie et que vous étiez toujours responsable d'elle. Donc, avec elle, ce n'est pas fini.

— Quel paquet de conneries !

— Et si vous lui disiez de ne plus vous casser les pieds ? Si vous arrêtiez les frais une bonne fois pour toutes et faisiez une croix sur cette histoire ? Vous n'en avez pas marre ? Elle vous *plaît*, cette relation zinzin qui ne mène nulle part ?

Sam souffle comme un phoque.

— Qui vous donne le droit de juger une situation à laquelle vous ne comprenez rien...

Je pars d'un éclat de rire sarcastique.

— Mille excuses ! Vous avez raison. Pour moi, votre histoire est un mystère. Si vous vous remettez ensemble, je vous souhaite beaucoup de bonheur.

— Bon Dieu, Poppy...

— Quoi ?

Je pose ma tasse si violemment qu'un peu de café se répand sur la pile de nos messages.

— Oh ! Je les ai salis. Désolée. Mais comme ils ne contiennent rien d'important, ce n'est pas grave, n'est-ce pas ?

— Comment ? Poppy, on pourrait s'asseoir calmement et... reprendre nos esprits ?

Calmement ? Il en a de bonnes ! Je ne sais plus où je vais. J'ai du mal à me ressaisir. De sombres pressentiments m'envahissent. Côté espoir, je suis au point mort. Je n'ai pas arrêté de fantasmer... En tout cas, je me suis conduite comme une idiote pleine d'illusions et je dois m'éloigner le plus vite possible.

— Désolée.

Je prends une profonde inspiration et réussis à esquisser un sourire.

— Désolée, je suis un peu stressée. À cause du mariage et tout et tout. Mais ça ira. Je veux vous remercier de m'avoir prêté le téléphone. J'ai été heureuse de vous connaître et je vous souhaite tout le bonheur possible. Avec ou sans Willow.

Encore tremblante, j'attrape mon sac.

— Et... euh... j'espère que tout s'arrangera pour sir Nicholas. Je guetterai les articles dans les journaux. Ne bougez pas, je connais le chemin...

En me dirigeant vers la porte, je le regarde à peine. Sam n'en revient pas.

— Poppy, ne partez pas comme ça. Je vous en prie.

— Je ne pars pas comme ça. Croyez-moi. J'ai des choses à faire. J'ai un mariage à annuler, quelques petites crises cardiaques à distribuer à la ronde...

— Poppy, attendez !

La voix de Sam m'arrête net et je me retourne.

— Je veux juste vous dire... merci.

Je croise son regard et ses yeux sombres percent ma carapace pendant un instant.

— Moi aussi, dis-je d'une voix enrouée. Merci.

Je le salue de la main une dernière fois et je prends le couloir. Garde la tête haute, Poppy. Ne t'arrête pas. Ne te retourne pas.

Quand j'atteins la rue, mon visage ruisselle de larmes et dans ma tête s'agitent des pensées furieuses. Pourtant j'ignore contre qui je suis furieuse. Sans doute contre moi-même.

Heureusement, j'ai une méthode pour aller mieux. Une demi-heure plus tard, je sors de la boutique Orange où j'ai mis sur le compte de Sam le plus cher, le plus chic, le plus smart des téléphones. Je l'ai pris au mot : c'est lui qui m'a dit « peu importe le prix ».

Bon, c'est le moment de le baptiser. Je me dirige vers une petite esplanade, à l'abri du bruit des voitures. Je compose le numéro de Magnus et j'atterris directement sur sa boîte vocale. Exactement ce que je veux.

« OK, espèce de fumier, dis-je en injectant autant de venin possible dans ce mot. J'ai parlé à Lucinda. Je sais tout. Tu as couché avec elle, tu lui as demandé sa main, ma bague a fait la tournée d'un tas de filles, tu es un menteur et une ordure. Autant que tu le saches... le mariage est annulé. Tu as entendu ? *Annulé !* J'espère que tu trouveras un autre usage à ton gilet de gala. Et à ta vie. Au revoir, Magnus. J'espère ne jamais te revoir. »

Il y a des moments dans la vie pour lesquels les esquimaux Magnum[1] au chocolat blanc ont été inventés, et c'est l'occasion idéale.

Je n'ai pas le courage de passer des coups de fil. D'affronter le vicaire, mes frères, ni aucune de mes amies. Je suis une loque. Avant tout, j'ai besoin de reprendre des forces. Aussi quand j'arrive à la maison, j'ai un plan.

Ce soir : regarder des DVD réconfortants, manger des glaces, sangloter abondamment. Poser un masque nourrissant sur mes cheveux[2].

---

1. Tant pis si Magnum ressemble beaucoup à Magnus. Ça ne me coupe pas l'appétit.
2. Autant poursuivre le traitement.

Demain : apprendre au monde que le mariage est annulé, faire face aux retombées, voir Annalise sauter de joie, etc., etc.

J'ai texté mon nouveau numéro à toutes mes connaissances et déjà quelques réponses amicales me parviennent, mais je ne dis rien de plus. Ça peut attendre demain.

Comme je ne veux pas voir de mariage sur mon petit écran (à l'évidence [1]) je me passe des dessins animés comme *Toy Story* [2] ou *Up* [3] qui me déclenchent des torrents de larmes. J'en regarde une flopée. À minuit, lovée dans mon canapé, vêtue de mon vieux pyjama, enroulée dans une couverture de fourrure, le cheveu huileux à cause du masque, une bouteille de blanc à portée de la main, je suis plongée dans *Le Monde de Nemo*. La série me fait toujours pleurer, mais ce soir, je suis comme une fontaine avant même la disparition de Nemo [4]. J'envisage de trouver un film moins brutal et moins cruel quand l'interphone grésille.

Bizarre ! Je n'attends personne. À moins que... Toby et Tom seraient arrivés avec deux jours d'avance ? C'est bien le genre de mes frères de débarquer à minuit après un voyage à prix réduit.

Comme le combiné est près du canapé, il me suffit de l'attraper, de mettre le DVD sur « Pause » et de dire vaguement :

— Bonsoir !

— C'est Magnus.

Magnus ? Comme électrocutée, je me redresse. Magnus. Ici. À ma porte. Il a entendu mon message ? J'ai un mal fou à reprendre mes esprits.

— Je te croyais à Bruges.

---

1. Ce qui élimine la plupart de mes DVD, hélas !
2. Geignard.
3. Totalement geignard.
4. Une mère poisson ainsi que ses petits œufs dévorés par un requin, quelle idée pour commencer un film ? Et dire que c'est pour les enfants !

— Je suis rentré.

— Je vois. Mais tu n'as pas la clé ?

— J'ai pensé que tu aurais changé les serrures.

— Oh !

J'écarte une mèche grasse de mes yeux fatigués. Ainsi il a entendu ce que je lui ai dit.

— Eh bien... non.

— Je peux monter ?

— Oui.

Je raccroche et jette un coup d'œil autour de moi. Merde ! C'est une porcherie. Pendant un très court instant, j'ai envie de bondir sur mes pieds, de jeter les emballages des glaces, de me laver les cheveux, de redonner du volume aux coussins, de m'appliquer un trait d'eye-liner, d'enfiler une chemise de nuit sexy. C'est ce qu'Annalise ferait.

C'est sans doute ce qui m'arrête. Qu'importe si j'ai les yeux bouffis et un masque[1] ! Je n'épouse pas ce type alors rien à faire de ma dégaine.

En entendant sa clé dans la serrure, je remets en marche *Le Monde de Nemo*, histoire de lui montrer que ma vie ne s'est pas arrêtée. J'en ai assez fait. Je pousse même le son et remplis mon verre. Je ne lui en offrirai pas. Autant qu'il se fasse une raison. Et pas de Magnum non plus[2].

Quand il entre, la porte grince comme à son habitude mais je ne détourne pas les yeux de l'écran.

— Salut.

— Bonsoir, dis-je sans conviction.

Du coin de l'œil, je remarque qu'il pousse un long soupir. On dirait qu'il est dans ses petits souliers.

— Alors ?

— Alors ?

---

1. N.B. De toute façon, la tête que j'ai ne devrait avoir aucune importance.

2. Parce que je les ai tous mangés.

Moi aussi je peux m'amuser à ce petit jeu.

— Poppy.

— Poppy. Je veux dire « Magnus ».

Quelle gaffe ! Il m'a eue ! Je fais l'erreur de détourner les yeux de la télévision. Il en profite pour se précipiter sur moi, me prendre les mains, comme il l'a fait la première fois.

— Arrête ! je lui lance au visage en retirant mes mains. Je ne t'ai pas donné la permission de me toucher.

— Excuse-moi ! fait-il comme un enfant pris en faute.

— Je ne te connais plus, dis-je en regardant tristement Nemo et Dory. Tu n'arrêtes pas de raconter des bobards. Je refuse d'épouser quelqu'un qui me trompe et me ment. Tu peux aussi bien t'en aller. Je me demande même ce que tu fiches ici.

Magnus m'octroie un de ses soupirs magistraux.

— Poppy... D'accord. J'ai fait une erreur. Je l'avoue. Tu peux me passer les menottes.

— Une erreur ? je répète en ricanant.

— Oui, une erreur. Je ne suis pas parfait, vu ?

Il passe sa main dans ses cheveux, comme s'il cherchait ses mots.

— C'est ce que tu attends de la part d'un homme ? La perfection ? Alors crois-moi, cet homme n'existe pas. Et si tu annules le mariage pour une simple bêtise... Je suis un être *humain*, Poppy. Un être humain imparfait, avec ses défauts.

— Je ne veux pas d'un homme parfait, crois-moi ! Je veux un homme qui ne couche pas avec l'organisatrice de mon mariage.

— On ne choisit pas ses défauts, hélas ! Et je regrette ma faiblesse.

Et voilà que maintenant il joue les victimes !

— Oh ! mon pauvre vieux !

Je hausse le son du dessin animé mais, à ma grande surprise, Magnus saisit la télécommande et l'éteint. Je suis trop ahurie pour protester.

— Poppy, tu n'es pas sérieuse. Tu ne vas pas tout annuler pour une bagatelle...

— Il n'y a pas que ça, je dis, le cœur gros. Et tes autres fiancées, alors ? Tu ne m'as jamais avoué que tu avais demandé Lucinda en mariage. Je croyais que cette bague était très *spéciale*. À propos, je l'ai rendue à ta mère.

— Effectivement, j'ai demandé à d'autres filles de m'épouser. Mais je ne comprends pas pourquoi.

— Parce que tu les aimais ?

— Non ! Pas du tout, proteste-t-il furieusement. Un coup de folie. Poppy, toi et moi, nous sommes différents. On peut réussir. On peut réussir notre couple. Il nous faut franchir le pas de la cérémonie...

— *Franchir* le pas ?

— Non ! Ce n'est pas ce que je voulais dire. Poppy, sois raisonnable ! Tout est prêt pour le mariage. Tout est organisé. Oublie ce qui s'est passé avec Lucinda. Ce qui compte, c'est toi et moi. On peut se marier. Je veux me marier. De toutes mes forces.

Il s'exprime avec tant de ferveur que j'en suis surprise.

— Magnus...

— Est-ce que ceci te ferait changer d'avis ?

Il met un genou à terre devant le canapé et fouille dans sa poche. Muette, je le regarde ouvrir un petit écrin. À l'intérieur, une bague faite anneaux d'or entrelacés surmontés d'un petit diamant.

— D'où tiens-tu ça ?

— Je te l'ai achetée à Bruges.

Il s'éclaircit la voix comme s'il était gêné de l'admettre.

— Je marchais dans une rue. Je l'ai vue dans une vitrine et j'ai pensé à toi.

Je n'arrive pas à le croire. Magnus a acheté une bague pour moi. Juste pour moi. J'entends Wanda dans ma tête :

« Quand il voudra réellement s'engager, il choisira une bague lui-même. Il étudiera la question. Réfléchis à ce que je te dis. »

Mais je ne peux pas baisser la garde.

— Pourquoi as-tu choisi cette bague en particulier ? Qu'est-ce qui t'a fait penser à moi ?

— Les anneaux d'or. Ils m'ont rappelé ta chevelure. Pas la couleur, bien sûr, rectifie-t-il très vite, mais son éclat.

Une bonne réponse. Assez romanesque. Je lève les yeux et lui fais un sourire en coin prometteur. Mon Dieu ! Quand Magnus est mignon et doux comme un agneau, il est presque irrésistible.

Je ne sais plus où j'en suis. Bon, il a fait une erreur. Une grosse, une énorme faute. Est-ce que je vais tout gâcher pour ça ? Suis-je parfaite ? Après tout, il y a vingt-quatre heures, j'enlaçais un autre homme dans un bois.

En pensant à Sam, je ressens un petit pincement au cœur et je m'en veux. Arrête ! Oublie-le ! J'ai été emportée par les événements, c'est tout. Magnus aussi ?

— Qu'en penses-tu ?

Magnus m'observe de près.

— Je l'adore. Elle est superbe.

— Je sais. C'est un bijou exquis. À ton image. Je veux que tu la portes. Alors Poppy...

Il pose sa main brûlante sur la mienne.

— Poppy chérie... veux-tu ?

— Mon Dieu, Magnus, je ne sais pas...

Mon nouveau téléphone flashe comme un dément et j'y jette un coup d'œil pour gagner du temps. Il y a un mail de samroxton@whiteglobeconsulting.com.

Mon cœur s'accélère. J'ai envoyé à Sam mon nouveau numéro au cas où. Et à la dernière seconde j'ai ajouté : « Je m'excuse pour cet après-midi » et j'ai ajouté deux bizz. Pour faire la paix. Et voici qu'il me répond. À minuit ! Qu'est-ce qu'il veut me dire ? En tremblant, imaginant les choses les plus folles, je clique sur le message.

— Poppy ? fait Magnus un peu vexé. Amour ? Tu ne m'écoutes plus.

Sam est ravi de votre mail. Il vous contactera dès qu'il en aura la possibilité. En attendant, merci pour vos coordonnées.

En lisant ces mots, je me sens comme humiliée. Un mail de refus. Il a demandé à son assistante de m'envoyer un mail de refus.

Soudain, je me souviens de Sam quand nous avons déjeuné ensemble au restaurant :

« Vous n'avez pas un mail de refus tout prêt, Poppy ? Très pratique aussi pour se protéger des pots de colle. »

Eh bien, il ne pouvait pas être plus clair, n'est-ce pas ?

Maintenant ce n'est pas seulement un petit pincement au cœur que je ressens mais une douleur phénoménale. J'ai été trop bête. Qu'est-ce que j'ai imaginé ? Au moins, Magnus ne s'est pas fait tout un cinéma en prétendant qu'avec Lucinda, c'était plus qu'une aventure de passage. Dans un sens, il est resté plus fidèle que moi. Car si Magnus savait même la *moitié* de ce qui s'est passé ces derniers jours...

— Poppy ? De mauvaises nouvelles ?

— Non.

J'envoie balader mon téléphone sur le canapé et je réussis à faire à Magnus un sourire éblouissant.

— Tu as raison. On fait tous des erreurs stupides. On se laisse emporter. On se laisse distraire par des choses... qui n'existent pas. Mais l'important...

Je suis à court d'inspiration.

— Oui ? insiste Magnus.

— L'important... Tu m'as acheté une bague. Toi-même.

En disant ces mots, j'y vois plus clair, je retrouve la terre ferme. Mes fantasmes fous s'évanouissent. La réalité se tient devant moi. Maintenant, je sais ce que je veux. Je sors la bague de son écrin, l'examine un moment. Le sang bat à mes tempes.

— Tu l'as choisie toi-même pour moi. Et je l'adore. Et Magnus… c'est oui.

Je scrute Magnus droit dans les yeux et soudain, je me moque de Sam. Je veux avancer dans la vie, loin d'ici, vers de nouveaux horizons.

— Oui ?

Il me dévisage comme s'il n'avait pas bien entendu.

— Oui, je répète.

Sans un mot, Magnus se saisit de la bague. Il prend ma main gauche et la passe doucement à mon annulaire.

Incroyable mais vrai ! Je vais me marier.

16

Magnus est comme son père : il n'est pas supersti-
tieux. Bien qu'aujourd'hui soit le jour de notre mariage
– et même si tout le monde sait que ça porte malheur –,
il a dormi chez moi la nuit dernière. Quand je lui ai
demandé de rentrer chez ses parents, il s'est mis à bouder
en me disant que j'étais ridicule et qu'il ne voyait pas
pourquoi il devrait faire son sac pour une seule nuit. Et
puis il a ajouté que les seules personnes à croire ce genre
de faribole étaient des...

Et là, il a stoppé tout net. Mais je sais bien qu'il allait
dire « esprits faiblards ». C'est une bonne chose qu'il n'ait
pas continué. Autrement, on aurait eu une *énorme* dispute.
Il se trouve que je suis toujours agressive à son égard.
Pas idéal le jour des noces, c'est vrai. Je devrais avoir des
étoiles dans les yeux au lieu de lui balancer toutes les cinq
minutes des réprimandes genre : « Et un *autre* truc que tu
fais toujours, c'est... »

Au fait, je sais pourquoi la tradition de dormir séparément la veille du mariage a été instaurée. Rien à voir avec
le romantisme amoureux ou les parties de jambes en l'air.
Rien à voir avec la chasteté, non plus. C'est pour éviter
que la mariée ne galope vers l'autel en bouillonnant de
colère et en se jurant de balancer à son futur mari
quelques vérités premières dès qu'elle en aura fini avec la
cérémonie.

Je voulais que Magnus dorme dans la chambre d'amis mais mes frères occupaient la place dans leurs sacs de couchage[1]. J'ai au moins réussi à le convaincre de partir avant que je mette ma robe de mariée. Il y a des limites à tout !

Tandis que je me verse une tasse de café, je l'entends palabrer dans la salle de bains. Une autre source d'irritation. Il répète son discours. Ici. Dans l'appartement. Je croyais que le discours était censé être une surprise. Visiblement il n'a pas bien potassé les règles du savoir-épouser. Je m'approche, prête à lui passer un savon, mais je m'arrête. Autant en profiter pour avoir un avant-goût de son speech.

La porte est entrouverte. Je jette un œil, curieuse de le voir déclamer devant le miroir en robe de chambre. À ma grande surprise, il a l'air tout à fait remonté. Les joues rouges, il respire bruyamment. Pas de doute, il est dans son rôle. Le discours va être plein de passion. Il va annoncer à quel point j'ai transformé sa vie et les invités vont pleurer.

— Tout le monde disait que je ne me marierais jamais. Tout le monde disait que je ne passerais pas le cap.

Magnus fait une longue pause. À croire qu'il a perdu le fil. Il reprend avec véhémence :

— Eh bien, regardez ! Je suis là. OK ? Je suis là.

Il prend une gorgée de ce qui ressemble à un gin tonic et regarde son reflet avec un air vindicatif.

— Je suis là. Marié. Ma-ri-é.

Je ne sais pas ce que c'est, mais il y a truc bizarre dans ce discours... Quelque chose qui cloche... Des petits détails qui sonnent faux.

Voilà, je sais ! Il n'a pas l'air heureux.

Pas heureux ? Le jour de son mariage ?

Il lève son verre en lançant un regard noir au miroir.

---

1. Ils y sont toujours, d'ailleurs, complètement comateux.

— Je l'ai fait. Que tous ceux qui prédisaient le contraire aillent se faire foutre !

Plutôt dérangeante, sa tirade.

— Magnus, tu ne peux pas dire aux gens d'aller se faire foutre dans ton discours !

Il sursaute et, quand il me fait face, il est tout sourire.

— Poppy ! Amour ! Je ne savais pas que tu m'écoutais.

— C'est ton discours ?

— Pas exactement, non.

Il prend une autre gorgée.

— Mais j'y travaille.

— Tu ne l'as pas encore écrit ? Oh ! et ça, c'est un gin tonic ?

— Tu ne crois pas que j'ai droit à un remontant le jour de mon mariage ?

L'air vindicatif est de retour. Qu'est-ce qu'il a ? Si nous nous trouvions dans une de ces cuisines haut de gamme des feuilletons américains, je prendrais gentiment son bras en lui disant : « Ça va être un jour merveilleux, mon chou. » Son visage s'éclairerait et il me répondrait : « Je sais. » Et on s'embrasserait. Et, grâce à mon charme et à la subtilité de mon amour, j'aurais dissipé la tension du moment. Mais je ne suis pas d'humeur aimable. S'il peut être hargneux, moi aussi.

— Parfait. Soûle-toi ! C'est tout à fait le moment.

— Je ne me soûle pas. J'ai juste besoin d'avaler quelque chose pour faire passer...

Il s'arrête juste à temps. Je me demande ce qu'il allait dire. Faire passer quoi ? L'épreuve ? L'angoisse ? Son esprit doit travailler dans le même sens, car il se dépêche de terminer sa phrase.

— ... l'émotion qui m'étreint. Oui, il faut que je calme cette immense sensation de bonheur, autrement je ne pourrai pas me concentrer. Amour, tu es ravissante. Tes cheveux sont splendides. Quelle mariée spectaculaire !

En une seconde, il a changé. Le voici à nouveau lui-même, plus adorable et aimant que jamais. Changement de climat instantané. Comme le soleil perçant derrière les nuages. Avec un sourire forcé, je rectifie :

— Je ne suis pas encore coiffée. Le coiffeur est en chemin.

— Eh bien, surtout qu'il n'en fasse pas trop ! dit-il en enfouissant son visage dans mes cheveux. Bon, Poppy, inutile que je reste dans tes pattes. À tout à l'heure, à l'église !

Je suis légèrement ébranlée par son brusque départ. D'ailleurs, toute la matinée, je me sens remuée. Ce n'est pas que je sois inquiète. C'est plutôt que je me demande si je *devrais* être inquiète. Mettez-vous à ma place. Une minute, Magnus m'adore et me supplie de l'épouser ; la minute suivante, il devient mauvais comme si je le poussais vers l'église avec un fusil. Est-ce juste de la nervosité ? Est-ce que tous les hommes se conduisent comme ça le jour de leur mariage ? Est-ce que je dois tolérer ce comportement typiquement viril – comme cette manie qu'il a d'aller sur Google dès qu'il est enrhumé pour lire avec avidité le paragraphe intitulé « Les symptômes du cancer du nez sortent par les narines[1] ».

Si mon père était vivant, je lui poserais la question.

Mais je ne veux pas me laisser aller à ce genre de réflexion. Ce n'est pas le jour. Aujourd'hui, pas de sinistrose. Allez, Poppy ! Secoue-toi. La vie est belle. Arrête d'inventer des problèmes qui n'existent pas. Tu vas te marier.

Au moment où le coiffeur fait son entrée, Toby et Tom émergent de leur chambre et remplissent de thé les mugs taille pots de chambre qu'ils ont apportés[2]. Ils se mettent tout de suite à taquiner le coiffeur et à faire les guignols

---

1. Vrai.
2. D'après eux, j'ai des mugs de fille.

avec des bigoudis dans les cheveux. Ils me font mourir de rire. Vraiment, je devrais les voir plus souvent, mes petits frères ! Ils descendent au café prendre un petit déjeuner copieux. Ruby et Annalise arrivent avec deux heures d'avance tellement elles sont impatientes. Le coiffeur nous prévient qu'on peut commencer. Le téléphone sonne : c'est ma tante Trudy qui me dit qu'elle arrive dans peu de temps. Son collant est filé, et elle aimerait savoir si elle a une chance d'en trouver une paire dans mon quartier[1].

Tout à coup nous sommes plongés dans un tourbillon de brushing, de manucure, de maquillage, de chignons, de livraison de fleurs, de robes essayées, de robes enlevées pour aller au petit coin, de sandwiches grignotés, d'application d'autobronzant (notez que ce dernier épisode a failli tourner à la cata. Heureusement ce n'était qu'une tache de café sur le genou d'Annalise). Et soudain, il est 14 heures. Les voitures sont là, je suis devant le miroir avec ma robe et mon voile. Mes frères m'entourent, si séduisants dans leurs jaquettes que je dois battre des cils pour empêcher mes larmes de couler. Annalise et Ruby sont déjà parties pour l'église. Cette fois, ça y est. Ce sont mes derniers moments de célibataire.

— Ta robe est superbe. Papa et maman seraient fiers de toi, dit Toby d'un ton bourru.

— Merci.

Et je hausse les épaules d'un mouvement qui se veut nonchalant.

Je suis à mon top. Comme toutes les filles le jour de leur mariage. Ma robe est un long fourreau avec un dos plongeant et de la dentelle sur les manches. Mes cheveux sont ornés d'un diadème en petites perles et remontés en chignon[2]. Mon voile est en gaze de soie, et je porte un

---

1. Ma tante Trudy est persuadée qu'il n'existe aucune boutique en dehors de Taunton.
2. Mes cheveux sont finalement assez longs. Tout juste.

ravissant bouquet de lys. Mais, comme avec Magnus ce matin, quelque chose cloche.

C'est mon expression, je réalise avec consternation. Mon regard est tendu, ma bouche morose et je suis loin d'incarner l'image radieuse de la mariée. Je m'adresse à moi-même un sourire, toutes dents dehors. Le résultat fait peur : j'ai l'air d'un clown déguisé en mariée.

— Ça va, Pops ? demande Tom en me dévisageant.

— Très bien.

Je ramène mon voile en avant pour dissimuler mon visage un peu plus. De toute façon, mon expression n'a aucune importance. Les invités auront les yeux fixés sur ma traîne.

— Hé, grande sœur, fait Toby en regardant son frère comme pour avoir son approbation. Il faut que tu saches que, si tu changes d'avis, c'est OK pour nous. On t'aidera même à prendre la tangente. On en a déjà discuté, hein, Tom ?

— Ouais ! L'Eurostar de 16 h 30 à la gare de St-Pancras, renchérit Tom, t'amène à Paris à temps pour le dîner.

— À prendre la tangente ? Drôle de plan, vraiment. Qu'est-ce qui vous arrive, les garçons ? Vous n'aimez pas Magnus ?

— Nan ! On n'a jamais dit ça, se défend Toby. C'est juste une façon de parler. Au cas où. On a pensé que ce serait notre rôle de te donner un coup de main.

— Absolument pas votre rôle, je corrige un peu trop sèchement. Bon, allez, il est l'heure de partir.

— J'ai acheté les journaux, au fait, dit Tom, en me présentant une liasse de quotidiens. Si tu veux les lire dans la voiture.

Je me recule, horrifiée.

— N'importe quoi ! Je n'ai pas envie d'avoir de l'encre sur ma robe.

Il n'y a qu'un petit frère pour suggérer à une mariée de lire les journaux sur le chemin de l'église. Genre, c'est tellement rasoir qu'il vaut mieux se distraire en route.

Malgré tout, je feuillette en vitesse le *Guardian* pendant que Toby fait un dernier arrêt aux toilettes. En page cinq, il y a une photo de Sam sous le titre « Un scandale secoue le monde des affaires ». Mon estomac se noue.

Mais il fait moins de nœuds qu'une minute avant.

La voiture est une magnifique Rolls-Royce noire qui fait sensation dans ma rue de Balham. Quelques voisins sont sortis pour me voir passer. Avant d'entrer dans la voiture, je tourne sur moi-même pour me faire admirer, et ils applaudissent. Nous démarrons et je me sens enfin comme une mariée normale : épanouie et rayonnante.

Pourtant je ne dois pas avoir l'air si épanouie et rayonnant que ça car, à la hauteur de Buckingham Palace Road, Tom me demande soudain :

— Poppy, tu as mal au cœur ?

— Pourquoi ?

— On dirait que tu es souffrante.

— Pas du tout.

— Si, s'exclame Toby, tu es toute verte.

— Ouais, c'est ça, verdâtre ! dramatise Tom. Comme si tu allais vomir. Tu vas vomir ?

C'est bien un truc de frères de faire ce genre de remarque. Ah, si seulement j'avais des sœurs ! Elles me feraient plein de compliments et me prêteraient leur blush.

— Non, je ne vais pas vomir. Et peu importe ma mauvaise mine. À travers mon voile, on ne verra rien.

Mon mobile vibre. Je l'extirpe de ma jolie petite aumônière blanche. Un SMS d'Annalise.

Ne passez pas par Park Lane. Accident. C'est bouché.

Je préviens le chauffeur :

— Attention ! Il y a eu un accident sur Park Lane.

— Vous avez raison. On va l'éviter.

Tandis que nous nous engageons dans des petites rues transversales, je remarque que mes frères échangent des regards.

— Qu'est-ce qui se passe ?

— Rien de rien, répond Toby gentiment. Assieds-toi confortablement et détends-toi. Tu veux que je te raconte des blagues ?

— Non, merci !

Je regarde distraitement par la fenêtre. Soudain, sans que je m'y attende, nous sommes arrivés à destination. Les cloches sonnent à un rythme lent. Je vois un couple d'invités, que je ne reconnais pas, grimper les marches à toute allure. La femme tient son chapeau et me sourit. Je leur adresse un petit signe solennel.

Voilà, le rêve devient réalité. C'est le plus beau jour de ma vie. Il faut que je me souvienne de chaque seconde. Et de mon état de bonheur.

Tom me dévisage et fait la grimace.

— Pops, t'es pas dans ton assiette. Je vais aller prévenir le vicaire que tu es malade.

Il me bouscule presque pour filer dans l'église.

— Non, tu es fou ! Je ne suis pas malade.

Trop tard. Il se voit investi d'une mission. Résultat, quelques moments plus tard, le révérend Fox s'approche de moi, l'air soucieux.

— Oh, votre frère a raison. Vous n'avez pas l'air bien.

— Mais je vous assure, je me porte comme un charme.

— Nous allons attendre quelques minutes avant de commencer la cérémonie pour vous permettre de vous reprendre.

Par une porte de côté, il m'emmène dans une petite pièce.

— Asseyez-vous un moment, buvez un peu d'eau. Peut-être un biscuit ? Il y en a dans la salle paroissiale. De toute façon, les demoiselles d'honneur ne sont pas là. Si j'ai bien compris, elles sont bloquées dans la circulation.

— Je vais les guetter dehors, dit Tom. Elles ne vont pas tarder.

— Et moi, je vais chercher les biscuits, dit Toby. Ça va aller, grande sœur ?

— Oui !

Je me retrouve seule dans la pièce silencieuse. Un petit miroir est perché sur une étagère. Quand je me regarde, je sursaute. C'est vrai que j'ai l'air patraque. Mais pourquoi ? Maintenant c'est mon mobile qui se manifeste. Tiens ? Un SMS de Mme Randall.

6-4, 6-2. Merci, Poppy !

Elle joue à nouveau au tennis. Bravo ! C'est la meilleure nouvelle de la journée. Je me dis que j'aimerais être au cabinet, donner des soins à un patient pour le soulager, faire quelque chose d'utile...

Non. Stop. Là, tu débloques, Poppy ! Comment tu peux souhaiter travailler le jour de ton mariage ? Je dois être un peu zinzin. Vous avez déjà rencontré une mariée qui a envie d'être à son boulot le jour J ? Vous avez déjà lu un article intitulé « Comment avoir l'air radieuse quand on a envie de vomir ? » dans un magazine spécialisé en robes de mariée ?

Un autre texto, d'Annalise cette fois.

Enfin !!!! On avance. Tu y es déjà ?

OK. Concentrons-nous sur le moment présent. Le simple geste de taper sur le clavier me détend.

Je viens d'arriver.

Aïe, aïe, aïe ! On fait notre possible pour foncer. De toute façon, tu es censée être en retard. Ça

porte bonheur. Au fait, tu as bien la jarretière bleue ?

Annalise est si obsédée par les jarretières bleues qu'elle m'a apporté trois différents modèles ce matin. Excusez-moi, mais pour moi ça ne veut rien dire, cette coutume. D'ailleurs, pour être franche, j'enlèverais volontiers ce bout d'élastique qui me coupe la circulation. Mais une promesse est une promesse. Et donc, oui, je la porte.

Bien sûr ! Même si ma jambe menace de tomber d'une minute à l'autre. La mariée unijambiste : un beau cadeau de nuit de noces pour Magnus !

Je souris en l'envoyant. Ce bavardage idiot me remonte. Je pose mon mobile, respire posément et bois une gorgée d'eau. OK. Je me sens mieux. Le téléphone bipe et je regarde pour voir le commentaire d'Annalise.

Mais c'est le numero de Sam.

Je me liquéfie. Mon estomac gargouille comme quand j'étais adolescente. Oh non ! Je suis vraiment ridicule. Il me suffit de voir le nom de Sam sur mon écran pour perdre instantanément tous mes moyens. Pathétique, vraiment !

Une partie de moi-même s'efforce de lutter. Je m'en moque, de ce qu'il a à me dire. Non, mais ! Pourquoi, je vous le demande, devrais-je accorder à ce type un centième de seconde ou de pensée alors que c'est le jour de mon mariage et que j'ai d'autres chats à fouetter ?

D'un autre côté, si je ne l'ouvre pas, ce SMS va brûler mon mobile pendant toute la cérémonie. Alors ? Alors, je clique aussi calmement que possible, tout en sachant que mes doigts sont à peine capables de bouger correctement. Et je lis quoi ? Un seul mot – la spécialité de Sam :

Salut !

C'est tout ? Comme je ne veux pas me montrer mal élevée, je réponds avec enthousiasme :

Salut !

Un moment plus tard, la suite :

Je vous dérange ?

Quoi ?
Je rêve ! Il fait de l'humour ou… ?
Et puis, je me souviens. Bien sûr ! Il croit que j'ai annulé le mariage. Il n'est pas au courant.
Mon interprétation change soudain du tout au tout. Il ne veut pas être sarcastique. Il veut simplement me dire bonjour. Je reprends mon souffle et réfléchis à une répartie. Pas question de lui dire ce que je suis sur le point de faire. Pas directement, en tout cas. L'idée m'est insupportable.

Pas vraiment.

Alors je serai bref. Vous aviez raison et j'avais tout faux.

Du chinois pour moi. Raison à propos de quoi ? Je tape lentement :

Je ne comprends rien.

Au sujet de Willow. Vous aviez raison, et j'avais tout faux. Excusez ma réaction intempestive. Je ne voulais pas que vous soyez dans le vrai mais vous l'étiez. Je lui ai parlé.

Qu'avez-vous dit ?

Que c'était terminé. *Finito*. De cesser ses mails, sinon je déposerais plainte pour harcèlement.

Vraiment ? J'ai du mal à le croire.

Comment a-t-elle pris ça ?

Plutôt mal. Choquée.

Je ne suis pas étonnée.

Ensuite, silence sur toute la ligne. Il y a bien un message d'Annalise mais je ne l'ouvre pas. Je ne veux pas couper le fil qui me relie à Sam. J'agrippe mon portable et scrute l'écran dans l'attente d'un nouveau texto. Il doit se manifester.

Un flash et je lis :

Sans doute pas un jour facile pour vous. Aujourd'hui devait être le jour de vos noces, si je me rappelle bien.

Pitié ! Cette fois, je suis à court de réponse. Péniblement je tape :

Oui.

Voilà un truc pour vous remonter le moral.

Perplexe, je fixe l'écran. La photo qui s'affiche me fait éclater de rire. C'est Sam assis dans un fauteuil de dentiste avec un grand sourire. Il brandit une pancarte proclamant : *Chez le dentiste, je suis un bon patient !!!*

Mon premier réflexe est de me dire qu'il a fait ça pour moi. Qu'il a pris rendez-vous chez le dentiste pour moi.

Non, Poppy. Ne sois pas idiote. Il a pris rendez-vous pour ses dents. Après hésitation, je tape :

C'est génial ! Bien joué. Entre nous, il était temps.

Vous avez le temps pour un café ?

Misère. Je sens mes yeux se remplir de larmes. C'est maintenant qu'il me propose de prendre un café ? Il ne réalise pas que les choses ont évolué ? Il croit quoi, Sam Roxton ? Je réplique en m'emmêlant les doigts :

Vous m'avez envoyée sur les roses.

Quoi ?

Dans un mail. Vous m'avez envoyée promener.

Vous savez bien que je n'envoie jamais de mails. C'est sûrement mon assistante. Elle est d'une efficacité redoutable.

Ce n'est pas lui qui l'a envoyé ?
OK. Là, c'est au-dessus de mes forces. Je vais sangloter. Ou partir d'un rire hystérique. Ou Dieu sait quoi d'autre. Il faut que je reprenne mes esprits. Ma pauvre tête est à nouveau un maelström d'idées confuses.
Nouveau *bip*.

Vous n'êtes pas fâchée au moins ?

Vous ne comprenez pas.

Ne comprends pas quoi ?

Comme il m'est simplement impossible de trouver les mots pour le dire, je décide de prendre une photo de moi. Je tends le bras, j'appuie sur la touche et examine le résultat.

Bon, il y a la totale : le voile, le diadème, un morceau de ma robe, un bout de mon bouquet. Aucun doute ne subsiste.

Je l'envoie à Sam. Voilà, c'est parti à travers les airs. Maintenant il sait. Je ne vais sans doute plus jamais entendre parler de lui. C'est la fin. La fin d'une brève rencontre un peu étrange entre deux personnes. Avec un soupir, je m'affale sur une chaise. Les cloches ont cessé de sonner. Le calme qui règne dans la pièce est surprenant.

Jusqu'au bip du téléphone. Une série de bips, plutôt. Frénétiques. En rafale. Tous dans ma messagerie et tous de Sam.

Non.

Non. Non. Non.

:-)

Stop !

Pas question !

Vous êtes sérieuse ?

Poppy, pourquoi ?

J'ai du mal à respirer. Je dois mettre fin à cette salve. Oui, je dois pondre une réponse solide.

Vous espérez quoi ? Que je quitte l'église ? Deux cents personnes attendent mon entrée.

Vous croyez qu'il vous aime ?

Je tourne ma bague en essayant désespérément de remettre de l'ordre dans ma pauvre tête toute secouée. Est-ce que Magnus m'aime ? Finalement... l'amour qu'est-ce que ça signifie ? Personne ne le sait, à vrai dire. Personne ne peut définir ce qu'est l'amour. Personne ne peut l'expliquer. Oui mais... Si une personne choisit une bague spécialement pour vous à Bruges, c'est quand même un bon début, non ?

Oui

À l'évidence, ma réponse ne calme pas la frénésie épistolaire de Sam. Trois textos arrivent coup sur coup.

Non.

Vous vous trompez.

Stop ! Stop ! Non ! Pas question !

J'ai envie de lui crier que ce n'est pas juste. Il n'avait qu'à me dire ça avant. Et pas maintenant !

Alors, vous comptez que je fasse quoi ?

Au moment où je presse sur la touche « Envoi », la porte s'ouvre. Entrent le révérend Fox suivi de mes frères et de Ruby et Annalise. Ils parlent tous en même temps.

— Pas croyable cette circulation ! J'ai cru qu'on n'y arriverait pas !

— On ne pouvait pas démarrer sans vous. C'est comme les avions !

— Mais les avions peuvent ! Un jour, ils ont retiré mes bagages de l'avion que je devais prendre. J'étais en train d'essayer un jean dans le duty-free et je n'avais pas entendu l'annonce de l'embarquement...

— Ah ! Il y a un miroir. Je vais me remettre du gloss...

— Poppy, on a des biscuits pour toi...

— Bien sûr qu'elle ne veut pas de biscuits. Elle veut être mince pour son grand moment.

— Ton voile est mal mis. Et ta robe ! Elle est fripée. Je vais te...

— OK, ma Pop.

Ruby me serre contre elle pendant qu'Annalise arrange ma traîne.

— Prête ?

— Euh... je dis un peu étourdie, oui je pense.

— Tu es superbe, marmonne Toby la bouche pleine. Bien mieux que dans la voiture. Dis, Poppy, Felix veut te faire un petit bonjour. T'es d'acc ?

— Bien sûr.

Je me sens impuissante avec tous ces gens qui s'agitent autour de moi. Comme Annalise s'occupe de ma traîne, je ne peux même pas bouger. Quand mon téléphone bipe, le vicaire me lance un sourire contraint :

— Il vaudrait mieux l'éteindre, vous ne croyez pas ?
Annalise rigole :
— Imagine qu'il sonne pendant la cérémonie. Tu veux que je te le garde ?
Elle tend la main et, moi, je ne peux que la regarder, absolument pétrifiée. Il y a un nouveau message de Sam dans ma messagerie. Je meurs d'envie de le lire. Pourtant il est plus raisonnable de laisser tomber. De couper court. Prendre connaissance de ce message quelques minutes avant de me rendre à l'autel ? Trop dérangeant. Je suis dans l'église avec mes amies et ma famille. Ma vraie vie est là. Pas avec un type qui envoie des messages dans les airs. Il est temps de se dire au revoir, de rompre le fil.
— Merci, Annalise.
Je mets le portable hors tension et ne peux m'empêcher de le contempler tandis qu'il s'éteint. Il n'y a plus personne dans mon téléphone. Ce n'est plus qu'une boîte en métal vide et morte. Annalise le prend et le fourre dans son soutien-gorge.
— Tu portes ton bouquet trop haut. Et relax, tu es trop tendue.
— Je me sens top, je dis en évitant son regard scrutateur.
— Eh, les filles ! Devinez quoi ? lance Ruby toute froufroutante dans sa robe de demoiselle d'honneur. J'ai oublié de vous dire. On a une célébrité parmi nos patients. Vous savez, cet homme d'affaires dont on parle partout. Sir Nicholas Machin-Truc.
— Tu veux dire sir Nicholas Murray ?
— Lui-même. Sa secrétaire a appelé et pris rendez-vous avec moi. Il paraît qu'une personne en qui il a une confiance totale m'a recommandée auprès de lui. Tu as une idée de qui ça peut être ?
— Aucune.
Je suis émue. Contente. Et un peu effrayée. Jamais je n'aurais imaginé que sir Nicholas suivrait mes conseils. En

même temps, à la pensée de tomber sur lui au cabinet, je frémis. Et s'il évoque Sam ? Et s'il... ?

Poppy, tu dépasses les bornes. La prochaine fois que tu rencontreras sir Nicholas, tu seras une femme mariée. Cet épisode de ta vie sera oublié depuis belle lurette. Enterré, même.

— Je préviens l'organiste que nous sommes prêts, dit le révérend Fox. Tout le monde en place pour le cortège !

Ruby et Annalise prennent position devant moi. Tom et Toby sont à mes côtés avec chacun un bras passé sous le mien. On frappe à la porte, et le visage de chouette de Felix apparaît.

— Poppy, tu es canon.

— Merci. Entre, Felix !

Il s'approche en évitant soigneusement de marcher sur ma robe.

— Je suis juste passé te souhaiter bonne chance. Et te dire que je suis hypercontent de t'avoir dans notre famille. Au fait, mes parents te trouvent brillante.

— Vraiment ? Tous les deux ?

— Oh, oui ! Ils étaient superdéçus, quand ils ont appris que c'était annulé.

— Annulé ? s'étonnent quatre voix en stéreo.

— Ton mariage était annulé ? demande Tom.

— C'était quand ? Poppy, tu ne nous as rien dit, s'indigne Annalise. À nous, tes copines. Pourquoi ?

Cool ! Mes proches me soumettent à un interrogatoire : c'est exactement ce dont j'ai besoin aujourd'hui. J'essaye de minimiser l'affaire :

— C'était temporaire. Une de ces reculades de dernière minute due à la trouille ! Très banal.

Les yeux de Felix étincellent derrière les verres de ses lunettes.

— Magnus s'est fait engueuler grave par maman. Elle lui a dit qu'il était un imbécile et qu'il ne trouverait jamais une fille aussi bien que toi.

— C'est vrai ?

Difficile de ne pas me réjouir.

— Oh, elle était furibarde. Elle lui a pratiquement jeté la bague à la figure.

— L'émeraude ? Cette bague vaut des milliers de livres. Je vois mal Wanda s'amuser à la lancer à travers la pièce.

— Non, la bague en or avec des anneaux entrelacés. Celle que tu portes. Elle l'a prise dans le tiroir de sa coiffeuse et l'a lancée sur lui. Du coup ça lui entaillé le front. Pas trop fort, heureusement.

Je le dévisage, incapable de bouger. Je n'en crois pas mes oreilles. Il a dit quoi, Felix ? Que Wanda avait pris la bague dans un tiroir de sa coiffeuse ?

Je fais appel à toute ma volonté pour rester calme.

— Je croyais que Magnus l'avait achetée à Bruges.

— Oh non ! C'est maman, répond Félix, stupéfait.

— Bon alors, Felix, raconte-moi les faits précisément. Pourquoi lui a-t-elle donné la bague ? J'aurais bien aimé être là, j'ajoute pour alléger l'ambiance. Dis-moi tout.

— Maman a averti Magnus que ce n'était pas la peine de te donner l'émeraude. En sortant la bague en or, elle lui a répété qu'elle était enchantée de t'avoir comme belle-fille. À ce moment-là, papa a mis son grain de sel : « Pourquoi tu t'embêtes ? Il est évident que Magnus est incapable de s'engager dans une relation conjugale. » Alors Magnus a piqué une colère en affirmant le contraire. « Souviens-toi de l'incident de Birmingham ! », lui a lancé papa. Ils se sont bagarrés sec. Ensuite on a commandé à dîner. C'est à peu près tout, termine-t-il en clignant des yeux.

Annalise y va de son commentaire :

— Voilà la raison pour laquelle tu as changé de bague. Je me disais bien, aussi... Cette histoire d'allergie à l'émeraude me semblait louche.

Or, donc, cette bague est à Wanda. Magnus ne l'a pas choisie pour moi. Abattue, je l'examine. Quand tout à coup, un détail me revient.

— Quel incident de Birmingham ?

— Tu sais. Celle qu'il a abandonnée. Papa reproche à Magnus de toujours quitter les filles. Oh ! Pardon ! Je pensais que tu étais au courant.

Felix me regarde, la mine contrite, quand soudain les premières notes de l'orgue se font entendre au-dessus de nos têtes. Il bondit.

— Bon, j'y vais. Je te vois dans l'église.

Je lui fais un petit signe de tête machinal. Mais je suis ailleurs, sur une autre planète. J'aimerais du temps pour absorber ces informations.

— Poppy, vous êtes prête ?

Le vicaire nous fait signe depuis la porte. En arrivant au fond de l'église, je suis éblouie par le spectacle qui s'offre à moi. La nef est décorée de compositions florales spectaculaires. Les femmes portent des chapeaux de toutes les couleurs. On peut percevoir une atmosphère d'attente joyeuse. Devant l'autel j'aperçois Magnus de dos, l'arrière de sa tête, ses cheveux.

Magnus. Penser à lui me bouleverse. Je ne peux pas... Ah, si j'avais quelques minutes pour réfléchir !

Mais je ne dispose pas de ces minutes. L'organiste entame *La Marche nuptiale*. Le chœur se joint à lui avec tout son cœur. Le révérend Fox s'est mis en retrait selon la tradition. Le parcours de la mariée commence. C'est à moi !

— On y va ?

Toby fait un clin d'œil à Tom et le somme :

— Attention de ne pas la faire tomber avec tes grands nougats !

C'est parti ! Nous avançons vers l'autel. Les invités me sourient. J'affiche un air de placidité heureuse malgré les pensées qui, dans ma tête, sont aussi placides que les particules tourbillonnantes dans un labo de recherche nucléaire.

Aucune importance, c'est seulement une bague... Je réagis excessivement. Mais il m'a menti...

Waouh... Le chapeau de Lucinda, c'est quelque chose. J'adore la musique. Lucinda avait raison d'insister, pour le chœur...

Quel incident de Birmingham ? Pourquoi il ne m'en a jamais parlé ?

J'ai fait un pas de trop ? Merde ! Ah ! voilà, je retrouve la cadence !...

Allez, Poppy ! Prends du recul. Avec Magnus, vous vous entendez bien. Finalement cette histoire de bague ne compte pas. L'incident de Birmingham non plus. Quant à Sam...

Non ! Sam, tu l'oublies. La réalité c'est ce que tu vis à cet instant précis. C'est ton mariage.

L'ennui, c'est que je suis incapable de me concentrer pendant la cérémonie de mon propre mariage. Je suis un cas.

Je vais me marier. Je peux le faire. Oui, oui, oui...

Je me demande pourquoi Magnus transpire autant...

Une fois devant l'autel, c'est cette dernière pensée qui prédomine. Je suis consternée. Magnus n'est pas bien du tout. Si moi, j'ai l'air patraque, lui a la tête d'un type qui a la malaria. Il m'adresse un faible sourire.

— Salut ! Tu es ravissante.

— Tu es sûr que ça va ? je murmure en tendant mon bouquet à Ruby.

— Pourquoi tu dis ça ?

Quelle façon de répondre ! Mais ce n'est pas le moment de relever.

La musique s'est arrêtée. Le vicaire s'adresse à l'assemblée avec allégresse. Il donne l'impression d'adorer célébrer les mariages.

— Mes chers frères, mes chères sœurs, nous sommes réunis ici dans la maison du Seigneur...

En entendant ces mots familiers, je commence à me détendre. OK. On y est. Voilà l'important. Voilà ce que j'attendais depuis longtemps. Le serment du mariage. L'échange des consentements. Les phrases éternelles et magiques qui ont été répétées ici même, sous ces voûtes, par des générations et des générations de mariés.

D'accord, notre route prénuptiale a connu des soubresauts et des écarts. Ça arrive à beaucoup de couples. Mais si nous pouvons concentrer notre attention sur notre serment, si nous pouvons faire de l'échange des consentements un moment spécial, alors...

Le révérend Fox se tourne vers Magnus. Le silence, plein d'attente, se fait.

— Magnus, voulez-vous prendre cette femme ici présente comme femme légitime devant Dieu et devant les hommes, et jurez-vous de vivre selon les commandements de Dieu dans le saint sacrement du mariage ? Jurez-vous de l'aimer et de la chérir à partir de ce jour pour le meilleur et pour le pire, dans la richesse et la pauvreté, dans la maladie et dans la santé, jusqu'à ce que la mort vous sépare ?

Mon futur mari a l'œil légèrement vitreux. Il respire bruyamment. On dirait un athlète se préparant psychologiquement à la finale du cent mètres des jeux Olympiques.

— Magnus ? répète le vicaire.

— OK, dit-il, se parlant à lui-même. C'est le moment. Je peux le faire.

Il inspire solennellement et, d'une voix de stentor qui monte jusqu'à la coupole, lance :

— Je le veux.

Je le veux ?

Je le veux ?

Il n'a pas écouté ?

— Magnus, je chuchote, ce n'est pas : « Je le veux. »

— Mais si, répond-il clairement déconcerté.

L'irritation me gagne. Il n'a pas écouté un seul mot du serment. Il a dit « Je le veux » parce que c'est la phrase dans les films américains. J'aurais dû me douter qu'il se tromperait. J'aurais dû ignorer les commentaires narquois d'Antony et l'obliger à répéter les phrases de l'échange des consentements.

— Ce n'est pas « Je le veux » mais « Oui », je corrige, en espérant paraître moins contrariée que je ne le suis. Tu n'as pas entendu la question ?

— Oh ! D'accord. Excuse-moi. Donc « Oui ». Même si ça n'a pas tellement d'importance, j'en suis sûr, ajoute-t-il avec un haussement d'épaules.

Quoi ?

— Pouvons-nous poursuivre ? demande le révérend Fox.

— Poppy, voulez-vous prendre cet homme ici présent comme légitime époux...

Désolée, je ne peux pas laisser passer ça. Je lève la main.

— Pardonnez-moi, révérend Fox, encore une chose.

Pour faire bonne mesure, je me tourne vers l'assemblée.

— Je dois éclaircir un point. Ça ne prendra qu'un court instant...

Je me retourne finalement vers Magnus et lui lance d'une voix sourde :

— Que signifie « même si ça n'a pas tellement d'importance » ? *Évidemment*, que ça en a. C'est une question. On attend de toi que tu y *répondes*.

— Amour, je trouve que c'est prendre tout ça un peu trop au pied de la lettre. On peut avancer ?

— Non, on ne peut pas avancer ! C'est une vraie question. Voulez-vous prendre cette femme comme légitime épouse... ? Si ce n'est pas une question, c'est quoi alors, à ton avis ?

— Plutôt un symbole.

Le mot de trop ! Le mot qui me fait péter les plombs ! Il sait pourtant combien je suis attachée à la tradition.

— Oh, arrête avec tes *symboles*, j'explose ! La vie n'est pas faite que de symboles. C'est une question sérieuse et tu n'y réponds pas sérieusement. Ces mots d'engagement ne veulent rien dire pour toi ?

— Poppy, pour l'amour du ciel. Ce n'est pas le moment !

Il suggère quoi ? Qu'on échange nos consentements d'abord et qu'on discute de leur signification *après* ?

OK, on aurait sans doute dû en discuter avant de se retrouver plantés devant l'autel. Si je pouvais revenir en arrière, je préparerais la cérémonie autrement. Mea culpa, mea maxima culpa. Mais trop tard. C'est maintenant ou jamais. En ce qui me concerne j'étais persuadée que Magnus connaissait tout le déroulement des vœux. Tout le monde sait ce genre de chose sur le bout des doigts, non ?

— Si, c'est le moment !

D'énervement, ma voix grimpe dans les aigus.

— Parfaitement, le moment même !

Je fais face aux invités stupéfaits et leur crie :

— Levez la main, ceux qui pensent que le marié doit connaître la signification des vœux du mariage.

Silence sidéré. Puis, à ma grande surprise, Antony lève la main suivi par une Wanda penaude. En les voyant, Ruby et Annalise font pareil. Dans les trente secondes, des mains s'agitent dans tous les rangs. Tom et Toby ont levé leurs *deux* mains. Mon oncle et ma tante aussi.

Si vous voyiez la tête du révérend Fox !

— Oui, je *reconnais* la signification de l'échange des consentements, dit finalement Magnus.

Mais il paraît si peu convaincu que même le vicaire se crispe.

— Vraiment ? Et le reste ? « Dans la maladie et la santé » ? « Jusqu'à ce que la mort vous sépare » ? Tu es vraiment sûr de toi ? Ou tu veux seulement prouver à chacun que tu peux t'embarquer dans l'aventure du mariage ?

Au moment où ces mots sortent de ma bouche, je sais qu'ils expriment la vérité. Pourtant je n'avais pas prévu cette tirade.

Tout devient clair. Les pièces du puzzle s'assemblent. Le discours de la salle de bains. Le front dégoulinant de sueur. Même sa demande en mariage. Pas étonnant que Magnus se soit déclaré au bout d'un mois seulement. Ce qui comptait n'était pas notre couple. Mais le point qu'il marquait. Par rapport à son père qui se moquait de sa manie de laisser tomber ses fiancées. Par rapport à ses précédentes fiancées. Toute notre histoire est bancale depuis le début. Et moi, j'y ai cru dur comme fer parce que je voulais y croire.

Les larmes ne sont pas loin mais *pas question* de m'effondrer. C'est calmement que je m'adresse à Magnus :

— Écoute, pas la peine de continuer. Tu ne dois pas m'épouser pour te prouver que tu peux rester avec une femme. Ce serait une erreur. Parce que, tôt ou tard, tu me *quitterais*. Quels que soient tes sentiments de départ, ça se produira.

— Foutaises !

— J'ai raison ! Tu ne m'aimes pas assez pour le long terme.

— Mais si !

— Non, Magnus ! Je n'illumine pas ta vie comme je le devrais. Et tu n'illumines pas la mienne. Pas assez, tout au moins. Pas assez pour que ça dure.

— Vraiment ?

Magnus est blessé. Son orgueil en a pris un sacré coup.

— Magnus, je suis désolée.

— Pas besoin d'être désolée, Poppy, grogne-t-il. Si c'est ce que tu éprouves...

— Mais tu éprouves la même chose. Sois honnête, Magnus ! Toi et moi ne sommes pas destinés à être ensemble pour toujours. Nous ne sommes pas faits l'un pour l'autre. Je crois que nous avons des rôles d'appoint... un peu comme des notes en bas de page.

Magnus ne dit rien. Je vois bien qu'il cherche en vain une riposte qui fasse mouche. J'effleure sa main. Puis je me tourne vers le vicaire.

— Révérend Fox, veuillez accepter mes excuses. Nous vous avons fait perdre beaucoup de votre temps. Mais je crois que nous allons laisser tomber.

— Je vois, je vois.

Consterné, le vicaire s'éponge le front avec un mouchoir.

— Vous ne croyez pas que cinq minutes dans la sacristie...

— Non, révérend, cinq minutes ne changeraient rien. Notre décision est prise. Tu es d'accord, Magnus ?

— Si tu le dis...

Il a l'air si déçu que pendant une seconde je me demande si... Non. Pas de doutes à avoir. Ma décision est la bonne.

— Bon... alors qu'est-ce qu'on fait ? On maintient la réception ?

Magnus semble incertain puis acquiesce.

— Pourquoi pas ? Après tout, la note est déjà payée.

Je m'éloigne de l'autel avant de m'arrêter. La situation est étrange. Elle ne figurait pas dans la répétition. L'assemblée n'a pas bougé. Les gens attendent sans doute la suite des événements.

— Alors... Euh... On... Dis-moi, on ne peut quand même pas sortir ensemble ?

— Vas-y en premier, je te suis.

Le vicaire fait un signe à l'organiste. Les premières harmonies de la marche nuptiale se font entendre.

Je m'exclame, horrifiée :

— Non, s'il vous plaît, pas de musique !

411

— Pardon, dit le vicaire, en gesticulant à l'intention de l'organiste. J'essayais de lui faire comprendre de ne pas jouer. Mme Fortescue est un peu sourde. Les changements lui ont sans doute échappé.

Quel désastre ! Je ne sais plus où j'en suis. Par exemple : que faire de mon bouquet ? Le porter ou non ? *That is the question.* Finalement, je le prends des mains de Ruby qui me donne une petite tape affectueuse au passage tandis qu'Annalise me souffle :

— Tu es *dingue* ou quoi ?

La musique a cessé. Terriblement gênée, je remonte l'allée en silence et en évitant le regard des gens. C'est l'horreur. Il devrait y avoir une manœuvre de repli pour les catastrophes de ce genre. Une option facultative dans le programme de la cérémonie. *Sortie de secours pour la mariée qui a changé d'avis in extremis.*

Personne ne m'adresse la parole. Mais je sens les regards fixés sur moi. J'ai conscience des portables allumés, j'entends la symphonie des *bips* dans les rangs. Super ! La course à l'info sur Facebook a démarré. Qui va la poster en premier ?

Soudain une femme à chapeau rose sort d'une travée et me barre le chemin. Première fois de ma vie que je la vois.

— Une minute !

— Qui ? Moi ?

— Oui, vous ! Pardon de vous importuner. J'ai un message pour vous.

— Pour moi ? Mais je ne sais même pas qui vous êtes.

— Oh, pardonnez-moi ! Je suis Margaret, la marraine de Magnus. Je ne connais pas grand monde ici. Figurez-vous qu'un SMS est arrivé sur mon mobile pendant le service. D'un certain Sam Roxton. En fait, pas un message pour vous. À propos de vous. Cela disait : *Si vous assistez au mariage de Poppy Wyatt...*

— Moi aussi, j'ai eu ce message ! s'écrie une fille qui surgit derrière le chapeau rose. Le même : *Si vous assistez au mariage de Poppy Wyatt*...

— Moi aussi ! Pareil sur le mien !

— Moi également, je viens de le recevoir : *Si vous assistez au mariage de Poppy Wyatt*...

Dans toute l'église, c'est un concert de voix.

La surprise me cloue le bec. Qu'est-ce qui se passe ? Sam aurait envoyé des messages à toute l'assistance ? De plus en plus de mains s'agitent, de plus en plus de téléphones sonnent, de plus en plus d'invités poussent des exclamations.

Il n'a quand même pas envoyé un texto à *tous les invités* ?

— Est-ce qu'on a tous reçu le même message ? s'inquiète Margaret qui n'en croit pas ses yeux. Bon, voyons. Que ceux qui ont reçu ce message sur leur téléphone le lisent à voix haute. Je vais nous compter. Un, deux, trois...

Je crois que je vais m'évanouir en entendant tout ce chahut. Ce n'est pas possible. Au moins deux cents personnes lisent d'une même voix leur mobile. Les mots résonnent dans l'église : on dirait un hymne repris par la congrégation des fidèles ou le chant d'une équipe de foot ou...

Si vous assistez au mariage de Poppy Wyatt, j'ai un grand service à vous demander. Arrêtez la cérémonie. Empêchez Poppy de continuer. Retardez le mariage. Elle fait une erreur. Au moins faites en sorte qu'elle y réfléchisse à deux fois...

Clouée dans la nef, agrippée à mon bouquet, je sens mon cœur prêt à exploser. Je n'arrive pas à croire qu'il en soit arrivé là. Impossible ! Où a-t-il trouvé tous ces numéros de téléphone ? Grâce à Lucinda ?

413

Laissez-moi vous expliquer. Un sage a dit un jour : un tel trésor ne doit pas demeurer dans les mains des philistins. Poppy est un trésor, même si elle ne s'en rend pas compte...

Je suis bien forcée de jeter un coup d'œil sur Antony qui tient son mobile et dont les sourcils pointent vers le plafond.

Le temps manque pour parler, discuter, se montrer raisonnable. C'est pourquoi je prends ces mesures extrêmes. J'espère que vous m'imiterez. Faites tout ce que vous pouvez. Dites tout ce que vous voulez. Ce mariage est une erreur. Merci.

Quand les gens ont fini de découvrir la teneur du message, ils restent bouche bée.

— Bordel ! C'était quoi, ce bordel ? hurle Magnus en arpentant l'allée.

Je ne peux rien lui dire. Le message de Sam tourne comme un manège dans ma tête. J'aimerais piquer un téléphone et relire ce qu'il a écrit.

— Je vais lui répondre ! annonce Margaret.

— *Qui êtes-vous ?* demande-t-elle à voix haute tout en pianotant. *Vous êtes son amant ?*

Elle appuie sur « Envoyer » d'un geste majestueusement mélodramatique alors que dans l'église on entendrait un missel se refermer. Soudain, son mobile bipe :

— Il a répondu !

Elle marque un temps d'arrêt pour drainer l'attention des invités :

Amant ? Je ne sais pas. Je ne sais pas si elle m'aime. Je ne sais pas si je l'aime.

J'en ai le cœur brisé.

Bien sûr qu'il ne m'aime pas. Il a seulement décidé que je ne devais pas épouser Magnus. Il joue les redresseurs de torts. Ça n'a rien à voir. Ça ne signifie pas qu'il m'aime le moins du monde. En plus...

Tout ce que je peux dire, c'est que je pense à elle.

Margaret hésite, et sa voix s'adoucit au fur et à mesure :

Tout le temps. Elle est la voix que je veux entendre. Le visage que j'espère contempler.

J'ai la gorge serrée. Je fais tout pour ne pas partir en vrille. C'est à lui que je pense. Tout le temps. C'est la voix que je veux entendre. Quand mon téléphone flashe, j'espère que c'est lui.

— Mais c'est qui ? insiste Magnus qui ne comprend rien à rien.

— Oui, c'est qui ? répète Annalise de l'autre côté de l'autel.

L'assistance s'esclaffe.

— C'est juste... un type. J'ai trouvé son téléphone...

Je me tais, incapable de continuer.

Comment tenter de décrire qui est Sam et ce que nous représentons l'un pour l'autre ?

Le mobile de Margaret bipe à nouveau et le brouhaha cesse.

— C'est lui.

— Qu'est-ce qu'il dit ? je demande dans un souffle.

L'église est plongée dans le silence, personne ne bouge, j'entends presque mon cœur battre.

— Il dit : « *Je suis à l'extérieur de l'église. Prévenez-la.* »

Il est venu !

Je ne réalise pas que je cours avant d'avoir presque renversé un huissier sur mon chemin. Le pauvre homme a l'air affolé. Je dois m'y reprendre à cinq fois pour ouvrir la lourde porte. Je jaillis sur le perron à bout de souffle et inspecte le trottoir à gauche et à droite, en quête de son visage...

Hourra ! De l'autre côté de la rue ! Il se tient sur le seuil du Starbucks, vêtu d'un jean et d'une chemise bleu marine. Quand il croise mon regard, il plisse les yeux, mais il ne me sourit pas. Il ne cesse de regarder ma main. Ses yeux sont deux immenses points d'interrogation.

Il ne sait donc pas ? Ne connaît-il pas la réponse ?

— C'est lui ? murmure Annalise à mon oreille. Hallucinant. Tu me laisses Magnus ?

— Annalise, rends-moi mon téléphone, dis-je sans quitter Sam des yeux.

— Il est à toi.

Un instant plus tard, je l'ai bien en main et je suis prête à lui écrire.

Coucou !

Il tape quelque chose qui me parvient un instant plus tard.

Très élégante.

Sans le vouloir, je jette un coup d'œil à ma robe de mariée.

Un vieux truc.

Après un long silence, je vois que Sam pianote à nouveau. Il baisse la tête et ne la relève pas, même à la fin du message.

Alors, vous êtes mariée ?

Je cadre soigneusement mon index gauche, dépourvu d'alliance et prends la photo. Je l'envoie.

Une foule d'invités se pressent derrière moi, mais je ne bouge pas la tête d'un centimètre. Mes yeux sont collés à Sam pour ne pas manquer sa réaction quand il recevra le cliché. Son front se déride. Le plus joyeux des sourires éclaire son visage. Finalement, il me regarde.

416

Je coucherais avec lui juste pour son sourire.

Il pianote encore sur son mobile.

Une tasse de café vous ferait plaisir ?

— Poppy ?

Je sursaute en entendant mon prénom. C'est Wanda qui me regarde anxieusement. Son chapeau ressemble à une immense mite sans vie.

— Poppy, je suis désolée. Je me suis conduite d'une manière honteuse et égoïste.

— Que voulez-vous dire ? Je ne comprends pas.

— La seconde bague. J'ai dit à Magnus... ou plutôt je lui ai suggéré qu'il pourrait...

Elle se tait et bat des cils.

— Je suis au courant. Vous avez dit à Magnus de faire comme s'il avait choisi la bague spécialement pour moi. Wanda, je vous remercie. Mais tenez, il vaut mieux que vous la gardiez.

J'enlève les anneaux d'or de ma main et les lui remets.

— Je regrette. J'aurais été enchantée que tu fasses partie de la famille. Mais ça n'aurait pas dû obscurcir mon jugement. C'était une erreur de ma part.

Ses yeux se tournent vers Sam, de l'autre côté de la rue :

— C'est lui, n'est-ce pas ?

— Oui.

Son visage s'adoucit comme un pétale de rose fripé qui se lisse.

— Alors, fonce ! Qu'est-ce que tu attends ?

Sans attendre une seconde de plus, je descends les marches du perron, traverse la rue, et stoppe net à un pas de Sam. Pendant quelques secondes, nous ne bougeons pas, nous contentant de nous regarder dans les yeux.

— Ainsi, vous avez envoyé quelques SMS ? dis-je enfin.

— Un ou deux.

— Fascinant ! Lucinda vous a donné un coup de main ?

— Elle a fait tout ce qu'elle a pu pour torpiller le mariage, plaisante Sam.

— Mais je ne pige pas une chose : comment l'avez-vous *dénichée* ?

— Son site est plutôt marrant. J'ai appelé son mobile et elle s'est mise en quatre pour m'aider. Pour tout vous dire, c'est elle qui a envoyé les messages à ma place. Vous savez que vous disposez d'un système automatique dernier cri pour contacter tous les invités ?

Le système d'e-mailing d'urgence de Lucinda a enfin servi à quelque chose.

Je transfère mon bouquet dans mon autre main. C'est dingue ce que ça peut être lourd, les fleurs.

Sam m'inspecte de la tête aux pieds :

— Vous croyez être assez chic pour aller au Starbucks ?

— Je porte toujours une robe de mariée quand j'ai un rendez-vous galant dans un café. Ça ajoute une petite note exotique, vous ne trouvez pas ?

Je suis prise d'un fou rire en regardant l'église. Toute la congrégation est figée sur le trottoir, comme au spectacle.

— Qu'est-ce qu'ils attendent ? demande Sam.

Je hausse les épaules.

— Qui sait ? Vous pourriez faire un numéro de claquettes. Ou raconter une blague. Ou... embrasser la mariée ?

— Pas la mariée. Toi.

Il m'enlace et m'attire doucement contre lui. Nos joues se touchent presque. Je me noie dans ses yeux. Je sens la chaleur de sa peau.

— Moi.

— Celle qui a volé mon téléphone.

Ses lèvres frôlent la commissure de mes lèvres.

— Espèce de voleuse.

— On l'avait *jeté*.

— C'est quand même du vol.

— Non, c'est faux…

Sa bouche fermement plantée sur mes lèvres m'empêche de proférer un mot de plus.

Soudain la vie est belle.

Je sais que tout n'est pas résolu. La réalité me colle toujours aux basques. J'aurai des explications à donner, des récriminations à supporter, tout un bazar à arranger. Mais pour le moment, j'enlace l'homme que je crois pouvoir aimer. Et je n'ai pas épousé l'homme que je suis certaine de ne pas aimer. Et, de mon point de vue, ça roule pour moi.

Nous nous détachons enfin l'un de l'autre : de l'autre côté de la rue, Annalise pousse des cris de joie. Ce qui est *has been*, mais c'est du Annalise tout craché.

— Au fait, je vous ai apporté un peu de lecture. Au cas où vous vous embêteriez.

Sam sort de sa veste un paquet de feuilles imprimées avec des taches de café. Oh, bonheur ! Il les a gardées ! Même après notre séparation plutôt mouvementée. Il a conservé nos échanges !

— Palpitant ? je demande sans insister.

— Pas mal.

Il les feuillette avant de lever la tête.

— J'ai envie de connaître les prochains.

— Sans blague ?

La façon dont il me regarde me donne le frisson.

— Tu connais la suite ?

— Oh… j'ai ma petite idée.

Il glisse son doigt le long de mon dos nu et je ne suis plus qu'une boule de désir. Je suis *totalement* prête pour ma nuit de noces[1]. Champagne, petits fours, dîner de gala, je n'en ai rien à faire. Pas plus que de la dernière valse.

---

1. Nuit de noces ? Peut-être pas. Il devrait exister un terme spécial pour « nuit passée avec son amant pour lequel on a balancé son fiancé ».

En revanche, j'ai sur les bras deux cents personnes attroupées de l'autre côté de la rue qui me surveillent et attendent mes instructions. Certains invités viennent de très loin. Je ne peux pas les laisser tomber.

— Bon... Cette réception est organisée, dis-je timidement à Sam. Il y a tous mes amis et ma famille, certains ne sont pas faciles à manœuvrer. Et aussi les amis et la famille du type que je devais épouser. Et des dragées. Tu viens ?

— Tu penses que Magnus va me tuer ?

— Je ne sais pas !

Je me concentre sur Magnus. Il nous observe, comme tout le monde. À mon avis, il n'a pas l'air terriblement agressif[1].

— Je ne crois pas. Je peux lui envoyer un message pour lui poser la question.

— Si tu veux.

Magnus, il s'appelle Sam. Je sais que ça ne se fait pas en général, mais est-ce que je peux l'amener à notre réception de mariage ?
Bizz
Poppy

P.-S. Tu devrais inviter quelqu'un toi aussi.

J'ai sa réponse très vite.

Si tu ne peux pas faire autrement.
Mag

Pas très enthousiaste, sa réponse. Mais, au moins, il n'a pas l'air d'un meurtrier en puissance[2].

---

1. En fait, il a bien meilleure mine que lorsqu'il devait m'épouser.
2. Personnellement, je parie qu'il va sauter sur Annalise d'ici à la fin de la soirée.

Je m'apprête à ranger mon mobile quand il clignote. Surprise ! C'est Sam. Il a dû m'écrire il y a quelques secondes. Sans regarder Sam, je l'ouvre :

Juste un cœur. Un cœur d'amour. Sans un mot. Comme un petit secret.

Mes yeux me brûlent mais je réussis à garder mon calme en tapant ma réponse.

Moi aussi.

Je voudrais en dire plus... mais non. Le plus viendra plus tard.

J'ai un grand sourire en appuyant sur « Envoyer ».

Je prends Sam par le bras et soulève ma traîne :

— Allez. En route ! Ne manquons pas mon mariage !

FIN [1]

---

1. Notes de bas de page par Poppy Wyatt.

Remerciements

J'aimerais profiter de cette occasion pour remercier mes éditeurs du monde entier. Je leur suis sincèrement reconnaissante de leur dévotion à mes livres et des merveilleuses éditions qu'ils publient.

Un immense merci à mes lecteurs, toujours aussi fidèles, et particulièrement à ceux qui me suivent sur Facebook.

Mes éternels remerciements vont à Araminta Whitley, Kim Witherspoon, Peter Forrer, Harry Man, Peta Nightingale, Nicki Kennedy et Sam Edenborough et à leur formidable équipe chez ILA. Un très grand merci à Andrea Best – qui sait pourquoi. Chez Transworld, j'ai la chance d'être soutenue par une équipe fabuleuse et j'adresse mille mercis à mon éditrice, Linda Evans, à Larry Finlay, Bill Scott-Kerr, Polly Osborn, Janine Giovanni, Sarah Roscoe, Gavin Hilzbrich, Suzanne Riley, Claire Ward, Judith Welsh et Jo Williamson. Merci à Martin Higgins pour tout. Enfin, ma gratitude va à l'équipe chargée de la correction qui met tant de soins à parfaire mes livres – un immense merci à Kate Samano et Elizabeth Merriman.

Et pour terminer, comme toujours, merci et toute mon affection à mes hommes et à la Bande.

MILLE COMÉDIES

Tout pour être heureuse ? de Maria BEAUMONT, 2008

Dans la veine de Jennifer Weiner et Marian Keyes, une comédie à la fois émouvante et chaleureuse sur les difficultés d'une jeune mère qui trouve un peu trop souvent le réconfort dans le chardonnay.

---◆---

Mais qui est le père ? de Maria BEAUMONT, 2009

Alors qu'elle est en train de donner naissance à son premier enfant, une jeune femme se remémore la liste de tous ses princes, pas toujours très charmants, et son trajet, souvent mouvementé, sur la route chaotique qui mène au bonheur.
Mariée et mère de deux enfants, Maria Beaumont vit à Londres. Après Tout pour être heureuse ? *(2008),* Mais qui est le père ? *est son deuxième roman paru chez Belfond.*

---◆---

Cerises givrées d'Emma FORREST, 2007

Une jeune femme rencontre l'homme de ses rêves. Problème, l'homme en question a déjà une femme dans sa vie : sa fille de huit ans. Une nouvelle perle de l'humour anglais pour une comédie sur l'amour, la jalousie et le maquillage.
D'origine anglaise, Emma Forrest vit à Los Angeles. Cerises givrées *est son premier roman paru en France.*

---◆---

Ex & the city, manuel de survie à l'usage des filles larguées d'Alexandra HEMINSLEY, 2009

Une première incursion dans la non-fiction pour Mille Comédies avec cet indispensable et très hilarant manuel à l'usage de toutes les filles qui ont eu, une fois dans leur vie, le cœur en lambeaux.
Alexandra Heminsley est journaliste. Responsable de la rubrique livres de Elle (UK), *elle est également critique sur Radio 2, ainsi que pour* Time Out *et* The Observer. *Elle vit à Londres.*

---◆---

Chez les anges de Marian KEYES, 2004

Les pérégrinations d'une jeune Irlandaise dans le monde merveilleux de la Cité des Anges. Un endroit magique où la manucure est un art majeur, où toute marque de bronzage est formellement proscrite et où même les palmiers sont sveltissimes...

Réponds, si tu m'entends de Marian KEYES, 2008

Quand il s'agit de reprendre contact avec celui qu'on aime le plus au monde, tous les moyens sont bons, même les plus extravagants...

Un homme trop charmant de Marian KEYES, 2009

Quatre femmes, un homme, un lourd secret qui les relie tous et cette question : peut-on tout pardonner à un homme trop charmant ?
Née en Irlande en 1963, Marian Keyes vit à Dublin. Après, entre autres, Les Vacances de Rachel *(2000),* Chez les anges *(2004) et* Réponds, si tu m'entends *(2008),* Un homme trop charmant *est son sixième roman paru chez Belfond.*

Confessions d'une accro du shopping de Sophie KINSELLA, 2002, rééd. 2004

Votre job vous ennuie à mourir ? Vos amours laissent à désirer ? Rien de tel que le shopping pour se remonter le moral... Telle est la devise de Becky Bloomwood. Et ce n'est pas son découvert abyssal qui l'en fera démordre.

Becky à Manhattan de Sophie KINSELLA, 2003

Après une légère rémission, l'accro du shopping est de nouveau soumise à la fièvre acheteuse. Destination : New York, sa 5ᵉ Avenue, ses boutiques...

L'accro du shopping dit oui de Sophie KINSELLA, 2004

Luke Brandon vient de demander Becky en mariage. Pour une accro du shopping, c'est la consécration... ou le début du cauchemar !

L'accro du shopping a une sœur de Sophie KINSELLA, 2006

De retour d'un très long voyage de noces, Becky Bloomwood-Brandon découvre qu'elle a une demi-sœur. Et quelle sœur !

L'accro du shopping attend un bébé de Sophie KINSELLA, 2008

L'accro du shopping est enceinte ! Neuf mois bénis pendant lesquels elle va pouvoir se livrer à un shopping effréné, pour la bonne cause...

Confessions d'une accro du shopping suivi de **Becky à Manhattan** de Sophie KINSELLA (édition collector 2009)

Pour toutes celles qui pensent que « le shopping devrait figurer dans les risques cardio-vasculaires », découvrez ou redécouvrez les deux premières aventures de la plus drôle, la plus délirante, la plus touchante des fashion victims...

———•◆•———

Mini-Accro du shopping de Sophie KINSELLA (2011)

L'accro du shopping fait son grand retour, flanquée de la pétulante Minnie, deux ans seulement et déjà un caractère bien trempé. Telle mère, telle fille !

———•◆•———

Les Petits Secrets d'Emma de Sophie KINSELLA, 2005

Ce n'est pas qu'Emma soit menteuse, c'est plutôt qu'elle a ses petits secrets. Rien de bien méchant, mais plutôt mourir que l'avouer... Quiproquos, coups de théâtre et douce mythomanie, une nouvelle héroïne, par l'auteur de *L'Accro du shopping*.

———•◆•———

Samantha, bonne à rien faire de Sophie KINSELLA, 2007

Une comédie follement rafraîchissante qui démontre qu'on peut être une star du droit financier et ne pas savoir faire cuire un œuf...

———•◆•———

Lexi Smart a la mémoire qui flanche de Sophie KINSELLA, 2009

Quand Lexi se réveille dans sa chambre d'hôpital, elle ne reconnaît ni ce superbeau gosse qui prétend être son mari, ni cette snobinarde qui dit être sa meilleure amie. Trois ans de sa vie viennent de s'effacer d'un coup...

———•◆•———

Très chère Sadie de Sophie KINSELLA, 2010

Obligée d'assister à l'enterrement de sa grand-tante Sadie, Lara va se retrouver confrontée au fantôme de cette dernière. Un drôle de fantôme de vingt-trois ans, qui aime le charleston et les belles toilettes, et qui n'a de cesse de retrouver un mystérieux collier...
Sophie Kinsella est une véritable star : auteur des Petits Secrets d'Emma, *de* Samantha, bonne à rien faire *et de* Lexi Smart a la mémoire qui flanche, *elle est également reconnue dans le monde entier pour sa série-culte des aventures de l'accro du shopping.*

———•◆•———

Un week-end entre amis de Madeleine WICKHAM *alias* Sophie KINSELLA, 2007

Un régal de comédie à l'anglaise, caustique et hilarante, pour une vision décapante des relations au sein de la jeune bourgeoisie britannique. La redécouverte des premiers romans d'une jeune romancière aujourd'hui plus connue sous le nom de Sophie Kinsella.

———◆———

Une maison de rêve de Madeleine WICKHAM *alias* Sophie KINSELLA, 2007

Entre désordres professionnels et démêlés conjugaux, une comédie aussi féroce que réjouissante sur trois couples au bord de l'explosion.

———◆———

La Madone des enterrements de Madeleine WICKHAM *alias* Sophie KINSELLA, 2008

Aussi charmante que vénale, Fleur séduit les hommes pour mieux mettre la main sur leur fortune. Mais à ce petit jeu, telle est prise qui croyait un peu trop prendre...

———◆———

Drôle de mariage de Madeleine WICKHAM *alias* Sophie KINSELLA, 2008

Quoi de plus naturel que rendre service à un ami dans le besoin ? Sauf quand cela peut ruiner le plus beau jour de votre vie et vous coûter l'homme de vos rêves...

———◆———

Des vacances inoubliables de Madeleine WICKHAM *alias* Sophie KINSELLA, 2009

À la suite d'une regrettable méprise, deux couples vont devoir passer leurs vacances ensemble... pour le meilleur et pour le pire !

———◆———

Cocktail Club de Madeleine WICKHAM *alias* Sophie KINSELLA, 2012

Pour oublier petits soucis et grosses galères, rien de tel que des copines et quelques cocktails. Mais quand une intruse s'en mêle, la belle amitié pourrait bien voler en éclats...

———◆———

Sœurs mais pas trop d'Anna MAXTED, 2008

Cassie, la cadette, est mince, vive, charismatique et ambitieuse ; Lizbet, l'aînée, est ronde, un peu paresseuse, souvent gaffeuse et très désordonnée. Malgré leurs différences, les deux sœurs s'adorent...

jusqu'au jour où Lizbet annonce qu'elle est enceinte. Une situation explosive !
Mariée et mère de deux garçons, Anna Maxted vit à Londres. Sœurs mais pas trop *est son premier roman traduit en français.*

———•———

Tous à la campagne ! de Judith O'REILLY, 2010
Les tribulations d'une épouse et mère plus que dévouée en terrain rural inconnu, ou comment survivre dans les contrées désolées du Northumberland quand on n'a connu que la trépidante vie londonienne.
Judith O'Reilly a tout quitté pour suivre son mari. Hilarant récit de cette expérience, d'abord relatée dans un blog qui a connu un énorme succès, Tous à la campagne ! *est son premier roman.*

———•———

Cul et chemise de Robyn SISMAN, 2002

Comme cul et chemise, Jack et Freya le sont depuis bien longtemps : c'est simple, ils se connaissent par cœur. Du moins le pensent-ils...
Née aux États-Unis, Robyn Sisman vit en Angleterre. Après le succès de Nuits blanches à Manhattan, Cul et chemise *est son deuxième roman publié chez Belfond.*

———•———

Le Prochain Truc sur ma liste de Jill SMOLINSKI, 2007

Une comédie chaleureuse et pleine de charme sur une jeune femme qui donne irrésistiblement envie de profiter des petits bonheurs de tous les jours.
Jill Smolinski a été journaliste pour de nombreux magazines féminins, avant de se consacrer à l'écriture. Le Prochain Truc sur ma liste *est son premier roman traduit en français.*

———•———

Alors, heureuse ? de Jennifer WEINER, 2002

Comment vivre heureuse quand on a trop de rondeurs et qu'on découvre sa vie sexuelle relatée par le menu dans un grand mensuel féminin.

———•———

Chaussure à son pied de Jennifer WEINER, 2004

Rose et Maggie ont beau être sœurs, elles n'ont rien en commun. Rien, à part l'ADN, leur pointure, un drame familial et une revanche à prendre sur la vie...

———•———

Envies de fraises de Jennifer WEINER, 2005

Fous rires, petites contrariétés et envies de fraises… Une tendre comédie, sincère et émouvante, sur trois jeunes femmes lancées dans l'aventure de la maternité.

————◆————

Crime et couches-culottes de Jennifer WEINER, 2006
Quand une mère de famille mène l'enquête sur la mort mystérieuse de sa voisine… Entre couches et biberons, lessives et goûters, difficile de s'improviser détective !

————◆————

La Fille de sa mère de Jennifer WEINER, 2009

Une comédie douce-amère où l'on apprend comment concilier avec grâce vie de couple, kilos en trop et rébellion adolescente.

————◆————

Des amies de toujours de Jennifer WEINER, 2011

Une comédie aussi désopilante qu'émouvante sur deux amies devenues ennemies jurées. Des retrouvailles explosives et cocasses sur fond de road movie à la *Thelma et Louise*.
Jennifer Weiner est née en 1970 en Louisiane. Après Alors, heureuse ?
(2002, Pocket 2004), Chaussure à son pied *(2004) – adapté au cinéma en 2005 –,* Envies de fraises *(2005),* Crime et couches-culottes *(2006)* et La Fille de sa mère *(2009),* Des amies de toujours *est son sixième roman publié par Belfond.*

————◆————

Lizzy Harrison pète les plombs de Pippa WRIGHT, 2011

Quand une jeune femme bien sous tous rapports doit se faire passer pour la petite amie d'une rock star en pleine tourmente médiatique. Quiproquos, rebondissements et l'amour au bout du compte…
Âgée d'une trentaine d'années, Pippa Wright vit à Londres. Fan des comédies anglaises, élevée à la lecture des Kinsella et autres Marian Keyes, Lizzy Harrison pète les plombs *est son premier roman.*

Composition et mise en pages : FACOMPO, LISIEUX

MIXTE
Papier issu de sources
responsables
FSC® C003309

Cet ouvrage a été imprimé en France par

à La Flèche (Sarthe)
en avril 2013

N° d'impression : 72995
Dépôt légal : mai 2013